Memorias guardadas

Memorias guardadas

El verdugo de Riga

Eduardo Luis Bruzzone Fernández

www.librosenred.com

Dirección General: Marcelo Perazolo
Diseño de cubierta: Laura Gissi

Primera edición en español - Impresión bajo demanda

ISBN: 978-1-62915-457-2

Para encargar más copias de este libro o conocer otros libros de esta colección visite www.librosenred.com

La justicia es la venganza del hombre social, como la venganza es la justicia del hombre salvaje.

Epicuro

Montevideo – Uruguay – año
1965

Capítulo I. El pasajero

En aquella cálida mañana de febrero, una leve bruma flotaba sobre el puerto de Montevideo velando las grandes estructuras portuarias, que se elevaban a orillas de la bahía de la ciudad. Las enormes grúas y la emblemática torre del edificio de la Dirección Nacional de Aduanas se veían desdibujadas en medio de la neblina, que se disipaba a medida que avanzaba el día y el sol cobraba intensidad.

Mientras tanto, una larga fila de taxis, remixes y autos particulares, estacionados en las empedradas calles del puerto, esperaban el arribo del vapor de la carrera que llegaba con retraso, procedente de la ciudad de Buenos Aires.

Los numerosos familiares y amigos, que se habían hecho presentes esperando a los viajeros, se veían intranquilos y ansiosos por la demora. Todavía permanecía latente en el recuerdo de todos la dolorosa tragedia del Ciudad de Asunción, ocurrida el 11 de julio de 1963, en la que cincuenta y ocho pasajeros habían perdido la vida en las frías aguas del Río de la Plata, en una de los peores hechos fatídicos acaecidos en el cruce marítimo entre las dos ciudades hermanas.

Cuando finalmente el buque asomó su quilla e ingresó a la bahía haciendo sonar su sirena, se aflojaron las tensiones, y la terminal portuaria se colmó de júbilo. Desde los muelles del puerto, hicieron su aparición los clásicos pañuelos al viento saludando a los viajeros que llegaban de la larga travesía nocturna por el estuario platense.

Al poco rato aquella extraña bruma veraniega se había disipado casi por completo, y Montevideo recibía con un radiante sol a los pasajeros, que finalmente habían quedado libres luego de los inevitables trámites burocráticos de la aduana.

Un hombre rubio de mediana estatura y bien vestido, que salía apresurado de las oficinas portuarias acomodándose el sombrero, se topó con el chofer que lideraba la fila de espera de vehículos, que con un gesto amable le abrió la portezuela de su taxi invitándolo a subir. El hombre lo miró, se quitó el chambergo y sin mediar palabra se zambulló en el interior del auto, dispuesto a ser transportado. Luego de desechar el resto de cigarrillo Republicana, el conductor se dirigió prestamente hacia el volante y se acomodó en su asiento, al tiempo que interrogaba al pasajero por el espejo retrovisor.

— ¿A dónde lo llevo, señor?

—Hotel Nogaró—contestó escuetamente el pasajero, con un acento extranjero.

Cada vez que Aníbal recogía pasajeros en el puerto repetía la misma rutina. Mientras se dirigía al destino indicado por los ocasionales pasajeros, circulaba a velocidad moderada por las empedradas y angostas calles del casco antiguo de la ciudad, explicando en una amable charla las atracciones más destacadas de los lugares por los que iba transitando. Una práctica que le daba buenos resultados ya que varios de los viajeros que transportaba le agradecían el servicio con jugosas propinas o quedaban comprometidos para otros circuitos por la ciudad, que el mismo Aníbal les ofrecía como servicios de una empresa turística local, de la cual recibía una comisión.

— ¡Este es el Mercado del Puerto! El paseo gastronómico y cultural por excelencia de la ciudad, tiene una arquitectura muy especial para la época, basada en un esqueleto de hierro que es la más antigua de América —dijo Aníbal, mientras su pasajero con rostro inmutable en el asiento trasero del vehículo, viajaba con la mirada perdida, sin prestar atención—. Se lo recomiendo especialmente si quiere degustar las mejores carnes asadas del país —y luego de una pausa agregó—. ¡Aunque también existe una amplia variedad de comidas internacionales a gusto del consumidor!

Por el espejo retrovisor, el chofer miraba de manera insistente al pasajero, que permanecía inmutable ante su alocución, y cuando transitaban por la calle 25 de Mayo, insistió con su discurso:

— ¿Ve hacia su derecha...? Ese es el Palacio Taranco, la antigua residencia de la familia Ortiz de Taranco, construida a principios del siglo veinte sobre los cimientos del antiguo Teatro de Comedias. En este lugar actualmente funciona el Ministerio de Instrucción...

—Le agradezco la información, pero no me interesa—lo interrumpió tajante el pasajero, con un tono de voz y un gesto que demostraba cierta molestia—. ¡Sólo estoy de paso por la ciudad por razones de negocios!

Aníbal, sorprendido con aquella drástica contestación, acomodó su gorra de visera como un acto reflejo y de forma inmediata recompuso su actitud limitándose a continuar con el viaje sin agregar una palabra más. Si pretendía recibir una buena propina de aquel quisquilloso viajero, lo mejor era callarse y dirigirse a su destino lo antes posible. Aceleró el coche y en pocos minutos estacionó frente al Hotel Nogaró, ubicado en la esquina de las calles Ituzaingó y Rincón. Ayudó al pasajero a bajar su escaso equipaje hasta la puerta del hotel y luego de recibir la paga por el traslado y una escasa propina, agradeció amablemente quitándose la gorra y deseándole una buena estadía, cosa que el pasajero casi ignoró, respondiendo con un lacónico e inexpresivo gesto.

El recién llegado dirigió sus pasos hacia la entrada del coqueto hotel, que mostraba su fachada estilo Art Déco de frente a la plaza Constitución, donde también asomaban la Catedral Metropolitana y el Cabildo, dos icónicos edificios testigos del pasado colonial de la ciudad. Presentó su documentación ante un empleado que lo recibió con una amable sonrisa detrás del amplio mostrador de la recepción.

— ¡Buenos días, señor!—dijo el empleado, que luego de verificar en el libro del hotel la reservación, agregó entusiasta—. ¡Bienvenido al Hotel Nogaró, señor Taussing!

—Gracias.

— ¿El señor viene desde la ciudad de Buenos Aires?

—Así es.

— ¿Turismo o negocios?

—Negocios —contestó de manera parca y algo molesto por el interrogatorio.

—Muy bien, señor, acá tiene la llave de la habitación trescientos doce. El botones lo acompañará con su equipaje.

Luego de que se retiró el botones de la habitación, el viajero se despojó de su corbata y de su elegante traje gris, que lo había tenido a maltraer debido al calor de ese día, y se vistió con una *robe de chambre* azul con el logo del Hotel Nogaró bordado en la solapa.

Próximo al mediodía solicitó un almuerzo frugal a la habitación y no se movió del lugar durante toda la jornada. Pasó el resto del día examinando papeles, documentos y fotos, hasta que llegada la tardecita, se recostó sobre la cama y puso sus manos detrás de la cabeza, fijando su mirada en las molduras de yeso del techo, y casi sin parpadear se mantuvo en la misma posición por largo rato. La serenidad que translucía su quietud física no se correspondía con el ritmo exacerbado de sus pensamientos, que solo se evidenciaba en el brillo cambiante de sus ojos. Era evidente que ese hombre sabía contener sus emociones.

Las blancas cortinas de *voile* de la ventana flameaban suavemente, movidas con la leve brisa que corría desde la Plaza Constitución, y la luminosidad del día fue lentamente desapareciendo hasta que la penumbra invadió la habitación. Solo las níveas escleróticas de sus persistentes ojos abiertos se distinguían en las sombras.

De pronto estiró su brazo hacia la mesa de luz, prendió el velador, consultó su reloj de pulsera y tomó el tubo del teléfono. Discó el nueve, y del otro lado le contestaron:

—Recepción. Habla Heriberto, a sus órdenes.

— Hablo de la habitación trescientos doce, necesito hablar con el dos dos cuatro cinco cinco —exigió con voz cortante.

—Muy bien, señor, cuelgue el aparato, que lo comunicamos de inmediato.

A los pocos minutos sonó el teléfono.

—Su llamada, señor.

—Hola, ¿quién habla? —contestó una voz femenina con acento extranjero.

—Hola, le traigo un mensaje muy importante de alguien que usted conoce.

Del otro lado del teléfono se hizo un silencio de varios segundos, y luego la voz femenina preguntó algo temblorosa:

—Bue...bueno, ¿cuál es el mensaje?

—Tiene que ser personal.

— ¿Personal?

—Sí, tendría que hablar con usted personalmente. Deme su dirección y la paso a buscar.

— ¿Tiene que ser ahora?

—No dispongo de más tiempo.

Al poco rato el señor Taussing bajó de su habitación y se sentó en los cómodos sillones de cuero de la recepción del hotel esperando un taxi.

— ¡Llegó su coche, señor! —dijo el servicial Heriberto desde atrás del mostrador.

Al pasar frente al recepcionista, Taussing descubrió que Heriberto tenía una copa de champaña servida detrás del mostrador.

— ¡Se ve que acá, en Uruguay, saben darse la buena vida!

— ¡Por favor, señor, le ruego no diga nada! Pasa que hoy es el día de mi cumpleaños, y me tocó trabajar.

—No hay problemas, queda entre nosotros. Este es un pequeño regalo en su día—contestó Taussing y sacó un billete de veinte dólares y se lo obsequió, al tiempo que Heriberto quedaba gratamente sorprendido con la generosa propina.

El pasajero y el chofer del taxi, que estaba estacionado con el motor encendido frente al hotel esperando, se sorprendieron al mismo tiempo, en el momento que se reconocieron.

— ¿No hay otro chofer en Montevideo? ¿Usted trabaja de día y de noche? —dijo Taussing al reconocer al mismo conductor que lo había trasladado al hotel esa misma mañana.

— ¡Buenas noches, señor! ¡Encantado de servirlo nuevamente! Estos tiempos están muy difíciles, y siendo el responsable de una familia numerosa, tengo que hacer la mayor cantidad de horas que el cuerpo me permita, para poder llevar el sustento diario a mi casa —respondió Aníbal abriendo la portezuela trasera del vehículo para que se acomodara su antipático pasajero.

— ¡Está linda la noche para dar una vueltita! ¡Además estamos en carnaval…! ¿Nunca escuchó hablar del carnaval montevideano? —dijo Aníbal tratando de ser amable.

— ¡No me interesa! Ya le dije que vine por negocios y no por turismo —dijo Taussing de manera cortante y agregó—. Calle Gonzalo Ramírez y Cuareim. ¡Por favor!

Aníbal se acomodó la gorra, dio la última pitada a su Republicana y arrancó el coche. Cada vez que tiraba el cigarro por la mitad, se lamentaba del dinero que malgastaba en aquel maldito vicio que no solo le significaba un elevado presupuesto mensual, sino también esa bronquitis crónica que lo tenía a mal traer. Ya le había prometido a su mujer que ese era el último mes, pero nunca cumplía con sus promesas. Durante el trayecto, no se animó a pronunciar una palabra más y mientras circunvalaba la Plaza Constitución para tomar la Avenida

18 de Julio, observaba con disimulo por el espejo retrovisor a su pasajero.

"¡Qué sujeto tan extraño! ¿Qué tipo de negocios hará a estas horas de la noche?".

Comenzó a sentir una extraña y desacostumbrada sensación de inseguridad por la presencia de aquel hombre. Por suerte ese era el último viaje de la noche, y después regresaría a la tranquilidad de su hogar.

— ¿Lo dejo en algún lugar especial, señor? —preguntó el chofer con algo de timidez, cuando se aproximaban al lugar indicado.

—En... en el mil doscientos setenta y uno de Gonzalo Ramírez —dijo Taussing a la vez que consultaba un trozo de papel donde tenía una anotación.

El auto de alquiler transitó por las vacías calles de la ciudad y en pocos minutos ya se encontraba en el Barrio Sur de la ciudad.

—A propósito, usted que conoce bien Montevideo, ¿tiene idea dónde puedo comprar un baúl?—preguntó inesperadamente el hombre rompiendo el silencio.

— ¡¿Un baúl?! —preguntó Aníbal extrañado.

— ¡Sí, un baúl grande! ¡¿Le parece raro?! —dijo con tono prepotente el hombre.

— ¡No, señor, no me parece raro! Es que me tomó por sorpresa la pregunta —y luego de hacer un silencio respondió—. Puede ser en Casa Schiavo, un comercio que está a pocas cuadras de su hotel, en la calle Uruguay y Río Branco. Si prefiere, mañana lo arrimo hasta allí.

—No, gracias. Ya no lo voy a necesitar más—contestó parcamente Taussig.

Era cierto, ya que al otro día el hombre tenía planificado alquilar un auto sin chofer.

Mientras manejaba, Aníbal sumó un elemento más a las dudas sobre aquel particular sujeto que transportaba. "¡Un baúl! ¿Para qué necesitaría un baúl grande?".

Al llegar al lugar indicado, la calle estaba solitaria, no transitaba ningún vehículo ni se veía ningún transeúnte deambular a esas horas. Cuando el auto de alquiler estacionó frente al 1271 de Gonzalo Ramírez, Aníbal dio un respiro, "¡Por fin, hasta acá llego, ahora a casita a descansar!".

Sin embargo el pasajero le comunicó que aguardara un instante con el motor encendido, que en un momento continuarían el viaje. El rostro del chofer esbozó un gesto imperceptible de desagrado, al tiempo que el hombre se calzó el chambergo que tenía sobre su falda y bajó del auto. Se dirigió a una vieja casa de dos plantas de puertas y ventanas altísimas identificada con el número 1271 y luego de hacer sonar tres veces seguidas el llamador de bronce en forma de mano, regresó de inmediato al vehículo. Mientras tanto Aníbal masticaba un chicle y seguía discretamente con su mirada los pasos de su pasajero, sin perder detalle. Estaba acostumbrado a transitar en la madrugada por barrios más peligrosos y a transportar sujetos de aspecto más dudoso que este hombre bien vestido y hospedado en un hotel de categoría, pero había notado algo en su actitud que no le gustaba y que lo inquietaba. Se quitaba y se ponía en forma reiterada su gorra y tamborileaba con sus dedos sobre el volante, observando por el espejo retrovisor de cuando en cuando, tratando de descubrir en el rostro del pasajero alguna actitud sospechosa. Mientras tanto, el hombre, con un mechón de pelo rubio caído sobre su frente, permanecía con su rostro inalterable, sin evidenciar ninguna conducta extraña. Solo esperaba.

El obrero del volante acomodó su gorra de visera por enésima vez y dirigió su mirada hacia el lado opuesto de la vereda, donde le pareció divisar la silueta de un hombre, y la tenue luz de un cigarrillo que se encendía de forma intermitente en la penumbra de la noche. En ese preciso momento pasaba un solitario auto circulando a alta velocidad por Gonzalo Ramírez, que con el reflejo de sus focos iluminó por un instante el lugar y certificó que efectivamente había un hombre fumando, parado en las puertas de un comercio. Y aumentando su injustificado nerviosismo se preguntaba: "¿Qué hace este tipo a estas horas, solo en la oscuridad? ¿Tendrá algo que ver con mi pasajero? ¿Me estará vigilando?". Pero al instante se tranquilizó recordando cuando veía a su finado padre salir muy tarde en las noches a la puerta de su casa a fumar, escapando de un seguro rezongo de su madre. Y pensando en aquella escena de su niñez, se convenció de que seguramente se trataría de algún vecino insomne, que al igual que su padre, escapaba en las noches de las recriminaciones de su mujer.

Pasaron algunos segundos hasta que se abrió la puerta de la casa del llamador de bronce, y se asomó la cabeza una mujer de cabellos largos y rubios, que luego de certificar la presencia del taxímetro que la esperaba, salió de la casa, cerró la puerta y se dirigió hacia el coche que continuaba esperando con el motor encendido.

El pasajero le abrió la puerta desde adentro para que la mujer entrara, y esta se sentó a su lado sin hablar.

—Al Parque Rodó.

— ¿A qué altura, señor?

—Usted diríjase hacia ese lugar, que yo después le indico exactamente dónde.

Capítulo II. Embajada de Israel

Yeshayahu Anug se encontraba solo en Montevideo extrañando a su mujer, a sus hijos y a la simpática y acogedora ciudad de Tel Aviv, donde vivía con su familia y tenía sus amistades. Era un hombre muy inteligente, con una mente analítica y aguda, que hablaba media docena de idiomas europeos con fluidez, entre ellos el español casi a la perfección. Nacido en Polonia, había emigrado muy joven a Israel, donde luego de haber luchado en la Segunda Guerra Mundial y en la Guerra Árabe-Israelí, se había convertido en diplomático.

Anug había cumplido su primera misión en el consulado israelí de Roma, como funcionario de prensa, y desde octubre del año 1963 se había hecho cargo de la embajada en Uruguay como embajador extraordinario y plenipotenciario. Era el octavo embajador luego de la apertura de la sede diplomática de Israel en Montevideo en 1948.

Ya hacía más de un año que se encontraba al frente de la embajada y todavía no se había concretado el plan acordado con su esposa antes de partir a su nuevo destino. La idea había sido viajar unos días antes al Uruguay, para arreglar los detalles previos en la embajada, y más tarde lo haría su familia. Pero ya había pasado demasiado tiempo, y los suyos todavía permanecían en Israel.

Como había sucedido con sus antecesores en el cargo, el embajador Anug apoyaba parte de su gestión en Edith, una joven y eficiente secretaria con experiencia de varios años dentro de la sede diplomática. Ella era la que mejor conocía los pormenores de su funcionamiento y la que manejaba todos los asuntos cotidianos.

Edith Roth era una judía, que había arribado a Sudamérica junto con su familia un tiempo después de la finalización de la Segunda Guerra Mundial, procedente de la ciudad de Malmo. Su padre Jabib Roth era un próspero comerciante de origen danés, propietario de una peletería en la ciudad de Copenhague, que pudo escapar junto a su familia hacia la neutral Suecia, unos días antes de la ocupación nazi en Dinamarca. Un tiempo después de culminado el acontecimiento bélico, los Roth emprendieron un largo viaje hacia el Brasil, donde permanecieron un corto período. Una familia conocida de Copenhague, radicada en el vecino Uruguay, los convenció de que en ese pequeño país la gente era muy amable, había un buen clima para los negocios y se podía vivir muy tranquilo. Luego de los sólidos argumentos esgrimidos por sus amigos, el peletero y su familia decidieron viajar hacia la pequeña nación donde se establecieron definitivamente y pudieron prosperar. Se instalaron en una finca en el Barrio Sur de la ciudad de Montevideo, muy cerca de donde vivían sus compatriotas y amigos. En el momento de huir de Dinamarca, el señor Roth había logrado llevar consigo una importante suma de dinero, que significó la base fundamental que le permitió instalar un negocio similar al que tenía en su país de origen, ubicado en el casco antiguo de la ciudad capital.

Con el pasar de los años, el emigrante danés, junto a un socio judío de origen alemán, habían afianzado el negocio de tal forma que llegó a ser uno de los primeros del país en su rubro. El prestigio empresarial de Roth y sus cualidades personales lo hicieron destacar dentro de la colectividad judía, condiciones que le permitieron más tarde integrar la dirigencia de la Comunidad Israelita del Uruguay (*Kehilá*) en varias oportunidades.

A fines del mes de mayo de año 1948 una delegación enviada por el recientemente creado Estado de Israel había arribado al Uruguay con intenciones de gestionar la apertura de una embajada en el país. Dichos funcionarios entraron en contacto con la *Kehilá* uruguaya, para que sus paisanos le sugirieran algunos nombres de la colectividad para ocupar ciertos cargos en la delegación diplomática que se abriría próximamente. Entre esos nombres surgió el de Noemí Roth, la hija mayor de Jabib, que ayudaba en la parte contable en el negocio de su padre y era considerada, dentro de la colectividad, como una joven muy seria y responsable.

Tamara Steinberg, una veterana funcionaria de la Cancillería, que había ido a dar una mano como secretaria en los primeros tiempos en la novel embajada, fue la encargada de evaluar a la joven, y no tardó demasiado en descubrir que Noemí tenía las condiciones necesarias para ocupar el puesto de secretaria. Tiempo después, cuando Tamara regresó a Israel, Noemí pasó a ocupar definitivamente su lugar. Estuvo al frente de la secretaría durante algo más de tres años ya que luego de su casamiento, las cosas cambiaron. Su esposo le propuso emigrar a Israel, algo que ella siempre había soñado, pero se sentía responsable de dejar vacante su puesto en la embajada de la noche a la mañana y sin ningún reemplazante.

En una amable charla con el embajador Jacob Tsur, con quien había mantenido una excelente relación durante sus años de actuación, le explicó cuál era su situación y lo importante que era para ella y su marido cumplir el sueño de vivir en Israel, y a continuación le planteó, sin consultar a la interesada, el nombre de su hermana Edith para ocupar el puesto que ella dejaba vacante.

La joven trató de convencer al embajador argumentando que su hermana era igual o más eficiente que ella, y que con respecto a la responsabilidad y honradez, nadie la superaba.

Aquel planteamiento tomó por sorpresa a Tsur, que lamentó profundamente el alejamiento de la joven y eficiente secretaria, pero finalmente comprendió su situación y aceptó su propuesta con algunos reparos.

—Estimada Noemí, antes que nada le deseo que pueda cumplir su sueño de establecerse en nuestro querido país y que pueda lograr la felicidad que usted se merece. Por otra parte, le quiero manifestar que solo porque usted ha sido una excelente funcionaria que con los años he aprendido a respetar y en la que he confiado, la voy a complacer con el pedido que me solicita. Pero le adelanto que su hermana ingresaría solo en forma transitoria ya que más adelante tenemos que hacer una nueva designación para ese cargo —le dijo el embajador Jacob Tsur con un tono amable y sincero.

Luego de haber hablado con su hermana, que felizmente aceptó gustosa el ofrecimiento de ocupar su puesto en la embajada, Noemí, ya liberada de la presión, partió entusiasta junto a su novel esposo rumbo a Israel a formar parte de un kibutz, donde se asentaron definitivamente y formaron una numerosa familia.

Con el paso del tiempo y debido a su capacidad y rectitud, Edith convenció al embajador de su valía y se fue convirtiendo naturalmente en la funcionaria más competente y respetada de la delegación diplomática. Tsur nunca se arrepintió de haber confiado en el consejo de su ex secretaria.

Ya habían pasado varios embajadores, y Edith permanecía desempeñándose con suma solvencia, en su difícil puesto. Sin dudas era la que más conocía los detalles y los secretos del funcionamiento de la sede diplomática y era la persona en quien se habían apoyado cada uno de los jerarcas que habían transitado por la delegación en esos años.

Luego de desayunar en el comedor de la embajada una exquisita y abundante *shakshouka* acompañada con pan de pita, como acostumbraba en su casa de Tel Aviv, Anug se dirigió a su oficina en el piso superior de la embajada. Se acercó a la ventana que daba hacia el Boulevard José Artigas con una taza de café en su mano, repasando mentalmente su agenda diaria y observando a los transeúntes que miraban de reojo y con desconfianza la hermosa casona custodiada por varios guardias armados. No se sentía demasiado cómodo encerrado en aquel lugar cercado por un alto muro perimetral y con tantos centinelas rodeando el predio, pero comprendía que su país estaba viviendo tiempos difíciles y era necesario tomar esas drásticas precauciones. Las consecuencias de la guerra del Sinaí habían dejado a la región del Medio Oriente en una situación inestable y con una paz aparente, que solo necesitaba una pequeña chispa para que se disparara nuevamente un conflicto armado. Los árabes seguían sin reconocer el Estado de Israel, la causa palestina como elemento movilizador se encontraba en auge, y Siria había comenzado a patrocinar asaltos terroristas, como parte de su "guerra de liberación". En esas condiciones tan precarias no había que descuidarse ni descartar ningún tipo de atentado, aún tan lejos del territorio de Israel.

Anug tomó el teléfono y llamó a Edith, que se encontraba en su despacho desde muy temprano, y la joven secretaria se hizo presente de forma inmediata en la oficina del jerarca.

—Estuve estudiando los legajos de todos los funcionarios y me surgieron algunas dudas que seguramente usted, que conoce todos los pormenores, me podría aclarar —le manifestó Yeshayahu Anug sentado detrás de un gran escritorio de madera tallado, mientras hojeaba un expediente—. La ficha de la funcionaria Aleska Socoloff no está muy clara, mejor dicho está incompleta, solo están registrados su nombre, su edad, su domicilio y que es de origen judío. Su fecha de ingreso, cargo actual, capacitación y otros ítems más no están consignados en ninguna parte de su legajo. ¿Tiene idea de cuál es la razón de que su ficha se encuentre tan despojada de datos, comparada con las de los demás funcionarios? —le dijo quitándose sus lentes y mirándola directamente a los ojos.

—Señor —contestó Edith, tragando saliva y bajando la vista—, si mal no recuerdo, ella ingresó en momentos en que se hizo cargo de la embajada de manera transitoria el coronel Jabub Raznovich, es decir, luego de que su antecesor, el embajador Zvi Neeman, fuera trasladado a otro destino. En esos momentos yo me encontraba en Filadelfia realizando un curso de tres meses de capacitación en Relaciones Internacionales, enviada especialmente por la Dirección General de Secretaría de nuestra Cancillería...

— ¡¿Que Raznovich se hizo cargo de la embajada de manera transitoria?! ¡Según mi conocimiento el coronel nunca fue nombrado como encargado de esta delegación! —dijo Anug con tono socarrón.

—Bueno... no... claro, pero en ese momento era la principal jerarquía, porque todavía no se había nombrado un embajador... —dijo de manera entrecortada y dudosa Edith.

—Es una situación extraña que voy a tener que aclarar en el Ministerio—comentó Anug y luego agregó—. ¿Así que usted casualmente se encontraba ausente?

—Sí... como le conté, estaba en la ciudad de Filadelfia...

— ¡Se ve que usted está muy bien conceptuada por las autoridades! Viaja con frecuencia a cursos y congresos en el exterior, en julio estuvo unos días en Buenos Aires. ¡Ah... y también visita seguido nuestro país!

—Estoy muy agradecida con el Ministerio, que siempre me ha facilitado las oportunidades para que pueda capacitarme y actualizarme en mi trabajo; y con respecto a mis visitas a Israel, lo hago todos los años en mi licencia, porque allí vive mi querida hermana, que es la única familia que me queda en este mundo. Durante todo el año voy juntando algunos regalos para llevar a mis pequeños sobrinos, por los cuales tengo una especial devoción.

— ¡Pero no solo viaja en su licencia! También lo hizo a Israel en septiembre u octubre del año pasado. Recuerdo que me solicitó unos días libres para ese propósito.

—Bueno...sí, pero fue un caso excepcional, un viaje muy cortito para solucionar un asunto personal.

—Me estaba contando que se encontró con Aleska Socoloff cuando usted retornó del viaje a Filadelfia...

—Cuando yo regresé de ese curso, ella cumplía funciones como una especie de secretaria personal del coronel Jabub Raznovich.

— ¿Y para qué necesitaba una secretaria ese agregado militar que está muy poco por acá? —la interrumpió sorprendido Anug.

—Bueno, el coronel se turna entre las embajadas de Argentina, Brasil y Uruguay. Viaja constantemente y siempre manifiesta que tiene mucho trabajo.

—Una situación algo extraña. Sospecho por su expresión, que usted debe saber algo más que no me está diciendo —dijo Anug con rostro algo sonriente, y luego agregó de improviso, parándose y apoyando ambas manos sobre el escritorio—. ¿Acaso usted sospecha que es su amante?

—Bueno... yo no me atrevo a...—balbuceó sorprendida Edith, ante la pregunta inesperada del embajador.

— ¡Pero lo insinúa! Me extraña que usted, que es tan ordenada en su trabajo y conoce todos los detalles de esta embajada, sepa tan poco de esta funcionaria y no se haya ocupado de completar su ficha.

—La verdad, señor... es que... no quise entrometerme ya que creí que era alguien "especial" dentro de la embajada. El coronel es amigo personal del primer ministro, y como tiene tanta ascendencia en el gobierno, no creí oportuno indagar demasiado en el asunto.

— ¡¿Alguien especial?! ¡Cuando me hice cargo de la embajada, nadie me informó que había funcionarios "especiales"!

¡Pero lo que más lamento es que después de dieciséis meses al frente de esta embajada recién me estoy enterando de este asunto! —dijo Anug bastante alterado, y luego le preguntó—. ¿Ya usted no le pareció extraña toda esa situación?

—Bueno… la verdad que yo…—contestó algo nerviosa Edith— ¡Yo creí que Aleska podría ser una agente de… de los servicios secretos… o algo así…!—terminó diciendo la rubia secretaria dirigiendo su mirada hacia el suelo, como avergonzada de lo que decía.

— ¡Pero eso es una idea descabellada! ¡¿No me diga que usted pensó que Aleska Socoloff era una agente del Mossad?! Algo parecido a lo que decían de aquel diplomático que se llamaba Menahgen Babash, que estuvo un tiempo con nosotros y después se supo que eran todas falsedades. ¿Se acuerda?— dijo Anug con rostro sonriente, mientras Edith inclinaba levemente su cabeza en signo de afirmación sin atreverse a mirarlo a los ojos—. ¡No me imagino que esté trabajando entre nosotros una espía! Bueno, terminemos con esto, y mándeme a la funcionaria, que quiero hablar con ella.

—Señor, hace un tiempo que no viene a trabajar.

— ¡Cómo!... ¡¿Cuánto tiempo?!

—Y… unos quince o veinte días, más o menos

— ¡¿Cómo puede ser que no concurra al trabajo durante tantos días, y nosotros no sepamos nada?! ¡Búsquela de inmediato donde sea y hágale saber que quiero hablar con ella de forma urgente! —dijo casi gritando Anug a Edith, que se dio media vuelta y salió prestamente del despacho de su superior.

Capítulo III. Tormenta interior

Numerosos vecinos procedentes de los diferentes barrios montevideanos arribaban a Pocitos, una de las playas más populares y concurridas de la costa montevideana, dispuestos a disfrutar y palear el calor sofocante de esa tarde de domingo. Nadie sospechaba que aquel hermoso día veraniego en que el sol brillaba en todo su esplendor, tenía los minutos contados. Un pequeño cúmulo de nubes sombrías que apenas asomaban por el horizonte iba a cambiar radicalmente, el estado de bienestar de los entusiastas veraneantes.

Reclinada sobre la arena y a escasos metros de la orilla, donde rompían mansamente las olas, Edith recibía los poderosos rayos del sol sobre su bronceado y bien torneado cuerpo. Un ceñido traje de baño de inmaculado color blanco destacaba aún más su hermosa y atractiva figura, cautivando las miradas de los jóvenes que se paseaban flirteando entre las multicolores sombrillas que colmaban la playa. Ella, inmersa en su mundo interior, permanecía ajena a todo al ambiente exterior que la rodeaba. Solo la carta que había recibido de su viejo amigo desde Israel, con el cual mantenía una fluida comunicación epistolar desde hacía varios años, había servido de consuelo en aquellos ingratos momentos en que transcurría su vida. En la carta, su amigo le recordaba los viejos tiempos de cuando eran niños y los excelentes momentos vividos el año anterior, cuando juntos recorrieron la ciudad de Jerusalén, donde él residía desde hacía mucho. Todavía conservaba frescas en su memoria las imágenes de aquellos increíbles e históricos lugares, que siempre había querido conocer: el Monte del Templo o Explanada de las Mezquitas, ese lugar sagrado donde la historia bíblica ubica el sacrificio de Isaac y que luego fue elegido por el rey David para construir un santuario que albergara el Arca de la Alianza; el Monte de Sion, donde se encontraba la fortaleza de Sion que tomó David al luchar contra los jebuseos, luego de lo que fundó la "ciudad de David"; el Muro de los Lamentos, ese trozo de muralla que quedó en pie luego de que los romanos destruyeran el Templo de Jerusalén y que ahora era un lugar de peregrinación y oración del pueblo judío. Había sido una grandiosa y conmovedora peregrinación por la Ciudad Santa junto a su amigo Eitán, que aún conservaba dentro de sus más gratos recuerdos.

No pocas veces había pasado por sus pensamientos la idea de instalarse definitivamente en ese país, con el que se sentía identificada plenamente y donde hacía unos años su hermana Noemí estaba radicada con su numerosa familia, pero tenía impedimentos que la obligaban a permanecer en Uruguay. Aun así, mantenía la esperanza de que algún día su vida diera un giro trascendental y le permitiera establecerse en el lugar que ella consideraba el legítimo país de los judíos.

La "flaca" Martha, como ella la llamaba, era su amiga más íntima desde los tiempos que iban juntas a la escuela. Vivían casa por medio, y pese a que Martha no era de origen judío, ambas familias se llevaban muy bien, y ellas dos desde muy pequeñas habían sido compinches y acostumbraban a contarse sus más íntimos secretos. Sin embargo, esa tarde no se habían puesto de acuerdo. Pese a la insistencia de su querida amiga de querer acompañarla, sabiendo del trance amargo por el cual estaba pasando, ella no había aceptado su compañía, aduciendo que muchas veces la soledad podía ser la mejor compañía. Necesitaba pensar.

No había encontrado mejor lugar que rodearse de una muchedumbre de desconocidos para abstraerse del presente y entregarse a una profunda reflexión acerca de los desgraciados acontecimientos que había vivido en los últimos días. Ya había pasado más de un mes, pero aún su estabilidad emocional no terminaba de acomodarse definitivamente. Todavía su herida permanecía a flor de piel como una llaga dolorosa que no terminaba de sanar. Había hecho todo lo posible para apartar de sus pensamientos a aquel hombre que tanto había amado, pero una y otra vez reaparecían su figura, su voz y su risa inigualable, que la perturbaban. Sus pensamientos la torturaban constantemente porque era consciente de que aún mantenía la llama del amor encendida; sin embargo, su mente racional no aceptaría jamás el irreparable daño emotivo que le había causado.

Acomodó su cuerpo en la loneta multicolor donde reposaba, y con rabia se lamentó de la equivocada decisión que había tomado un tiempo atrás, cuando había rechazado la excelente oportunidad que le habían ofrecido desde el Ministerio de Relaciones Exteriores. Había desechado una beca de más de un año de duración para cursar un Máster en Relaciones Internacionales y Comercio Exterior en la ciudad de Tel Aviv. Hubiera sido una magnífica oportunidad para continuar capacitándose en lo que a ella le gustaba y además poder estar un largo tiempo viviendo en esa querida ciudad donde estaba su hermana con su familia y su entrañable amigo Eitán.

Pero en aquel entonces transitaba uno de los momentos más felices de su existencia y estaba convencida de que había encontrado el amor de su vida. Por esa simple razón no dudó en rechazar la oportunidad que le habían ofrecido, temiendo que esa crucial decisión, que implicaba una transitoria separación de su amante, tuviera como consecuencia el perderlo para siempre.

Ajena al ambiente bullicioso de la playa hizo volar su mente varios meses hacia atrás, hasta situarse en el preciso momento en que todo había comenzado. En la noche del festejo de la creación del Estado de Israel, Edith había conocido a la persona que había conquistado su corazón de forma casi instantánea. Un flechazo la prendó de inmediato de aquel seductor empresario mejicano y no dudó un instante en aceptarlo, cuando el joven le declaró su amor esa misma noche.

Cada 14 de mayo se realizaba un emotivo festejo en la hermosa casona de la embajada, donde acudían los integrantes del cuerpo diplomático de las diversas delegaciones afincadas en el país, y entre los múltiples invitados de ese día, había concurrido el encargado de la sección consular de la embajada mexicana, Alfredo Gaitán, acompañado de su compatriota y amigo, el joven licenciado Jesús Montero.

A partir de aquella mágica noche en que había conocido a Jesús, todo comenzó a cambiar en la vida de Edith, las preocupaciones habituales en su trabajo, que hasta el momento habían sido el centro de su vida, pasaron a un segundo plano. Había comenzado a forjarse entre ellos una intensa relación amorosa, con mucha naturalidad, como si ambos se hubieran conocido desde siempre. Durante esos meses Edith había vivido flotando en una maravillosa nube de ilusión, que colmaba su vida de gozo y de felicidad.

Pero el hermoso sueño que parecía haberle dado sentido a su vida se desplomó de manera catastrófica a los ocho meses, cuando aquella mujer se entrometió en su camino.

Jamás hubiera imaginado que el coronel Jabub Raznovich, con el cual nunca había tenido demasiado contacto, ni confianza, había sido el que la pondría al tanto de la cruda realidad.

Una tarde, el mencionado coronel había aparecido en su casa de manera inesperada, sincerándose con ella como nunca antes lo había hecho. El hombre, profundamente afectado en sus sentimientos por un engaño amoroso, le había contado toda la verdad y el detalle de la traición que ambos habían sufrido y que ella no creyó hasta que lo pudo comprobar con sus propios ojos.

Todavía aparecía con recurrencia en su mente la imagen en la que los veía sentados muy juntos y tomados de las manos, en torno a una mesa ubicada discretamente en el fondo del salón de un bar de la avenida 18 de Julio. El impacto de aquella visión, que había certificado sin lugar a duda el engaño anunciado por Raznovich, había sido tal, que una fuerza extraña la había paralizado en el lugar, sin dar crédito a lo que veían sus ojos.

Mientras rotaba su contorneado cuerpo para recibir los rayos solares sobre su dorso y el jovial ambiente playero giraba en su entorno, la cruel escena que había dado inicio al derrumbe de su vida sentimental aparecía una y otra vez en su mente como una tortura.

Convencida de que la tragedia había comenzado a gestarse el día en que por primera vez Jesús había ido a buscarla para ir al cine y a cenar, fue reconstruyendo en su mente, con hechos y con supuestos, lo acontecido aquella tarde, como si se tratara del guion de una película:

"Todos los días catorce de cada mes celebraban la noche en que se habían conocido, y ese día a las 19 horas, Jesús se encontraba esperándola sentado en su impecable auto rojo, estacionado en la vereda del frente de la delegación diplomática. Mientras esperaba, el joven licenciado había visto salir de la embajada, donde trabajaba su novia, una atractiva mujer rubia, que en un principio había confundido con Edith por su parecido físico. Cuando la mujer pasó frente a él, balanceando su cuerpo como una pantera en celo y le lanzó una mirada cargada de intenciones, Jesús quedó impactado. Por un instante pasaron por su mente pensamientos lujuriosos imaginados con aquella seductora mujer.

Ajena a todos los acontecimientos sucedidos anteriormente, apareció ella (Edith) saliendo de la embajada con su abundante cabellera rubia desplegada al viento y exhibiendo una amplia sonrisa en la que se destacaban sus sensuales labios de color rojo intenso, recién retocados. Se acercó al auto donde estaba esperándola Jesús, abrió la portezuela del lado del acompañante y se sentó a su lado, estampando de improviso un cariñoso beso en su mejilla.

— ¡¿Qué haces, Edith?! — dijo Jesús, tratando de sacarse la marca del beso con un pañuelo.

— ¡No te lo saques! ¡Esa es mi marca para que todos sepan que eres mío!—le contestó ella culminando con una sonora carcajada frente al rostro inexpresivo de Jesús, que puso en marcha el auto de manera indiferente sin festejar su ocurrencia.

Aquella tarde-noche, ella centró su comentario en la película que iban a presenciar juntos y lo notó diferente, como si algo extraño le hubiera sucedido.

—Te confundí con otra mujer que salió antes que vos de la embajada. Era muy parecida a ti, pelo largo rubio, lindo cuerpo y bastante bonita. ¿Quién podría ser? —preguntó Jesús como al descuido, mientras detenía el coche frente a un semáforo en rojo.

— ¡Se ve que la miraste muy bien!—contestó Edith en tono risueño, y sin ningún tono de reproche, luego agregó—. Por lo que me cuentas seguramente se trata de una funcionaria de la embajada llamada Aleska Socoloff. ¡Pero te aclaro que tiene unos cuantos años más que yo!

—Es extraño que no la hubiera conocido en la fiesta del catorce de mayo pasado—comentó Jesús al pasar.

—No es extraño, querido, ella no acostumbra a asistir a ningún tipo de reuniones o fiestas —contestó Edith naturalmente, al tiempo que el auto daba un sacudón violento debido a que Jesús pisó con fuerza el pedal del acelerador en el momento que cambió a verde la luz del semáforo".

No tenía dudas de que la verdadera culpable de su desgracia había sido esa mujer que odiaba con todas sus fuerzas.

La tormenta interior que perturbaba su estabilidad emocional la había abstraído tanto en sí misma, que ignoró los negros nubarrones que se habían decidido a avanzar y se aproximaban peligrosamente sobre la costa. Y de pronto sintió caer sobre su cálido cuerpo unas frías gotas de lluvia, que la hicieron regresar al presente. Una inesperada ráfaga de viento proveniente del mar hizo volar el pañuelo de rayón estampado, regalo de Jesús, con el que cubría su cabeza, y de manera instantánea se levantó en uno solo movimiento para ir a recuperarlo antes que llegara al agua. ¡Había que rescatarlo a toda costa, era lo único que todavía conservaba de él!

En solo algunos segundos el distendido ambiente playero se había transformado en un caos total. Todos corrían de un lado a otro recogiendo sus pertenencias y tratando de escapar de la tormenta, que finalmente se había desatado, luego de tantos días de aprontes y de amagues infructuosos. Edith tomó sus cosas y se retiró de la playa, indiferente. Caminaba en forma displicente, mientras recibía sobre su bronceado cuerpo las finas partículas de arena que la castigaban con violencia, y su larga y rubia cabellera goteaba, empapada con el agua de la lluvia.

Capítulo IV. La opción intermedia

Luego de varios días de intensas lluvias, el sol comenzó a hacer que el agua de las zonas anegadas de la ciudad se evaporara, y el verano tomó un nuevo impulso. Corría el mes de febrero, y todavía quedaba un buen trecho de la estación estival por delante.

Anug continuaba preocupado con su situación familiar, llevaba más de un año instalado en el Uruguay, pero todavía no había logrado convencer a Javiva para que se reuniera con él, como lo habían planificado. Su mujer le ponía una y mil razones que la retenían en Israel: el colegio de los chicos, dejar solos a sus ancianos padres en momentos que la iban a necesitar más, el clima de ese lejano país que iba a extrañar y las trabas que, según Javiva, el ministro Yosef Burg le interponía para liberarla del importante cargo que ejercía en el Ministerio de Bienestar Social en Tel Aviv, argumentando que ella era una pieza fundamental e insustituible en el funcionamiento dicha Secretaría de Estado.

Si bien el problema familiar lo tenía intranquilo, el asunto de la funcionaria Aleska Socoloff también le preocupaba. No se explicaba qué le había pasado realmente a esa mujer, para ausentarse tanto tiempo de su trabajo.

Sentado en su escritorio y mirando a través del amplio ventanal que daba hacia el boulevard Artigas, hurgaba con sus dedos su encrespada cabellera, como si de esa manera pudiera aclarar los pensamientos.

La joven secretaria, que se encontraba en su despacho clasificando documentos para enviar hacia el Ministerio en Tel Aviv, se sorprendió cuando escuchó el sonido estridente de su teléfono tan temprano en la mañana.

— ¡Edith, por favor venga, que quiero hablar con usted! —le dijo Anug de manera enérgica, y de inmediato colgó el teléfono, sin dar más explicaciones.

Edith, que todavía conservaba algunas ojeras de su mala noche anterior, retocó rápidamente su maquillaje y se dirigió hacia la oficina de su superior.

—Permiso, señor.

— ¡Pase! ¡Pase! —contestó Anug mientras se movía inquieto caminando a lo largo de su despacho con su cabellera revuelta y con rostro de preocupación—. ¡Esto no puede continuar así, nosotros mismos debemos ir a buscar a esa mujer a su casa! Yo le iba a sugerir…

—Señor—lo interrumpió—, yo me adelanté y me tomé el atrevimiento de ir a su casa…

— ¡Lo bien que hizo, Edith! ¡Lo bien que hizo!—la interrumpió Anug, y luego le preguntó ansioso mirándola directamente a los ojos—. ¿Y qué pasó?

—Nada…

— ¡Nada!

—Llamé varias veces a la puerta, y nadie me contestó. En esos momento entraba a la casa de al lado un vecino y le pregunté si sabía algo de ella…

— ¿Y?

—Él me manifestó que hacía muchos días que no la veía. Pero que no le había llamado la atención, ya que el trato que tenía con ella se limitaba a un breve saludo de cortesía, las pocas veces en que se habían cruzado. Después pude comprobar que debía de hacer varios días que no regresaba a su casa, porque debajo de la puerta de entrada había muchas cartas acumuladas.

— ¿Pudo ver las cartas, qué fecha tenían y de quiénes eran?

— ¡No, señor! ¡Violar la correspondencia personal es un asunto muy delicado!

—Sí, tiene razón, pero nos hubiera dado alguna pista. —Y luego dijo con resignación—. Creo que a esta altura lo más pertinente sería que diéramos aviso a la Policía.

—Usted sabe que las residencias diplomáticas son consideradas territorio del país que representan y por lo tanto el ingreso de la Policía podría constituir una violación flagrante de los tratados internacionales, como lo dictaminó la recientemente resolución aprobada de la Convención de Viena —contestó Edith muy segura.

—Pero si nosotros le damos la autorización para que intervengan, no creo que haya problemas —manifestó Anug con convicción.

—Sí, claro... aunque implica algunos trámites burocráticos, y necesitaríamos la aprobación de nuestro gobierno, antes de conceder dicha autorización—contestó Edith—. Antes tendríamos que convencer al Ministerio de que se trata de un asunto relevante y de suma importancia para...

— ¡¿Le parece que es de poca importancia que una funcionaria haya desaparecido por tanto tiempo sin dejar ningún rastro?! —la interrumpió Anug con una contestación enérgica, y agregó—. ¡Esta misma tarde me voy a poner en contacto con el Ministerio para comunicarle la situación por la que estamos pasando!

A partir de ese día, Edith cambió su carácter afable, se la veía más osca y apenas si hablaba. Pasó mucho tiempo encerrada en su oficina y no tenía contacto con los funcionarios, que durante esos días ejercieron sus labores sin la supervisión de su jefa, que estuvo prácticamente ausente.

Tres días después, muy temprano en la mañana, Anug citó nuevamente a Edith a su despacho para comunicarle la respuesta que le habían dado desde Tel Aviv.

— ¿Sabe qué me contestaron desde el Ministerio?—le dijo Anug con rostro de incredulidad—. ¡Que no era pertinente armar demasiado alboroto, que por el momento era solo una supuesta desaparición! ¡Y que en primera instancia tendríamos que encargarnos nosotros mismos de averiguar la razón por la que no concurre Aleska Socoloff a su trabajo! —y luego agregó ofuscado—. ¡Es muy fácil dar esa contestación desde allá! ¡Otra cosa es estar aquí, enfrentando la situación!—manifestó el embajador mientras caminaba por su oficina de un lado hacia el otro, con su mirada encendida.

—Bueno… yo creo que es…es comprensible la posición del Ministerio—dijo la rubia secretaria algo dubitativa al atreverse a contradecir la opinión del embajador—- Ellos desde Tel Aviv tienen una visión más amplia de la política de Estado y seguramente creen que en estos momentos hay que dar prioridad a la compleja situación que se vive en el propio Israel, antes de ocuparse de un simple acontecimiento que sucede en una embajada de un país lejano.

— ¡¿A usted le parece que este es un simple acontecimiento?! —dijo el embajador elevando la voz y mirándola directamente a los ojos.

—Si lo comparamos con el grave conflicto que mantenemos con los árabes, que amenazan la estabilidad de nuestro Estado, creo que sí, señor—contestó Edith, ahora más firme.

Frente al sólido argumento de la secretaria y luego de unos segundos de reflexión, en que su rostro cambió varias veces de expresión, Anug finalmente le contestó:

— ¡Puede que tenga razón, pero no nos podemos quedar con los brazos cruzados!— y continuó caminando de un lado a otro en su despacho rascando su cabeza y enredándose el pelo.

—No se preocupe, señor, ya pensaremos en alguna cosa.

Edith sentía que tenía que encontrar una solución urgente para tranquilizar a su jefe, que estaba demasiado ansioso y alterado. Esa noche casi no durmió y entre las tantas vueltas que había dado en su cama tratando de conciliar el sueño, le surgió una posible solución que al otro día le trasmitiría a su jefe.

A la mañana siguiente, luego de la ceremonia de la vestimenta, en que elegía la combinación exacta para cada una de sus prendas, y de ultimar un esmerado maquillado, Edith encaminó sus pasos hacia la embajada, que distaba a muy pocas cuadras de su residencia. Andaba con cuidado por la desierta vereda a esas horas de la mañana, temiendo enganchar sus finos tacones Luis XV en las zonas de vereda desprovista de baldosas. Y en los trechos donde la vereda no ofrecía impedimento alguno, se desplazaba balanceando sensualmente su cuerpo al tiempo que su abundante cabello rubio parecía flotar sobre sus hombros, al compás de sus pasos.

Cuando arribó a la embajada, se enfrentó al portón del frente de la casona y saludó con la mano al vigilante de la casilla de entrada, que mostraba unas oscuras ojeras esperando ansioso su relevo. El hombre la reconoció de inmediato y se aproximó con un manojo de llaves.

— ¡Buenos días, señorita!—dijo el vigilante, al tiempo que abría el portón y dejaba pasar a la joven.

— ¡Buenos días, Esteban! —dijo Edith y agregó al pasar—. ¿Todavía por aquí?

— ¡Sí, señorita! ¡Parece que mi compañero se durmió!

La joven ingresó a la casona y subió por las blancas escaleras de mármol que la llevaban hacia el primer piso donde se encontraba su oficina. Pasó por delante de la puerta de su superior caminando muy rápido y sintió el intenso aroma de café que inundaba el ambiente. El resplandor que se asomaba por debajo de la puerta de su despacho era señal de que el diplomático ya estaba en su puesto de trabajo.

Apenas ingresó a su oficina, el negro aparato de teléfono ubicado en una esquina del escritorio comenzó a sonar con insistencia. No necesitó extremar demasiado su imaginación para sospechar de dónde provenía la llamada.

—Buenos días, Edith, me pareció sentir unos pasos delante de mi oficina y me imaginé que era usted. La limpiadora a estas horas ya está en planta baja haciendo su tarea. Por favor pase por mi oficina a la brevedad.

—En un momento estoy por allí, señor. Yo también quiero hablar con usted—contestó Edith.

A los pocos minutos la secretaria se encontraba en la oficina del jerarca y en lugar de esperar a que él comenzara su alocución, ella tomó la iniciativa.

—Señor, durante estos días estuve meditando largamente sobre el asunto de la funcionaria Aleska Socoloff que nos tiene inquietos y preocupados. —El embajador se rascó su enrulada cabellera esperando ansioso lo que iba decir—.Y pensé que lo más adecuado era tomar una conducta intermedia…

— ¡¿Conducta intermedia?! ¡No entiendo! —manifestó el embajador con una expresión de desconcierto, dejando caer con un golpe una taza de café ya vacía sobre el escritorio.

—La llamo "conducta intermedia" porque no tendríamos que hacer la denuncia a la Policía, como nos pidieron desde el Ministerio, pero tampoco tendríamos que ser nosotros mismos quienes nos hiciéramos cargo del asunto, sino que iríamos por otro camino.

— ¡Sigo sin entender! ¿Qué propone concretamente?

—Hace unos años, cuando yo era muy joven, sucedió un hecho delictivo que nos tocó muy de cerca. Mi padre junto a su socio tenía un negocio muy próspero ubicado en la Ciudad Vieja, dedicado a la comercialización de pieles finas —comenzó diciendo Edith mientras el embajador seguía con expectativa el relato de la secretaria—. En ese tiempo las pieles eran última moda, y nuestra empresa era la número uno en ventas en el rubro, además era el único comercio en la ciudad que poseía una cámara frigorífica para guardar pieles y era donde muchas de las mujeres de las familias acomodadas montevideanas dejaban sus costosos tapados durante las épocas estivales. Pero cuando todo andaba sobre rieles y el negocio se había consolidado en el mercado, ¡sobrevino la catástrofe!

En determinado momento el embajador hizo un intento para interrumpir el relato porque no llegaba a comprender qué relación tenía todo aquel cuento con el asunto que los preocupaba, pero se contuvo y aguardó a que la mujer continuara.

—Luego de una violenta explosión, el local se incendió completamente, y las pérdidas fueron totales. ¡No quedó nada! Todo fue destruido por un voraz incendio, que consumió las costosas cámaras de refrigeración junto a las finas pieles de los clientes que estaban almacenadas en ellas. A esta altura usted se estará preguntando, ¿qué tiene que ver toda esta historia personal que le estoy contando con el asunto de Aleska Socoloff? —la expresión del rostro del jerarca demostraba que eso era realmente lo que estaba pensando, Edith continuó—. La investigación policial nunca llegó a aclarar nada sobre aquel desgraciado suceso, y como muchos casos policiales, quedó archivado sin resolver. Pero mi padre y su socio no se conformaron con la ineficaz actuación policial y decidieron contratar un detective privado…

— ¡Ahora entiendo dónde quiere ir! —interrumpió el embajador, tomado asiento con su taza de café otra vez llena—. ¡Quiere seguir el mismo camino que siguió su padre!

— ¡Exacto! Mi intención era sugerirle que la embajada contrate los servicios del detective Lorenzo Cannizzaro, el mismo que se hizo cargo de la investigación en aquel entonces, para que se ocupe de este asunto que tanto nos preocupa. Dejo constancia de que es una persona de confianza y muy competente en su oficio…

—Pero según lo que usted me cuenta, ese episodio sucedió hace muchos años atrás.

—Bueno sí… unos diecisiete dieciocho años… más o menos.

— ¡Es mucho tiempo! ¿Usted tuvo algún contacto con ese detective en estos años?

—No... no, la verdad que no.

— ¿No le parece que el hombre puede estar retirado de su profesión, o peor aún, que ya no se encuentre entre los vivos? —dijo Anug, irónicamente.

—Bueno... sí... ¡no había pensado en eso! Tiene razón. Voy a agotar todos los recursos para tratar de ubicarlo.

— ¡De pronto tiene que darse alguna vueltita por algún hogar para ancianos!—terminó diciendo Anug, con la misma expresión irónica en su rostro.

Capítulo V. Entre la literatura y las flores

El estridente ventilador, ubicado sobre la añeja cómoda estilo francés, resultaba ineficiente para disipar el bochornoso calor que se había acumulado durante esos días. La cálida y húmeda noche de febrero se le había hecho interminable a Lorenzo, que apenas había podido robarle unos escasos minutos al porfiado insomnio. En sus interminables vueltas sobre la arrugada sábana que se pegaba a su cuerpo, sentía que las horas, los minutos y los segundos le pesaban cada vez más. Miraba ansioso un resquicio que dejaba la cortina, esperando que la luz salvadora del amanecer se dignara a aparecer y lo rescatara de la tórrida oscuridad que lo agobiaba.

Cuando apenas vislumbró un tímido rayo de sol colarse en el dormitorio, se sentó en la cama como impulsado por un resorte y apoyó las plantas de sus pies sobre las frías baldosas del piso. Una sensación refrescante y placentera trepó por su cuerpo regulando su excedida temperatura corporal, al tiempo que observaba con envidia a su mujer, que dormía plácidamente a su lado. No alcanzaba a comprender cómo podía seguir tan campante en los brazos de Morfeo, en medio de aquella ardiente atmósfera que los envolvía. Se calzó sus pesados lentes de carey y se incorporó, para salir de inmediato del dormitorio, donde había padecido durante toda la noche como en un cuarto de torturas.

Como ingrediente adicional a su suplicio nocturno, había tenido que visitar el baño en repetidas ocasiones, obligado por el incontenible deseo de orinar. De acuerdo a los estudios realizados y la opinión del urólogo, su glándula prostática tenía una clara indicación quirúrgica, pero antes de pasar por el quirófano, el médico le había indicado que debía adelgazar unos cuantos kilos. Lorenzo le había estado escapando a esa solución radical, aduciendo que le gustaba demasiado comer y que para él era imposible realizar un sacrificio semejante, pero en realidad esa negativa escondía otra cosa. Le producía pavor el solo hecho de pensarse tendido en una mesa de operaciones, expuesto e indefenso frente a un "enmascarado empuñando un bisturí", como él llamaba a los cirujanos. Todavía tenía presente en su mente la terrible experiencia sucedida cuando aún era un niño. Recordaba muy bien aquella maldita apendicitis aguda que los doctores llamaron "gangrenosa", que le había costado más de quince días de internación para recuperarse y mucho más tiempo para poder reintegrarse a jugar al fútbol con sus amigos.

Bajó la escalera con los zapatos en la mano, tratando de hacer el mínimo ruido posible para no despertar a Isabel. Trastabilló en el anteúltimo escalón, pero pudo estabilizar su pesado cuerpo sin inconvenientes y se dirigió al baño de la planta baja a desalojar de su vejiga la escasa orina que le restaba. Se enfrentó al espejo, se quitó los lentes y vio la imagen extenuada de su regordete rostro donde se destacaban las habituales bolsas debajo de sus ojos, más oscuras y tumefactas que de costumbre. Se acercó al espejo y observó que de su espeso bigote emergían desalineadas barbas blancas que urgían su cercenamiento. Era evidente que el sobrenombre de "foca", como lo llamaban sus compañeros del Correo, se ajustaba a la perfección. Se lavó la cara y peinó sus escasos cabellos hacia atrás, solo en las partes laterales de la cabeza, donde aún conservaba el pelo. La raya de su peinado, que en otros tiempos se esmeraba en delinear cada mañana, ahora era la continuación de su frente.

Había comenzado a transitar el año de su séptima década, y no terminaba de acostumbrarse a su arcaica y marchita realidad.

Abrió de par en par las ventanas para remover el denso y cálido ambiente que había invadido la casa y se sentó cómodamente en un viejo sillón, a contemplar su nutrida biblioteca y pensar en su próxima incursión literaria. Tenía una deuda con "los clásicos", que se había propuesto cumplir en esos años de inactividad que le quedaban por delante. En el estante más alto podía ver el lomo de cuero de la *Divina Comedia*, un obsequio de su viejo vecino don Eugenio Camoranesi. ¡Qué buenos recuerdos tenía de aquel hombre! Lo invadió la nostalgia pensando en aquellos tiempos, cuando impulsado por don Eugenio había comenzado a formar su biblioteca. Aquel entrañable vecino era un viejo marino italiano que luego de recorrer los mares del mundo y vivir una vida repleta de aventuras, había recalado en el Uruguay. Era un placer sentarse a su lado y escuchar las interminables historias que relataba como nadie. Cada palabra que salía de su boca estaba cargada de la sabiduría que había adquirido a lo largo de su increíble experiencia acumulada y de su vocación por la lectura. Él había sido quien le había transmitido el interés por la literatura y había sido el principal promotor de la formación de su biblioteca, al haberle obsequiado aquel primer libro de Dante Alighieri, que aún conservaba como una reliquia.

Nunca se olvidaría de aquella tarde de verano en que sentados en la puerta de su casa le había dicho:

"Querido Lorenzo, puedes recorrer el mundo con tu imaginación, que es aún más fértil que la realidad misma, incluso lo puedes hacer traspasando las barreras del tiempo, y todo esto es posible mediante la magia que nos trasmite de la lectura de los buenos libros". Aquella idea, al igual que el regalo de aquel primer libro, caló tan hondo en la conciencia del joven Lorenzo, que fue el impulso inicial del gran esfuerzo que realizó durante años, para ir formando poco a poco la rica biblioteca que orgulloso tenía.

Con el correr de los años esa devoción por la lectura, que le había inculcado el viejo marino, se fue canalizando, sin mucha explicación, hacia una corriente más especializada, la literatura policial. Había sido tal el fervor por ese tipo de lecturas, que Lorenzo llegó a transformarse prácticamente en un experto en el rubro. Pero esa devoción fue más allá de la literatura, y no pocas veces había manifestado a sus familiares y amigos que él no descartaba dedicarse en un futuro a la misma profesión que los personajes de sus novelas, ya que había aprendido tan bien las destrezas y habilidades empleadas por sus héroes de ficción para atrapar a los malhechores, que se sentiría capaz de igualarlos, atrapando a los criminales de verdad. Su padre, que era un italiano hosco e intolerante, lo reprendía manifestándole que "lo más importante en la vida era aprender un oficio en serio y no estar perdiendo el tiempo jugando a los detectives".

Pasaron los años, y su biblioteca comenzó a crecer. Sus estantes se fueron llenando de novelas de Edgar Allan Poe, Raymond Chandler, Arthur Conan Doyle, Agatha Christie y muchos otros autores del género policial. Dichas obras no solo colmaban su placer personal sino que se transformaron en la principal fuente donde abrevó muchas de las ideas que más tarde aplicó en la vida real, cuando finalmente cumplió su sueño de incursionar en la investigación criminal. Al mismo tiempo fue completando su colección de libros, con obras clásicas de la literatura universal, pero que debido a su intensa actividad, había ido relegando para leer "más adelante". Ahora, ya retirado, contaba con el tiempo necesario para ponerse al día.

La pasada noche, antes de su frustrado encuentro con Morfeo, había finalizado de leer el último capítulo de *Los hermanos Karamazov*, con la débil luz del velador. Sus ojos habían quedado exhaustos por el esfuerzo, y se juró que el resto de la obra de Dostoyevski, que tenía completa en tres tomos, en un finísimo papel de biblia y con una letra muy pequeña, nunca más intentaría leerla sino era en pleno día y con la luz del sol.

Se dirigió hacia la puerta de entrada de su casa y salió a respirar el aire fresco de la mañana, como lo hacía los días que el clima se lo permitía. Parado en el escalón de entrada, veía entre las anchas hojas del frondoso plátano que se erguía orgulloso a su frente, a los inquietos gorriones que revoloteaban entre las ramas con sus inconfundibles trinos y a las hembras alimentando afanosas a sus hambrientos pichones. Una simple escena de la naturaleza que disfrutaba intensamente a esas tempranas horas, en que del día recién comenzaba a desperezarse. La calle todavía se veía semidesierta.

Realizó una inspiración profunda, al tiempo que levantó lentamente sus brazos sobre la cabeza, mantuvo una apnea de unos segundos y a continuación los fue descendiendo lentamente, mientras dejaba escapar por su fosas nasales los restos de aire caliente y viciado, que había acumulado durante toda la noche. Repitió el ejercicio varias veces, sintiendo complacido el aire que recorría los intersticios más profundos de sus pulmones. Era un hábito que había adquirido en sus tiempos de fumador y que pasados tantos años de haber dejado el vicio, aún seguía manteniendo.

— ¡Buen día, vecino! ¡Aprovechando el fresquito de la mañana! —dijo un hombre mayor vestido con un pijama a rayas, que se había parado frente al árbol con su pequeño foxterrier para que hiciera sus necesidades—. ¡Parece que hoy también va a ser un día insoportable!

—Vecino, ¿por qué no lleva al perrito a otro lado? —contestó Lorenzo molesto, ignorando el comentario que aquel hombre le había hecho referente al clima.

— ¡Son unas gotitas nada más! ¡Usted sabe cómo son estos bichitos! Hay que sacarlos por lo menos dos veces al día, sino, ensucian cualquier rincón de la casa. Y no se preocupe, "lo otro" ya lo descargó en el árbol de al lado —dijo el viejo con cara sonriente, creyendo que la suya era una buena chanza, que su vecino festejaría.

Por el contrario, Lorenzo quedó con su rostro impasible y sin hacer ningún gesto, meditando si los perros nacían con hipertrofia prostática dada la necesidad que tienen de orinar de a poquito y de forma repetida, igual que lo hacía él.

— ¡¿Vio lo que le pasó a "la Polaca"?! —dijo el hombre del pijama a rayas tratando de desviar la conversación, al observar la cara de pocos amigos de su vecino.

Mientras tanto, esperaba que el foxterrier terminara de olfatear alrededor del plátano y levantara la patita expulsando los últimos chorritos.

— ¿Qué "Polaca"? —preguntó Lorenzo de mala manera sin apartar la mirada del perro, que lo tenía inquieto; quería que se fuera de una vez.

— ¿No la conoce? ¡La que vive en la casa grande de dos plantas frente al Cementerio!

—No sé quién es.

— ¡Dicen que desapareció!

— ¿Quiénes dicen?

—En el almacén de don Lucio varios vecinos comentaron, días pasados, que no la ven por el barrio desde hace mucho tiempo, incluso hay algunos que dicen que la asesinaron—dijo el viejo del pijama a rayas, mientras aguantaba de la correa al foxterrier, que aburrido del plátano pretendía continuar al siguiente.

— ¡Se dicen tantas cosas! ¡Usted sabe cómo es la gente, empiezan a imaginar historias raras, y nunca se sabe si son reales o no!—dijo Lorenzo, sin darle demasiada importancia al comentario de su vecino, y a continuación le preguntó—. ¿Usted conoce a esa mujer?

— ¡Como conocerla, no! Solo la vi dos o tres noches, cuando saqué a Chispita a dar un paseo. ¡Es una rubia de pelo largo, muy bonita y tiene un andar muy sugestivo! Dice el Cutre, que no se pierde nada en el tema de mujeres, que la sintió hablar con un acento extranjero.

— ¿El Cutre?

—Sí, el viejo que se pasa en la puerta del almacén de don Lucio tomando mate. ¿Tampoco lo conoce?

—No tengo el gusto. Es mi mujer la que hace los mandados.

—El Cutre es un jubilado del ferrocarril, que trabajaba como guarda barreras en Margat, una estación que está entre las ciudades de Canelones y Santa Lucía y al que le gusta inventar historias —y luego continuó mientras tironeaba de la correa del perro—. Ahora es un viejo mentiroso que no hace otra cosa que tomar mate, fumar y mirar con ojos libidinosos a todas las mujeres del barrio. ¡Yo les tengo prohibido ir al almacén a mi mujer y a mi hija! ¡Los mandados los hago yo!

De pronto el hombre del pijama a rayas fue arrastrado por el pujante ímpetu del perro, que se había cansado de ese árbol y se dirigía decidido hacia el siguiente.

—¡Hasta luego, vecino! ¡Hoy Chispita está muy nervioso!

De forma inesperada y sin proponérselo, Lorenzo quedó parado inmóvil en el umbral de su casa y con la vista perdida en el follaje del plátano que tenía enfrente y comenzó a extremar sus conexiones neuronales como lo hacía en otros tiempos, tratando de sacar algunas conclusiones de aquella escueta historia barrial.

¿Quién sería esa Polaca? ¿Realmente habría desaparecido o la habían asesinado, como comentaban los vecinos?

Pese a su prolongada inactividad, su innata mentalidad de detective lo había impulsado a plantearse aquellas interrogantes de forma automática. Hacía casi diez años que se había jubilado del pesado cargo burocrático en la Administración Nacional de Correos, pero hacía solo cinco que había cerrado su agencia de detectives en la Ciudad Vieja. El hecho de haber abandonado el empleo público, donde había trabajado por más de treinta años, no lo había afectado demasiado, al contrario, lo había aliviado de una tarea aburrida que lo tenía harto y le impedía dedicarse exclusivamente a su real vocación que era la investigación, cosa que sí había podido hacer los últimos cinco años de actividad. Esos fueron los años en que pudo disfrutar a pleno su profesión vocacional.

Luego de su retiro definitivo, continuó interesándose en los casos policiales del momento por medio de la prensa y de los asiduos encuentros que mantenía con su gran amigo, el sargento Pedro Cabezas. Pero luego de que su amigo había fallecido de manera inesperada, había perdido el interés en esos asuntos. Ya no quería leer los diarios, ni escuchar los noticieros, solo se dedicaba en forma exclusiva a cuidar sus plantas, leer los clásicos de su nutrida biblioteca y acompañar a Isabel al cine o al teatro, tratando de compensar todos los años en que había estado en falta con ella, a causa del tiempo que le demandaba su cargada actividad.

Cuando se percató de que su mente estaba recorriendo caminos de otras épocas, haciéndose preguntas vanas e inútiles para su actualidad, recapacitó de inmediato y volvió a la realidad, planificando la ubicación de un nuevo cantero de petunias blancas, al lado del de las begonias, y a meditar sobre su próxima lectura de uno de sus autores favoritos, Fiódor Dostoyevski.

Capítulo VI. Regreso al pasado

La visita inesperada de Edith había vuelto a renovar la ilusión que Lorenzo mantenía latente desde su retiro: ¡poder regresar algún día a su querida profesión de investigador!

Isabel, que había descubierto en el brillo de sus ojos que esa loca idea lo estaba turbando demasiado, trataba de convencerlo para que se la quitara de la cabeza, con diversos argumentos.

—Es la ley de la vida, los más jóvenes deben ser los encargados de lidiar con los quehaceres cotidianos del nuevo mundo, que va cambiando constantemente a un ritmo vertiginoso. Los que ya vivieron la mayor parte de su existencia entran en una etapa diferente de la vida, y su deber es hacerse a un lado y dejar libre el paso a las nuevas generaciones—le decía de la manera más dulce y gentil posible, y agregaba—: Los años han pasado, y es evidente que ya no posees la misma fuerza física, ni los reflejos necesarios para ejercer el tipo de actividades que demanda tu ex profesión. También es natural que tu agilidad mental de antaño ya no sea la misma, y seguramente tus razonamientos van a ser más lerdos y perezosos. Los años acumulados nos traen limitaciones físicas y también mentales, que se van acrecentando a medida que pasa el tiempo. ¡Y eso es algo que todos debemos de aceptar dignamente!

— ¿Vos pretendés decirme que mi tiempo ya pasó y que me siente cómodamente a esperar?

— ¡Qué decís! ¡¿A esperar qué?!—exclamó Isabel, ante la pregunta que le pareció desubicada.

— ¡Lo único que se puede esperar a esta edad, querida!—dijo Lorenzo enfáticamente.

—Yo no pretendo decirte eso que vos pensás, solo quiero abrirte los ojos para que comprendas que pretender regresar al pasado, como si los años no hubieran transcurrido, es un grave error. Quiero que entiendas que es un despropósito poner en riesgo tu calidad de vida actual, porque salvo por algunas "nanitas" lógicas de la edad, no tienes mucho de qué quejarte. Por otro lado, con tu jubilación y lo que yo gano con mis costuras para afuera nos alcanza y nos sobra para vivir y darnos algunos gustitos. Y aunque no son demasiados, también tenemos algunos ahorros que nos ayudarían en caso de alguna emergencia. Entonces yo me pregunto cuál es la razón de tu obstinación por aceptar este reto.

Sentado en su sillón y haciendo tintinear la cuchara contra el humeante vaso de té que revolvía lentamente, Lorenzo continuaba escuchando a su mujer, ahora sin contestarle.

En sus más de treinta y cinco años de casados, ella jamás le había cuestionado asuntos de su profesión, ni se había quejado cuando obligado por su excesiva actividad laboral, no le había dado la atención que merecía. Siempre había recibido un apoyo incondicional de su parte, e incluso muchas veces lo había ayudado, aportando valiosísimas ideas para sus investigaciones. Por esa razón, respetaba y valoraba las palabras de su esposa, que parecían lógicas e irrefutables. No obstante, se aferraba a su amor propio, convencido de que todavía era capaz de afrontar ese reto, que difícilmente se volvería a repetir en su vida.

Durante varios días, Lorenzo fue transitando por estados de ánimos cambiantes: desde una gran euforia y entusiasmo por aceptar el desafío, hasta la resignación de desechar definitivamente el ofrecimiento de trabajo, aceptando los sólidos argumentos de su esposa. Su decisión se balanceaba, al igual que el péndulo del viejo reloj de estilo vienés que tenía en la biblioteca, de un extremo a otro, sin definirse por ninguna de las dos opciones.

Pasados unos días y pese a la insistencia de Isabel, que trató de disuadirlo de su propósito, finalmente Lorenzo se dejó seducir con la idea de regresar al pasado, prometiéndole a su mujer que esa sería la última vez que lo haría, y que solucionado el caso, regresaría a su tranquila vida de jubilado. Esta explicación no conformó a Isabel, que no comprendió cómo su esposo había tomado aquella descabellada decisión, que iba a perturbar profundamente la vida tranquila y serena por la que merecidamente transitaban, luego de las agitadas vivencias de otros tiempos.

La consecuencia de todos estos desacuerdos fue llevando a un resquebrajamiento de sus relaciones interpersonales, cosa inédita en su siempre amorosa y cordial relación.

Al día siguiente a la mañana, luego de las acostumbradas inspiraciones matinales, Lorenzo vio a Isabel bajando la escalera, todavía con ropa de cama, con el rostro adusto y los ojos hinchados.

— ¿Tan temprano y ya levantada? —le preguntó, tanteando el terreno y tratando de aplacar los ánimos que estaban demasiado alterados por las discusiones de la noche anterior.

— ¡No te acordás que hoy es el cumpleaños de Marita!—dijo Isabel sin mirarlo y de mala manera, bajando con cuidado la empinada escalera de madera.

— ¡Pero es muy temprano para saludar a tu sobrina! A esta hora todavía debe de estar durmiendo.

— ¡No es para saludarla! ¡Me levanto temprano para hacerle la torta que le había prometido!—dijo molesta Isabel, terminando de bajar y dirigiéndose hacia la mesada de la cocina.

— ¡Sí... sí... ahora recuerdo... que le ibas a hacer una torta de chocolate y...!

—¡NO...NO!—dijo Isabel casi gritando y con el rostro enrojecido, algo que sorprendió a Lorenzo porque no estaba acostumbrado a verla de esa manera—.¡Ya no te acordás que Marita, la sobrina que tanto querés, es alérgica al chocolate!

—Sí... tenés razón, no me acordaba. Me distraje un momento.

—¡Claro, ahora tenés la cabeza ocupada con otras cosas! Mejor andá a repasar tus viejos manuales de detective, que los vas a necesitar de nuevo. Yo tengo que desayunar y después salir a hacer los mandados para hacer la torta, sino, se me va a hacer demasiado tarde.

—¿Vas a ir al almacén de la otra cuadra? —preguntó Lorenzo, tratando de bajar la tensión y el enojo evidente de su esposa.

—¡Sí, claro! ¡Donde siempre voy desde que vivimos en este barrio!

—¿Viste allí alguna vez al hombre que le dicen el Cutre?

—¿Quién es ese?

—Un viejo que está siempre tomando mate en la puerta del almacén.

—¡No tengo idea de cómo se llama, pero me imagino que te referís a ese atrevido que se pasa mirando y piropeando a las chiquilinas!

—¿No me digas que se metió también contigo? —preguntó Lorenzo con rostro un tanto risueño, haciéndole una chanza y tratando de aplacar los ánimos alterados de su mujer

—¡¿Qué decís?! Se mete con las jóvenes, a mí ya no me mira ni ese viejo.

—¡Anda... si vos todavía tenés lo tuyo, Isabelita!—le contestó Lorenzo con una sonrisa y le pegó una palmada cariñosa en las nalgas, mientras ella se apartaba hacia la mesada de la cocina y lo miraba con gesto contrariado.

—¿Alguna vez sentiste hablar de la Polaca? —insistió Lorenzo.

—¿¡La Polaca!? No sé de quién me hablás —contestó sin mirarlo mientras tostaba unas rodajas de pan del día anterior.

—¿Viste el hombre del perro? ¿Ese que nunca se saca el pijama a rayas? El otro día en pocos minutos me puso al día de los acontecimientos del barrio, mientras su pichicho meón marcaba territorio en el árbol de la vereda, y me contó que una mujer que vive en la otra cuadra, a la que le dicen la Polaca, había desaparecido. Incluso algunos dicen que la mataron.

—¡Quiero que te quede claro que ya hace tiempo no me interesan esos temas!—le contestó molesta Isabel y le dio la espalda, mientras se servía un té en la única taza de porcelana china que conservaba del regalo de casamiento que le había hecho su cuñada Cata—. ¡Ya no quiero saber más nada de investigaciones, crímenes o desapariciones! Pasé por todo eso durante muchos años, acompañándote y apoyándote, pero ahora estamos transitando por otra etapa de la vida, que parece vos no entendés. Yo no estoy dispuesta a volver atrás. ¡Vos hacé lo que quieras!

—¿Querés que vaya al almacén, así ganás tiempo?—dijo Lorenzo como si no hubiera escuchado el enérgico y concluyente comentario de su mujer.

—¡¿Vos haciendo mandados?! ¡¿Desde cuándo?! —dijo en tono burlón.

—¡Decime qué necesitás, y voy!

—Bueno, si querés, andá. Así me dejás tranquila y de paso aireás un poco las neuronas, a ver si entrás en razón.

Al poco rato, cuando el sol ya estaba picando, Lorenzo salió hacia el almacén de don Lucio, por primera vez desde que vivían en el barrio, con la lista detallada de lo que tenía que comprar para la torta de Marita, y algún otro encargo que le había hecho Isabel.

A medida que se fue acercando al comercio, fue reconociendo al hombre que estaba en la puerta. No cabían dudas, de acuerdo a la descripción que le habían dado, ese tenía que ser el Cutre. Llevaba una gorra de visera calzada hasta las orejas, dejando al descubierto unos mechones desprolijos de cabello blanco que salían a los lados de la cabeza. Con un mate en su mano derecha y el termo de agua caliente debajo del brazo, miraba detenidamente con sus pequeños ojos hundidos en sus cuencas a cada una de las personas que entraban al almacén.

Cuando Lorenzo se aproximó a la puerta del negocio, el viejo que estaba con una diminuta colilla de cigarro armado pendiente, en un extremo de su labio inferior, lo observó de arriba abajo y repasó en sus archivos mentales la lista de personas asiduas al comercio. Al instante dedujo que Lorenzo era un cliente nuevo que no figuraba en sus registros.

—Calorcito, ¿no? —dijo el Cutre a la pasada, mientras sorbía ruidosamente la infusión en una opaca bombilla de alpaca por el extremo de la boca en que no tenía el pucho.

—Sí... sí, está bravo—contestó Lorenzo algo sorprendido, deteniendo su marcha antes de ingresar en el comercio.

—¿Vecino nuevo?—preguntó el Cutre.

—No. Es que nunca vengo por acá, la que viene es mi señora.

—¡Se ve que el señor es muy confiado!

—¿Por qué dice eso?—preguntó Lorenzo algo molesto.

—¡En estos tiempos dejar a la mujer sola, no demasiado conveniente!

—¡No es para tanto! —contestó, mientras pensaba en lo que le había contado el hombre del pijama a rayas y su mujer, "El único peligro sos vos, viejo bandido".

—¡No se crea, ya mataron a una! —dijo el Cutre, levantándose de su improvisado asiento en un cajón de verduras vacío y dirigiéndose a Lorenzo, que siguió camino y ya estaba dentro del almacén frente al mostrador, esperando que don Lucio lo atendiera.

—¡No le haga caso, vecino! ¡A veces exagera un poco!—intervino don Lucio con rostro risueño, al tiempo que subía en una escalera de madera para bajar de la estantería más alta una caja de galletitas María.

—¡Nunca nadie me cree! ¡Pero un día se van a arrepentir! —dijo enojado el Cutre, que había escuchado lo que había dicho el almacenero, y se sentó en su cajón chupando la bombilla con rabia.

—¿Qué hay de cierto en lo que dice el señor? —preguntó en voz baja Lorenzo a don Lucio, luego de que la última clienta se hubiera retirado con sus trescientos gramos de galletitas María y un pote de mermelada de naranja casera.

—¿Con respecto a qué?

—A eso de que mataron una mujer —dijo Lorenzo, arrimándose al mostrador casi en secreto.

—¡Ah... eso! Algunos vecinos comentan que la vecina que vive en la casa de puerta verde de la otra cuadra desapareció, y al Cutre, que no tiene nada que hacer más que tomar mate, se le ocurrió, con su mente fantasiosa, decir que la asesinaron. Y ya sabe cómo son estas cosas, alguien larga una de estas noticias, se corre la voz, y después muchos lo toman como un hecho verdadero. En estos días ya me han comentado varios clientes preocupados por el mismo tema.

—¿Usted la conoce? —preguntó Lorenzo.

—Nunca hablé con ella, solo la vi de pasada algunas veces. Es una mujer muy atractiva, pero algo extraña, y nunca habla con los vecinos.

Luego de la compra, Lorenzo se retiró del almacén bajo la mirada seria y desconfiada del Cutre, que lo observó hasta que se perdió de vista.

El veterano ex detective regresó a su casa caminando en cámara lenta y tratando de refugiarse de los poderosos rayos del sol en las sombras que proyectaban los robustos plátanos. La lentitud de su andar no obedecía exclusivamente al agobiante calor de ese mediodía. El estado de concentración en que iba imbuido hacía que sus energías se dirigieran principalmente hacia sus neuronas, que habían comenzado a intercambiar los impulsos eléctricos necesarios que le permitían ir interpretando los escasos datos referentes a la mujer que llamaban la Polaca. Su espíritu de investigador había renacido luego de tanto tiempo de inactividad, volviendo a transitar por los métodos de la lógica y la deducción.

Lo que pudo sacar en limpio del tema fue que de acuerdo a las versiones de los vecinos, la Polaca era una mujer atractiva físicamente, poco comunicativa, y que hacía varios días que no la veían por el barrio. Pero de allí a decir que había desaparecido e incluso que la habían matado, como afirmaba el Cutre, parecía demasiado aventurado. En primera instancia, para considerar desaparecida una persona había que descartar varias posibilidades: que estuviera de viaje, o en la casa de algún conocido, o que se hubiera mudado. Y para pensar en un homicidio no había ningún elemento concreto, más que la opinión de un personaje poco confiable como ese viejo libidinoso y desprolijo. Sin embargo, de acuerdo a su larga experiencia como investigador, sabía que nunca había que descartar totalmente las versiones provenientes de personas que en principio parecían poco creíbles. Recordaba que años atrás, gracias a la confianza que había tenido en la palabra de un borracho, había podido esclarecer un crimen que había estado oculto durante mucho tiempo. Otro tanto le había pasado con las declaraciones de una persona que había interrogado mientras se encontraba internada en el hospital Villardebó para enfermos mentales, que le había facilitado el dato fundamental que necesitaba para resolver el homicidio de una mujer.

Cuando su mente continuaba elucubrando en relación con todos estos temas y se internaba en un laberinto de dudas, de pronto sus pensamientos se detuvieron, y regresó a la realidad. Al otro día iba a iniciar la investigación de un caso concreto por el cual lo habían contratado. ¿Por qué razón debía ocupar su mente ahora en este tema que no era más que intrigas y habladurías vecinales, que hasta el momento no tenían ningún fundamento? De ahora en adelante, iba a hacer lo que pregonaba su admirado Sherlock Holmes. El afamado detective de ficción consideraba que el cerebro humano tenía una capacidad limitada para almacenar información, por lo tanto tenía que hacer el esfuerzo de borrar los datos inútiles del acontecimiento vecinal para dar cabida a los futuros datos útiles que debía comenzar a recoger en el día de mañana, en que daría comienzo el último trabajo en su vida como investigador, así se lo había prometido a Isabel. Promesa que tendría que cumplir si pretendía conservar su matrimonio.

Capítulo VII. El baúl

Los fanáticos aficionados del equipo locatario, ubicados en la ardiente gradería de hormigón, gritaban de forma desaforada gruesos improperios hacia el recio zaguero central del Club Atlético Cerro. Dicho jugador había protagonizado un fuerte encontronazo con el centro delantero local, que quedó tendido en el campo revolcándose y dando señas de un intenso dolor. Mientras tanto, los partidarios menos exaltados mascaban su rabia por dentro observando el encuentro que tenía como telón de fondo la magnífica vista de la bahía de Montevideo, con el cerro, el puerto y el cúmulo de edificios del centro de la ciudad, donde el Palacio Salvo se destacaba entre todos ellos con su perfil particular.

La tensa escena se desarrollaba sobre una de las áreas del estadio Parque Capurro, campo de juego del Centro Atlético Fénix, donde se habían amontonado una gran cantidad de jugadores que se empujaban y se insultaban ante la atenta mirada del árbitro, que luego de calmado los ánimos se apersonó al infractor haciendo uso de su autoridad:

—¡La próxima, se va! ¿Entendido?

—¡Pero, señor juez, no lo toqué! ¿No ve que está fingiendo? —contestó el zaguero con rostro de inocencia, señalando al jugador agredido que continuaba tendido en el polvoriento campo de juego.

Aquel encuentro de fútbol era un clásico de barrio, por la gran rivalidad existente entre los dos equipos montevideanos, y tanto las hinchadas desde las tribunas como los jugadores dentro de la cancha lo sentían así y vivían esos momentos con gran intensidad.

Luego de algunas discusiones por un evidente penal no cobrado y el gol del empate sobre la hora de finalización del partido en posición algo dudosa, el encuentro finalizó con una justa paridad en el tanteador.

Cuando culminó el espectáculo, el árbitro y sus colaboradores fueron abucheados e insultados por la parcialidad local descontenta con su actuación. En esos días, la gran mayoría de los presentes en aquel suceso barrial todavía no reconocían a ese joven árbitro de cara aniñada y flequillo que caía sobre su frente, que muy pronto se iba a transformar en una figura mediática de notoriedad. Pero no solamente por su actuación deportiva sino también por su accionar al frente del Departamento de Inteligencia y Enlace, dependiente de la Jefatura de Policía de Montevideo.

El Ford Falcon azul guiado por el agente de segunda Segismundo Cabrera se desplazaba por la coqueta rambla, bordeando el encantador collar de playas de blancas arenas de la costa montevideana. Eran los últimos estertores del verano que avanzaba en su quincena final hacia el inevitable otoño. Sin embargo, la estación estival todavía tenía reservados algunos días cálidos, que las familias aprovechaban para realizar paseos al aire libre y en especial concurrir a las playas, que era uno de los pasatiempos predilectos de los vecinos de la ciudad platense.

—¿Están seguros de que no es una falsa alarma? —preguntó el comisario Otero poniendo uno de sus codos sobre el respaldo de su asiento y dirigiéndose hacia atrás, donde iban apretujados dos reporteros del vespertino El Diario, junto al subcomisario Santana Cabris.

—La semana pasada nos enteramos de la noticia de forma extraoficial, y como nos resultó algo extraña, lo consultamos con nuestro director para ver si era pertinente iniciar una investigación, pero bastante contrariado nos contestó que mejor dedicáramos nuestro tiempo a los temas realmente importantes que sucedían en nuestro país, y que acá en el Uruguay no pasaban esas cosas extrañas que le estábamos contando—contestó uno de los periodistas—. Pero cuando a los pocos días recibimos un cable de Associeted Press reiterando la noticia, no quisimos exponernos a otro rezongo de nuestro director y decidimos actuar por nuestra cuenta.

El otro periodista, más veterano, que se encontraba a su lado, agregó:

—Acudimos directamente a usted porque mantenemos una muy buena relación personal y durante estos años de actuación periodística, en la que no pocas veces accionamos conjuntamente en los distintos casos que nos tocó cubrir, siempre tuvimos el apoyo de su parte. Por eso creímos que usted iba a confiar en nuestra palabra y esta vez también nos apoyaría. ¡Y no nos equivocamos!

—¡Concluyo que su director no sabe nada de esta "aventura" en la que me embarcaron ustedes! —dijo Otero en tono de amable reproche.

Los periodistas se miraron entre sí con rostros risueños y luego uno de ellos aclaró:

—En nuestra profesión muchas veces hay que jugarse el pellejo para obtener una primicia, y como ambos estamos cien por ciento seguros de que este es un "notición", vamos a tener tiempo para avisarle al director más adelante. ¡Y créame que nos lo va a agradecer!

—Les confieso, muchachos, que a mí también me resulta un tanto extraño todo este asunto. Accedimos al pedido porque los conozco de tiempo atrás y sé de la seriedad con que ustedes acostumbran a encarar el trabajo, y me imagino que no me van a hacer perder el tiempo. Por otra parte, considero que un telegrama proveniente de una agencia seria y de prestigio internacional como Associeted Press merece ser atendido.

—Reitero nuestro agradecimiento por confiar en nosotros, comisario.

—¡Y en Associeted Press! —dijo Otero, y todos rieron.

El coche policial continuó circulando por la rambla de Montevideo, que a esa hora se encontraba repleta de personas disfrutando de un hermoso día de sol.

—¡Mirá, Santana, ese muro! —dijo de improvisto el comisario Alejandro Otero al pasar frente a una casa en el barrio Malvín.

—¡Sí ya veo! Es otra pintada similar a la que ya vimos en varios muros de la ciudad. Una estrella de cinco puntas con una letra T en el centro.

—Todos dicen que soy un delirante, pero para a mí esos símbolos están relacionados con el asalto al Tiro Suizo[1] en Nueva Helvecia—comentó Otero.

—Sí, se llevaron unas cuantas armas, y nunca los encontramos.

—¡A mí no me saca nadie de la cabeza que estos no son delincuentes comunes y que están preparando algo grande!

Otero ya se había preocupado en investigar sobre ese asunto y les había proporcionado varios informes a sus superiores, los cuales no habían sido tomados en cuenta. El comisario había insistido en que se estaba gestando en el país un grupo guerrillero urbano que habían sido los responsables de todos aquellos grafitis pintados en los muros de Montevideo y también del asalto al Tiro Suizo hacía un año y medio atrás.

—¡Ya estamos llegando, comisario!—dijo el chofer.

---

1 El 31 de julio de 1963, un grupo de izquierda del MLN Tupamaros robó el local del Tiro Suizo, en Nueva Helvecia, llevándose 30 armas y unas 4000 balas. Este asalto fue el que inauguró las opera-ciones de la guerrilla urbana en la escena política nacional uruguaya.

—¿Este es el balneario Shangrilá? —preguntó casi al mismo tiempo Santana Cabris.

—No, comisario, Shangrilá es de avenida Calcagno hacia el Este, ahora estamos en Parque Carrasco —contestó Cabrera, que debido a su profesión se conocía cada rincón de la capital y la zona metropolitana.

—Es en un chalé llamado Cubertini, en la Calle Colombia —dijo uno de los periodistas consultando el contenido del cable que había llegado a la redacción del vespertino.

Luego de dar algunas vueltas con el móvil policial, consultaron a unos vecinos y finalmente arribaron a la casa, que se encontraba totalmente cerrada y ubicada a unos doscientos metros de la costa.

Al llegar, descendieron del vehículo ambos policías y llamaron a la puerta, pero nadie respondió. Luego de revisar el entorno de la finca y comprobar que no había ninguna irregularidad, Otero hizo una señal con la mano a los periodistas para que ellos también descendieran del auto y se aproximaran.

El comisario se acercó a una de las ventanas del frente y levantó con fuerza una de las persianas de madera, que cedió fácilmente. Al asomar la cabeza hacia adentro de la finca, lo invadió un fuerte olor nauseabundo que hizo que su rostro se frunciera en un gesto de desagrado. A continuación tomó un pañuelo y cubriéndose la nariz y la boca, se asomó por la ventana nuevamente y comprobó con estupor grandes charcos de sangre seca en el suelo y salpicaduras en las paredes.

Junto con Santana forzaron la puerta de entrada, y al ingresar a la finca, se encontraron un desorden total, como si allí adentro se hubiera librado una descomunal batalla.

Ambos policías recorrieron el interior de la finca acompañados por los dos periodistas. Estos, con rostros de terror, seguían de cerca los pasos del comisario Otero, que con su esmirriado físico iba al frente de manera decidida, guiado por el trayecto sanguinolento y el fuerte olor nauseabundo.

Al llegar a uno de los tres dormitorios, se encontraron con un enorme baúl de madera cerrado con grandes candados, donde rondaban las moscas. Hicieron un examen externo que les hizo sospechar de inmediato el contenido de aquel, y cuando procedieron a realizar la apertura por medio de una barreta, un vaho insoportable se desprendió, dejando al descubierto un cadáver en avanzado estado de putrefacción envuelto en una frazada, atado de pies y de manos con alambre, y con la cabeza destrozada.

Europa del Este - años 1941 -1945

Capítulo VIII. Desfile triunfal

Las calles de la ciudad de Riga se encontraban colmadas de una entusiasta muchedumbre, recibiendo el pasaje de las tropas del Tercer Reich, que desfilaban triunfantes, luego de haber expulsado al ejército soviético. Era toda una fiesta. Se escuchaban aplausos y vítores hacia los gallardos conquistadores, que habían liberado de la bota comunista a las sufridas naciones bálticas, ocupadas el año anterior por las fuerzas marxista-leninistas, lideradas por Iósif Stalin.

El 22 de junio de 1941, Adolf Hitler había lanzado la denominada Operación Barbarroja rompiendo el pacto Mólotov - Ribbentrop firmado unos días antes del inicio de la Segunda Guerra Mundial, entre la Unión Soviética y la Alemania nazi, iniciando así la invasión de Europa del Este. El líder nazi tenía en la mira aquellos países que habían quedado bajo la influencia soviética luego del mencionado pacto: Bielorrusia, Ucrania, Finlandia, Estonia, Letonia, Lituania, parte de Polonia y Rusia. Compactos escuadrones de soldados desfilaban por las calles de la capital letona, portando una gran cantidad de banderas y de estandartes, con águilas y esvásticas. Entre los milicianos, se destacaban las brigadas de las SA[2] y

---

[2] Las Sturmabteilung(SA) funcionaron como una organización voluntaria tipo milicia vinculada al Partido Nacionalsocialista Obrero Alemán. A los miembros de las SA se los conocía como "camisas pardas", por el color de su camisa y uniforme, para distinguirlos de las SS, que llevaban uniformes negros y camisa blanca.

SS[3], con sus pulcros uniformes pardos y negros, que marchaban con paso firme por el centro de la calzada.

Desde las azoteas y los balcones de las casas, se veían manos extendidas en alto haciendo el clásico saludo nazi e innumerables pañuelos que se agitaban al viento, saludando el paso de los militares.

Más atrás se desplazaban los distintos vehículos de guerra: los pesados carros de combate Panzer III, con su imponente presencia y rugido ensordecedor, avanzaban sobre el pavimento, como si se llevaran el mundo por delante.

El desfile fue avanzando con paso solemne y marcial sobre las calles y avenidas de Riga, hasta que en determinado momento se rompió el protocolo, y el bullicioso público que los recibía desbordó las calles y se lanzó de manera frenética hacia los soldados, para tocarlos y saludarlos. A partir de ese momento la marcha militar se tornó desordenada y caótica. Hombres, mujeres y niños se acercaban a los uniformados con amplias sonrisas, ofreciéndoles ramos de flores e intercambiando saludos, y algunas de las mujeres más osadas se lanzaban sobre los soldados para abrazarlos y besar sus mejillas, en señal de agradecimiento.

Para la gran mayoría de los ciudadanos de Letonia, la llegada del ejército nazi había significado el final de la "pesadilla roja" y el comienzo de la esperanza en la reconquista de la autonomía que habían perdido.

Debido a su situación geográfica estratégica, el sufrido pueblo letón había estado gran parte de su existencia bajo el dominio de otras naciones más poderosas, alcanzando recién en el año 1918 un corto período de independencia, para caer nuevamente en 1939 en manos del poder soviético.

3 Las Schutzstaffel (SS): 'Escuadras de Protección'. Fueron una organización militar, policial, política, penitenciaria y de seguridad al servicio de Adolf Hitler y del Partido Nacionalsocialista Obrero Alemán en la Alemania nazi y por toda la Europa ocupada por los alemanes durante la Segunda Guerra Mundial.

Durante dicha ocupación se habían producido múltiples detenciones, deportaciones y ejecuciones de los denominados "elementos antisoviéticos y antisocialistas" por medio de la Policía Militar Soviética, que era temida y odiada por la población local. Esto había traído como consecuencia que gran parte de los lugareños se hubiera opuesto decididamente a la ocupación, incluso lo había hecho de forma organizada en milicias, como los partisanos nacionales denominados "Hermanos del Bosque del Báltico", que buscaban la independencia y se oponían enérgicamente al comunismo, luchando por medio de pequeñas unidades de combate contra los invasores rusos.

Cuando los nazis ya estaban instalados en el país, salieron a relucir en la población local añejos sentimientos antisemitas y acusaciones contra los judíos como cómplices del poder soviético, e iniciaron su persecución y su eliminación, ejecutando pogromos, que muchas veces terminaban con la muerte de judíos apaleados salvajemente en las calles.

En los primeros días de ocupación, los escuadrones Einsatzgruppen[4] eran meros espectadores y veían con agrado la violenta reacción de la población local contra los judíos, hasta que decidieron ellos mismos hacerse cargo de la situación y poner en marcha el plan llamado "Solución final para la cuestión judía", ideado por Heinrich Himmler, una de las personas más poderosas del régimen nazi y hombre de confianza de Adolf Hitler.

El infierno recién comenzaba.

---

[4] Einsatzgruppen era el nombre de un conjunto de escuadrones de ejecución itinerantes especiales formados por miembros de las SS, SD y otros miembros de la Policía secreta de la Alemania nazi.

Capítulo IX. Maskachka

Transcurría el mes más lluvioso del año, y un violento aguacero se precipitaba con extremada violencia sobre el oscuro y sucio pavimento de la calle Ludzas. El agua que corría con furia por el centro de la calzada arrastraba residuos y desperdicios varios, que obstruían las bocas de tormenta. Dos niños desarrapados y con sus cabezas rapadas observaban agazapados detrás de un muro de ladrillos semiderruido el poderoso tanque de guerra que transitaba por el medio de la calle, desplazando una ola de agua a su paso. Sabían que a esa hora el Panzer hacía su recorrido habitual de vigilancia, rodeando el gueto, y tenían claro que si los descubrían más allá del cerco de alambres de púas que lo separaba del resto de la ciudad de Riga, todo estaba perdido. Quien osara traspasar sus límites era pasible de ser detenido y ejecutado de forma inmediata en el mismo lugar de los hechos.

Las escasas ropas que los cubrían eran incapaces de absorber más humedad, y sus huesudos y mal nutridos cuerpos habían comenzado a temblar de frío y de miedo. Esperaban ansiosos el momento oportuno para salir de su escondite e ingresar nuevamente en aquel ignominioso recinto que había sido creado por el régimen nazi para encerrar a los judíos.

Aunque el frío les calaba los huesos y sus dientes golpeaban unos con otros, daban gracias a Dios por la fuerte cortina de agua que caía del cielo, entorpeciendo la visión de los celosos soldados alemanes que vigilaban el lugar.

El Gueto de Riga estaba ubicado en uno de los barrios de la ciudad, llamado Maskachka (Distrito de Moscú de Riga). Allí permanecía recluida toda la población judía de la ciudad y del resto del país, junto a miles de judíos provenientes de Alemania y Austria, en condiciones más que precarias. Los que habían llegado desde el exterior, lo había hecho viajando cientos de kilómetros desde sus países natales, en trenes usados para el transporte de ganado. Viajaban en vagones repletos en condiciones máximas de hacinamiento, con un solo cubo que hacía las veces de letrina, pero que no daba abasto para tanta gente amontonada.

No se les suministraba ni agua, ni comida durante las horas o días de viaje, y la escasa ventilación con que contaban los vagones era la causa de las múltiples muertes por sofocación de muchos de los desgraciados pasajeros.

El objetivo de los nazis era tener confinadas a las poblaciones judías, ya fuera en campos de concentración, campos de trabajos forzados, campos de exterminio o guetos, para poder llevar a cabo su macabro plan, que eufemísticamente llamaban; "Solución final de la cuestión judía".

Ambos niños sabían que era demasiado temprano para que regresaran los camiones con los trabajadores que habían finalizado las prolongadas y extenuantes jornadas como obreros esclavos. Hombres y mujeres, que habían sido seleccionados previamente debido a su aptitud física, eran trasladados diariamente fuera del gueto para realizar las tareas más duras e ingratas, como el acarreo de troncos y piedras, el cavado de pozos para los cimientos de las distintas construcciones o destapar caños y letrinas.

Cuando se aseguraron de que el tanque de guerra estaba lo suficientemente lejos, se incorporaron lentamente de su escondite y mirando hacia uno y otro lado, se lanzaron en una carrera fulminante por la anegada calle Ludzas, en dirección a un pequeño orificio entre los alambres de púas, que solo podía dar paso a sus pequeños y desnutridos cuerpos.

Sus pies descalzos salpicaban con fuerza el agua que encontraban a su paso, y en su loca carrera, uno de ellos dejó caer de forma involuntaria un paquete que llevaba en sus manos. Pese a la severa advertencia de su compañero para que no se atreviera a detenerse e ir en su búsqueda, el niño no dudó un instante y frenó su carrera, arriesgándose a que lo descubrieran. Retrocedió sobre sus pasos y se lanzó a rescatar el paquete, que era arrastrado por la fuerte corriente de agua que circulaba por la calzada. Una vez recuperado, reinició su carrera y se unió a su amigo que se había detenido a esperarlo.

¡Era una carga preciosa imposible de perder!

—¡Estás loco, Eitán! —dijo el niño, que lo esperaba bajo un descomunal torrente de lluvia que lo empapaba completamente—. ¡Arriesgaste tu vida por un pedazo de abadejo ahumado y algunas patatas que debieron de quedar arruinados con el agua!

—¡Y un trozo de queso *Jam*! —contestó Eitán esbozando una leve risa de satisfacción.

Cuando traspasaron el orificio del cerco y ya se encontraban dentro del gueto, se repartieron el botín que contenía el paquete y se separaron prestamente cada uno en dirección de sus precarias viviendas. Ese escaso alimento que habían llevado lo tendrían que hacer durar hasta que se dieran las condiciones necesarias para una nueva escapada hacia la ciudad.

Muchos ciudadanos de Riga habían recibido con alivio la llegada del ejército alemán, que había liberado a su país del violento régimen soviético que había imperado hasta el momento, y el joven maestro letón Markuss Cipruss había sido uno de ellos. Pero al muy poco tiempo, luego de ser testigo involuntario de las terribles escenas sucedidas en las calles de la ciudad, había cambiado radicalmente aquella primera impresión.

Había comprobado horrorizado cómo familias judías enteras eran desalojadas de sus hogares y trasladadas al gueto de Maskachka, con una violencia inusitada. Cada persona que llevara la estrella de David cocida en sus ropas con la inscripción "Jude", sin distinción de sexo, edad, ni condición social, era obligada, a punta de fusil, a engrosar largas filas que marchaban con lo puesto, al sector de la ciudad delimitado con alambres de púas que había sido preparado especialmente para su confinamiento.

Mientras sucedían esos hechos en las calles, los oficiales nazis de alto rango contemplaban las escenas desde las ventanas de sus despachos, complacidos y convencidos de que iban por el buen camino.

Eran las acciones necesarias para cumplir con la voluntad de su Führer y con la ideología nazi, que propugnaba la imperiosa necesidad de excluir a las razas humanas degeneradas, para recuperar los poderes perdidos de la raza aria.

Uno de esos nefastos días, Markuss había visto a través de su ventana, cómo un indefenso rabino de larga barba y rizos entrecanos que asomaban por debajo de su borsalino había sido prácticamente devorado por dos furiosos dóberman. Los perros habían sido azuzados por los guardianes de las filas para atacar al pobre hombre, solo por el hecho de haber ayudado a levantar a una anciana que había sido empujada por uno de los soldados.

Cada tanto aparecían en sus sueños escenas de aquellos aberrantes sucesos. Escuchaba rezos y lamentos desesperados en yiddish, los llantos de niños y los ladridos de los temibles perros, que se lanzaban furiosos contra quienes pretendían salirse de las filas que marchaban hacia el gueto de Maskachka.

Si bien cierta parte de la población letona tenía aversión por los judíos e incluso colaboraba con las fuerzas de ocupación nazi, denunciándolos para que fueran encerrados en el gueto, muchos de ellos cambiaron de opinión cuando comprobaron que las fuerzas de ocupación alemana habían instalado un régimen de terror igual o peor al soviético, sin ninguna intención de devolverles la independencia que habían perdido.

Una tarde, cuando Markuss regresaba de dar clase en su escuela, se había topado con una escena que casi le cuesta la vida. Andrejs, el obeso dueño de un almacén del barrio, tenía apresado un niño contra el suelo usando su voluminoso cuerpo para inmovilizarlo e impedirle que escapara.

—¡Soldados, soldados, tengo a un ladrón, tengo a un ladrón! —llamaba a los gritos a los alemanes que patrullaban la ciudad.

Cuando el maestro se acercó a la escena, pudo distinguir el rostro desesperado del niño que apretando fuerte una manzana en su manito, trataba de zafar del pesado cuerpo del comerciante que se le había subido encima. ¡Lo reconoció de inmediato! Se trataba de un alumno suyo llamado Eitán, que había desaparecido de sus clases hacía tiempo, al igual que otros niños judíos.

—¿¡Qué hace, hombre!? ¿¡No se da cuenta de que es solo un niño!? —le dijo indignado Markuss al comerciante.

—¡Este sinvergüenza me estaba robando! ¡Y además es un judío! Lo conozco muy bien, es uno de los hijos de apestoso Asher Graf—contestó Andrejs lleno de ira, al tiempo que con sus regordetas piernas aplastaba el menudo cuerpo de Eitán, tratando de inmovilizarlo.

El maestro, en un instante de arrebato, dio un fuerte empujón a Andrejs, que cayó de lado sobre el suelo, y mientras el sorprendido comerciante lo miraba con rostro de incertidumbre e irritación, el niño se apoderó de la manzana que había rodado por el piso en el forcejeo y salió corriendo. Al instante dos soldados arribaron presurosos a la escena llamados por los gritos desesperados de Andrejs, que se había incorporado con dificultad, intentado una inútil persecución al niño que se perdió de vista a los pocos segundos.

—¡Judío ladrón! ¡Judío ladrón! —gritaba mientras detenía el impulso de su rollizo cuerpo luego de su frustrada carrera y señalando al maestro que se retiraba de la escena caminando como desentendiéndose de la situación y agregó dirigiéndose a los soldados—. ¡Ese hombre fue el que lo dejó escapar!

Ambos soldados apuraron el paso, se acercaron al maestro y lo empujaron contra una vieja pared descascarada, apuntándolo con sus subfusiles Gewehr 41.

—¡Documentos! —dijo casi como un ladrido uno de los soldados.

Sin apresuramiento y tratando de aparentar naturalidad, el maestro introdujo la mano en el bolsillo de su chaqueta y exhibió su documentación.

—Nombre: Markuss Cipruss. Documento: tres dos dos siete ocho nueve cero nueve. Dirección: Daugavpils iela cuarenta y cinco. Ocupación: maestro de escuela —dijo en voz alta el soldado que revisó la documentación, mientras el otro continuaba apuntándolo y luego le preguntó—. ¿Por qué salvó al judío? ¿Usted sabe que eso está prohibido?

—Creo que hay una confusión—respondió muy tranquilo Markuss, con las manos todavía levantadas—.Yo creí que el hombre estaba castigando al niño por alguna travesura y quise protegerlo de la pàliza, pero en ningún momento tuve conocimiento de que se trataba de un judío. No le vi la estrella de David que lo identificara.

Esa observación era correcta, Eitán y su amigo Juris, cada vez que traspasaban el cerco del gueto para visitar la ciudad, se quitaban sus ropas y la estrella de David que los identificaba como judíos y se vestían con ropas que habían robado previamente.

De pronto los soldados que apuntaban con sus armas e interrogaban al maestro escucharon un canto arrastrado que provenía de un bar a pocos metros de allí:

¡Wie einst Lili Marleen

Wie einst Wie einst Lili Marleen
Wie einst Lili Marleen...!

Era otro soldado alemán que los miraba risueño, balanceando un vaso de cerveza en su mano tarareando "Lili Mareen", el estribillo de la canción de moda entre los soldados, y les hacía insistentes señas invitándolos para que lo acompañaran a tomar.

A continuación ambos bajaron sus armas y se miraron como interrogándose mutuamente, "¿Vamos?".

—¡Tenga cuidado, maestro! ¡Si se comprueba que colabora con los judíos, puede terminar como ellos! —dijo el soldado que había revisado los documentos, y se dio media vuelta.

El otro soldado se desentendió del asunto y se dirigió con rostro sonriente hacia el bar donde los esperaba su compañero de armas, que continuaba canturreando la canción y blandiendo su vaso de cerveza.

Markuss tomó sus documentos y se retiró como si nada hubiera pasado, pero tenía claro que su vida había estado en un grave peligro y que solo un golpe de suerte lo había salvado. No quería imaginarse qué habría pasado si no hubiera aparecido aquel bendito soldado borracho en la puerta del bar.

El comerciante Andrejs, que había sido testigo de toda la escena desde la otra vereda, cuando comprobó que los soldados se retiraban y Markuss quedaba libre, lo fulminó con su mirada y le hizo un gesto amenazante. El maestro continuó su camino sin pronunciar una palabra. Había comprendido que si algún día pretendía ir al almacén del "gordo" Andrejs, seguramente no iba a ser bien recibido e incluso se arriesgaba a ser denunciado por alguna falta insignificante o inexistente.

Al dirigirse por la siguiente calle en dirección a su casa, sintió una voz susurrada que le dijo:

—¡Gracias, maestro!

Era Eitán, que escondido detrás de un carro estacionado en la calle y con la manzana en su mano como un trofeo de guerra, le agradecía haberlo salvado del difícil trance.

—¡¿Qué haces aquí, Eitán Graf?! ¡Escapa rápido, que corres peligro, y te pueden matar!

—¡Vine a buscar comida, maestro! Mi padre está muy enfermo y en el gueto no tenemos nada que comer.

Markuss se acercó al niño tratando de ocultarlo con su cuerpo, para que otra patrulla que pasaba en ese momento por la vereda del frente no lo descubriera, al tiempo que intentaba convencerlo para que huyera lo más rápido posible de ese lugar, porque su vida corría peligro.

Luego de que la patrulla desapareció, y viendo que el niño no se movía de su lugar, lo invitó a que lo siguiera con mucha precaución hasta su casa. Sabía que con esa actitud peligraba su vida, pero al ver al pobre niño indefenso y muerto de hambre, no le importó tomar el riesgo. Seguramente muchos de sus conciudadanos no hubieran actuado de la misma manera, algunos porque no querían arriesgar su pellejo para salvar a un simple judío, pero había otros que habrían denunciado al niño sin ninguna duda ya que eran abiertos colaboracionistas del régimen imperante. Incluso algunos letones más fanáticos formaban parte de los escuadrones que perseguían implacablemente a los judíos y actuaban con la misma saña y crueldad que los nazis. Ejemplo de ello era el Arājs Kommando, una unidad de la Policía Auxiliar de Letonia, que era comandado por Viktors Arājs, un miliciano letón que formaba parte de la SS.

El maestro llevó al niño a su casa y le proporcionó un plato de comida caliente, que Eitán comió ávidamente, mientras lo ponía al tanto de la ingrata situación que estaba viviendo en su cautiverio en el gueto.

—Cuando la situación me lo permite, me escapo junto con mi amigo Juris hacia la ciudad en busca de ropas y alimentos.

Adentro nos morimos de hambre y de frío, maestro —decía Eitán, al tiempo que no levantaba su cabeza del plato de comida devorando vorazmente el pastel de hojaldre relleno con cebolla y tocino, hecho por la esposa de Markuss, y agregó—. ¡Está exquisito este *piragi*! Hacía mucho tiempo que no comía esta delicia.

—Puedes venir a visitarme con tu amigo cuando desees, que yo voy a hacer todo lo posible por ayudarlos—dijo el maestro, y a continuación, viendo que el niño dejaba el plato vacío, le gritó a su esposa que estaba en la cocina para que le sirviera otra porción de *piragi*.

Los niños, Eitán y Juris, fueron acogidos muchas veces en casa del maestro Markuss, que arriesgaba su libertad, su vida y la de toda su familia, cada vez que los recibía. Sabía que no solo tenía que protegerse de los nazis, sino también de muchos de sus conciudadanos que cooperaban con las fuerzas de ocupación y podían denunciarlo. En su hogar, los dos pequeños recibieron la alimentación y el afecto que necesitaban como seres humanos, condición que perdían de inmediato al traspasar el alambrado de púas en el Maskachka, donde no eran tratados como tales.

En cada una de las visitas, los niños fueron relatando a su maestro las terribles experiencias que habían sufrido luego de la noche en que junto a sus familias habían sido arrancados de sus hogares y llevados a punta de fusil hacia el gueto, sin más pertenencias que lo puesto. Eitán, sus padres y sus cuatro hermanos habían sido alojados en un pequeño departamento junto a otras dos familias judías con muchos hijos, conviviendo pegados unos a otros, donde solo había lugar para la miseria y el hambre crónico.

Las condiciones de higiene y salubridad eran tan deficitarias, que toda clase de microorganismos patógenos encontraban el terreno propicio para proliferar, afectando principalmente a los más debilitados, como lo eran los enfermos crónicos, lactantes, niños y ancianos. Debido a la exagerada proliferación de piojos y pulgas que se encontraban entre las ropas, colchones y jergones de las improvisadas camas, el tifus se había convertido en una afección frecuente entre los habitantes del gueto, y el padre de Eitán había sido uno de los infortunados afectados por la cruel enfermedad.

Juris Liberman había sido compañero de clase de Eitán y era su amigo más querido dentro del gueto, ambos tenían los mismos gustos y se entendían a las mil maravillas. Juntos hacían las arriesgadas escapadas hacia la ciudad y las visitas a la casa de Markuss, donde rememoraban junto a su maestro algunas de las anécdotas de los buenos tiempos, antes de que el alambre de púas se interpusiera entre ellos y cambiara sus vidas.

Cuando los trasladaron hacia el gueto, Juris y su familia habían padecido una situación muy similar al drama de Eitán. Junto a sus padres y sus dos hermanas habían sido alojados con otras dos familias en un departamento pequeño en precarias condiciones a punto de derrumbarse, ubicado del otro lado de la calle donde vivía su amigo.

En el momento en que las familias eran forzadas a abandonar sus hogares para dirigirse al gueto de Maskachka, alguno de los más audaces se arriesgaba a llevar escondido entre sus ropas pequeñas sumas de dinero en efectivo o algunos objetos de valor, que más tarde usaban para comprar o intercambiaban por alimentos u otros productos. Otros menos afortunados, que no habían podido recuperar nada de sus pertenencias, se veían forzados a mendigar o a robar para sobrevivir, sufriendo duros castigos o incluso la muerte si eran atrapados por los temibles escuadrones del Comando Arājs.

Debilitados por las enfermedades, el hambre y la exposición al frío, muchos de los habitantes no soportaban las condiciones a las que estaban sometidos y perecían. Otros, desesperados y queriendo escapar de esa terrible vida sin esperanzas, elegían soluciones más radicales y se suicidaban.

Esa era la terrible condición en que se vivía en el inframundo de Maskachka, que Markuss fue conociendo al detalle por medio del relato de los niños.

La situación más dramática que le había tocado vivir a Eitán y a su familia dentro del gueto había comenzado en momentos en quela carencia de alimentos había llegado a un límite extremo. Su padre, que se encontraba postrado como consecuencia del tifus, no estaba en condiciones de resolver el acuciante problema familiar que los afectaba. El hambre crónica que sufrían se había hecho incompatible con la vida, y había que tomar medidas de manera urgente. Frente al crucial y desgraciado escenario, había sido su madre quien había tomado la decisión de canjear por alimentos el valioso camafeo de ónix con marco de oro que había pertenecido a su abuela. La costosa joya, que además tenía un gran valor afectivo para la familia, había sido escondida por su padre entre sus ropas la horrenda noche en que habían sido desalojados de su casa.

Casi muertos de hambre, con la madre de Eitán imposibilitada de darle el pecho a su pequeño hijo por falta de leche, y portando la preciosa joya, se dirigieron al encuentro del siniestro usurero letón Valdis Merkel, que con permiso especial del comandante del gueto capitán Eduard Roschmann, comerciaba con sus habitantes.

Si bien era Merkel quien comerciaba directamente con los infelices clientes, Roschmann no era ajeno al negocio. El capitán tenía una persona de su confianza que controlaba las ominosas transacciones junto al usurero, llevando la cuenta exacta de los objetos negociados y apartando un porcentaje de ellas su favor.

Miriam, la hija menor del judío Ben Kaicner, uno de los sastres más conocidos en la ciudad de Riga, era quien se encargaba de controlar al usurero, apartando la tajada que le pertenecía a Roschmann. La joven tenía una historia muy particular, condición que le hacía ser la judía más odiada por los habitantes del gueto. Cuando los alemanes habían dado comienzo a las razias en la ciudad y el acarreo de los judíos al Maskachka, el sastre Ben junto a su familia se había escondido en un sótano secreto que tenía en su negocio. Escondidos en ese lugar, los Kaicner permanecieron ocultos de los alemanes durante largo tiempo, hasta que con el transcurso de los días y las semanas las provisiones almacenadas comenzaron a escasear y tuvieron que salir del refugio regularmente para abastecerse de alimentos. Como Ben estaba imposibilitado para hacerlo, a causa de una pierna muy enferma por su diabetes, las que salían regularmente del refugio eran sus tres hijas. De forma alternada, las chicas se iban turnando para salir, y cuando le tocó a Miriam, nunca más regresó al refugio. Los que si volvieron fueron los soldados nazis, que descubrieron fácilmente su entrada secreta y no tuvieron compasión con la familia, asesinándolos a todos en el mismo lugar. Desde ese entonces la joven Miriam, una atractiva rubia que se había hecho muy popular entre la oficialidad nazi, se dedicó, después de delatar a su propia familia, a ayudar a los alemanes a buscar otras familias judías escondidas de las garras de los nazis. Con el tiempo y sus "méritos", se fue transformando en la persona de confianza del propio Roschmann, y más adelante también en su amante. Pese a que la mujer hacía todo lo posible para diferenciarse de los de su raza, no dejaba de ser una judía que había traicionado a su propia sangre, y así lo sentían los judíos del gueto, que la odiaban profundamente.

El usurero, junto a "la querida" del comandante, tenían en claro que muchos de los judíos eran portadores de unos pocos, pero valiosos objetos, que habían podido rescatar de sus pertenencias, y conociendo las penurias que soportaban debido al hambre crónico que padecían, se aprovechaban de su débil situación, negociando mezquinos y miserables trueques, apropiándose de piezas muy valiosas por un puñado de alimentos.

El regateo tan practicado en esos lugares, en aquel negocio ruin, desparejo y desproporcionado, no existía. La regla era que los desesperados y famélicos clientes se retiraran con lo escaso y ridículo que les daban por sus valiosas pertenencias.

El mejor negocio al que había podido llegar la madre de Eitán había sido cambiar la valiosa joya por dos paquetes de fideos, algunas verduras, sal y galletas. Como Miriam conocía muy bien del barrio a la familia de Eitán, les ofreció como "compensación especial" una Helzel. La colaboradora judía y amante de Roschmann tenía claro que aquella típica salchicha de la cocina judía iba a ser sumamente apreciada por los Graf, como buenos integrantes de la etnia Ashkenazi.

De esa manera, el hermoso camafeo que tenía un gran valor sentimental para la familia de Eitán ahora era propiedad de Merkel y Roschmann, quienes más tarde la venderían en algún comercio de la ciudad de Riga a un precio considerable. Un negocio redondo para aquellos deplorables personajes.

Eitán, que no había acompañado a su familia al infame trueque, esperaba en una larga fila en una esquina del gueto su turno para cargar el agua potable que diariamente distribuía un camión tanque del ejército alemán. Desde esa posición, el niño pudo ver a los integrantes de su familia, que se acercaban caminando lentamente por el centro de la calzada. El rostro compungido de su madre y su actitud le hicieron sospechar que "el negocio" que había hecho su familia con aquellos despreciables personajes no había sido del todo favorable.

Cuando Eitán intentó salir de la fila, con intenciones de ir a su encuentro para saber algo más de la transacción, uno de los kapos le dio un fuerte empujón y lo tiró al suelo, al tiempo que le advertía:

—¡Oye, mocoso, quédate quieto y no te muevas! ¡Te advierto que si pierdes el lugar en la fila, vos y tu familia se quedan sin agua! ¡¿Me entendiste!?

De forma inmediata el niño se levantó y regresó a la fila, donde quedó parado inmóvil con el porrón para el agua vacío en sus manos, esperando su turno. Sabía que su desobediencia podía costarle quedarse sin el vital elemento hasta el día siguiente.

Los policías judíos, llamados kapos, que contaban con algunos privilegios respecto al resto de los habitantes de gueto, acataban a rajatabla las órdenes de los nazis, y cuando consideraban que alguno de los integrantes de la población judía violaba los reglamentos, no tenían piedad y los golpeaban salvajemente con sus cachiporras. En algunos casos su agresividad era tal, que incluso eran considerados igual de crueles que los propios soldados nazis.

Eitán permaneció estático en la fila y apenas se atrevió a esbozar una sonrisa, en momentos que el resto de su familia pasaba frente a sus ojos con el precioso cargamento que les iba a permitir sobrevivir unos día más. Los fue siguiendo con la vista a medida que se alejaban, y cuando estaba a unos cincuenta metros de distancia, contempló sorprendido cómo un escuadrón de nazis comenzaba a perseguirlos hasta arrinconarlos contra la pared de un edificio apuntándolos con sus armas. Cuando Eitán pudo reconocer quién era el sujeto que comandaba al escuadrón, la sangre se le paralizó en las venas. Era Herberts Cukurs, uno de los líderes del Comando Arājs, cuyos hombres especialmente entrenados acostumbraban a perseguir y martirizar de mil maneras a los habitantes del gueto. Lo conocía muy bien porque lo había visto maltratar salvajemente a hombres, mujeres y niños sin compasión, por mínimas razones que él arbitrariamente consideraba faltas al reglamento. Era tristemente famoso por realizar crueles castigos y matanzas, como en la sinagoga Coral, donde había hecho quemar a trescientos judíos. Aquel hombre de complexión robusta que intimidaba con su sola presencia había encarado a su madre, que cargaba a su hermanito en brazos y le gritaba de forma violenta, exigiéndole la entrega de algo, que Eitán desde su lugar no alcanzaba a comprender. Veía al hombre haciendo gestos prepotentes y gritándole, mientras ella se aferraba a su pequeño hijo y lo apretaba contra su cuerpo, intentando protegerlo. En determinado momento, el bárbaro sujeto dio un violento tirón al reboso que cubría el bebé dejando caer sobre el pavimento un objeto, que en principio Eitán no pudo distinguir, dada su lejana posición. En ese momento el hombre se agachó, se apoderó del objeto caído, lo observó y en forma inmediata sacó su pistola golpeando de un culatazo el rostro a su madre, que se desplomó desvanecida dejando caer de sus brazos a su pequeño hijo, que rodó por la calle emitiendo un llanto de terror que llegó hasta sus oídos claramente. Más tarde se enteró que aquel objeto que había visto caer al suelo y que había dado luz verde a Cukurs para su brutal conducta había sido una simple salchicha Helzel, que Miriam había denunciado que portaban los Graf y que el malvado Cukurs consideraba como un alimento prohibido.

En un primer momento Eitán quedó paralizado frente a la brutal escena, sin atinar movimiento alguno, pero cuando vio a su hermanito rodar por el suelo y escuchó su llanto, un fuerte impulso interior le hizo soltar el porrón que tenía en sus manos y pretendió correr hacia ellos con intenciones de auxiliarlos. Pero sus intenciones fueron frustradas por uno de los hombres que estaban en la fila junto a él. El sujeto que se encontraba detrás de él, lo tomó de los brazos con fuerza impidiéndole moverse.

—Ni lo intentes, te van a matar —le dijo el hombre susurrándole al oído mientras lo sujetaba muy fuerte contra su cuerpo.

—¡Es mi madre y mi hermanito! —dijo Eitán moviéndose desesperado y tratando de zafar de los brazos del hombre.

—Lo siento, no los vas a poder ayudar y también te van a matar. No puedo dejarte ir —le contestó el hombre, mientras

Eitán continuaba esforzándose para salir corriendo hacia donde estaba su madre y el resto de su familia.

Apresado por aquel hombre de su misma condición y sin poder moverse de la fila, el niño pudo observar con claridad la cruel escena. Cukurs se acercó a su pequeño hermano tirado en la calle, que gritaba y agitaba sus manitos y sin compasión, le disparó un tiro en la cabeza que lo inmovilizó de inmediato. A continuación tomó de los cabellos a su madre, que recobraba lentamente el conocimiento y comenzó a arrástrala por el suelo. Los demás integrantes del escuadrón hacían lo propio con sus hermanos, arrastrándolos y golpeándolos con brutalidad, al tiempo que proferían lamentos, rezos y gritos desesperados de dolor. A continuación toda su familia fue ejecutada sin piedad frente a sus ojos, y sus cuerpos inertes arrojados con desprecio hacia un lado de la calzada.

Después de sucedido el cruel acontecimiento y habiéndose retirado los asesinos del lugar de los hechos, el hombre que aprisionaba a Eitán aflojó sus brazos, y el niño corrió con su rostro empapado en lágrimas hacia el lugar donde yacía su familia asesinada. Al llegar, cayó de rodillas junto a sus cuerpos y alzando sus brazos al cielo suplicó a Dios piedad por sus almas durante largo rato, hasta que uno de los kapos que pasaba por allí dándole un empujón le dijo:

—¡Levántate, niño, y ve a tu casa de inmediato si no quieres terminar como ellos! —y luego agregó con tono irónico—. ¡Por más que llores, ya no los vas a resucitar!

Aquella terrible escena de los cuerpos de sus seres queridos esparcidos por el frío pavimento en medio de grandes charcos de sangre y la perversa mirada del bestial hombre, actor directo de la tragedia, junto a la maliciosa y traicionera actitud de la joven amante del comandante del gueto, quedarían grabadas en su mente por el resto de su vida.

Capítulo X. La fuga

En cada gueto, en cada campo de concentración, en los trenes de deportación e incluso en los campos de exterminio, la voluntad de resistencia de la población cautiva al régimen nazi adoptaba muchas formas de manifestarse. Tanto los actos individuales de desafío y protesta, que terminaban con brutales castigos del insurrecto, como la pasividad y el morir con dignidad. Pero había algunos que no se conformaban solo con esas formas de lucha y escapaban de sus cautiverios hacia los bosques cercanos para organizarse y luchar por medio de la resistencia armada. Eran los llamados partisanos, que tenían su principal teatro de operaciones en los territorios ocupados por la Alemania nazi de la Europa Oriental, principalmente de Ucrania, Bielorrusia, Lituania y Polonia, aunque también los había de Francia y Bélgica. Las distintas actividades de resistencia que practicaban los partisanos judíos, en general no contaban con el apoyo de los habitantes naturales de la región, que mayoritariamente manifestaban un sentimiento antisemita y si se presentaba la oportunidad los denunciaban ante las autoridades nazis.

Los distintos comandos partisanos efectuaban operaciones guerrilleras contra guarniciones o patrullas alemanas, en las que se apoderaban de algunas armas de fuego, abrigos y alimentos. Más tarde, cuando se unieron a los partisanos soviéticos, éstos les proporcionaron el entrenamiento y el armamento adecuado, que les permitió continuar en mejores condiciones su lucha de guerrillas contra los nazis.

Estos distintos grupos humanos vivían a la intemperie, ocultos en las espesuras de los bosques, bajo condiciones climáticas extremas. En los meses de invierno, el frío, las lluvias y las nevadas intensas dificultaban aún más la situación en que se encontraban, pero podían gozar de la tan ansiada libertad, que les permitía luchar no solo por sus vidas, sino también para liberar a aquellos que aún permanecían presos en los diferentes lugares de reclusión nazi. Su objetivo era sacarlos de allí, de la manera que fuera.

Los tres hijos varones de Jana ya eran mayores, pero ella todavía guardaba los rasgos más típicos de una *idishe mame,* sobreprotectora, posesiva y controladora. Sin embargo, cuando se percató de que su hijo mayor portaba un arma entre sus ropas y que estaba dispuesto a escapar del gueto de Riga, no surgió su innato espíritu protector tratando de persuadirlo para que no lo hiciera, solo se limitó a rogarle que no llevara a sus hermanos menores, que también hacían aprontes para huir con él. Lo conocía demasiado, y sabía muy bien que cuando Gabriel tomaba una determinación, era imposible convencerlo de lo contrario. Ya era casi un hombre y cada vez se parecía más al testarudo de Moshé.

Muchas noches a la luz de una vela, escondidos de sus implacables guardianes nazis y de los kapos, los habitantes del gueto pasaban largos ratos reunidos intercambiando opiniones y discutiendo acerca de la conducta que debían seguir, en medio de aquella indignante y vejatoria reclusión a la que estaban sometidos. Los más jóvenes eran los más decididos a no permanecer pasivos, e insistían en la posibilidad de buscar por todos los medios escapar hacia los bosques para luchar junto a los partisanos. Otros opinaban lo contrario, argumentando que escapar significaba una muerte segura para los que huían y para los que por distintas razones no estaban en condiciones de fugarse y tenían que permanecer dentro del gueto, no se escaparían de sufrir crueles represalias. Para otros, el tema más importante no pasaba por el dilema de escapar o no hacerlo, sino en hacer un esfuerzo y esmerarse para preservar la historia y el estilo de vida comunal del pueblo judío, que los nazis trataban de erradicar de la memoria humana. Un ejemplo de este tipo de resistencia fue el archivo "Oneg Shabbat" creado por Emanuel Ringelblum[5]. Si bien este tenía la certeza de que iba a morir asesinado por los nazis, eso no le impidió seguir adelante con un proyecto que consistía en la creación de un archivo único que documentara todos y cada uno de los momentos de la tragedia de los judíos polacos bajo la ocupación nazi. El objetivo inicial de la arriesgada tarea consistía en reunir información confiable para transmitir a las fuerzas aliadas polacas y ser difundida por la prensa clandestina. Como historiador, Ringelblum era consciente de la importancia de la conservación de la memoria, y deseaba que las futuras generaciones supieran de los horrores del nazismo, usando sus notas con fines de investigación.

El grupo de jóvenes que comandaba Gabriel estaban decididos a fugarse, convencidos de que era la única manera de salvar su propio pellejo y de ayudar a sus paisanos a escapar del exterminio sistemático a que estaban siendo sometidos. Por otra parte, sentían la obligación de demostrar al mundo que no eran una raza cobarde que se deja llevar a la muerte pasivamente, sin luchar antes por sus vidas.

La fuga había sido planificada cuidadosamente por cinco jóvenes de las diferentes familias que se reunieron durante varias semanas tratando de no ser descubiertos, ni por los cuerpos de policía de los Judenrat[6], ni por los integrantes

[5] Historiador y político polaco-judío confinado en el gueto de Varsovia.

[6] Consejos judíos de gobierno de los guetos establecidos por los nazis en varios lugares, y especialmente en el territorio del Gobierno General de Polonia.

del Arājs Kommando, que patrullaban el gueto como aves rapaces buscando la oportunidad de meterles una bala en la cabeza.

Jana, que ya se había resignado al dolor por la probable pérdida de su primogénito, tomó con cierto alivio la decisión de Gabriel, que desalentó a sus hermanos para que no lo siguieran en su arriesgada aventura.

La información de que algunos judíos llevarían a cabo una fuga la noche del 24 de mayo había llegado a oídos de los jerarcas nazis del gueto. Por esa razón la puerta de edificio que habitaban las familias de cuatro de los jóvenes sospechosos había permanecido vigilada con guardias armados durante toda esa noche. Gabriel, que se encontraba alojado a varias cuadras de allí, y que erróneamente los nazis no habían considerado dentro del plan, procedió a fugarse a la hora acordada, ajeno a lo que les había sucedido a sus compañeros ubicados en otro sector del gueto que se vieron impedidos de salir.

Gabriel atravesó el cerco de alambres y se alejó corriendo lo más rápido posible, para no ser visto por la guardia perimetral. Llegó hasta la orilla izquierda río Daugava, donde una pequeña lancha, con un hombre de barba a bordo, aguardaba con el motor encendido pronta para partir. Gabriel esperó durante un largo rato a sus compañeros, con la angustia de no saber qué les había sucedido y ante la insistencia del hombre de barba, de que no podía esperar más tiempo del acordado, Gabriel tuvo que tomar la triste decisión de partir solo.

Al día siguiente muy temprano en la mañana todos los habitantes del gueto fueron obligados a salir a la calle y reunirse en la plaza por orden del comandante, capitán Eduard Roschmann. Una vez reunidos allí, los desdichados pobladores notaron algunas nubes negras que se agrupaban inquietas sobre sus cabezas, como una premonición de que algo trágico iba a suceder. El miedo se apoderó una vez más de sus sufridas almas.

Luego de permanecer formados al frente de la oficina de Roschmann, soportando el implacable frío de esa mañana durante un largo rato, apareció el comandante en medio del silencio de todos, con su rostro resplandeciente y ataviado de manera impecable con el clásico uniforme negro de las SS. Se dirigió en forma parsimoniosa hacia una tarima más alta y se paró rodeado por algunos oficiales nazis y colaboradores letones agrupados en el Comando Arājs, que lo recibieron entrechocando los talones de sus botas y elevando su brazo derecho pronunciando el clásico saludo nazi "¡*Heil Hitler*!". En ese lugar permaneció durante varios minutos sin emitir una palabra, recorriendo lentamente con su mirada la multitud que tenía a su frente. Mediante ese silencio intencional, el comandante fue creando un ambiente de pánico entre la desarrapada y temerosa audiencia, que se disponían a escuchar las malas nuevas que vendrían a continuación.

Acto seguido y todavía sin emitir palabra, sacó de debajo de su brazo el gorro militar con la clásica insignia de las *Schutzstaffel* (SS), de un cráneo humano con dos huesos cruzados y se lo calzó de manera solemne en su cabeza de peinada perfecta. Los integrantes de las SS sabían que el color negro de ese uniforme con el distintivo macabro usada en otros tiempos por los húsares de los emperadores y reyes prusianos no solo proyectaban autoridad sino también respeto y miedo, y ese era el objetivo por el cual habían sido creados.

Como había dicho Heinrich Himmler, el Reichsführer-SS (General Mariscal de Campo y Comandante en Jefe de las SS):"Conozco a mucha gente que enferma cuando ve este uniforme negro, entendemos eso y no esperamos ser amados por mucha gente".

Luego de aquel despliegue histriónico inicial, Roschmann relajó su postura, entornó sus ojos claros y al tiempo que colocaba sus dos pulgares descansando en el cinturón de la pistola, se decidió a comenzar con su esperada alocución.

—Todos ustedes saben que tarde o temprano nos enteramos de las infracciones, los desacatos y las conspiraciones que se perpetran en este lugar, y en la mañana de hoy recibí la mala noticia de que uno de los jóvenes de vuestra comunidad se había fugado, burlando nuestra guardia. ¡Ustedes saben muy bien que eso merece un escarmiento! —dijo con voz clara y firme el comandante.

Estas palabras del capitán calaron hondo en el castigado espíritu de los judíos, que aguardaban seguros de que la venganza de los nazis se aproximaba a pasos agigantados.

—Tenemos en nuestro poder el nombre de la persona que presumiblemente se fugó, pero como corresponde, primero debemos confirmarlo—dijo el capitán, y luego entornó sus ojos y continuó su alocución—. Mi deber es cumplir con el reglamento e imponer un castigo ejemplarizante ante los actos contrarios al régimen de disciplina que rige en este lugar.

A continuación el capitán le solicitó a uno de los hombres del Comando Arājs, que se encontraba a su lado, que le entregara la nota donde figuraba el nombre de quien se había fugado.

—Gabriel Levi, ¿se encuentra presente? —preguntó Roschmann, leyendo la nota en voz alta.

Se hizo un prolongado silencio, mientras el capitán barría lentamente con su penetrante mirada de águila los rostros demacrados de los desdichados habitantes del gueto, que esperaban temerosos el castigo que estaba por acontecer.

En el momento que Jana escuchó el nombre de su hijo resonar en la prepotente y autoritaria voz de Roschmann, sintió palpitar su corazón como queriendo escapar de su pecho.

—En vistas a que no se encuentra presente el nombrado, a continuación den un paso al frente sus familiares, que supongo se encuentran presentes—dijo escuetamente Roschmann.

Los esposos Levi y sus dos hijos, Efraim y Joel, que estaban como dos estatuas paralizados en su sitio por el terror que los invadía, se atrevieron a cruzar sus miradas como preguntándose"¿Y ahora qué hacemos?".

El padre hizo un pequeño movimiento con la cabeza para que su esposa y sus muchachos acataran la orden del comandante, ya sabían por experiencias anteriores que hacerse los distraídos podría significar el enojo del nazi, y las consecuencias podrían ser terribles.

Moshé fue el primero en adelantarse, y lo siguieron Jana y sus dos hijos.

Roschmann bajó de la tarima en donde se encontraba y caminó, acompañado de dos oficiales, entre las filas de los temerosos judíos hacia donde se encontraba Moshé, y cuando se enfrentó a él, le preguntó, con una mirada que parecía fulminarlo:

— ¿Gabriel Levi es hijo suyo?

—Sí...sí, señor —dijo Moshé con su vista clavada en el piso.

— ¿Tiene otros hijos?

—Dos... dos hijos más, dos varones..., señor.

— ¿Y por qué no se encuentra presente Gabriel? —le preguntó Roschmann con la intención de que su propio padre dijera frente a él y a todos los presentes que su hijo se había fugado.

— ¡Yo...yo le rogué, comandante, para que no lo hiciera, le rogué...!—le contestó temblando Moshé con sus ojos bañados en lágrimas y sin atreverse a mirar el rostro de Roschmann.

— ¡¿Qué fue lo que le rogó, judío?! ¡¿quÉ COSA le rogó?! ¡Dígalo fuerte! ¡Todos queremos Escucharlo!

—Que... que no lo hiciera, que...que era peligroso.

— ¡¿Que no hiciera quÉ!? —insistió con malicia Roschmann.

—Que no se fuera—contestó con voz temblorosa y casi inaudible.

— ¡¿Que no se fugara, querrá decir!?

—Sí... señor.

Al escuchar estas palabras, Roschmann satisfecho de haber logrado su cometido, giró su cuerpo sobre los tacos de sus lustrosas botas de caña alta, le dio la espalda a Moshé y se dirigió a uno de sus oficiales:

— ¡Traigan a sus dos hijos al frente!

Al sentir esa orden, el rostro de Jana se transformó en un lastimoso llanto y rompiendo la fila se aproximó a Roschmann y se tiró de rodillas frente a él:

— ¡Por favor, comandante, mis hijos no…, mis hijos no!

— ¡Levántate, judía… levántate! Te quiero comunicar que a pesar de que la fuga de tu hijo es una falta muy grave, cosa que acaba de confesar tu esposo frente a todos, hoy estoy en un día bondadoso—le dijo el comandante con cara risueña mirando a sus oficiales que lo rodeaban y que le retribuían la sonrisa.

— ¡Por favor… no les haga nada! —le suplicó temerosa Jana, elevando su rostro y mirándolo de frente.

— ¡Que pase también el judío al frente! —ordenó Roschmann a sus hombres.

Jana fue levantada y llevada a su lugar en la fila, a los empujones.

Moshé se acercó y se ubicó junto a sus dos hijos frente al comandante.

—Ahora, judío, voy a demostrarle a tu mujer, y a todos los que están presentes, que aunque no tenga más opción que aplicar un castigo como marcan los reglamentos, hoy voy a ser más compasivo en la aplicación de la sanción—dijo el comandante y esbozó una leve sonrisa apenas perceptible y a continuación agregó—. ¡Pero con una condición!

Moshé lo miró intrigado.

—Que tú tienes que colaborar en la aplicación de la sanción —agregó Roschmann.

—Lo que quiera, señor—contestó Moshé decidido, sin imaginar lo que sucedería a continuación.

— ¡Uno de tus hijos vivirá! —dijo en forma contundente.

A sentir la palabra "vivirá", en un ínfimo instante, el rostro de Moshé se relajó, pero rápidamente reaccionó y preguntó desesperado:

— ¿¡Y el otro!?

— ¡Alguien tiene que pagar por esto! ¡Es lo que corresponde!—contestó Roschmann, y miró con sorna a su camarada de las SS a cargo del Comando Arājs, que acomodando el cuello de su negra campera de cuero, esbozó una sonrisa de complacencia y de aprobación— ¡Y tÚ vas a decidir quién de los dos es el que se va a salvar! —terminó diciendo Roschmann, elevando el tono de su autoritaria voz.

El rostro de Moshé, que ya estaba tenso y temeroso, ahora se transformó en una mueca dolorosa y rompió en un llanto que cubrió con sus manos. Más lejos en la fila, Jana emitió un gemido de dolor y desesperación, que fue acallado con un fuerte golpe en la cabeza que la derribó y la dejó inconsciente.

—Deja de llorar, judío cobarde, y elije rápidamente quién es el que vivirá antes de que el comandante se arrepienta y mate a los dos —le dijo en voz baja el hombre de la campera negra con tono de satisfacción—. No te das cuenta de que el comandante te está haciendo un favor al salvarle la vida a uno de ellos.

Efraim y Joel se miraron con ojos de terror uno al otro y a continuación observaron a su padre, que no lograba salir del shock emocional.

Dos de los guardias empujaron a Moshé contra sus hijos y le obligaron a tomar la cruel decisión.

— ¡Máteme a mi… por favor!... ¡Máteme a mi…! —gritaba Moshé, rogándole desesperado a Roschmann—. ¡Y deje vivir a mis dos hijos!

—¡Elige pronto, judío, o ninguno de los dos va a quedar vivo, por tu culpa!

—Te lo dije, judío, te lo dije. Tienes que elegir—le susurró con tono sarcástico el hombre de la campera negra, que parecía regocijarse con aquella situación.

Moshé, pese al profundo tormento que padecía en ese momento, pudo percibir que el nazi no dudaría en matar a sus dos hijos si él no se apresuraba a tomar una decisión, y con la sensación de tener un puñal clavado en su corazón y con los ojos cerrados, puso la mano en la cabeza de uno de ellos al azar, que resultó ser Joel, el menor de los dos.

Pero el horror para Moshé no finalizó en ese cruel momento, a continuación fue obligado a ser verdugo de su propio hijo al tener que poner en el cuello de Efraín la soga con la que iba a ser ahorcado y quitar la pequeña tarima donde apoyaba sus pies.

Horas más tarde, Moshé fue encontrado en un galpón abandonado, colgado de una soga.

Capítulo XI. Rambula

Luego de haber presenciado el horrendo episodio del asesinato a sangre fría de su familia en las calles del gueto, Eitán había visto fallecer a su querido padre en sus brazos, luego de varios días de agonía.

Una tarde, al regresar de una de sus habituales incursiones por la ciudad junto a su gran amigo Juris, donde se alimentaba en casa del maestro, y de donde volvía concomida para su padre, lo había encontrado en una situación crítica.

—¡Padre, por favor no me abandones! —dijo con desesperación Eitán sentado en el suelo con la cabeza de su padre apoyada en la falda y acariciándolo.

—Querido hijo...no te preocupes...ya nos vamos a reencontrar con tu madre y con tus hermanos en algún lugar...mantén la fe... —dijo Asher Graf con el hilo de voz que le quedaba.

Esas habían sido las últimas palabras de su padre, que luego quedó dormido y no despertó más.

Luego de pasado el abatimiento y la congoja inicial debidos a sus pérdidas, el niño de tan solo nueve años tuvo que ingeniárselas para aprender a sobrevivir solo, en medio de aquel infierno colmado de atrocidades inimaginables. La rebeldía y el rencor hacia la autoridad nazi, culpable de todas sus desgracias, fue el motor principal que impulsó su miserable vida a partir de ese momento.

En esos mismos días, Juris había padecido un cruel acontecimiento familiar similar al de su amigo, que lo había transformado en un huérfano más del gueto. Sus padres y su dos hermanitas habían sido asesinados, luego de una de las tantas barbaries efectuadas por el Arājs Kommando. La muerte había tocado su puerta una fría madrugada en momentos en que los integrantes de la familia Liberman dormían apretujados en el diminuto departamento junto a otras dos familias. En aquel lugar no existía el espacio suficiente para poder convivir normalmente, menos aún lo había en la noche, cuando todos los habitantes de la pequeña vivienda se disponían a dormir. La solución más práctica que habían encontrado era dormir por turnos. Mientras algunos dormían, otros esperaban sentados en el piso o parados contra las paredes. Esa noche, a los padres de Juris les había tocado compartir uno de los pocos jergones que había, pero solamente hasta las tres de la mañana, luego debían levantarse y dejar el lugar a otra pareja para que hiciera lo propio, por el resto de la noche. Al mismo tiempo sus pequeñas hermanas dormían juntas sobre unas rotosas mantas que hacían las veces de colchón. Juris, que había sido el único de la familia al que le había tocado quedarse sentado esperando para dormir en el segundo turno, había salido de la casa con el objetivo de preparar el pequeño orificio en el cerco de alambre de púas que rodeaba al gueto, por el cual escaparían hacia la ciudad al día siguiente, junto a su amigo Eitán. Fue precisamente cuando el niño permanecía fuera de la estrecha vivienda donde estaba alojada su familia, que un pelotón de soldados nazis irrumpió bruscamente en la casa, despertando a sus habitantes con gritos y con órdenes estridentes y se llevó a la totalidad de ellos hacia la calle a punta de fusil. La causa de aquella salvaje irrupción había sido la denuncia efectuada por uno de los kapos, debido a la fuga del gueto de uno de los integrantes de aquellas familias. Al pasar la lista, los soldados comprobaron que efectivamente faltaba Aharón, uno de los jóvenes hijos de Barak Rotemberg, renombrado comerciante de Riga, que había escapado hacia los montes a unirse a los partisanos judíos para luchar contra los nazis. En represalia, todos los desgraciados integrantes de aquellas tres familias fueron ejecutados en plena calle por orden del comandante del campo Roshmann.

De esa triste manera había escapado Juris del exterminio de toda su familia y al igual que su querido amigo Eitán, ahora formaría parte de la larga lista de niños sin familia que pululaban en el gueto.

Hermanados por sus similares desgracias, los dos niños se hicieron amigos inseparables y a partir de ese momento las historias de ambos marcharían en forma paralela durante toda su infancia y adolescencia.

La desgraciada vida en el gueto continuaba sin cambios, cada día que pasaba era peor que el anterior, y la muerte, siempre presente en cada rincón del Maskachka, esperaba agazapada el momento para lanzar su zarpazo hacia sus infelices habitantes.

Una tarde, todos los judíos habían sido convocados mediante los altavoces para que se congregaran en la amplia explanada ubicada en el centro del gueto. En ese lugar, el comandante Roshmann les comunicó que debido a la superpoblación existente, se veían obligados a realizar algunos traslados hacia otro campo. Aquel anuncio inesperado llenó de pánico a los habitantes del gueto, que temían que los mencionados traslados implicaran la separación de los miembros de las familias. A continuación Roshmann aclaró con tono tranquilizador que si se daban casos de separación de familiares, no se preocuparan, porque iba a ser posible realizar visitas asiduas entre los dos campos.

Solo algunos incautos que no soportaban más las condiciones infrahumanas en que estaban viviendo y tenían esperanzas de alcanzar una vida mejor habían tomado como un alivio aquella noticia. La mayoría de los judíos había aprendido a desconfiar de las promesas de los nazis y creía que algo turbio estaban pergeñando.

Una pertinaz llovizna caía esa noche sobre las desiertas calles del gueto, Eitán se encontraba recostado sobre uno de los desvencijados jergones de estopa, con la vista fija en los restos del húmedo y rotoso cielorraso que colgaba sobre su cabeza. De pronto, una visión extraordinaria le permitió observar los rostros de cada uno de los integrantes de su infortunada familia, que desfilaban frente a él de una manera tan real que parecía que estaban a su lado. Al darse cuenta de que todo aquello era parte de su imaginación, lo embargó profundamente el desconsuelo, y las lágrimas que brotaron de sus ojos no dejaron de surcar sus mejillas durante toda la noche. Trataba de consolarse pensando que todo lo que había vivido hasta el momento había sido una cruel pesadilla y que en algún momento iba a poder reencontrase con sus seres queridos en un mundo mejor, como había dicho su padre antes de morir.

Antes de la salida del sol, Eitán se despertó sobresaltado con los enérgicos gritos de los soldados. Se incorporó de su precario lecho y pudo ver por una grieta de la ventana largas filas de ómnibus con sus vidrios pintados de negro y camiones con cajas toldadas, que hacían su ingreso por la puerta principal del gueto. Cuando distinguió a los escuadrones especiales del Einsatzgruppen, que se movían como animales depredadores buscando su presa, se imaginó que nada bueno estaba por suceder.

Frente a ese despliegue desacostumbrado de tropas, pensó que el traslado al que había hecho referencia Roshmann días pasados era inminente. Al rato, escuchó el ruido de las botas de los soldados que subían las escaleras cada vez más cerca, y en segundos los uniformados golpearon con violencia la puerta del departamento, exigiendo que todos los habitantes de la vivienda salieran al exterior con los brazos en alto. Eitán apenas tuvo tiempo para ponerse un ligero abrigo y salir. Bajó las escaleras en medio de una avalancha de gente que procedía de los pisos superiores, donde se mezclaban los gritos prepotentes de los nazis dando órdenes, con los lamentos de los judíos, que salían casi corriendo a engrosar largas filas en torno a los vehículos que aguardaban con sus motores encendidos.

En medio de todo el alboroto se encontraban el conocido Herberts Cukurs y sus secuaces del Arājs Kommando, que con la misma actitud abusadora de siempre, empujaban, pateaban y golpeaban a todos salvajemente, disfrutando al máximo de todo aquel atropello con grandes risotadas e insultos agraviantes. Durante todo este tiempo de permanencia en el gueto, Eitán había sido testigo directo del accionar de ese grupo de hombres y en especial de Cukurs, que se jactaba de haber violado a muchas jóvenes judías y de haber asesinado personalmente a varios niños, como lo había hecho con su pequeño hermanito.

Muchos de los que eran acarreados como animales con destino desconocido, se negaban a subir a los diferentes móviles, pero eran "persuadidos" a base de empujones y brutales golpes, incluso algunos de los que se resistían tenazmente a subir a los vehículos eran apartados del grupo y ejecutados a sangre fría en el mismo lugar. En los rostros de aquellas personas demacradas por el hambre, el frío y el sufrimiento, se veía reflejado el terror por la incertidumbre de saber el verdadero objetivo de aquella operación que estaban implementando los nazis.

—¡¿Dónde nos llevan, por Dios...?! —gritaba un hombre viejo aferrado a su *talit* de lana, mientras rezaba en voz alta en medio del amasijo de personas, que eran transportadas como animales en uno de los camiones toldados con rumbo desconocido.

Todo el día habían circulado los vehículos acarreando prisioneros, y en las últimas horas de la tarde el gueto había quedado semivacío.

En el momento que se percataron que su destino no era otro campo, como había dicho Roshmann, sino el cercano bosque de Rambula, donde los hicieron bajar, las esperanzas de todos se rompieron en mil pedazos. Habían sido engañados, una vez más.

Eitán buscaba entre todas aquellas personas a su gran amigo Juris, y rogaba que hubiera podido escapar antes que los nazis comenzaran con la razzia, para acarrearlos a Rambula.

Los prisioneros fueron formados en filas de a dos y marcharon hacia un claro en el bosque, donde se enfrentaron a grandes fosas que habían sido cavadas con anterioridad, por las máquinas retroexcavadoras que se encontraban allí estacionadas, con los motores encendidos.

La escena era terrible. Hombres, mujeres, jóvenes, viejos y niños, inmersos en una atmósfera de pánico general, fueron empujados a punta de fusil hasta los bordes de los grandes hoyos, donde los obligaron a despojarse de sus ropas hasta quedar completamente desnudos.

El pequeño Eitán con sus escasos nueve años, se encontraba también allí, junto a ellos. Con su esmirriado cuerpo desnudo y parado al borde de la macabra fosa, esperaba el momento final, pero a diferencia de sus compañeros de infortunio que llenaban el ambiente con llantos, gritos, y rezos, de su boca no partió lamento alguno. Pese a la situación límite en que se encontraba, pudo de manera increíble abstraerse de la cruel realidad y bloquear toda la información que llegaba a sus sentidos. De esa manera, en medio de aquel infierno, sintió resonar en su interior más profundo el mismo trinar de los pájaros que escuchaba en aquellas soleadas tardes de domingo cuando correteaba junto a sus hermanos entre los frondosos árboles de ese mismo bosque, mientras sus padres preparaban el almuerzo campestre, que todos disfrutaban. Solo una lágrima silenciosa caía lentamente por su mejilla, recordando aquellos felices momentos.

Un primer pelotón de veinte hombres se formó a su frente y cuando se escuchó la orden del oficial a cargo: "¡Preparen!", los soldados levantaron sus fusiles y afirmaron sus culatas sobre sus hombros esperando atentos la orden final. Algunos de los infelices prisioneros se tapaban sus caras para no ver a sus verdugos, mientras que éstos, con sus dedos prontos a martillar sus fusiles, se dividían entre la mayoría que estaban convencidos de la ideología que les había impuesto su Fürer y los menos, que luchaban con su conciencia, porque se veían obligados a perpetrar con sus propias manos aquella atrocidad inhumana.

El ruido atronador de las armas de fuego disparando sus balas asesinas, hizo retornar al niño a la cruel realidad, sin embargo nunca sintió temor, la profunda fe religiosa que le había inculcado su familia desde muy pequeño le hacía soñar que ese era solo un trámite para reunirse con todos ellos en algún lugar.

Vio a su lado, caer como marionetas que le cortaban los hilos, los cuerpos inertes de sus paisanos dentro de los grandes hoyos que se transformarían en tumbas colectivas, mientras que a un lado, las grandes máquinas excavadoras esperaban turno para tapar la infame e inhumana aberración que estaba aconteciendo.

El peso psicológico que sufrían algunos de los soldados de los pelotones de fusilamiento, no convencidos de su accionar, era mitigado con el alcohol, y no era extraño ver a alguno de ellos, ebrios en el momento de disparar sus armas, lo que contribuía a la posibilidad de que hubiera sobrevivientes entre los fusilados, que luego eran enterrados vivos. A los más sensibles de los que habían participado activamente en aquella terrible matanza les producía escalofríos comprobar que la tierra continuaba moviéndose luego que las retro excavadoras culminaban con su trabajo.

Eitán solo esperaba la bala que lo hiciera caer junto a los demás condenados que yacían en el fondo de la fosa. Sin embargo, pasaron los segundos y solo había sentido un leve ardor en su brazo derecho que casi había pasado desapercibido. Se miró y pudo ver que una de las balas había perforado su brazo y que de la herida salía la sangre a borbotones, pero hizo caso omiso y permaneció estático en su lugar.

Cuando al cabo de unos instantes comprobó horrorizado que solamente él permanecía parado al borde del enorme hoyo que tenía a su frente, aflojó su cuerpo y se dejó caer. Quedó tendido boca abajo sobre un montón de cuerpos inmóviles y escuchando los lamentos apenas perceptibles, de los pocos que aún permanecían con vida.

Cerró sus ojos y comenzó a esperar que su vida se extinguiera lánguidamente. Se encontraba en los umbrales de la muerte, pronto para reencontrarse con su querida familia.

De pronto sintió que su cuerpo era rociado con un líquido de olor penetrante similar a la gasolina, que los soldados dejaron caer en grandes cantidades y las máquinas se aprontaban para hacer su trabajo y se dio cuenta que todavía seguía perteneciendo al mundo de los vivos.

¡Y el milagro ocurrió! Pero fue tan violenta la conmoción en esos terribles momentos, que el niño nunca pudo dar una explicación racional a cómo había podido escapar de aquel foso sin ser descubierto por los soldados. Él siempre tuvo el convencimiento que un ángel protector había sido el responsable de su inédita e increíble fuga.

Mucho tiempo después se supo que entre el 30 de noviembre y el 8 de diciembre de 1941 en la llamada Masacre de Rambula, habían sido asesinados unos veinticinco mil judíos; de ellos, unas veinticuatro mil víctimas eran judíos letones del gueto de Riga, y otros mil fueron judíos procedentes de Berlín, que habían llegado en tren a la estación Skirotava de Riga y luego transportados hacia los bosques de Rambula para ser ejecutados.

Eitán corrió desnudo y sin rumbo por el bosque dejando el rastro de su joven sangre esparcida sobre el suelo. Y se fue alejando cada vez más de aquel infierno de tiros, gritos y lamentos, que retumbaba en las copas de los enormes abetos y pinos silvestres como un eco diabólico.

El dolor de la trágica vivencia había borrado el dolor físico producido por la grave herida que portaba en su brazo, la prioridad era escapar lo más lejos posible y salvar su vida. Su debilitado sistema nervioso solo le exigía que corriera y corriera sin parar ni mirar hacia atrás, y así lo hizo, hasta que los músculos de sus extenuadas y huesudas piernitas no respondieron más al mandato de su cerebro y cayó de bruces contra el suelo. Allí quedó sin moverse con su corazón latiendo frenéticamente y su boca abierta tratando de transportar hacia sus pulmones, todo el oxígeno que éstos le exigían. Tendido sobre el suelo húmedo y frío permaneció largo tiempo afinando sus oídos al extremo, para captar el mínimo indicio de peligro que amenazara su vida. Con el correr de las horas, aquel sonido atroz de gritos desesperados y disparos de armas de fuego se fue desvaneciendo poco a poco, hasta que solo se escuchó el susurro del viento que corría suavemente entre las ramas de los robustos árboles del bosque.

Luego de haber soportado el terrible suplicio, la extenuación fue tal, que sus ojos se cerraron y se entregó al sueño. En él revivió los felices momentos en que recogía setas, que luego su madre preparaba en apetitosas comidas y ramitas secas para encender una hoguera al pie de las enormes coníferas cuyas altas copas parecía que besaban las nubes, y cuando pescaban truchas en el torrentoso río junto a su padre y sus hermanos.

Un fuerte cacheteo sobre su rostro lo hizo despertar de su ensueño.

—¡Responde! ¡Responde! —decía un niño arrodillado a su lado y despojado totalmente de su vestimenta—. ¡Por favor responde! —volvió a decir en tono de súplica.

Eitán abrió sus ojos y vislumbró borroso el rostro ensangrentado de un niño:

—¿Q...qué pasa?—alcanzó a balbucear sorprendido como si recién se despertara en su cama en otros felices y lejanos tiempos, y hubiera olvidado todo lo ocurrido recientemente.

—¡Gracias a Dios!¡Gracias a Dios! —dijo el otro niño levantando sus manos hacia un cielo que ya se presentaba oscurecido.

Eitán se restregó los ojos tratando de acomodar su visión.

—¿Eres tú, Juris? —dijo Eitán sorprendido.

—Sí, soy yo, amigo.

—¡Pudiste escapar! ¡Estás sangrando!—le dijo Eitán todavía tendido en el suelo, observando la sangre que caía del rostro de Juris.

—¡Es solo un raspón!—le contestó su amigo, que notó cómo brotaba abundante sangre del brazo derecho de Eitán.

Con las pocas fuerzas que todavía conservaba y con mucha dificultad, Juris pudo ayudar a incorporarse a su amigo, y ambos comenzaron a caminar con mucha dificultad, sucios de tierra y sangre, en dirección a un claro que había en el bosque.

A medida que se desplazaban por un sendero, Eitán comenzó a sentir un dolor punzante que se clavaba como un puñal en su escuálido bracito, que sangraba abundantemente dejando un reguero en el camino. La cabeza de Juris también sangraba, el roce de un proyectil había provocado un gran escalpe en su cuero cabelludo, que el niño trataba de comprimirse con su manito. Si bien la herida de Juris en principio no parecía grave, seguramente dejaría una gran cicatriz en la cabeza del pequeño. ¡Pero quién pensaba ahora en esos detalles, si de lo que se trataba en ese momento era de salvar sus vidas en aquel lugar infectado de alemanes!

Los dos niños pudieron llegar hasta un claro, donde encontraron una pequeña cabaña abandonada. Era donde el cuidador del bosque guardaba sus implementos de trabajo y que Eitán reconoció de inmediato. Ya había estado en ese lugar muchas veces, en aquellos añorados domingos de campo junto a su familia, correteando junto a sus hermanos persiguiendo ardillas y descubriendo escondites donde protegerse de los ogros y los monstruos del bosque, producto de sus fantasías infantiles.

Se acercaron sigilosamente a la precaria construcción de madera, temiendo que ese podría ser un refugio de los nazis. Todo estaba en silencio. Juris miró por una pequeña ventana y al no apreciar movimiento alguno se animó a tantear la puerta comprobando que esta se encontraba abierta. Eitán, que apenas se mantenía en pie, quedó parado en el umbral dejando un charco de sangre, mientras su amigo abrió y entró a la casa lentamente, desconfiando encontrarse con alguna sorpresa desagradable.

—¡Entra, Eitán! —dijo Juris cuando comprobó que no había peligro.

En la cabaña encontraron algunas herramientas, ropa y otros implementos de trabajo, además de un pequeño botiquín de primero auxilios, que usaron para curar sus heridas.

El frío de la noche, que ya se había hecho presente con crudeza, hacía temblar el desnudo y delgado cuerpecito de Eitán, que continuaba sufriendo por el dolor punzante de su herida, que no cesaba de sangrar. Juris se vistió con las holgadas ropas de trabajo del cuidador, que adaptó a su cuerpo con algunos nudos y dobleces y ayudó a su amigo para que hiciera lo mismo.

Muertos de hambre y de sed, quedaron en ese lugar resguardados de la noche y del frío de diciembre, que ya había empezado a hacerse notar. Juris tenía claro que si no encontraban ayuda urgente, su compañero moriría en poco tiempo.

Capítulo XII. Partisanos judíos

Dentro de la precaria cabaña del bosque, los dos niños pasaron la noche acurrucados y enfundados en las enormes ropas del cuidador del bosque, esperando que las primeras luces de amanecer ahuyentaran la fría noche, que parecía interminable.

Los rayos plateados de la luna, que se colaban a través de una pequeña ventana de la cabaña, iluminaban el rostro tenso de Juris, que miraba con preocupación a su amigo tendido a su lado, al tiempo que con sus manitos ensangrentadas ejercía la presión necesaria sobre la herida del brazo de Eitán, intentando cohibir el sangrado. Trataba de mantenerlo despierto, temiendo que su amigo se durmiera y abandonara la lucha por la vida. Y le contaba una y mil veces las anécdotas de sus aventuras, cuando escapaban del gueto hacia la ciudad y lo bien que la pasaban en la casa de su maestro Markuss, cuando saboreaban las ricas comidas que les preparaba su esposa.

El rumor del viento que corría con fuerza entre los grandes árboles del bosque se mezclaba con el balbuceo incoherente de Eitán, que hablaba con su madre y con sus hermanos como si estuvieran presentes. Juris se mantenía a su lado sin moverse, rogando que la noche pasara rápido. Su amigo había perdido mucha sangre, y tenía claro que eran mínimas las esperanzas de que pudiera continuar con vida sino acontecía un milagro.

De pronto, en el silencio de la madrugada, un ruido sobresaltó a Juris, que se puso de pie de inmediato. La puerta de la cabaña se abrió con violencia, y dos hombres entraron como una ráfaga de viento portando armas automáticas.

—¡Son solo dos niños! —dijo uno de ellos sorprendido, mientras bajaba su arma.

—¡Señor, no nos mate! ¡No hicimos nada! ¿U…ustedes son a…alemanes? —preguntó temeroso Juris.

—¡No los vamos a matar! ¡Tranquilos! ¿Acaso estamos vestidos como soldados?—contestó el más alto de los hombres, interrogando a su vez a Juris.

—No, claro, pero hay muchos colaboradores que no se visten con uniformes… y son nazis.

—¡No somos nazis ni colaboradores! ¡Nosotros luchamos contra ellos! —dijo enfáticamente—. Mi nombre es Gabriel, y mi compañero es Tamir. ¿Qué están haciendo ustedes aquí?

—Mi amigo y yo escapamos de una terrible matanza que hubo en el bosque, donde los nazis asesinaron a miles de los nuestros.

—¡Estos perros nazis!—dijo Gabriel con rabia mordiendo sus palabras y luego agregó mientras se agachaba al lado de Eitán, que estaba desvanecido—. ¡Tiene el pulso muy débil, se ve que perdió mucha sangre! ¡Necesita atención urgente!

Tamir salió velozmente de la cabaña y comenzó a emitir un sonido similar a un canto de un pájaro y en pocos segundos aparecieron varios sujetos armados.

—¿Dónde está Ismael? —preguntó el hombre del canto aviar.

—Viene algo retrasado, pero llega en pocos minutos.

—¡Alguien que salga corriendo a buscarlo, tenemos un niño herido que necesita atención urgente! —dijo Tamir.

A los pocos minutos apareció algo fatigado Ismael, un estudiante aventajado de medicina que formaba parte de aquel grupo. El joven entró prestamente a la cabaña cargando un bolso en el que llevaba algunos elementos sanitarios para uso en urgencias médicas.

—¡Ismael, el niño está grave! ¡Hay que actuar pronto!—dijo Gabriel apurando a su compañero.

Ismael se arrodilló junto a Eitán, que se encontraba tendido en el suelo inconsciente, pálido y frío. Lo examinó rápidamente y comprobó que mantenía un pulso débil y una respiración superficial, apenas perceptible. Había perdido muchísima sangre y estaba en *shock* hipovolémico. Se encontraba frente a un cuadro sumamente grave y si no actuaba de inmediato, la vida del niño estaba en peligro mortal.

Extrajo uno de los tres frascos de suero fisiológico que llevaba en su bolso y a continuación le puncionó una de las venas de su delgado bracito izquierdo. Luego de puncionar una de las pequeñas venas que sobresalían en su brazo, comenzó a pasarle casi a chorros el contenido del frasco, tratando de compensar lo más rápido posible su crítico déficit de volumen sanguíneo. Acto seguido, se dirigió a la zona del sangrado, cortó las vendas que le habían puesto Juris y mientras uno de sus compañeros lo iluminaba con una linterna, tomó de una caja de metal una pinza hemostática y la introdujo en la herida buscando el vaso sangrante, responsable de la gravedad del cuadro.

—¡Ya la ubiqué, es la arteria humeral superficial! —dijo Ismael en voz alta, luego de haber hurgado unos cuantos minutos dentro de la herida y logró localizar el vaso sanguíneo responsable del sangrado — ¡Y está totalmente desgarrada!

Solo la destreza que había adquirido en su pasaje por las salas de anatomía disecando cadáveres (todavía no había tenido experiencias quirúrgicas) le permitió pinzar la arteria y atar sus cabos de manera exitosa. Con la misma pinza siguió el trayecto del proyectil responsable de la herida y encontró su orificio de salida en la parte posterior del brazo. Mientras tanto Eitán permanecía en estado de inconsciencia tendido a su lado.

A los pocos minutos de finalizada su inédita y arriesgada maniobra, comprobó con beneplácito que el sangrado había cesado. Pero Ismael tenía claro que todo no terminaba en su exitosa maniobra quirúrgica, el niño necesitaba una transfusión de sangre y eso solo podía hacerse en un centro asistencial, algo imposible de concretar en este momento. El último recurso que le quedaba era continuar administrándole los dos únicos frascos de suero que quedaban en su mochila y rezar para que el niño pudiera sortear el difícil trance en que se encontraba.

Eitán fue ubicado sobre una improvisada cama fabricada por los jóvenes con unas tablas y algunas ropas, en un rincón donde el viento no se colaba por los troncos de la precaria cabaña. Cada poco rato Ismael acudía a su lado a controlar sus signos vitales y el suero que seguía pasando a gran ritmo con el objetivo de compensar la hipovolemia, que había sido la principal causa por la cual el niño deambuló durante varias horas, en la tenue frontera que separa la vida de la muerte.

Ya habían pasado los dos últimos volúmenes del vital líquido, y el niño todavía permanecía inconsciente. Sin embargo, Ismael guardaba esperanzas en su recuperación, ya que había comprobado, en los frecuentes controles, que sus signos vitales se iban robusteciendo con el paso de las horas. Por otro lado, la curación del brazo permanecía seca, lo que indicaba que la intervención quirúrgica había logrado su cometido principal, que era detener el sangrado.

Unos días después del gigantesco exterminio de los bosques de Rambula, los nazis trabajaron en la zona donde habían perpetrado la matanza, tratando de borrar todo rastro existente del brutal genocidio y abandonaron el lugar de los hechos. A partir de ese momento, los partisanos liderados por Gabriel recién pudieron moverse libremente por el bosque y comenzaron a estudiar el terreno y a planificar cómo salir de ese lugar para continuar su camino.

Mientras tanto Eitán se iba recuperando de su grave herida, más rápido de lo esperado. Pasadas unas pocas semanas y ante el asombro de todos, el niño ya era capaz realizar algunas tareas de mantenimiento que el grupo partisano desplegaba en el campamento. Acompañaba a Juris a recoger leña para encender los fogones que permitían cocinar la comida y encender las fogatas para poder soportar el frío invernal, que pegaba muy fuerte, principalmente en las horas de la noche. Si bien el responsable directo de la curación de su herida había sido Ismael con sus básicos conocimientos médicos, nadie se explicaba cómo Eitán se había restablecido de forma tan rápida, luego de haber estado a un paso de la muerte.

Ismael, que era el que supuestamente sabía más sobre el tema, afirmaba que su asombrosa recuperación no tenía más explicación científica que la innata fortaleza física y anímica del muchacho. El niño reafirmaba su convicción de que el responsable de su salvación había sido su ángel de la guarda, que nunca lo abandonaba, el mismo que días anteriores lo había salvado milagrosamente de la terrible matanza de Rambula.

Luego de permanecer tantos días juntos en el bosque, los niños pudieron recordar quién era realmente Gabriel, del cual conocían muy bien su historia y la tragedia acontecida luego de su fuga del Maskachka. Y una de las tantas noches reunidos alrededor del fuego, se animaron a relatarle el drama acontecido con los integrantes de su familia al día siguiente de ocurrida su fuga, que Gabriel ignoraba por completo. A partir de aquella revelación, el joven pasó varios días sumido en una profunda depresión, culpándose de la desgracia padecida por su familia.

Luego de un tiempo, pudo escapar del cuadro depresivo gracias al apoyo incondicional de sus compañeros, que trataron de convencerlo, de una y mil maneras, que la decisión de fugarse había sido la correcta, no solo para salvar su propia vida, sino para intentar salvar las vidas de muchos más seres humanos que estaban sufriendo el más atroz de los tormentos imaginados.

—¡No nos podíamos dejar llevar como ovejas al matadero, alguien tiene que encargarse de vengar a nuestros muertos y contar al mundo lo que está ocurriendo con nuestro pueblo!— dijo Ismael con determinación mirando de frente a Gabriel—. ¡Ese es nuestro deber, compañero!

A medida que fueron pasando los días, en una de las tantas reuniones, los jóvenes partisanos fueron revelando a los niños algunos datos referentes a sus futuros planes:

—Mañana temprano partimos en dirección este y luego de cruzar la frontera de Bielorrusia, nos dirigiremos hacia los bosques de Naliboki a unirnos al grupo de los hermanos Bielski.

—¿Y qué van a hacer allí? —preguntó Eitán.

—¡A seguir luchando junto a ellos! El grupo está liderado por Tuvia Bielski, que tiene como objetivo el rescate de la mayor cantidad de judíos para ponerlos a salvo en los bosques, hasta que culmine la guerra. Ellos afirman que vale más rescatar a nuestros hermanos que se encuentran encerrados en los guetos y campos de concentración y exterminio, que matar a los nazis, aunque tampoco descartan ciertas acciones bélicas contra estos—dijo Gabriel a los niños, que escuchaban atentos sentados en el borde del tronco de un árbol caído.

—¿Y piensas que en ese lugar van a estar a salvo hasta que termine la guerra? —preguntó Eitán.

—Nada es seguro en este mundo en que vivimos, pero enclavados en la espesura de los bosques de Naliboki, a los nazis les va a ser muy difícil encontrarnos.

—¡Es una lucha muy despareja! ¡Los alemanes son miles de soldados, bien armados y adiestrados, y del otro lado hay unos pocos partisanos prácticamente desarmados! ¿Cómo se puede luchar con un enemigo tan poderoso? —preguntó Juris intrigado.

—El objetivo no es marchar sobre Berlín ni derrotar al ejército alemán, porque sería ridículo intentarlo. Existen otras maneras de luchar sin enfrentarse directamente a un ejército.

—¿Como cuáles? —preguntó intrigado Juris.

—Efectuar sabotajes a líneas férreas, emboscar convoyes de abastecimiento o algunos destacamentos alemanes y algunas otras pequeñas acciones guerrilleras. Tampoco se descarta accionar contra los colaboradores nazis que delatan dónde se esconden los judíos. Lo positivo de estos ataques es que con cada éxito operativo contra los alemanes, su arsenal de guerra va creciendo de a poco. Se apropian de una interesante cantidad de armas que luego son utilizadas en acciones posteriores. Además, en los últimos tiempos se realizan acciones coordinadas con los partisanos rusos, que también luchan contra los alemanes. Toda esa resistencia y esa lucha están demostrando al mundo que muchos de nosotros no estamos dispuestos a soportar pasivos el inaudito atropello al cual estamos siendo sometidos. Y por esa simple razón nos queremos unir al grupo de los hermanos Bielski—culminó diciendo Gabriel.

Los dos niños se sentían más protegidos en medio de aquel grupo de jóvenes dispuesto a pelear contra los nazis y escuchaban atentamente el relato de sus futuros planes con la esperanza de que ellos también fueran incluidos en sus aventuras.

Cuando Gabriel les manifestó que podían incorporarse al grupo y marchar con ellos hacia Naliboki, los rostros de los niños se iluminaron rebosantes de felicidad. A continuación Gabriel fue terminante en advertirles que debían estar dispuestos a encarar un largo y muy duro viaje colmado de riesgos y que era imprescindible adaptarse a la estricta conducta del grupo obedeciendo órdenes, ya que del buen funcionamiento de cada uno de los integrantes del grupo dependía la supervivencia de todos.

Cuando ya estaban casi dispuestos a retirase a descansar y uno de los jóvenes partisanos apagaba el fuego, surgió la pregunta inocente de Juris:

—Pero qué va a ser de nuestras vidas si algún día se termina esta maldita guerra.

—¡Uy… te estás adelantando demasiado en el tiempo! ¡Primero tenemos que salir vivos de este infierno! —contestó Gabriel algo risueño ante la ocurrencia del niño, y luego agregó—. Sin embargo te adelanto qué haré personalmente. Si Dios quiere que sobreviva a esta guerra, tengo un solo objetivo en la vida: establecerme en la "tierra prometida" y formar una familia en ella.

—¡Palestina!—manifestó Eitán con entusiasmo—. ¡Lo mismo que quería mi padre! ¡Yo también quiero ir a Palestina!

—Bueno, ya somos dos—dijo Gabriel, y todos rieron.

Atravesar todo el territorio de Letonia hasta llegar a la frontera con Bielorrusia no resultó una tarea nada fácil. Pasaron por ciudades ocupadas y frondosos bosques, navegaron por caudalosos y bravos ríos y viajaron como polizones en trenes, además de eludir partidas de soldados alemanes que pululaban en todas partes. Después de más de dos meses de sacrificios y de haber escapado de la muerte en varias ocasiones de forma milagrosa, pudieron entrar en contacto con Zus, uno de los hermanos Bielski, que regresaba junto con un grupo de partisanos rusos de realizar una peligrosa misión contra un contingente alemán en la frontera con Letonia. Se unieron al grupo, y ellos los guiaron hasta un impenetrable lugar de la espesura del bosque, donde se encontraba el refugio forestal de los Bielski.

Cuando Zus, acompañado de Gabriel y su grupo, arribó al campamento que llamaban Jerusalén de los Bosques, surgieron de forma espontánea señales de satisfacción y alegría entre todos los residentes. Era la cálida bienvenida que acostumbraban hacer cada vez que alguien se incorporaba a aquel conjunto de seres humanos que luchaba por mantenerse vivo y que había podido sortear la persistente muerte que los perseguía.

Los rostros serios de los recién llegados, acostumbrados al dolor y la tragedia, fatigados por la larga travesía, se llenaron de dicha y de felicidad. Fueron acogidos de inmediato con un plato de comida caliente y pan recién horneado, algo que hacía mucho tiempo no probaban.

Si bien era un lugar agreste y perdido en medio de los bosques y notoriamente carente de los implementos básicos para la vida, sus habitantes se las habían ingeniados para crear un ambiente cálido, confortable y lleno de alegría, condiciones muy escasas en esas épocas. Basaban su convivencia en la idea de la colectivización de los bienes y del trabajo, sin distinción entre sus miembros, semejante a un kibutz de la tierra prometida. Se los veía felices, reían, contaban chistes, cantaban.

El solo hecho de haber llegado hasta aquel lugar enclavado en la profundidad del bosque y de haber visto el comportamiento y la actitud de la gente les bastó a los recién llegados para que renacieran la dicha y la esperanza, sentimientos que se encontraban adormecidos en lo más profundo de sus sufridos espíritus.

Capítulo XIII. Jerusalén de los Bosques

Pese a las precarias condiciones de vida y las privaciones que significaba vivir alejados de la civilización en el espesor de un gigantesco bosque, los integrantes de la Jerusalén de los Bosques no se privaban de disfrutar de los simples y pequeños momentos cotidianos que hacían más soportable su sufrida y precaria vida. Una comida caliente, el abrigo de una manta, un día sin los temidos bombardeos del bosque, o simplemente hablar de sus vidas pasadas a la luz de la luna hasta altas horas de la madrugada formaban parte de la felicidad a retazos, que aquellos seres aislados del mundo supieron encontrar durante todos los años de guerra.

Mientras tanto, la diezmada población judía del gueto del Riga soportaba la condena terrenal a la que estaba sometida, aferrándose a sus creencias religiosas y a la esperanza de que un mundo maravilloso los esperaba en el más allá, donde sus amigos y familiares que ya habían partido los aguardaban con los brazos abiertos prontos para comenzar una nueva vida. Sin embargo, no eran pocos los que habían comenzado a dudar de su fe y creían que si existía un Dios, los había abandonado a su suerte.

Desde su llegada al campamento judío, los dos niños procedentes de Letonia habían mantenido una relación muy especial con una pareja de judíos polacos llamados Ana y Uriel Usuf. El matrimonio había salvado sus vidas milagrosamente gracias a la exitosa fuga del campo de concentración de Auschwitz, propiciada por los hermanos Bielski. No habían corrido la misma suerte sus dos pequeños hijos, que no lograron salir con vida de aquel campo de exterminio. Los gemelos Bruc y Daniel Usuf habían sido elegidos especialmente por los nazis para efectuar crueles e inhumanos experimentos científicos. Uno de ellos había sufrido una espantosa y larga agonía luego de haber sido inoculado de modo experimental con la bacteria del tifus. A su hermano gemelo, al que no se le inoculó el mencionado germen, se le practicó la castración y la remoción de algunos sus órganos internos, con el solo objetivo de realizar un estudio comparativo con el otro hermano. Un acto monstruoso que se repetía día a día en el campo de concentración de Auschwitz, practicado por el equipo médico liderado por la mente criminal del doctor Josef Mengele.

Desde el momento que los dos niños rubios y flacuchos, con rostros exhaustos, ingresaron por primera vez al campamento, Ana y Uriel sintieron una atracción inmediata hacia ellos. Veían representada en esos dos muchachos letones la figura de sus amados hijos, abatidos cruelmente en el campo de exterminio.

Con el transcurso de los días, las semanas y los meses, la pareja de polacos se fue acercando a los niños brindándoles el cariño que hacía mucho tiempo no recibían. Y cuando Uriel les propuso a ambos alojarse en su tienda de campaña y vivir juntos, los niños aceptaron la oferta de inmediato. Tanto el matrimonio como los dos niños sintieron que esa podía ser la manera de hacer renacer la familia que habían perdido y que tanto necesitaban.

Durante el resto de los años que pasaron en el bosque, Ana y Uriel fueron sus padres, y Eitán y Juris sus hijos.

Al igual que ellos, en el campamento había muchos niños de diferentes edades. Algunos de ellos huérfanos, como lo era su gran amiga Edith Bokoski. La niña de cabellos rubios como la miel había sido rescatada por uno de los hermanos Tuvia y llevada al bosque en condiciones físicas muy precarias. La pequeña había sobrevivido de manera poco creíble luego que una patrulla de alemanes asesinara a sus padres y hermanos en su propia casa. Después de su llegada a la Jerusalén de los Bosques, había pasado largo tiempo para poder recuperarse de sus graves heridas, pero afortunadamente gracias al empeño de todos los integrantes del campamento y la determinación de Edith por continuar viviendo, la niña había podido vencer el duro trance que le había tocado pasar.

A medida que pasaba el tiempo, los dos adolescentes letones fueron mostrando personalidades diferentes, tanto en la forma de ser como de pensar. Juris era un muchacho alegre y vivaz, que veía con optimismo su futura vida después de la guerra, mientras que Eitán era más serio y retraído, sus pensamientos estaban más direccionados hacia su terrible pasado inmediato. Recordaba con profunda nitidez cada casa, cada rincón, cada rostro, de aquellos sombríos años vividos en el gueto.

Pese a que ambos niños apenas habían ingresado a la adolescencia, se habían acoplado naturalmente al grupo de combatientes del campamento, transformándose en expertos guerrilleros. Integraban los comandos juveniles que atacaban patrullas alemanes, realizaban sabotajes a trenes, convoyes, volaban puentes y otras acciones militares puntuales, que requerían mucha precisión y trabajo de inteligencia. Ambos jóvenes sentían que cada acción bélica que ejecutaban formaba parte de un acto de desagravio hacia la memoria de sus queridos familiares desparecidos, pero a la vez complacían un sentimiento de revancha incontenible contra aquellos que les habían privado de lo más sagrado para ellos, su familia y su hogar. Ese sentimiento anidado en lo profundo de sus almas estaba más marcado en Eitán, que tenía claro que nunca aplacaría su ira, hasta que no cayeran los responsables directos de sus desgracias personales.

Al final del invierno de año 1945, cuando la anhelada primavera estaba en las puertas de su ingreso, se corría la voz entre los integrantes de la comunidad del bosque de que el régimen nazi daba sus estertores finales, anunciando su caída definitiva. Las últimas acciones guerrilleras de los partisanos contra los destacamentos militares alemanes habían resultado cada vez más exitosas, frente a una resistencia nazi cada vez más timorata y débil. Además, en las últimas semanas habían cesado las persecuciones y bombardeos a los que eran sometidos con frecuencia en su campamento del bosque. Frente a esas evidencias claras de que el conflicto agonizaba, en la Jerusalén de los Bosques había crecido el optimismo, ahora podían ver una luz de esperanza al final del largo camino de sacrificios, miserias y muerte que habían recorrido durante esos largos años de guerra.

Una fría mañana a finales del invierno de1945, luego de que una fuerte tormenta que había estremecido las precarias tiendas de campaña hubiera amainado, Tuvia, como buen líder de la comunidad, hacía un recorrido por el campamento, relevando los daños que habían sufrido las diferentes familias, y al llegar al lugar donde se levantaba la carpa de la familia Usuf, vio a Uriel haciendo arreglos en su vivienda, parcialmente derrumbada por acción del fuerte temporal.

—¡Por suerte parece que el viento y la lluvia ya cesaron! —dijo Tuvia, mientras ayudaba a Uriel a levantar la carpa y atarla con una cuerda a un poste cercano.

—¡Esperemos que esta sea una de las últimas tormentas que pasemos en el bosque! —contestó Usuf, mientras hacía varios nudos para asegurar la tienda, y mirando hacia el cielo, que ofrecía algo de celeste entre los nubarrones que se estaban dispersando, continuó—. Todos los días rezamos a Dios para que sean ciertos los rumores que dicen que la guerra se termina.

—De acuerdo a lo que nos dicen los rusos, los nazis están casi derrotados, y se comenta que falta muy poco para su rendición —dijo Tuvia.

—Aunque he aprendido a querer esta comunidad que tú junto a tus hermanos forjaron con tanta visión, no veo la hora de que toda esta locura concluya definitivamente, para regresar al mundo real —dijo Uriel sin dejar de trabajar.

—Por supuesto, compañero, todos queremos volver a las vidas que nos arrebataron.

—¡Pero nada va a ser igual! ¡Jamás van a regresar los tiempos cuando vivíamos felices con nuestra familia en nuestro querido pueblo! —dijo Usuf con un tono de melancolía.

—Alcanzar esa felicidad va a ser imposible, pero si Dios decide que nuestras vidas continúen, por algo será. El mandato divino nos obliga a afrontar esta nueva vida que tenemos por delante con sacrificio, pero conservando la dignidad como seres humanos que pudimos obtener en esta "privilegiada" ubicación en el bosque.

—Pese a que esta maldita guerra cambió nuestras vidas para siempre, nunca dejaremos de valorar esta magnífica experiencia vivida en el bosque y que vamos a llevar guardada para siempre en nuestros corazones. El entrañable cariño que nos brindó esta comunidad que nos acogió y nos cobijó con tanto amor durante estos terribles años de la guerra fue la única razón que hizo renacer nuestras esperanzas para continuar viviendo. Por otra parte, gracias a todo esto que forjaron tú y tus hermanos, pudimos rehacer nuestra familia junto a Juris y Eitán, que pasaron a ser nuestros queridos hijos, a los cuales amamos y debemos continuar cuidando.

—Es alentador escuchar tus palabras, y es hermoso que la vida les haya dado otra oportunidad de poder formar una nueva familia—contestó Tuvia algo emocionado, y luego agregó continuando con la conversación—. Si bien por los informes que tenemos es evidente que estamos en las últimas etapas de la guerra, todavía tenemos una misión por delante, pero si Dios quiere, podría ser la última.

Uriel, que estaba acomodando las estacas de su carpa, interrumpió su tarea, se rascó la cabeza de pocos pelos, acomodó sus anchos pantalones remendados y le dijo a Tuvia mirándolo a los ojos:

—¿Es realmente necesaria esa misión en momentos en que está por finalizar la guerra, como tú dices?

—Creo que sí, y te voy a explicar porqué. Tenemos que impedir que el SS Paul Blober, líder del Sonderkommando 1005, arribe al campo de Maly Trostinec—contestó Tuvia tirando fuerte de una cuerda y atándola a la rama de un robusto roble, dándole más tensión a la carpa—. De acuerdo a nuestros informes, ese comandante de las SS llega al aeropuerto de Gómel, procedente de Varsovia, y se dirige a dicho campo con intenciones de ejecutar una operación muy especial.

Uriel lo miró con rostro de incertidumbre, y Tuvia continuó:

—Como los alemanes ya presienten su caída, han puesto en marcha la operación llamada Aktion 1005, cuyo objetivo es destruir las evidencias de las atrocidades cometidas por los escuadrones los SS Einsatzgruppen. Esta consiste en hacer desaparecer los cuerpos de las personas asesinadas, como ya lo hicieron en la masacre de Babi Yar y en los campos de exterminio: Chelmno, Belzec, Treblinka, Sobibor e incluso Auschwitz. Los mismos prisioneros que aún quedan vivos en los campos de concentración son obligados a exhumar los cadáveres de las fosas comunes y ubicarlos en grandes parrillas confeccionadas con rieles de trenes, donde son rociados con líquido inflamable y quemados. Luego de terminada la operación, el lugar es aplanado, arado y replantado con el objetivo de disimular la atrocidad que cometieron. Por supuesto que los presos que realizan dicho trabajo son posteriormente asesinados a fin de mantener la operación en secreto. ¡No podemos permitir que los nazis continúen con este tipo de operaciones!

¡Tenemos que impedir que continúen borrando las huellas del infame genocidio que han cometido con nuestro pueblo! —dijo Tuvia apretando los puños y con rostro crispado—. Si Dios quiere que salgamos vivos de esta cruel guerra, nuestra obligación va a ser mostrarle al mundo la atrocidad que padecimos y bregar para que los criminales sean juzgados por la comunidad internacional, para que nunca más se repita esa terrible historia.

—¡Estoy de acuerdo, Tuvia! —contestó Usuf con entusiasmo—. ¡Todo esto tiene que salir a luz, el mundo entero lo tiene que conocer! Aunque sabes que no soy muy ducho con las armas, si me necesitas, estoy dispuesto a acompañarte en esta última misión.

—Gracias, compañero, pero vamos a concurrir los que tenemos más experiencia en este tipo de acciones, apoyados por los partisanos rusos —contestó Tuvia, y luego agregó bajando su mirada sin atreverse a mirar directamente a Uriel—. Pero vamos a necesitar dos integrantes más para que nos acompañen.

Y mientras Usuf continuaba en cuclillas con su tarea de fijar una de las cuerdas de su carpa a las estacas clavadas en la tierra, Tuvia le manifestó ahora con resolución parándose frente a él y mirándolo directamente:

—¡Vamos a necesitar a tus dos hijos!

Uriel, atónito, dejó de golpear las estacas, se incorporó y miró a Tuvia con ojos de sorpresa e incredulidad.

—¡¿Qué estás diciendo!? ¡¿Pretendes llevarte a mis hijos cuando es muy posible que la guerra pueda terminar hoy mismo?!

—Tienes razón, Uriel, no tengo derecho a pedirte ese sacrificio, pero me atreví a planteártelo porque es la única manera de que la misión pueda tener éxito —le contestó Tuvia—. Nuestro objetivo es atacar ese convoy que trae a Blober comandando esa terrible misión; y estudiando su ruta, concluimos que el lugar más apropiado para interceptarlo es en uno de los puentes del río Sozh, próximo a la ciudad de Gomel. Este es un viejo y angosto puente donde el convoy que transporta a Blober tiene que reducir su velocidad para poder cruzarlo. Ese es el momento exacto que debe estallar la bomba que nosotros previamente vamos a instalar. ¡Pero tenemos un problema!—dijo Tuvia mirando a Usuf, que esperaba atentamente su explicación—. La parte más débil de los pilares del puente donde debemos instalar la carga explosiva es un lugar estrecho y muy poco accesible para el físico de un hombre adulto.

—¡Y necesitan dos niños!—dijo Usuf en tono de reproche.

—Bueno... ellos ya son adolescentes, y en todo el campamento no hay nadie con sus características físicas y su experiencia.

Luego de la explicación, que no convenció demasiado a Usuf, este finalmente dio el consentimiento para que sus hijos concurrieran a la difícil misión, rogándole a Dios que esta vez tuviera piedad con sus hijos y los protegiera.

Pasados varios días de la tensa conversación en el bosque entre los dos hombres, regresó el comando especial partisano que había partido con aquella misión especial. Junto a ellos venían sanos y salvos los dos jóvenes guerrilleros, que fueron recibidos con gran júbilo por sus padres Ana y Uriel, que habían sufrido enormemente su ausencia y temido por sus vidas. Los rostros fatigados y demacrados de todos los recién llegados denunciaban las penurias sufridas esos días en que se habían tenido que enfrentar en reñidas escaramuzas a varias patrullas alemanas, antes y después de concretar su misión. Pese a que Blober había quedado con vida en el atentado, porque la bomba había explotado unos segundos antes de que pasara el convoy, la misión había sido considerada exitosa, dado que el puente había quedado totalmente destruido, impidiendo a Blober y su comitiva sortear el río, para concretar su macabra misión en el campo de Maly Trostinec.

Capítulo XIV. Fin de la Guerra

Los escasos prisioneros que todavía habitaban el gueto de Riga se habían percatado de algunos movimientos desacostumbrados, lo que les hizo sospechar que algo extraño estaba sucediendo. Cuando se dieron cuenta de que batallones enteros de soldados y transportes de guerra comenzaron a transitar a toda máquina por las calles, abandonando la custodia del gueto y la ciudad, no daban crédito a lo que veían. Se miraban unos a otros sin entender demasiado y se preguntaban si realmente estaban libres, pero nadie se atrevía a moverse de sus lugares por temor a las posibles represalias.

Recién luego de pasadas algunas horas, cuando comenzaron a ver los tanques rusos circular por las calles, comprendieron que los nazis ya no eran más los dueños de la ciudad.

Se repetía la misma receta de hacía cuatro años, pero a la inversa. Ahora eran los soviéticos los que arribaban triunfantes a la ciudad y los expulsados eran los alemanes, que habían ocupado el país durante cuatro años.

Finalmente, el 7 de mayo de 1945, Alemania se rindió a los Aliados. ¡La guerra, por fin, había finalizado!

Una inmensa sensación de alivio recorrió todo el orbe como un bálsamo para alma de la humanidad entera, como si el mundo se hubiera librado de aquel descomunal peso de la guerra, que parecía inagotable y eterno. Tanto en las grandes ciudades como en las más pequeñas villas, pueblos y aldeas, la gente se lanzó a las calles a festejar alocadamente el gran acontecimiento.

La Segunda Guerra Mundial había superado claramente a la llamada Gran Guerra, que se había desarrollado entre 1914 y 1918, tanto por su duración y por la intensidad de los combates, como por las pérdidas humanas y los recursos que se habían utilizado. Había sido realmente mundial por su extensión, ya que se había combatido en casi todos los continentes (Europa, Asia, África y Oceanía) y en todos los océanos. Participaron setenta y dos Estados, fueron movilizados más de cien millones de efectivos de todos los países entre soldados, policías de los estados involucrados y grupos guerrilleros, el coste económico fue enorme, y hubo más de cuarenta millones de muertos, algo nunca visto en la historia de la humanidad.

En los países donde se había desarrollado el conflicto bélico, la culminación de la guerra fue tomada como un verdadero alivio frente al horror y la crueldad que habían sufrido en carne propia todos esos años, pero al mismo tiempo, cuando pudieron evaluar las terribles consecuencias que había dejado, se dieron cuenta de que sus vidas nunca volverían a ser como antes. Iba a empezar el largo y duro camino del rescate y reconstrucción, no solo de la parte material, sino de los espíritus humanos que habían sufrido lesiones irreparables, que muchos nunca podrían superar, ni perdonar, a lo largo de lo que restara de sus vidas. Muchas familias fueron borradas de la faz de la Tierra, y otras se habían desmembrado, muchos padres se habían quedado sin hijos, muchos hijos sin padres, muchos hermanos sin hermanos, y todas las combinaciones posibles entre los integrantes de los núcleos familiares.

Entre los miles de huérfanos que había dejado la guerra, se encontraban Eitán y Juris, aquellos niños judíos que habían habitado en el ignominioso gueto de Riga y que habían visto morir a sus queridas familias de la forma más infame a manos del Comando Arājs, que encabezaba el sádico hombre de la campera negra llamado Herberts Cukurs, cuyo rostro guardaron grabado a fuego sus juveniles mentes. Cómo poder olvidar la mueca brutal e inhumana reflejada en su cara, cuando ejecutaba los bárbaros crímenes que habían cambiado sus vidas para siempre. Pese a todas las peripecias vividas y luego de haber sobrevivido milagrosamente a la salvaje persecución nazi, Eitán y Juris se consideraban unos privilegiados sobrevivientes, comparados con muchos de sus paisanos que habían pasado por enormes penurias o no habían sobrevivido en los campos de exterminio. Ellos habían tenido la dicha de haber encontrado la Jerusalén de los Bosques, un lugar que los había protegido y les había devuelto la confianza en la vida, y donde habían podido conocer a dos seres humanos maravillosos como Usuf y Ana, con los que volvieron a tener una familia.

Cuando se confirmó la gran noticia de que la guerra había terminado, en lo profundo de los bosques de Naliboki reinó la alegría. Si bien todos agradecerían haber estado en aquel increíble oasis perdido en medio de la inmensidad del bosque creado por los Bielski, durante mucho tiempo habían soñado con ese día. A partir de ese momento comenzaría la cuenta regresiva para abandonar la agreste y solitaria existencia llena de sufrimientos y de privaciones, para intentar integrarse de nuevo a la vida.

Eran conscientes de que afuera, en el mundo real, todo había cambiado y que el reintegro no iba a ser una tarea fácil. Algunos tendrían la dicha de poder reencontrase con sus familiares e intentar comenzar una vida más o menos normal, pero muchos jamás verían de nuevo a sus seres queridos perdidos para siempre, ni incluso sabrían dónde estaban enterrados sus huesos, ocultos en infames y perdidas fosas comunes. Era evidente que esos hombres, mujeres y niños, que habían podido sobrevivir milagrosamente al bárbaro acontecimiento bélico, nunca más serían capaces de alcanzar una felicidad completa. Iban a quedar huellas tan profundas en sus sufridas almas, que no se borrarían jamás mientras vivieran.

A los habitantes de los bosques de Naliboki les había llegado el tiempo de las decisiones. ¿Cuál iba a su destino en el momento en que definitivamente tuvieran que abandonar aquel oasis en medio del bosque? Algunos intentarían volver a sus lugares de origen, tratando de superar las inevitables mutilaciones materiales y afectivas que habían sufrido; otros no estaban dispuestos a enfrentar el dolor que les causaría comprobar que todo lo que habían construido con sacrificio a lo largo de los años se había destruido y no tenían intenciones de retornar.

Durante el largo tiempo que pasaron en el bosque, Uriel y Ana habían meditado mucho acerca de su futuro y habían decidido que cuando todo terminara, si Dios permitía que ambos continuaran con vida, no regresarían a su ciudad natal. Intentarían comenzar una vida nueva en otro lugar junto a los nuevos hijos que habían recibido como una bendición especial.

No querían reencontrarse con lo que había quedado de su querida ciudad de Wielun, una pequeña ciudad ubicada a algo más de doscientos kilómetros al sur oeste de Varsovia, que había sido totalmente arrasada en cuestión de minutos por el implacable bombardeo de la Lustwaffe.

Sus pensamientos no dejaban de revivir con frecuencia las imágenes de aquella terrible madrugada del 1 de septiembre de 1939, cuando fueron despertados por el estruendo espantoso producido por el bombardeo sobre la ciudad, que en poco tiempo quedó desbastada, y los tristes momentos que les había tocado vivir cuando vieron desmoronarse frente a sus ojos su querida casa que tanto trabajo les había dado construir. Fue a partir de aquella terrible situación que la familia Usuf había comenzado a transitar el camino que los llevaría a Auschwitz.

Los rayos de una espléndida luna llena se filtraban por los majestuosos abetos y pinos silvestres del bosque, iluminando el humilde campamento donde se amontonaban las modestas carpas llenas de ilusiones de vida. ¡Cuántas veces el astro había estado junto a ellos acompañándolos en las largas noches de insomnio durante todos esos años! ¡Pero esta era una noche especial! Era la última noche en el bosque, y les parecía que la luna les daba la despedida irradiando un fulgor diferente.

En el campamento, flotaba una percepción ambigua: por un lado, una sensación de alivio y de felicidad, porque había llegado a su fin el horror de la guerra, pero por otro lado, un sentimiento de congoja, porque se disolvía aquel grupo humano que les había devuelto la esperanza de vivir. Aquella hermosa experiencia que los había unido en lo profundo del bosque luchando por la supervivencia y que les había permitido recuperar la dignidad que habían perdido iba a quedar guardada por siempre en sus corazones.

Ana emergió de la carpa de los Usuf con su rostro radiante. En sus manos llevaba una abollada y tiznada olla de aluminio humeante, donde había estado preparando la cena, y se encontró con su familia reunida en derredor del fuego.

Se paró un instante con el recipiente en la mano para contemplarlos sin que ellos se percataran de su presencia, y por sus mejillas resbalaron lentamente algunas lágrimas. Hacía mucho tiempo que no se sentía tan feliz como aquella noche. Veía a los seres que más quería en el mundo irradiando júbilo y optimismo. Quería que aquella imagen no se borrara jamás de su mente.

—¡Bueno, familia, como hoy es una noche especial, tenemos una cena muy especial! —dijo Ana en voz alta.

— ¡Bien! ¡Bien! —gritaron y aplaudieron todos.

—De entrada hoy vamos a tomar una *erbsensuppe*[7].

— ¡La tenías bien guardada! —dijo Juris con entusiasmo, y sonriendo—. Deben ser los paquetes de *erbswurst*[8] que trajimos cuando liquidamos aquella patrulla nazi.

—Y de plato principal, carne en conserva preparada como les gusta a todos ustedes —dijo Ana al tiempo que acomodaba su abundante y canoso cabello hacia atrás.

— ¡Ah…!, usaste las latas de carne que también nos "donaron" los nazis—dijo Juris, y todos festejaron.

En una de las tantas misiones contra los alemanes, los partisanos se habían hecho de una gran cantidad de alimentos enlatados y conservas de los soldados, que luego se habían repartido equitativamente entre los integrantes del campamento. Al recibir su parte, Ana las había guardado celosamente en un pequeño placar fabricado por Usuf con maderas del bosque, para usarlas en alguna ocasión especial, ¡y esta ocasión era más que especial!

Hacía mucho tiempo que la familia no se daba un lujo gastronómico de este tipo, y lo disfrutaron al máximo.

Cuando estaban finalizando la cena y antes de irse a dormir, Uriel se paró en su lugar con intención de dar un discurso, puso cara seria, todos hicieron silencio, y el jefe de la familia se dirigió a sus hijos, que lo miraron sorprendidos:

—Somos conscientes de que cuando mañana salgamos de este lugar, allá afuera todo va a ser diferente. No pretendemos que nuestras vidas transcurran de la misma manera que antes, porque va a ser imposible. Parte de los nuestros ya no se encuentran con nosotros, lo sentimos enormemente y lo vamos a seguir lamentando por el resto de nuestras vidas. Pero es nuestro gran deseo conservar esta familia tal

7 Sopa de guisantes.

8 La erbswurst se emplea en la elaboración de la sopa de guisantes (Erbsensuppe). Se comercializa en paquetes o tubos dosificadores y el producto tiene forma de pasta, se suele mezclar con agua hirviendo y en unos minutos se tiene una sopa de guisantes lista para comer.

y como la tuvimos en estos últimos años junto a ustedes—dijo mirando a los dos jóvenes y continuó—. Pese al sufrimiento de la cruda realidad que nos tocó vivir, cuando los conocimos a ustedes y pasaron a formar parte de nuestras vidas, su madre y yo volvimos a sentir una gran parte de la felicidad que habíamos perdido —dijo Uriel muy emocionado—. ¡Queridos Eitán y Juris, ustedes saben que los queremos muchísimo...!

Hizo una pausa porque se le anudó la garganta, y se hizo un silencio de unos segundos, que aprovechó Juris para decir:

—¿Ustedes quieren que nosotros vayamos a vivir con ustedes?

Uriel, todavía impedido de hablar por la emoción, miró a Ana, que se levantó y dijo:

—¡Es lo que más queremos, muchachos! Si bien nosotros nunca vamos a olvidar a Baruc y Daniel, a quienes guardamos para siempre en nuestros corazones, y por cuyas almas no dejamos de rezarle a Yahvé, ustedes ahora son nuestros hijos, y queremos fervientemente que continúen acompañándonos —terminó diciendo Ana, y dos lágrimas le brotaron de los ojos.

Juris y Eitán se levantaron de inmediato y se fundieron en un largo y emocionado abrazo con sus padres.

Cuando todos se fueron a descansar, Eitán quedó solo, sentado frente al fuego, meditando sobre su querida familia, que había perdido trágicamente en Riga, sobre todo lo vivido en su corta existencia, sobre su nueva familia y sobre su futuro. Con la vista clavada en las llamas de la hoguera, todavía encendida, iban pasando por su mente, una a una, las imágenes de los momentos vividos en su corta existencia.

Mientras su mente vagaba, totalmente alejado de la realidad que lo rodeaba, la dulce voz de su querida amiga lo volvió al presente.

—¡Hola, Eitán! ¿Todavía despierto?

—Hola, Edith. ¿Qué haces por acá tan tarde?

—Lo mismo que tú. No puedo dormir y camino.

Los dos niños charlaron hasta altas horas de la madrugada repasando sus historias familiares y sus vivencias en la comunidad del bosque y reflexionando sobre el incierto futuro que los esperaba.

Capítulo XV. Refugiados

El tan ansiado final de la guerra había caído como un bálsamo reparador entre todas las partes, tanto en ganadores como en derrotados, sin embargo, el panorama que se presentaba a continuación no era precisamente un camino de rosas. En los meses posteriores a la rendición de Alemania, los aliados repatriaron a más de seis millones de refugiados hacia sus países de origen, pero casi dos millones de ellos rechazaron la repatriación, prefiriendo marcharse hacia territorios de la Europa Occidental o fuera de dicho continente. Muchos judíos soñaban con vivir en Palestina, la "tierra prometida" que Yahvé le había entregado a Abraham y a sus descendientes, por medio de Isaac.

La espantosa destrucción material y humana que había acontecido en la guerra se continuó con otro drama: qué hacer con los millones de seres humanos sobrevivientes de la barbarie nazi, malnutridos, enfermos y algunos al borde de la muerte, que no regresarían a sus lugares de origen, por distintos motivos. Muchos de ellos no querían enfrentarse a sus comunidades y viviendas prácticamente destruidas, ni tolerar el antisemitismo que aún seguía vigente y que se había elevado a su máxima potencia en muchos países de Europa. Los que se habían animado a volver a sus hogares sufrieron sangrientos pogromos de parte de la población no judía, que continuaba odiándolos y guardándoles rencor. La peor de esas agresiones multitudinarias, espontáneas o premeditadas antijudías, había sucedido en la ciudad de Kielce, Polonia, donde murieron cuarenta y dos judíos sobrevivientes del Holocausto.

Las fuerzas aliadas triunfantes de la guerra tomaron la decisión de ubicar a esas personas en campos de refugiados. Algunos de estos lugares estaban instalados en los mismos sitios donde habían estado los campos de concentración nazi, donde convivían hacinados en condiciones muy precarias. Allí "depositados", esperaban que los países del mundo libre desistieran de sus políticas de puertas cerradas al exilio judío y los admitiera como emigrantes.

Desde la finalización de la Primera Guerra Mundial el territorio de Palestina estaba bajo Mandato Británico, y sus autoridades aplicaban una política restrictiva hacia la migración judía que se dirigía a dicho territorio. Confrontados con estas drásticas condiciones impuestas por los británicos, los líderes sionistas en Palestina se vieron obligados a encontrar formas de inmigración ilegal. Una y otra vez, barcos clandestinos cargados de inmigrantes judíos trataban de alcanzar la "tierra prometida", pero no todos lo lograban, ya que eran interceptados y apresados por barcos de la Marina británica, que los conducía hacia el campo de Atlit, cerca de la ciudad de Haifa. Más adelante la política inglesa tuvo un cambio y decidieron expulsar a los inmigrantes ilegales hacía campos en Chipre, que también estaba bajo el Mandato Británico.

En los escasos viajes clandestinos que habían tenido éxito burlando a la Marina británica, viajaba Eitán Graf. El joven, de apenas dieciséis años, había llegado dispuesto a hundir sus raíces en la tierra que Yehová les había otorgado a sus antepasados en tiempos remotos y que al igual que sus padres tanto había soñado alcanzar. Con él iba Gabriel Levi, aquel partisano judío escapado de gueto de Riga, que lo había rescatado junto a su amigo Juris, cuando eran apenas unos niños luego de la matanza de Rambula y que luego de salvar sus vidas los había conducido a Naliboki, donde había pasado casi cuatro años integrando la comunidad del bosque.

Gabriel y Eitán habían sido los únicos integrantes de aquel maravilloso conjunto de hombres y mujeres liderados por los hermanos Bielski, que luego de finalizada la guerra habían decidido emigrar hacia Palestina. El resto había regresado a sus lugares de origen o se había dispersado por el mundo. Apenas habían salido de los bosques de Naliboki, ambos habían logrado integrase a la Haganá[9]. Pese a su corta edad, Eitán fue admitido por la organización paramilitar debido a su madurez prematura y la experiencia que había adquirido actuando en las misiones guerrilleras como partisano judío. Más adelante, el joven y Gabriel pasaron a integrar el Mossad Le'aliyah Bet, que fue una división de la Haganá que se había creado para facilitar la inmigración en contra de las duras restricciones británicas que impedían la llegada de refugiados a Palestina, antes de la creación del Estado de Israel. Entre sus diversas actividades, ambos habían participado de la afamada misión denominada Éxodo 1947, que trasladaba cuatro mil quinientos quince inmigrantes hacia Palestina. Hombres, mujeres y niños de todas las edades, sobrevivientes del Holocausto, habían partido del puerto de Sète el 11 de julio de 1947 en un deteriorado barco de pasajeros, en dirección a Palestina. Antes de que la embarcación llegara a su destino, fue rodeada por destructores británicos que le impidieron continuar el viaje, y se originó entre ellos un duro enfrentamiento en el que resultaron muertos uno de los tripulantes y dos pasajeros judíos, y en el que hubo además numerosos heridos de bala.

En medio de la indignación pública mundial, las autoridades británicas obligaron a los pasajeros a desembarcar por la fuerza, y luego fueron trasladados a campos de refugiados.

---

[9] Organización paramilitar de autodefensa judía creada en 1920, durante la época del mandato británico de Palestina.

Ese sonado caso de la misión Éxodo 1947 provocó tal repercusión mundial, que resultó en una condena internacional para Gran Bretaña por su accionar desmedido y más adelante formó parte de una serie de factores que influyeron en el reconocimiento y la creación del Estado judío.

Hasta el término del Mandato Británico en Palestina, se habían concentrado unos cincuenta y dos mil refugiados en los campos en Chipre, en muy malas condiciones de vida. La mayoría de ellos vivía en campamentos o en barracas hechas de hojalata. La comida escaseaba, los veranos eran muy calurosos, y los inviernos muy fríos.

Pero gracias a la buena organización interna, así como al constante apoyo del Comité Judío de Ayuda y también a los esfuerzos de los judíos en Palestina, a lo largo de los treinta meses de existencia de estos campos, hubo en ellos educación escolar, clínicas de salud, actividades culturales y cortes de justicia interna. También dentro de los campos nacieron más de dos mil bebés.

Luego de una larga espera, llegó el día en que los habituales rostros desanimados y tristes de los refugiados de Chipre se transformaron de la noche a la mañana en risas y en algarabía. Finalmente, las Naciones Unidas habían votado por la división de Palestina, y ahora existiría un Estado judío. Después de proclamado el Estado de Israel el 14 de mayo del año 1948, comenzaron a llegar los barcos acarreando miles de refugiados desde Chipre para desembarcar libremente en los puertos de la nueva nación. El camino ahora estaba libre, ya no estaban los buques británicos que les habían impedido el paso. Los pasajeros se apiñaban ansiosos en las cubiertas de los buques para observar las costas de su tierra, no podían creer que luego de tanto sufrimiento, finalmente estaban arribando a su añorado destino.

Río de Janeiro – Brasil - año 1951

Capítulo XVI. Reencuentro inesperado

Corría el año 1951, y ese verano la ciudad de Río de Janeiro se encontraba exultante.

Los siempre animados y extrovertidos habitantes locales, mezclados a los turistas extranjeros, que colmaban sus calles y sus hermosas playas, infundían un ambiente de júbilo y de alegría a la radiante capital carioca. Hacía pocos días que Getulio Vargas había asumido la presidencia del Brasil, pero sus habitantes, ajenos a los avatares políticos, continuaban comentando entusiastas la consagración de la multipremiada Portela, como la *escola do samba* ganadora del desfile de carnaval de ese año.

Si bien el distintivo del pueblo brasileño se distinguía por su carácter divertido y bullicioso, era en el carnaval cuando manifestaba su máxima expresión de desenfado, lanzándose a las calles a cantar y bailar, durante los tres días que duraban las fiestas de Momo. Los habitantes de este país sudamericano se habían criado muy alejados de la reciente guerra, que hacía muy poco había finalizado, contrastando notoriamente con la población europea, que en un lapso de pocos años había estado en contacto directo con las dos grandes tragedias bélicas que la humanidad jamás había conocido en su historia: la Primera y la Segunda Guerra Mundial.

Durante varias semanas, Juris había vigilado y seguido los pasos de aquel sujeto de rostro duro y mirada fría como el hielo, al cual había reencontrado de forma casual luego de tantos años. El hombre partía cada día desde su residencia en un Chevrolet Bel Air rojo, a las ocho de la mañana en punto, y se dirigía rumbo a la laguna Rodrigo de Freitas. Allí lo esperaba su pequeña flota de botes de alquiler y su hidroavión, posado en medio del amplio espejo de agua rodeado de morros y modernos edificios de Río de Janeiro.

Había estudiado todos sus pasos con detalle y sabía que los días lunes y jueves, en horas de la noche, el hombre se dirigía a los suburbios de la ciudad a visitar a su amante y regresaba a su casa varias horas después, pasando previamente por el Club de Regatas Guanabara, donde permanecía no más de diez o quince minutos. Era evidente que ese fugaz tránsito por el mencionado club era tan solo una coartada. Parecía que allí podría ser el lugar más apropiado para poner en marcha su plan.

Ya había concebido cuidadosamente cada uno de sus pasos, ahora solo restaba la parte más importante, tomar el impulso final para ejecutarlo.

Toda la historia había comenzado hacía algo más de un mes, cuando paseando con Sara por la cima del cerro del Corcovado, disfrutando de la vista inigualable de la bahía de Guanabara y su entorno, se había presentado de manera inesperada frente a sus ojos la imagen sombría e inconfundible de aquel rostro mezclado entre la multitud de turistas que visitaba el Cristo Redentor. Era lo último que hubiera esperado encontrar en ese radiante día en que el sol brillaba en su máximo esplendor iluminando la monumental imagen del santo que dominaba desde lo alto la *ciudade* maravillosa. Ahí estaba, con su prolija afeitada y peinada perfecta de cabellos entrecanos y aunque ya no mostraba el mismo porte erguido y el aspecto prepotente, todavía conservaba cierta prestancia al caminar que lo distinguía. Y no dudó un instante, ese hombre no era otro que Herberts Cukurs, el mismo que había cometido infinidad de atrocidades durante la guerra y que había mutilado con saña descomunal una parte de su vida para siempre.

A su lado iba una atractiva y joven mujer que esbozó una sonrisa en momentos que el hombre de forma disimulada la tomó de la cintura y rozó sus labios con los suyos, en un cauteloso y fugaz beso.

No podía apartar los ojos de aquel repugnante ser que conservaba la misma e inconfundible mirada gélida que lo había estremecido en su infancia y que aún continuaba apareciendo de manera recurrente en sus pesadillas.

Hubiera querido saltar sobre él y destrozarlo con sus manos, descargando toda la furia que había acumulado durante tantos años. Sin embargo, se contuvo, y soltando la mano de Sara, permaneció estático por unos segundos, mientras por su mente desfilaban las imágenes del horror que le había tocado vivir en su niñez. Cuando Sara sintió que su joven prometido le soltaba la mano, lo miró de manera interrogante como pidiéndole una explicación, pero antes de que lo hiciera, Juris levantó su mano acomodando el mechón rubio que caía sobre su frente y le ofreció una sonrisa a la chica, como respuesta a su repentina actitud.

—¡Siempre tan coqueto!—alcanzó a pronunciar Sara, acercándose al oído de su novio cariñosamente.

Juris tomó nuevamente la pequeña mano de su novia dándole un apretón cariñoso que ella respondió con una amplia sonrisa dibujada en sus generosos labios pintados de rojo carmesí. Ambos jóvenes continuaron con el paseo, y aunque Juris mantenía una expresión adecuada a su feliz presente, en realidad su rostro era una máscara que ocultaba sus pensamientos que iban recorriendo cada paso de su trágico pasado.

Por su dignidad, por la de su familia, por la de todos los seres humanos que habían sufrido por su culpa, no podía permitir que ese hombre viviera su vida de manera impune, como si todo el horror que había ejercido con sus manos ensangrentadas nunca hubiera sucedido. ¡Tenía que hacer algo y estaba decidido a hacerlo!

Juris había llegado al Brasil luego de finalizada la guerra junto a sus padres adoptivos, Ana y Uriel Usuf. En su nueva patria había intentado olvidarse de su pasado, pero acudían constantemente terribles imágenes que no podía apartar de su cabeza. ¿Cómo poder borrar de su mente aquellos pavorosos momentos vividos en la Masacre de Rambula, en la que había podido salvar su vida milagrosamente? ¿Cómo poder borrar la imagen de su querida familia, que había caído a manos de los temidos escuadrones especiales del Arājs Kommando, liderado por el mismo sujeto que había reencontrado aquella tarde sobre el Corcovado?

Era un hombre profundamente religioso y pacífico, pero siempre supo que no podría garantizar una conducta acorde a estos principios si las vueltas de la vida alguna vez lo volvían a enfrentar a ese monstruo. Ese ser despreciable no solamente había destrozado su vida sino también la de su querido amigo y "hermano" Eitán, con el cual había pasado innumerables vivencias de niños y adolescentes y que no había visto nunca más luego de culminada la guerra. Llegado el momento culminante de abandonar el bosque de Naliboki para iniciar una nueva vida, aquella familia que se había forjado con tanto amor entre el matrimonio polaco de Ana y Uriel Usuf y los niños letones Eitán y Juris se había dividido. Había sido muy duro para él y para sus padres que Eitán hubiera decidido otro camino, pero tenía todo el derecho de complacer sus deseos y los de sus padres biológicos, que soñaban con ir a Palestina, para comenzar una nueva vida.

Cuando solo restaba el último impulso para poner en marcha su plan, habían comenzado a cruzarse en sus pensamientos algunos cuestionamientos que ponían en duda la crucial decisión. Se encontraba inmerso en una lucha interior que lo tironeaba hacia uno y otro lado. Y se preguntaba si era prudente arriesgar su actual felicidad y la de Sara; si tenía derecho a cometer ese bárbaro hecho cuando le había prometido a su novia formar la familia que tanto habían soñado juntos; o si por el contrario, era imperioso entrar en acción para desagraviar de algún modo la memoria de su querida familia y de todo el pueblo judío que había perecido de forma directa bajo su puño, haciéndole pagar a ese miserable el sufrimiento que había causado.

Después de pasar tantos días de incertidumbre, que trastornaron y agobiaron su vida, y cuando pudo finalmente apartar de sus pensamientos aquella loca idea, optando por conservar la cordura, ocurrió un hecho inesperado que provocó el resurgimiento del mismo impulso pasional que había sentido en el monte Corcovado. Un sentimiento que emanó directamente de las cicatrices de su corazón herido y que esquivó el filtro racional de su mente.

Luego de haber presenciado la mirada despiadada de esos ojos asesinos en primer plano en la TV y haber escuchado sus declaraciones, alardeando del éxito empresarial obtenido en estos años de radicación en el país, al tiempo que era elogiado por el periodista de turno como un ejemplo de vida, su indignación se había multiplicado al extremo. No había podido tolerar en aquella nota los excedidos e insensatos elogios de parte del reportero cuando lo destacaba como: "Un ciudadano honrado, de conducta ejemplar y un excelente padre de familia. Un esforzado hombre que luego de haber sufrido los horrores de la guerra había cruzado el ancho océano junto a su familia y había llegado al país para empezar de cero. Y que con solo el capital de su empeño y su abnegada dedicación al trabajo, se las había ingeniado para montar una exitosa empresa familiar". No pudo soportar más aquella provocación y ahora sí iba a poner en marcha el plan que había hecho a un lado anteriormente.

¡Era hora de que ese depravado pagara con su vida todo el daño que había causado!

Aunque no manejaba un arma desde su adolescencia, cuando había sido un verdadero partisano junto a su gran amigo Eitán en diversos operativos contra los alemanes, tenía la certeza de que aún mantenía intactas sus condiciones para hacer ese trabajo. Sin embargo, cuando procuraba hacerse del arma con la cual eliminaría al cruel asesino, surgió un inconveniente inesperado que lo hizo dudar de su accionar.

Juris no había tenido en cuenta que aquel reportaje en la TV realizado por Cukurs traería otras consecuencias. Otros, que habían sufrido directamente las perversidades inhumanas ejecutadas por ese hombre, también lo habían reconocido, y de forma inmediata salieron indignados a denunciar quién era realmente el sujeto que había sido presentado con una imagen de integridad moral ejemplar. Dicha denuncia fue recogida y difundida por la prensa, que contó su verdadera historia como criminal de guerra, responsable directo de la muerte de más de treinta mil judíos letones del gueto de Riga.

Cuando salió a luz su verdadera historia, Cukurs recurrió al Departamento de Orden Político y Social (DOPS[10]) denunciando que había comenzado a recibir anónimos con amenazas de muerte y otras formas de hostigamiento. Como medida, el citado organismo gubernamental procedió a brindarle una fuerte custodia permanente y a concederle una licencia para portar armas, todos favores que ofreció con gusto el gobierno dictatorial, que era afín a su ideología. Al igual que sucedía en otros países de Sudamérica, como en la Argentina con el presidente Juan Domingo Perón y en el Paraguay con el dictador Adolfo Stroessner, el nuevo gobierno autoritario brasileño había ofrecido protección a los jerarcas nazis que habían

10 DOPS: Agencia del gobierno de Brasil. Tenía la función de asegurar y de disciplinar el orden militar en el país.

escapado luego de la derrota del Tercer Reich por las fuerza aliadas en la Segunda Guerra Mundial.

A partir de ese momento todo lo que había planificado Juris quedó por el camino. La fuerte custodia que ahora tenía Cukurs había transformado la ejecución del plan en un trabajo para verdaderos especialistas.

Capítulo XVII. El joven Gunnar

Ataviado con una juvenil y colorida guayabera, Gunnar disfrutaba desde el aire el hermoso paisaje de la laguna Rodrigo de Freitas, mientras a su lado su padre pilotaba con mano firme el avión anfibio que hacía muy poco había adquirido en los Estados Unidos. Cuando el experimentado piloto inclinó el fuselaje de la aeronave hacia uno de los lados, realizando una maniobra que dejaba de manifiesto su destreza como piloto, el joven observó complacido el amplio espejo de la laguna debajo suyo y más a lo lejos el color verde azulado del mar, que se confundía con el inmaculado celeste del cielo. Su padre hacía vuelos tan rasantes, que parecían poder tocarse con la mano los robustos morros tapizados con abundante vegetación y los altos y modernos edificios que rodeaban la laguna. Una vista única y extraordinaria de esa inigualable ciudad, que era muy diferente a su Letonia natal.

Padre e hijo probaban por primera vez el nuevo avión anfibio República RC-3 Seabee para cuatro pasajeros, que se desplazaba con una potencia de 240 CV, y que podía alcanzar una velocidad de crucero de 210 km\h.

Luego de rodear la laguna y llegar hasta el mar, sobrevolando las amplias y doradas arenas de las playas de Ipanema y Copacabana, acuatizaron muy suavemente sobre el límpido espejo de la laguna.

Gunnar, que era un muchacho rubio y atlético tan alto como su padre, bajó del avión junto a su progenitor en medio de la laguna, y subieron a una embarcación donde los esperaban su hermana y su madre.

—¿Cómo les fue con el nuevo avión? —preguntó su hermana Antinea, ansiosa.

—¡Es un avión espectacular! —contestó Gunnar entusiasmado—. ¡Espero que papá me lo deje pilotar!

—Primero tienes que sacar la licencia. Luego veremos… —dijo el padre escuetamente.

Gunnar ayudaba a su padre en el negocio que este había instalado en la orilla de la laguna Rodrigo de Freitas desde hacía algunos años. Se trataba de una pequeña flota de botes de alquiler que había ido creciendo con el tiempo. En ese entonces contaba con más de cuarenta embarcaciones entre botes de pedal con flotadores, canoas y kayaks. Su padre había sido uno de los primeros en introducir en el Brasil la moda de los esquíes acuáticos, que ya se usaban exitosamente en las zonas más exclusivas de los balnearios del hemisferio norte y que a partir de ese momento se había transformado en una de las grandes atracciones acuáticas en las costas brasileñas. Gunnar, al igual que su hermana Antinea, era gran experto esquiando sobre el agua y haciendo demostraciones de su pericia para atraer al público, que entusiasmado solicitaba hora para practicar el nuevo deporte acuático que estaba haciendo furor. Con el tiempo fue creciendo el negocio de la familia, hasta transformarse en una de las empresas dedicadas a los divertimentos acuáticos más destacados y exitosos de Rio de Janeiro.

Una tarde, al finalizar una de las clásicas demostraciones que acostumbraban a hacer los hermanos, frente a numerosos turistas que se habían conglomerado cerca de a la orilla de la laguna interesados en conocer más sobre el nuevo deporte acuático, Antinea, despojándose de su chaleco salvavidas, miró con aire socarrón a Gunnar, que salía del agua apresurado hacia la caseta donde guardaban sus pertenencias.

—¡Apúrate, Gunnar, que te va a ganar Baldwin! —gritó Antinea con rostro risueño a su hermano.

Gunnar cortejaba a Irasema, una hermosa chica carioca, a la vez que lo hacía un amigo suyo llamado Baldwin. Desde hacía varios meses, ambos jóvenes habían entrado en una feroz competencia tratando de conquistar a la joven, que no se decidía a quién elegir y se mostraba amable con ambos por igual. Ese día, la chica le había prometido a Gunnar salir a pasear juntos, y él no estaba dispuesto a dejar pasar aquella oportunidad para conquistar definitivamente a la muchacha.

Cuando llegaba a la caseta, se sorprendió al ver a un hombre de traje aguardándolo y cortándole el paso.

—¿Gunnar Cukurs? —le preguntó el desconocido.

—Así es, señor—contestó secamente.

—Quisiera hablar con usted, si me lo permite.

—Mire, señor, primero no sé quién es usted, y segundo en este momento no tengo tiempo para atenderlo, estoy muy apurado. Le pido que se retire y me deje pasar —contestó el joven molesto y poniéndose delante del hombre, como tratando de imponer su musculoso y bronceado cuerpo.

—Perdóneme por no presentarme, mi nombre es João Barbosa, y soy reportero del Jornal do Brasil —dijo el hombre dando un paso al costado.

— ¡Periodista!

—Señor, tengo interés en hacerle un reportaje.

—¿A mí? —dijo asombrado.

—Estamos contactando jóvenes empresarios que se han destacado en los últimos tiempos y sabemos que usted está asociado con su padre en este próspero negocio.

—¡Yo no soy su socio! ¡Soy su hijo, y mi función es solamente ayudarlo!

—Yo tengo la información de que esta es una empresa familiar, donde además de usted, también participan su madre y su hermana.

—Bueno, si quiere llamarla empresa familiar, como usted quiera...

—Solo queremos que nos cuente cómo fueron los inicios de la empresa y la evolución de este emprendimiento que se ha transformado en una verdadera atracción turística en los últimos tiempos —y luego agregó—. ¿Qué le parece si nos encontramos mañana a las once en la Confitería Colombo, para conversar?

El muchacho no contestó y se introdujo en la caseta, cerró la puerta y se comenzó a vestir. Pero sabía que el periodista continuaba afuera esperando para tratar de convencerlo. Su prioridad era encontrarse con Irasema, y no podía demorarse demasiado, ya estaba bastante retrasado, y para quitarse de encima al reportero le dijo desde dentro de la caseta que aceptaba la propuesta de encontrarse en la citada confitería.

Al otro día en horas de la mañana Gunnar recibió en su casa una llamada telefónica. Su madre atendió el teléfono y le anunció que un tal João Barbosa quería hablar con él.

—¡Otra vez ese periodista!—dijo Gunnar molesto en voz alta—. Seguramente quiere confirmar la entrevista.

—¿Quién es ese periodista? ¿Qué entrevista?—le preguntó su padre cuando lo escuchó.

—Un pesado que quiere hacerme un reportaje.

—¿A vos?

—Sí, ayer me abordó en la laguna cuando terminamos las demostraciones con Antinea. Dice que está haciendo notas a jóvenes empresarios que se han destacado en los últimos tiempos.

—¡Cuidado con esos periodistas, Gunnar, son muy peligrosos! ¡Viste cómo nos están tratando, con esa mentira que inventaron los judíos!

—Quédese tranquilo, padre, que si tengo la mínima sospecha de que quiere abordar esa cuestión, me retiro inmediatamente.

Al otro día, cuando Gunnar entró en el amplio y espejado salón de la vieja Confitería Colombo, pudo divisar al periodista sentado en torno de una mesa vestido con un gastado traje color caqui, que al verlo llegar levantó su mano para llamarlo.

—¡Buenos días! Tome asiento por favor—le dijo Barbosa cuando el joven se acercó.

Y dejando sobre la mesa sus gruesos lentes de aumento y el Jornal do Brasil que estaba leyendo, le preguntó si quería tomar un café, lo que Gunnar aceptó.

—¿Leyendo SU diario? —le dijo Gunnar en tono jocoso.

—Soy apenas un empleado, un humilde periodista que solo se limita a escribir en él y a ganar un jornal.

Sentados en medio de aquel hermoso salón, donde se destacaban sus enormes espejos en la pared y sus maderas de jacarandá y mármoles italianos que remedaban los tiempos de la Belle Époque, Barbosa comenzó con sus preguntas a un sorprendido Gunnar, que nunca se había encontrado en una situación similar.

—¿Su familia es originaria de Europa?

—Sí. De los países bálticos.

—Para poder ubicar al lector, ¿me puede mencionar cuáles son los países bálticos?

—Son tres: Estonia, Lituania y Letonia, que es mi país. Actualmente formamos parte de la Unión Soviética con el nombre de República Socialista Soviética de Letonia —contestó Gunnar mientras daba un primer sorbo a su café.

—Cuénteme algo de su historia.

—Tenemos una larga historia que se remonta a muchos siglos atrás, pero solamente fuimos un país independiente durante veintidós años, desde mil novecientos dieciocho hasta mil novecientos cuarenta, en que fuimos invadidos por los rusos. Luego vino la guerra, y en mil novecientos cuarenta y uno fueron los alemanes los que nos dominaron, hasta en mil novecientos cuarenta y cuatro nuevamente cayó la bota comunista sobre nuestro país.

—¿En qué año arribaron ustedes al Brasil?

—Después de finalizada la guerra, en el año mil nueve cuarenta y seis.

—¿Hace mucho tiempo que su padre se dedica a este negocio?

—¡¿Me va a preguntar por mi o por mi padre?! —dijo Gunnar enérgico, mirando a su interlocutor desconfiado, cuando comprobó que el periodista desviaba la conversación hacia su padre.

—Yo le mencioné que íbamos a hablar de la empresa. ¿Acaso no fue su padre quien comenzó con el negocio?

—¡Claro que fue él! Pero yo sospecho que usted busca hacerme este reportaje por otra razón…

Barbosa se puso en alerta ante la respuesta del muchacho y temiendo perder la entrevista, insistió con su argumentación.

—Le repito que nuestra intención es hablar especialmente de usted y sus logros como empresario juvenil.

Hacía un tiempo que algunos sobrevivientes del Holocausto habían comentado entre los integrantes de la colectividad judía del Brasil haber reconocido a un hombre caminando por la calles de Rio de Janeiro muy parecido a Herberts Cukurs, cosa que luego confirmaron y ratificaron cuando se propagó en la TV un reportaje al letón, mostrando su faceta de empresario exitoso. De forma inmediata, algunos judíos notorios de la sociedad brasileña acudieron a los medios de prensa para denunciarlo, y estos comenzaron una fuerte campaña mediática contra él, con duras acusaciones como criminal de guerra. Aparecieron varios artículos en distintos periódicos, donde Cukurs era acusado de integrar el Arājs Kommando, responsable de una variedad de atrocidades cometidas por los nazis y del asesinato masivo de miles de judíos en el gueto de Riga, y uno de los responsables de la matanza en los bosques de Rambula.

Un tiempo atrás, el jefe de redacción del Jornal do Brasil, viendo que la competencia tomaba la delantera en ese tema, le había solicitado a Barbosa que dedicara su tiempo a realizar una investigación más profunda sobre el caso Herberts Cukurs. El experimentado periodista, como tenía claro de antemano que era imposible realizar una entrevista sobre esos asuntos candentes al mismísimo Cukurs, había planeado usar una estrategia diferente. La idea era abordar al hijo del letón con el argumento de que estaba realizando reportajes a exitosos jóvenes emprendedores y en el transcurso de la charla introducir algunas preguntas más comprometedoras respecto al asunto de su padre.

En el momento en que Barbosa notó que el joven Cukurs había descubierto sus verdaderas intenciones y estaba a punto de marcharse, jugó su última carta planteándole directamente el tema.

—¿Usted estaría dispuesto a hablar sobre su padre?

—¡Ya me lo habían advertido! ¡Ustedes, los periodistas, no son de confiar, y usted me engañó!—contestó Gunnar, al tiempo que se levantaba de la mesa para marcharse.

—¿Cómo puede permitir que difamen a su padre de esa manera? Justamente lo que pretendemos es que el público también conozca la otra campana, y quién mejor que el hijo para defender a su padre —dijo Barbosa en un intento desesperado de no perder el reportaje, que veía se le escapaba como agua entre los dedos.

Ante esas últimas palabras del periodista, que se había lanzado dejando al descubierto sus verdaderas intenciones, Gunnar frenó su impulso de huida y se detuvo unos segundos parado frente a la mesa, y pensó: "¿Por qué no acceder a su requerimiento? Podría ser una magnífica oportunidad para reivindicar la figura de mi padre frente a las calumnias que la prensa viene difundiendo en su contra".

—Solamente estoy dispuesto a hablar sobre ese tema si se compromete a publicar palabra por palabra, exactamente todo lo que yo le diga y sin trampas. Usted escribe el borrador, yo lo reviso y recién después lo publica —contestó Gunnar con decisión, mirando de frente al periodista.

—Trato hecho, le doy mi palabra de que no va a haber trampas —dijo Barbosa con un brillo de satisfacción en sus ojos.

Capítulo XVIII. Jornal do Brasil

Fundado em 1891. Rio de Janeiro
Quinta feira, 15 de febereiro de 1951

João Barbosa

O jovem filho de Herbert Cukurs defende enfaticamente seu pai das acusações que o incriminam como um criminoso de guerra.

Como es de conocimiento público, los integrantes de la Asociación Israelita del Brasil han realizado varias denuncias contra el señor Herberts Cukurs, acusándolo de criminal de guerra, responsable del asesinato de treinta mil judíos. Días pasados nos contactamos con su hijo mayor, el joven Gunnar, el cual nos brindó su versión respecto de las acusaciones que recaen sobre su padre.

—Mi padre es un hombre de familia, honesto y trabajador, un aviador con una experiencia excepcional, que es considerado un héroe nacional en nuestro país, y no son ciertas, ni tienen ningún fundamento, las acusaciones con las cuales se lo ataca—comenzó diciendo el joven Gunnar.

JB— Señor Gunnar Cukurs, ¿está decidido a defender a su padre y demostrar que es inocente de lo que se lo acusa?

GC—Por supuesto. Este es el único objetivo por el cual acepté esta entrevista.

JB—Empecemos por el principio. Usted nos cuenta que su padre era un gran aviador y es considerado un héroe nacional en su país, nos gustaría que nos detallara sucintamente cómo fue su carrera en ese sentido.

GC— ¡Debo aclararle que todavía es un gran aviador!, y no solamente es reconocido en Letonia, sino también a nivel mundial. Cuando se inició la guerra por la independencia en nuestro país, su gran amor a la patria lo llevó a alistarse como voluntario en el recientemente creado ejército letón, con tan solo diecinueve años. Luego de finalizada la contienda bélica, comenzó su carrera militar en la academia de oficiales, logró el grado de teniente y se incorporó a la División de Aeronáutica, iniciando allí el curso de aviador. Posteriormente fue ascendido a Teniente Primero, pasando a formar parte del Grupo de Aviadores de Caza. Junto a su carrera como destacado piloto, comenzó a forjar una de sus grandes pasiones, el diseño y la construcción de aviones. Esta vocación por la ingeniería aeronáutica había nacido cuando aún era un niño, jugando en el taller mecánico de mi abuelo y más tarde ayudándolo en pequeños trabajos. Dicha actividad lo indujo a idear y diseñar algunas maquinarias que sorprendieron a todos por su ingenio y creatividad. Con algo más de veinte años fabricó su primer aeroplano, el que llamó C1.

JB—También se comenta que realizó algunos vuelos de larga distancia que fueron muy reconocidos en su tiempo.

GC— ¡Yo diría más que eso! ¡Fueron verdaderas hazañas que nadie había alcanzado hasta el momento! Junto a su ascendente carrera militar continuó con la elaboración de aeroplanos, creando varios prototipos de aviones que fueron revolucionarios en su tiempo. Y fue en el año mil novecientos treinta y tres, con el último modelo de aeroplano construido con sus manos, el denominado C3, que inició un vuelo en solitario que es considerado un acontecimiento histórico de la aviación y que lo consagraría de por vida. Recorrió una distancia de diecinueve mil trescientos cuarenta y dos kilómetros desde la ciudad de Riga hacia Bathrust, la capital de Gambia, en África. ¡Algo inédito y sorprendente!

Luego de este exitoso vuelo, se lo conoció como el "Lindebergh del Báltico", y su talento fue reconocido en todo el mundo, y el presidente de la Liga Internacional de Aviadores Clifford Burke Harmon le otorgó el Harmon Trophy, que es un trofeo internacional, que se da anualmente al aeronauta más destacado del mundo. También fue elegido miembro honorario de la Liga Internacional de Aviadores, recibiendo una placa honorífica con la firma de los aviadores de élite del mundo en ese momento, como Santos Dumont, Charles Lindbergh, Arturo Ferrarini, Francesco de Pinedo, Clarence Duncan Chamberlin.

La noticia de su valor alcanzó todos los rincones del mundo, y en mil novecientos treinta y seis, recibió una invitación del gobierno japonés para llevar a cabo un vuelo similar al que había hecho a Gambia tres años atrás, pero ahora mucho más extenso, ¡hasta Japón! Luego de haber diseñado y construido un nuevo avión, que llamó C6, en tan sólo tres meses, en octubre de ese año se lanzó al aire, también en solitario, volando la friolera de cuarenta mil cuarenta y cinco kilómetros, con el excelente promedio de ciento noventa kilómetros por hora. Luchando con condiciones climáticas desfavorables; fuertes vientos monzones y tormentas de polvo, aterrizó en el Japón luego de doscientas veintisiete horas y cuarenta y cinco minutos de vuelo. Luego de esa hazaña arribó a nuestro país como un verdadero héroe nacional.

JB—Nos quedaron muy claras las habilidades de su padre con respecto a la construcción de aviones y su excelencia como piloto reflejada en las hazañas realizadas en la década del treinta, pero después llegó la guerra, y es allí donde se cuestiona su actuación. Se dice que formó parte del Arājs Kommando, una unidad paramilitar que colaboró en Letonia con el Einsatzgruppe, un grupo de operaciones especiales nazi, formado por miembros de las SS, responsables de la aniquilación de miles de judíos. Más aún, se dice que su padre actuó personalmente en torturas, violaciones y asesinatos, incluso de niños en el gueto de Riga y participó activamente en la masacre de los bosques de Rambula, que tuvo lugar entre el treinta de noviembre y el ocho de diciembre de mil novecientos cuarenta y uno. ¿Qué nos puede decir respeto a esas acusaciones?

GC— ¡Que son todas infamias y calumnias creadas por algunos miembros de la comunidad judía! Es comprensible que el pueblo judío sienta mucho dolor por todas las penurias que pasaron en la guerra, pero no tienen derecho a arruinar la vida de mi padre y de nuestra familia. Solamente algunos testigos dicen reconocerlo, pero no tienen ninguna prueba de su culpabilidad. Si mi padre tuviera algo que esconder, ¿le parece que se atrevería a vivir con su verdadero nombre? ¿O hubiera hecho como algunos criminales nazis que se ocultan detrás de un nombre falso? Él nunca se ocultó, siempre dio la cara y explicó todo a quien quisiera saberlo.

JB— ¿Él admite que formó parte de Arājs Kommando?

GC— ¡Claro que sí! Pero que lo admita no significa que estuvo involucrado en esas atrocidades de que lo acusan. En el año mil novecientos cuarenta y uno, cuando se produjo en el país la invasión alemana, mi padre se encontraba tranquilamente en su granja en Letonia, y debido a que muchos sospechaban de él como un espía ruso, por un anterior viaje que había hecho a Moscú por asuntos particulares, su situación personal se volvió muy peligrosa. Para alejar todas las sospechas y para poder continuar con su vida sin contratiempos, decidió alistarse en el comando especial de Víctor Arājs, pero como mecánico encargado del mantenimiento de vehículos de este regimiento. De esa manera él estuvo totalmente ajeno a las acciones del mencionado comando, solo se limitaba a mantener en correcto funcionamiento los vehículos.

JB— ¡Los testigos que reconocieron a su padre no opinan lo mismo!

GC—Se dicen muchas cosas falsas, pero no hay pruebas evidentes. Después de la guerra, la Unión Soviética hizo un gran juicio por los crímenes de guerra debido a las masacres nazis en los países bálticos e interrogó a miles de personas. Como consecuencia fueron condenados más de trescientos miembros de esos comandos fascistas, pero ninguno de los testigos acusó a mi padre. Tampoco aparecieron registros incriminatorios contra mi padre, ni en los archivos soviéticos ni en los archivos letones, y en los Procesos de Núremberg jamás fue mencionado su nombre. ¿No le parecen que son pruebas más que suficientes de que mi padre no estuvo involucrado en ninguna de esas cosas de que se lo acusa?

Y los que lo acusan de manera infundada y deliberada de todas esas atrocidades ¿cómo pueden explicar las declaraciones que hizo la judía Miriam Kaicner a la comisión de Organizaciones Judías de Brasil el año pasado, contando cómo mi padre la protegió y la resguardó de los nazis en aquellos tiempos tan difíciles, salvándole la vida y permitiéndole viajar junto a nuestra familia hasta el Brasil?

JB—Conocemos las manifestaciones de Miriam Kaicner, las cuales vamos a dejar en nota aparte para que aparezca junto con este reportaje, para los lectores que no las conozcan. Nosotros quisimos contactarla para poder ratificar sus dichos por intermedio de una nota, pero lamentablemente no la pudimos localizar, y nos dicen que hace mucho tiempo no se encuentra en el país, quisimos averiguar dónde se había ido, y nadie sabe nada de su paradero.

GC— Cuando llegamos con mi familia al Brasil en el año mil novecientos cuarenta y seis, en pleno carnaval, sin conocer a nadie, sin hablar una palabra de portugués y sin dinero, mi padre se ocupó personalmente de poner en contacto a Miriam con la comunidad judía de Río de Janeiro, porque creyó que era conveniente que estuviera con los suyos, cosa que ella agradeció gustosa. La dejó con una familia que la aceptó para que viviera con ellos, pero después no supimos más nada de su vida.

JB— ¿Y por qué piensa que hay un ensañamiento especial contra su padre?

GC— ¡Hay muchas cosas que no se las perdonan!

JB— ¿Como cuáles?

GC—Es un inmigrante que vino de un país remoto, y muchos no pueden soportar que haya sido tan exitoso en sus negocios. Debido a su gran visión y capacidad empresarial, se convirtió en un ejemplo para imitar, como se menciona en varias notas y reportajes de diarios y revistas, antes de que surgiera toda esta basura de las acusaciones infundadas. Muchos resentidos empresarios brasileños preguntan de manera suspicaz cómo pudo ser posible que un extranjero que llegó a nuestro país con una mano atrás y otra adelante haya podido desarrollar tan fácilmente un negocio tan próspero, dejando flotarla idea de que detrás del éxito de mi padre hay algo turbio. Y todas estas mentiras de las que es acusado mediáticamente mi padre les fueron como anillo al dedo para desprestigiarlo.

Y ahora soy yo quien me pregunto por qué en este país, que tiene miles de quilómetros de excelentes costas oceánicas, a nadie se le había ocurrido introducir dos disciplinas básicas en los deportes náuticos como son el esquí acuático y el submarinismo. Tuvo que llegar mi padre para que se diera cuenta de las excelentes cualidades que presentaba el país para desarrollar dicho negocio. Eso despertó la codicia de algunas personas que viendo el éxito de su empresa, intentaron comprársela en varias oportunidades, y como él siempre se negó, fue amenazado con anuncios de que muy pronto se arrepentiría por el resto de la vida. Mi padre no es un hombre que se deje intimidar fácilmente y se mantuvo firme y sin claudicar, pese a las amenazas que recibió, pero ahora estas acusaciones infundadas están haciendo daño a la reputación de su persona y la de nuestra familia.

JB— ¿Por qué le parece que recién ahora, luego de tantos años en el país, surgieron las acusaciones?

GC—Como en estos días se difundió la noticia de que algunos criminales de guerra se habían refugiado en América del Sur, la Asociación Israelita Brasileña vio la oportunidad de denunciarlo. Todo se inició cuando hicieron correr la voz de manera deliberada de que en la Laguna de Freitas podría encontrarse uno de esos criminales de guerra dedicado a negocios relacionados con el alquiler de botes y otras atracciones acuáticas. Esas calumnias fueron tomadas por la prensa, que comunicó la noticia con títulos sensacionalistas, iniciando así la campaña de difamación contra mi padre.

En resumen, la envidia de cierto sector del empresariado brasileño, integrado por muchos judíos de la comunidad israelita, fue el motor inicial para atacarlo, y a todo eso se sumó la prensa que se hizo eco de esas denuncias absurdas, con el solo propósito de vender más ejemplares.

De acuerdo al compromiso asumido con anterioridad con el señor Gunnar Cukurs se deja constancia de que en el presente reportaje fueron transcritas fielmente sus expresiones, sin agregados del periodista.

João Barbosa

Testimonio brindado por Miriam Kaicner anta la Comisión de Organizaciones Judías de Brasil

"Yo sabía que Herbert Cukurs había servido en las SS, pero nunca escuché que estuviera envuelto en aquellas atrocidades.

Cukurs me escondió por varias semanas en un apartamento de Riga. Después, cuando fuimos llegados al gueto, él se preocupó que me llegara comida.

Después, me liberó del gueto, y me llevó a una granja con su familia, donde estuve hasta que los rusos avanzaron sobre Letonia. Me proveyó de documentación falsa, lo que me permitió ingresar a Berlín junto con él. Cukurs huyó de Riga en un hermoso auto, con un tráiler cargado de muebles caros y otros bienes. Permutó algunos objetos que llevaba por gasolina, por eso no tuvimos problemas para desplazarnos.

En Berlín me consiguió un empleo en una fábrica de aviones. Él mismo trabajaba allí como ingeniero. Antes de que los ejércitos rojos tomaran Berlín, Cukurs se las ingenió para salvar a su familia y a mí. Huimos de la ciudad en auto, con el tráiler, y nos refugiamos en un bosque cercano a la ciudad de Kassel. Nos escondimos allí por siete meses, hasta que nos dirigimos a Francia y nos quedamos temporalmente en Marsella.

Cukurs empezó a trabajar en un pequeño negocio de alquiler de botes, buscando siempre un lugar seguro. Con la ayuda de organizaciones católicas, pudimos conseguir visas de entrada a Brasil. Cukurs vendió el auto y los objetos que aún le quedaban en el tráiler, así como su parte en el negocio de alquiler de botes.

En el invierno de mil novecientos cuarenta y seis nos embarcamos en el Cabo de Buena Esperanza y el cuatro de marzo de ese año llegamos a Brasil".

Israel – Francia – Brasil - años 1964-65

Capítulo XIX. El comienzo

Ya habían pasado muchos años desde la finalización del más grande conflicto bélico que la humanidad había conocido, y un nuevo orden se había instalado en el mundo. Dos bloques antagónicos pugnaban por cuestiones ideológicas y políticas en una confrontación enmascarada llamada Guerra Fría. Por un lado, estaba el bloque occidental-capitalista liderado por los Estados Unidos, y por el otro, el oriental-comunista liderado por la Unión Soviética. Se posicionaban siempre enfrentados en cada conflicto que surgía en el planeta, apoyando políticamente y abasteciendo con armas y soldados a cada uno de los bandos en pugna.

En Medio Oriente, hacía tan solo dieciséis años que se había creado el Estado de Israel.

Luego del desmembramiento del otrora poderoso Imperio Otomano, al finalizar la Primera Guerra Mundial, la Sociedad de Naciones había aprobado el Mandato Británico de Palestina, que incluía asegurar el establecimiento de un hogar nacional judío. Pero fue recién en el año 1947 que las Naciones Unidas aprobaron la partición de Palestina en dos Estados, uno judío y otro árabe, y un año más tarde, el 14 de mayo de 1948, fue declarada la independencia del Estado de Israel. Los judíos habían reclamado desde siempre aquellas tierras, afirmando que allí estaban, desde hacía más de tres mil años, las raíces más profundas de su pueblo, la antigua tierra de Israel de los remotos reinos de Judá e Israel y el Templo de Salomón. En cambio, para la visión del islam, Palestina pertenecía entera y exclusivamente a los musulmanes. En ese territorio, que habitaron durante mil trescientos años y que consideran sagrado, Mahoma había designado a Jerusalén como la primera *quiba*[11], y desde allí el profeta había ascendido al cielo en el *miraj*[12].

A partir del desacuerdo de los árabes, respecto a la independencia del Estado judío e inmediatamente después de su proclamación, se desató la Guerra Árabe-Israelí de 1948, que mediante una serie de conflictos armados continuó tiñendo de sangre las tierras del Medio Oriente.

Pasaron los años, pero el pueblo judío mantenía un puñal clavado en el alma. No podían olvidar el horroroso y deliberado exterminio que habían sufrido en la Segunda Guerra Mundial, producto de la nefasta e inhumana política del régimen nazi, liderada por Adolf Hitler. En aquella horrible pesadilla, en la que habían perecido seis millones de judíos, todos tenían a alguien que recordar entre los desaparecidos. Muchos de los sobrevivientes de aquella barbarie genocida tenían presente en sus memorias las penosas vivencias personales que habían padecido durante esos años y el sufrimiento impotente de ser testigos de la muerte de padres, esposos, hijos, hermanos y abuelos, de la manera más cruel imaginada.

Luego de finalizada la contienda bélica, que arrasó con buena parte del pueblo judío, el tema de los criminales de guerra nazis que habían escapado y continuaban con vida se había transformado en un tema de controversia en el pueblo judío.

Había quienes opinaban que se debía dar vuelta la página y mirar hacia el futuro, olvidando lo que ya no tenía solución, porque las vidas de las víctimas eran irrecuperables; sin embargo, otros reclamaban que todos aquellos despreciables seres

---

[11] Dirección hacia la que los musulmanes deben dirigir sus plegarias.

[12] Es el viaje y el ascenso a los cielos que hizo el profeta Mahoma en el año 621.

que habían provocado la mayor barbarie contra su pueblo no podían continuar viviendo impunemente y reclamaban castigo para los culpables. En algunos casos la que se encargó de complacer este último reclamo fue la Agencia de Inteligencia Israelí (Mossad).

En el año 1960 un comando de Mossad denominado Nokmin (Vengadores) llevó a cabo la que se llamó Operación Garibaldi, que consistió en el secuestro en suelo argentino del teniente coronel de las SS nazis Adolf Eichmann, uno de los arquitectos de la "Solución final" y uno de los criminales de guerra más buscados. Luego de su secuestro, el citado criminal nazi fue trasladado hacia Israel, donde fue juzgado y condenado a muerte, acusado por crímenes contra el pueblo judío, crímenes contra la humanidad y crímenes de guerra.

Ataviado con el clásico uniforme militar del ejército, el coronel Yoske Yariv caminaba por la avenida Rey Saúl de Tel Aviv, rumbo a la sede del Mossad. Meditaba sobre las posibles razones por las cuales había sido convocado al despacho de su superior, el mayor general Meir Amit. Hacía poco tiempo que había sustituido a Rafi Eitan[13] como jefe de equipo operacional, pero todavía se seguía considerando un soldado más y se sentía más a gusto ejecutando una misión en el campo de acción, que concurriendo a este tipo de encuentros burocráticos y oficiales. Estaba acostumbrado a recibir las órdenes mediante un llamado telefónico en clave, un telegrama cifrado o un *mishlashim*[14].

Estaba al tanto de que Meir Amit, que hasta hacía muy poco tiempo se encontraba a cargo de la Dirección de Inteligencia Militar Central de Israel (ARAM), había ingresado a la je-

---

13 Fue un político israelí que formó parte de la oficina de inteligencia, y entre sus múltiples actuaciones, participó en la operación del Mossad que condujo a la captura de Adolf Eichmann.

14 Buzón seguro para recibir o dejar información.

fatura del Mossad, de una forma un tanto cuestionable. Se escuchaban comentarios de que había ejercido una fuerte presión sobre el primer ministro Ben Gurión, para desacreditar al entonces director del Mossad, Isser Harel. Tiempo después, de manera un tanto sospechosa, el Primer Ministro le había solicitado la renuncia a Isser Harel, por motivos que nunca quedaron claros y nombró en su lugar al general Amit, lo que pareció confirmar los comentarios.

Todos sabían que ese general de larga y destacada actuación en la Guerra Árabe-Israelí de 1948, que había sido comandante de brigada bajo las órdenes de Moshe Dayan y jefe de operaciones del Ejército, estaba dispuesto a imponer cambios radicales en la agencia. Amit no estaba de acuerdo en que "el Instituto" se convirtiera en algo similar a la CIA o el KGB, donde según su opinión, abundaban los recursos humanos innecesarios, y desde el inicio de su gestión se mostró austero con respecto a esta cuestión. A partir de su asunción, los nuevos agentes reclutados debían reunir varias capacidades: ser a la vez analistas, científicos, estrategas, planificadores y también estar aptos para realizar trabajos de campo.

Luego de la renuncia de Ben Gurión a su cargo de Primer Ministro en 1963, su sustituto Levi Eshkol continuó apoyando la gestión de Meir Amit, que fue quien lo autorizó a crear la sección más secreta de todo el servicio de espionaje de Israel, la unidad de operaciones especiales del Mossad, la temible Metsada. Dentro de esta unidad, existía una subunidad llamada *Kidon* (bayoneta), cuyos integrantes se encargaban de algunos "trabajos especiales".

Dichos combatientes, que actuaban con nombres ficticios, recibían un entrenamiento militar exclusivo, aislado del resto de las demás unidades.

El cuartel general del Mossad se encontraba incluido de forma disimulada en el edificio Hadar Dafna de Tel Aviv. En realidad era un edificio dentro de otro, con sus propios servicios de abastecimiento de agua y de electricidad.

Cuando Yariv se enfrentó al gris edificio Hadar Dafna, se frenó en seco, miró hacia ambos lados y con disimulo ingresó.

Ya dentro del cuartel general, un hombre de aspecto vulgar sentado en una silla de plástico y sin ninguna identificación visible lo detuvo y de acuerdo al protocolo le solicitó su identificación. Luego de corroborar su identidad, le colocó una placa en la solapa de su saco, como medio de salvoconducto para ingresar a las oficinas. Más adelante se le acercó otro hombre que lo acompañó hasta una puerta, que abrió con una llave, y lo hizo pasar hacia el ascensor.

Subió de forma solitaria en el ascensor hasta el piso octavo, donde se encontraba el Estado Mayor y el despacho del Memuneh[15]. En los corredores se cruzó con varias personas que circulaban con similares placas de identificación a la suya y se dirigió hacia el despacho del Director. Allí un hombre parado en la puerta miró detenidamente la identificación en su solapa y le hizo señas para que aguardara. Mientras esperaba sentado en una austera silla de madera, leía atentamente un cartel que se encontraba en una las paredes de la sala, cuya frase ya conocía desde las épocas en que había hecho su entrenamiento en la Academia. Aquel enunciado siempre lo hacía meditar sobre las múltiples misiones que le habían tocado hacer para su país desde que era prácticamente un niño. Su vida estaba profundamente conectada con la seguridad de su país desde mucho antes de la creación del Estado de Israel. Se había convertido en un miembro de la Haganá cuando sólo tenía 11 años, y cuando se formó el Palmaj[16] había sido uno de los primeros en unirse. Él había sido un miembro de la Compañía "A" y durante su servicio participó en numerosas operaciones especiales en tiempos en que los líderes eran Moshé Dayán

15 El jefe, el supervisor.

16 Unidad de élite integrada a la Haganá.

e Isaac Rabin, entre otros. Luego le había tocado pasar por la unidad 131 de la Inteligencia Militar, y tenía claro que en todos esos lados, no había cumplido cabalmente lo que proclamaba esa máxima colgada en la pared: "No realices un acto inmoral por una razón moral".

En momentos que su mente volaba repasando su intensa vida sirviendo a su patria, se abrió repentinamente la puerta del despacho del Memuneh, y apareció éste, con su alta y delgada figura, sonriente, impecablemente vestido con su traje militar, y lo invitó a pasar.

Sobre el despejado escritorio de Amit, donde había un negro aparato telefónico, un cenicero y muy pocas cosas más, Yariv pudo distinguir un sobre con un sello: "*SODY BEYOTER*" ("Altamente confidencial").

—Buenos días, coronel. Tome asiento, por favor —dijo Amit, al tiempo que apagaba un cigarro en el cenicero y se sentaba—. Mire, coronel, yo soy un hombre directo y no me ando con rodeos, además tengo una reunión muy importante en pocos minutos.

Yariv lo miró sorprendido, pero no emitió palabra alguna.

—Lo llamé a mi despacho porque considero que dentro de nuestra agencia, usted es la persona indicada para planificar y elegir los hombres adecuados para la misión que le voy a encomendar.

A continuación tomó el sobre con el sello "*SODY BEYOTER*" y retiró de su interior un documento que le entregó en mano a Yariv.

—En este *dossier* que le estoy entregando, va a encontrar el objetivo de la misión y los recursos humanos y materiales, con los que cuenta. La planificación del operativo y todos los demás detalles son parte de su trabajo. Es de importancia capital que la existencia de esta misión no debe trascender, ni aún dentro de la "Institución", solo usted y los pocos hombres que van a participar en ella deben conocer su existencia. Usted y su equipo son los responsables absolutos de su realización y de su éxito o fracaso. Si resultara esto último y algunos de los integrantes del equipo fueran apresados, nuestro gobierno negará terminantemente su participación —terminó diciendo Amit, y prendiendo otro cigarrillo, dijo—. Solo le puedo adelantar que es muy similar a la Operación Garibaldi, en la que usted participó, pero los detalles los va leer en el documento.

—¡Estoy a sus órdenes, General!—contestó Yariv de forma casi automática, y quedó algo pensativo.

Suponía que su gobierno había renunciado a repetir ese tipo de operaciones como la Garibaldi, dada la dura controversia internacional que había suscitado. A raíz de dicha operación, se había generado una enérgica protesta del presidente argentino del momento Arturo Frondizi hacia Israel, acusándolo de violar la soberanía de su país, y casi se había llegado al rompimiento de relaciones diplomáticas entre ambos gobiernos.

—Le advierto que este documento no tiene que salir de esta oficina, por lo tanto le ruego que comience a leerlo aquí mismo para enterarse de su contenido en el momento que yo abandone esta oficina —le extendió la mano y lo saludó y cuando iba a retirarse, se dio vuelta y le dijo—: Le advierto que no tiene que salir nada escrito de esta oficina, así que no vaya a tener la mala idea de sacar su lapicera para hacer algún apunte. Solo use su mente, su memoria, para eso también fue entrenado.

El coronel Yoske Yariv se retiró de las oficinas del Mossad, concentrado y casi sin mirar a nadie, portando almacenada en su cerebro toda la información necesaria para llevar a cabo la delicada misión que le habían encomendado.

Capítulo XX. París

Hacía poco que había comenzado septiembre, y París ya se despedía del verano. Las tardecitas y las noches se presentaban más frescas que de costumbre, sin embargo, los parisinos continuaban vistiendo ropas veraniegas, que ya resultaban insuficientes. Yariv, que había arribado recientemente desde la calurosa Tel Aviv, había acusado el cambio climático y desde el momento que había pisado suelo francés, no había parado de estornudar. Luchando con la molesta congestión nasal, que lo atormentaba, se arrepentía de haber discutido con su esposa Zehava, que insistía en agregar algo de ropa de abrigo a su valija, frente a su cerrada negativa. Afortunadamente, su mujer siempre salía con la suya.

Se había alojado en un hotel ubicado en la Rue de La Michodière, a pocos metros del Boulevard des Italiens. Ese mismo día, a las 13 horas, iba a reunirse en una *maoz*[17] con el equipo de operaciones que se iba a encargar de la misión.

Era media mañana cuando Yariv, en actitud de turista recién arribado a la Ciudad Luz, se aprestó para dirigirse a la reunión. Con una vestimenta de tipo informal, una guía turística de París en la mano y una cámara de fotos que colgó en su hombro, se dirigió caminando por el Boulevard des Italiens en dirección de La Ópera Garnière, para abordar el metro número 8.

---

[17] Fortaleza, piso franco utilizado por los agentes del Servicio Secreto Israelí (Mossad) como centro de operaciones en el extranjero.

Ya había visitado París en varias oportunidades y conocía casi de memoria todos sus monumentos y grandes edificios, pero cada vez que se enfrentaba a la imponente Ópera, la obra más bella y fastuosa del II imperio, quedaba impactado por su hermosura. El sol de esa horadaba de pleno en su fachada, haciendo resaltar la dorada estatua de Apolo en la cúspide del edificio. Se mezcló entre la gente, como un turista más y rodeó, cámara en mano, la monumental obra que Napoleón III había ordenado construir en siglo XIX. Bajó y subió varias veces por la amplia escalinata del frente, tomó fotos desde diferentes ángulos y luego de un rato de contemplación, colgó nuevamente su cámara en el hombro y cruzó a la Place de L´opera, donde se encontraba el acceso del metro que debía abordar.

Puso extremada atención en la orientación correcta, ya que con el remolino de gente que se movía a esa hora, era muy factible equivocarse y terminar en el lugar contrario a donde quería llegar. Tenía bien claro que debía abordar el metro número 8 con dirección a Balard.

Luego de comprar el pasaje, lo colocó en la correspondiente ranura del molinete de acceso y empujó la barrera, que se abrió con la presión de su cuerpo. Ahora se encontraba en medio del torbellino de túneles donde debía leer con atención los carteles y elegir el correcto que lo llevara a su coche. Subió y bajó escaleras mecánicas y mientras se desplazaba entre la maraña de gente que iba y venía frenéticamente, pudo escuchar la "Primavera" de Vivaldi, interpretada por un hombre con larga y desprolija barba, que tocaba un viejo violín sentado en el suelo. La acústica que existía en ese inframundo de túneles enmarañados hacía que la música se escuchara con tanta perfección, que a Yariv le pareció estar en una sala de teatro oyendo el solo de un violín de una orquesta sinfónica.

Los apurados transeúntes dejaban caer al descuido algunas monedas en el sombrero que el artista callejero había colocado a su lado y que de vez en cuando controlaba con su mirada.

La variedad de habitantes era tal, que podían distinguirse desde blanquísimos anglosajones hablando en alemán o inglés, amarillos conversando en mandarín, hasta renegridos africanos emitiendo sonidos en su dialecto natal. Las vestimentas también eran muy extrañas: mujeres árabes escondiendo sus rostros detrás de sus enigmáticos burkas, indios siks portando sus turbantes característicos, y mujeres negras con vestidos de exuberantes colores. Todo aquel conglomerado heterogéneo de personas era la muestra de la diversidad de seres humanos que habitaban en la cosmopolita París.

Entre algunos empujones y llevado por la gente, abordó el repleto vagón con dificultad y se quedó parado en el pasillo, en medio de los pasajeros. Aseguró debajo del brazo la guía turística, ajustó la cámara fotográfica en su hombro y cuando levantó la vista, observó a escasos metros un sujeto rubio y alto que le pareció observaba sus movimientos. De acuerdo a su mentalidad de espía, no descartó que estuviera siendo vigilado y de inmediato puso en marcha un plan, tratando de exagerar el papel de turista que interpretaba.

—*Pardon monsieur. It's a long way to go Invalides?* —le preguntó a uno de los pasajeros que viajaba a su lado, en una mezcla de francés e inglés.

El pasajero, que por fortuna hablaba inglés, le contestó que faltaban pocas paradas para llegar a la estación Inválidos, y que él mismo le indicaría cuando debía bajarse.

A continuación Yariv le agradeció, y comenzó una conversación con el pasajero a su lado, en voz alta y en un inglés con fingido acento americano, relatándole que la principal razón de su viaje a París había sido visitar la iglesia de Los Inválidos, donde están los restos mortales de Napoleón. Quería ver personalmente y fotografiar la tumba del Gran Corso, porque era un estudioso y admirador de su figura. Mientras Yariv continuaba con una serie de historias referidas al tema, que el pasajero siguió con atención, de tanto en tanto lanzaba una mirada discreta al sujeto rubio que viajaba sin moverse con su vista fija hacia el frente.

Luego de la estación Concorde, el amable pasajero, que había escuchado sus historias sobre Napoleón, le avisó que en la próxima parada debía bajarse. Antes de descender del tren, miró al hombre rubio sentado, que permaneció en su lugar impasible y sin intenciones de bajarse. Se apresuró a salir a la luz del día subiendo casi corriendo por una larga escalera que lo llevó a la Av. De la Motte Piquet, no sin antes mirar hacia atrás para asegurarse que no lo seguían.

Cuando comprobó que todo había sido imaginación suya, respiró hondo, y ya más relajado continuó tomando varias fotografías de la bella cúpula dorada del Domo de Los Inválidos, que se elevaba majestuosa dominando la vista de esa zona de París. Pasó por la puerta del antiguo palacete Peyrenc de Moras, conocido bajo el nombre de Hôtel Biron, que le traía gratos recuerdos de cuando lo habían visitado junto a Zehava en su primer año de casados. Allí pudo deleitarse y emocionarse con las obras originales de maestro Auguste Rodín, el increíble escultor de *El Pensador*, *El beso*, *La Puerta del* Infierno y *Danaida*, entre otras obras escultóricas de ese destacado artista. En ocasiones se detenía a meditar acerca de la incoherencia de sus sentimientos. Se preguntaba cómo podía sentir palpitar su corazón emocionado, cuando se enfrentaba a aquellas estupendas obras de arte e incluso se le escapara alguna lágrima, como también le había sucedido cuando se había enfrentado a las estupendas obras de los impresionistas en el museo de Orsay, y a la vez podía ser calculador y tan frío como el acero cuando planificaba y ejecutaba sus misiones. Eran los hondos e incomprensibles misterios del alma humana.

En el cuarto piso de un edificio de apartamentos de la Rue de Bourgogne, una calle angosta de una sola mano y de veredas estrechas, se encontraba la *maoz,* una de las tantas viviendas propiedad del "Instituto" distribuidas a lo largo de las principales ciudades del mundo. En ese lugar se iba a llevar a cabo el encuentro pactado con el equipo de operaciones, para la misión que tenían por delante. Dicha vivienda permanecía deshabitada por largos períodos de tiempo y solo era acondicionada por los *sayanim*[18] residentes en París en caso de que fuera necesario utilizarla para alojamiento temporal de agentes en la ciudad o para reuniones donde se planificaban las distintas actividades del Mossad.

Cuando se enfrentó al edificio desde la vereda de enfrente, Yariv comprobó una vez más si no lo seguían. Aprontó su máquina de fotos e imbuido en su papel de turista, procedió a realizar varias tomas de la Rue de Bourgogne y del domo de Los Inválidos, que se veía nítidamente desde el centro de la calzada.

Al mismo tiempo vigilaba la actitud de los transeúntes que circulaban en las proximidades, tratando de descubrir algún movimiento sospechoso. Estaba por arribar al cuartel general de una organización secreta inserta en un país extranjero y era de orden que actuara con suma cautela. Sabía muy bien que en su profesión el exceso de relajación podría resultar fatal y nunca debía de confiarse demasiado, aunque todo lo que lo rodeara pareciera muy normal. Recién cuando estuvo bien seguro, cruzó la calle y subió sigiloso y atento los cuatro pisos del edificio.

Pese a que era un hombre con muchos años de experiencia y que vivía con frecuencia situaciones límites, cada vez que pasaba por esos momentos de incertidumbre, sus nervios se tensaban al máximo, inundando su torrente sanguíneo de adrenalina, sin embargo su apariencia exterior se veía inalterada. En su largo tiempo de entrenamiento en la agencia, había aprendido a dominar sus impulsos básicos.

---

[18] Sayanim son los judíos que viven fuera de Israel y que voluntariamente proporcionan asistencia al Mossad. Esta asistencia incluye cuidados médicos, dinero, logística e incluso recopilación de información.

Antes de abrir con su llave la pesada puerta de entrada de la *maoz* a prueba de bombas, tomó una última precaución apoyando su mano derecha en la culata de su pistola Baretta, que portaba en su cintura, pronta para ser extraída y usada. Cuando finalmente ingresó al departamento y comprobó que todo estaba bajo control, recién aflojó la tensión.

Allí se encontró al grupo de los temibles *kidones* en torno a una larga mesa ubicada en el centro de la sala, conversando en voz baja, fumando y tomado café, mientras esperaban su presencia. Luego de los discretos saludos de rigor, Yariv se sirvió un té y se ubicó en una de las cabeceras de la mesa, de frente a una de las ventanas donde se le presentó una vez más la hermosa y dorada cúpula de Los Inválidos, que brillaba con los poderosos rayos de sol del mediodía.

Cuando tomó el primer sorbo de té, su rostro mostró una fugaz mueca de dolor debido a la excesiva temperatura de la infusión y comenzó diciendo:

—¡Compañeros, fui designado directamente por el Memuneh para comandar una misión muy importante para el "Instituto" y para el pueblo de Israel! Tenemos luz verde desde los altos mandos, para realizar el trabajo de inteligencia correspondiente y proceder a su ejecución, cuando nosotros lo creamos más conveniente—hizo una pausa y miró el rostro inexpresivo de cada uno de los presentes en torno a la mesa, que todavía seguían ignorando el asunto por el cual habían sido convocados—. Como verán más adelante, cuando les dé los detalles del operativo, éste no va a ser un asunto sencillo. Si bien tenemos todo el apoyo de la dirección y del Primer Ministro, hay algo muy importante que ustedes deben saber desde el principio…

Cuando Yariv pronunció estas últimas palabras, los agentes que lo escuchaban atentamente, que habían pasado por los tres años obligatorios de entrenamiento en la academia Midrasha[19]

---

[19] La palabra *midrasha* deriva del término *beit midrash*, "casa de estudio". Tiene un origen etimológico común con la *madrasa* árabe, que

y que tenían larga experiencia en el campo de operaciones, supieron que escucharían el discurso infaltable que recibían antes de cada misión y que sabían ya de memoria.

—Si por cualquier circunstancia nuestra misión culminara en un fracaso y fuéramos descubiertos, el gobierno de nuestro país nunca va a reconocer su implicancia en el tema. ¡Entendido! —dijo enfáticamente a los cinco agentes, que hicieron un pequeño movimiento de la cabeza de aprobación. ¡Estaban acostumbrados a que "el Instituto" nunca se hiciera responsable de nada!

—De acuerdo con nuestros informes, tenemos conocimiento de que el ocho de mayo del próximo año, día que se cumplen los veinte años de la capitulación del Tercer Raich, el gobierno de Alemania Occidental está dispuesto a violar los principios establecidos en los acuerdos firmados de Postdam y Yalta, referentes a los crímenes genocidas de la Segunda Guerra. Ese día se va a poner a consideración en el parlamento alemán el llamado Estatuto de Limitaciones de los Crímenes de Guerra Nazi.

¡Dicho estatuto propone prescribir los crímenes de guerra perpetrados por los nazis!—dijo Yariv haciendo énfasis en esta última frase y prosiguió—. ¡Sí, compañeros, escucharon bien! Si esa barbaridad llegara a concretarse, significaría que varios de estos criminales que aún permanecen con vida, como: el "Ángel de la Muerte" Josef Mengele; Walter Rauff, responsable de la muerte de medio millón de personas en Auschwitz; Eduard Roschmann, comandante del gueto de Riga, responsable de numerosos asesinatos y otras atrocidades; el "Doctor Muerte" Aribert Heim y otros asesinos más jamás serían juzgados. ¡Y eso el pueblo judío y el Estado de Israel no lo van a tolerar de ninguna manera! La única forma de evitar que esa injusticia se concrete es mediante un golpe de efecto que paralice esa inconcebible iniciativa del gobierno alemán—Yariv hi-

también se refiere a un lugar de aprendizaje.

zo una pausa, bebió un sorbo de su té, que ahora estaba a una temperatura tolerable, y continuó—: Tenemos conocimiento de que varios de estos genocidas nazis se encuentran viviendo esparcidos en distintos continentes, pero Sudamérica es el principal de los destinos escogidos por ellos. Allí se ocultan con nuevas identidades y son protegidos por gobiernos pronazis, como sucedió en la Argentina con el peronismo, en el caso de Eichmann, con el cual nosotros en su momento supimos hacer justicia, o lo que pasa actualmente en Brasil, donde gobierna una dictadura militar con inocultable simpatía por los nazis.

Los cinco hombres en torno a la mesa seguían atentamente la alocución aguardando que finalmente Yariv concretara cuál era la misión que tenían por delante.

—Ya hace un tiempo que sabemos que está viviendo en Brasil uno de los criminales más sanguinarios de la Segunda Guerra Mundial—dijo Yariv al tiempo que habría una carpeta que contenía, entre otros documentos, la fotografía en blanco y negro de un hombre vestido con el uniforme de la SS, con el brazo derecho extendido, que los cinco hombres se fueron pasando uno a uno para examinar—. Ese nazi, que reside en un barrio de la ciudad de San Pablo con su familia, usando su propio nombre con total desparpajo, fue descubierto y denunciado a la prensa por varios sobrevivientes del Holocausto, que lo reconocieron como integrante de un comando nazi y responsable de la muerte de miles de judíos en Letonia durante la guerra, pero cuenta con la protección que le brinda la dictadura que gobierna actualmente ese país.

—¿Y cuál es su nombre? —preguntó intrigado uno de los *kidones*.

—Herberts Cukurs—respondió Yariv enfáticamente.

Cuando el más rubio de los agentes que tenía sentado justo a su frente escuchó aquel nombre, dejó caer sobre la mesa la cucharita de café que tenía en su mano, y todos dirigieron la vista hacia él, sorprendidos, pero el agente israelí rápidamente se recompuso y la tomó como si nada hubiera sucedido.

—Supongo que vamos va a realizar un trabajo similar al que hicimos en Buenos Aires con Eichmann —se adelantó a preguntar el más calvo de los agentes, que era uno de los hombres que había participado cuatro años atrás en el espectacular secuestro del criminal nazi en la Argentina.

—No exactamente. Las condiciones por las que transitamos en el momento son muy diferentes a las de aquel entonces. Nuestro Estado está atravesando una difícil situación que lo enfrenta a una guerra casi permanente con los países árabes y no puede disponer del dinero, ni de la cantidad de agentes utilizados en aquella misión.

—¿Hay alguna fecha establecida para realizar el trabajo? —preguntó otro de los agentes.

—Si bien somos libres a concretar la misión cuando creamos conveniente hacerlo, es prioritario actuar lo más rápido posible, antes de que sea aprobado el nefasto Estatuto de Limitaciones de los Crímenes de Guerra Nazi, que induce a la proscripción de los criminales. Este hombre fue la mano derecha del *SS-Sturmbannführer*[20] Viktors Arājs, que dirigía el Arājs Kommando. Dicho comando era una unidad de la Policía Auxiliar de Letonia subordinada a la S.D.[21], compuesto por voluntarios letones que participaron activamente en una variedad de atrocidades nazis, entre ellos el asesinato de judíos, gitanos, enfermos mentales y homosexuales, así como también en matanzas de civiles a lo largo de la frontera oriental de Letonia con la Unión Soviética. El Kommando participó activamente en el asesinato de miles de judíos en el gueto de Riga y en la matanza de los bosques de Rambula, entre el

[20] *SS-Sturmbannführer*: Comandante de la unidad de asalto de las *SS*.

[21] El *Sicherheitsdienst* (*SD*) era el servicio de inteligencia de las *SS*. Esta fue la primera organización de inteligencia que se creó en el partido nazi y fue considerada como una "organización hermana" de la Gestapo.

treinta de noviembre y el ocho de diciembre del año mil novecientos cuarenta y uno.

»Cukurs es un asesino de personalidad muy diferente a la de Eichmann. Este era un burócrata que planificaba sus brutales acciones detrás de un escritorio, prácticamente sin contacto directo con sus víctimas; en cambio, el letón Cukurs es un asesino sádico, que actuaba directamente sobre sus víctimas de una manera brutal e inhumana. ¡Tiene las manos manchadas de la sangre de treinta mil judíos!—y sacó una hoja contenida dentro de la carpeta y leyó—. Profanación del cementerio judío de Riga, violación de jóvenes judías, fusilamiento de niños, esterilización de trescientos judíos que luego fueron ejecutados, responsable directo del incendio en la Gran sinagoga de Riga de la calle Gogol, donde después de quemar los rollos sagrados de la Torá, encerró en el primer piso del edificio a casi trescientos judíos y luego se encargó personalmente de rociar con gasolina el edificio y prenderlo fuego, dando muerte a todos los que estaban dentro. Para completar el cuadro de atrocidades, participó directamente en matanza de miles de judíos en la Masacre de Rambula. ¿Y saben cuál era una de las aficiones predilectas de este asesino, que compartía con su coterráneo y camarada el mayor Viktors Arājs? —los cinco agentes quedaron expectantes—. Obligar a jóvenes judías a desnudarse en la calle frente a ellos y hacerlas correr, mientras ellos se divertían disparando sus pistolas, haciendo picar sus balas cerca de sus pies. Varias de sus víctimas sufrieron la amputación de algún pie al calcular mal el disparo, o directamente las ejecutaban. Otro divertimento era atravesar niños judíos con la bayoneta de su fusil por el simple placer de verlos gritar. ¡Es un verdadero monstruo sanguinario que no me explico cómo Dios permitió que siguiera viviendo hasta ahora!

»Esta larga lista de horrores fue brindada por los desgarradores testimonios de algunos de los sobrevivientes de la barbarie nazi en Letonia y luego fue recogida por la Federación de

Sociedades Israelitas de Brasil. Los integrantes de dicha organización se han encargado de hacer varias denuncias periodísticas, tratando de desenmascarar al asesino, e intentaron por varios caminos que fuera extraditado del país, pero los dictadores que gobiernan actualmente Brasil se niegan a hacerlo. Las demás informaciones que tenemos de sus andanzas por el Brasil llegan a nosotros por medio de nuestro colaborador Simón Wiesenthal[22], que dedica la mayor parte de su tiempo a localizar e identificar criminales de guerra nazis fugitivos.

»La misión que tenemos por delante es de suma complejidad y muy diferente a las que hemos realizado anteriormente, por lo tanto, tenemos que actuar con mucha cautela y precisión— hizo una pausa y continuó—. Uno de ustedes, lüego de efectuar un trabajo de inteligencia muy minucioso y cuidadoso, va a ser el encargado de entrar en contacto directo con el objetivo para ganarse su confianza, y recién en la última etapa de la misión va a entrar en acción directa junto al resto del equipo para liquidar la operación.

—¿Y quién va a ser el afortunado de hacerse "amigo" de ese asqueroso asesino? —preguntó el agente más calvo, en tono de sorna.

—¡Tú mismo, Yaakov! —le contestó Yariv, mirándolo fijamente a los ojos y con una leve sonrisa esbozada en su boca

—¿Se puede saber cuál es la razón por la cual soy "el elegido"? —volvió a preguntar el agente Yaakov Meidad, sin abandonar su gesto irónico.

—Eres la persona indicada por varias razones: tienes el temple y la capacidad necesaria, has demostrado en otras misiones un gran poder para lidiar con situaciones cambiantes y para

[22] Simón Wiesenthal, de profesión arquitecto, contador, fue un investigador y caza nazis judío, que tras haber estado prisionero en el campo de concentración de Mauthausen-Gusen durante la Segunda Guerra Mundial dedicó la mayor parte de su vida a localizar e identificar criminales de guerra nazis que se encontraban fugitivos, para llevarlos ante la justicia.

improvisar escenarios muy factibles de suceder en el transcurso de esta misión. Además hablas muy bien el alemán, que es tu lengua materna, algo muy importante para poder comunicarte de una manera fluida y amena con Cukurs. Por otro lado, tu edad y tu apariencia de hombre común e inofensivo y algo pasadito en kilos, reflejan una apariencia de rectitud y seriedad, que es crucial que tenga tu personaje. Ganar su confianza es tu objetivo principal.

—Gracias por lo de "pasado en kilos" —dijo Meidad algo risueño, y agregó—. ¡Y eso que estoy haciendo dieta! —y todos rieron.

—Perdón, de repente fui algo brusco —se disculpó Yariv, y luego agregó—. ¡Pero yo solo dije "pasadito"!

—Está bien, no hay problema. Lo peor no es el tema de mis kilos, sino que tengo que hacerme amigo de ese asesino tan especial. Una tarea muy ingrata y desagradable, que hasta ahora nunca tuve que hacer, ni pensé haría nunca en mi trabajo —dijo Yaakov Meidad con tono de cierto reproche hacia Yariv, al tiempo que se rascaba su cabeza medio calva y se echaba hacia tras en su asiento, ya resignado con el papel que le tocaba en la misión.

—Comprendo que no es una tarea agradable la que te toca, pero debes tomarlo como una oportunidad que te permite desagraviar de alguna manera la memoria de tus padres y la de todos los miles de compatriotas que perecieron a manos de este criminal—dijo Yariv, al tiempo que le alcanzaba un documento, que extrajo de otro sobre—. Este es tu pasaporte, solo falta agregarle la foto, luego de que realices los retoques necesarios para terminar de conformar tu nueva personalidad. Tienes que esmerarte en cuidar todos los detalles de tu apariencia física, que debe verse muy seria y formal. Un bigote prolijo y bien recortado, unos anteojos y un buen traje oscuro pueden ayudar en la caracterización del personaje que vas a interpretar, llamado Ánton Kuenzle. Un exitoso empresario austríaco, ex oficial del Wehrmacht, herido en combate, que llega al Brasil con la intención de hacer negocios.

»Actualmente Cukurs está al frente de una empresa familiar que gira en torno al entretenimiento y los deportes acuáticos, y de acuerdo a nuestros informes sabemos que no le está yendo demasiado bien en los negocios. Cuando llegó al Brasil, se instaló en Río de Janeiro, donde luego de un período de adaptación comenzó un negocio dedicado al alquiler de botes y esquíes acuáticos en las playas de Copacabana. Luego de algunos problemas, se mudó a San Pablo, donde actualmente reside y trabaja trasportando turistas alrededor de la ciudad en vuelos chárter. En su juventud, antes de la guerra fue un aviador muy famoso, reconocido en su país y en el exterior. Este y otros pasajes de su historia personal están detallados en este *dossier* que les entrego, que van a leer y memorizar acá mismo y que será destruido antes de retirarse.

—Ánton Kuenzle—dijo Yariv mirando a Yaakov Meidad, que no reaccionó de inmediato—. ¡Me dirijo a ti, Yaakov! Ahora eres Ánton Kuenzle. Tienes que concientizarte desde ya, ese es tu nuevo nombre. Tu primer y vital paso en esta misión va a ser presentarte ante el letón y aplicando todas tus cualidades actorales, convencerlo de que eres un poderoso empresario que se mueve en el área del turismo. Que llegas al Brasil con intenciones de iniciar un importante emprendimiento en el área de la aeronáutica para la región y que pretendes que él te acompañe en el proyecto, por la experiencia que tiene en el tema—dijo Yariv, y agregó—. Es crucial que una vez que te metas en el personaje, no salgas de él hasta lograr el objetivo. Tienes que comportarte como un verdadero actor de teatro, con la diferencia de que no te puedes bajar del escenario hasta que finalice la misión.

A continuación les entregó a cada uno de los otros agentes sus nuevos pasaportes con sus respectivos nombres falsos: Yoav, Arieh, Dova'le y Taussing.

—¿Y en qué momento damos el toque final? —preguntó el más atlético de los agentes, que ahora se llamaba Yoav y que era un experto luchador de karate, especialista en partirle el cuello a una persona en plena calle, sin que nadie de su alrededor se diese cuenta.

—Antes que nada, tienen que saber que el trabajo final no va a ser en Brasil…

—¿Y por qué no en Brasil? —se apresuró a preguntar ese agente interrumpiendo a Yariv.

—Por dos motivos fundamentales. Primero, a este país lo gobierna una dictadura militar que tiene cierta simpatía con los criminales nazis y trata a toda costa de protegerlos. En los últimos tiempos el gobierno dispuso una vigilancia especial de resguardo sobre su persona, que va a ser muy difícil vulnerar. En segundo término, la Federación Israelita local fue observada por las autoridades brasileñas para que dejara de hostigar y denunciar a Cukurs, y si nosotros procediéramos a culminar nuestro trabajo en ese país, los primeros implicados serían ellos, y eso es justamente lo que no queremos. Por otra parte, es nuestra obligación cuidar la vida de nuestros agentes, y si el plan fallara, hay que tener en cuenta que en ese país existe la pena de muerte.

—¡¿Y dónde lo vamos a hacer?! —dijeron casi al unísono dos de los *kidones.*

—En un pequeño país tranquilo y democrático que se encuentra al sur de Brasil, la República Oriental del Uruguay. Allí la Policía respeta los derechos de los prisioneros, y no existe la pena de muerte. Además tenemos la ventaja de contar con alguien que tiene un conocimiento previo del terreno donde vamos a actuar —dijo Yariv.

—¿Quién es? —preguntó uno de los *kidones.*

—Se llama Menahen Barbash. Él es un agente nuestro que estuvo durante un tiempo en nuestra embajada de Montevideo como agregado diplomático, y está muy familiarizado con la vida de Uruguay. Por lo tanto va a ser un elemento clave en la logística de la última etapa en la misión. Es el que se encargará del alquiler de autos y de apartamentos que utilicemos, además de instruir a los demás sobre las costumbres del lugar, la equivalencia de la moneda y otros detalles que les pueda permitir actuar de manera natural y sin llamar la atención —hizo una pausa para tomar otro sorbo de su té—. Para que no los tome por sorpresa, quiero informarles que tenemos una pareja de colaboradores locales que también están enterados de la misión y están dispuestos a ayudarnos en lo que sea necesario.

—¿Uruguayos?

—Sí. Pertenecen a un movimiento subversivo llamado Movimiento de Liberación Nacional-Tupamaros (MLN-T) que viene actuando hace un tiempo en ese país. Se hacen llamar Gustavo y Carmela y se contactarán con ustedes.

—Y tú—continuó Yariv dirigiéndose ahora directamente al nuevo Ánton Kuenzle—. Después de ofrecerle a Cukurs que sea tu socio en el negocio y él acepte, debes indicarle que debe acompañarte hacia la ciudad de Montevideo.

—¿Con qué argumento le digo que me acompañe?

—Justamente ese es el objetivo más importante que debes lograr como resultado de todo tu trabajo, conquistar su confianza y convencerlo que debe ir a Montevideo—dijo Yariv, y luego agregó dirigiéndose ahora a todos—. En el documento que acabo de entregarles, están las directivas generales de la misión, ¡que esperemos culmine exitosamente!

Evaluando las experiencias en trabajos similares y las características personales de cada uno de los cinco agentes, Yariv estaba convencido de haber elegido correctamente al hombre encargado de entrar en contacto directo con Cukurs, que sin dudas era el hombre clave de esta operación. Yaakov Meidad estaba lo suficientemente motivado para ese tipo de trabajo, sentía un odio visceral hacia los criminales de guerra nazi y nunca pudo superar su angustia por las muertes de su madre en Auschwitz y de su padre en Theresienstadt. Por otro lado, había demostrado en varias oportunidades su valía como un verdadero *kidon*, jugándose el pellejo en situaciones muy difíciles.

Cuando el sol ya había dejado de proyectar sus rayos sobre la dorada cúpula de la iglesia de los Inválidos, la reunión de los espías del Mossad llegaba a su fin. Mientras todos se levantaban para retirarse, intercambiando informales comentarios, Yariv permaneció sentado sin moverse sorbiendo lo que restaba de su taza de té y pensando qué regalo de París podría llevarle a Zehava y a los niños.

Capítulo XXI. Arribo a Río de Janeiro

Luego de la reunión con los *kidones*, en París, Yaacov Meidad viajó a Rotterdan, donde comenzó a forjar su nueva personalidad, la del empresario austríaco Ánton Kuenzle. En dicha ciudad contrató una casilla postal, y el Mossad le proporcionó un perfecto perfil financiero en importantes entidades bancarias europeas como el AMN Bank y el Credit Suisse, para hacerlo aparecer como un importante y exitoso empresario. Imprimió tarjetas comerciales de presentación, encargó un traje negro de confección a un prestigioso sastre local y concurrió a un oftalmólogo fingiendo ser corto de vista, para obtener unos lentes de aumento. Aplicando el máximo rigor en el cuidado de cada uno de los detalles, fue introduciéndose poco a poco en la piel de su nueva personalidad, hasta conseguir lo que pretendía. Ahora su apariencia era la de un clásico europeo occidental, mofletudo, medio calvo, con bigotes negros y espesos, de lentes, y algo pasado en kilos. Había logrado crear un personaje cuya fisonomía exterior irradiaba seguridad y confianza, ahora debía agregarle la conducta adecuada al empresario que representaba, y sería el espía perfecto.

Ya armado con su nueva identidad, el *kidon* estaba pronto para comenzar la fase crucial de su misión, que se desarrollaría del otro lado del océano, más precisamente en Brasil y en Uruguay.

Vestido de forma elegante y portando un portafolio negro, el empresario austríaco se sentó en la sala de espera del aeropuerto de París-Orly, aguardando la partida de su vuelo 223 de Varig con destino a Río de Janeiro, que se encontraba algo retrasado.

—¿C'est le vol pour Rio de Janeiro?—le preguntó en perfecto francés una hermosa joven que vestía un elegante *tailleur* color rosa estilo Jacqueline Kennedy, de última moda.

El hombre, que había entendido perfectamente, pero que por su personaje no podía demostrar que dominaba el francés, le contestó:

—*Je ne comprends pas le Françoise, fräulein.*

—¿Es usted de Alemania, señor? —preguntó la joven, ahora en perfecto alemán al escuchar el *fräulein.*

—De Austria—contestó Ánton y luego agregó—. ¡Parece que habla mi idioma!

—Ja—contestó la joven en alemán, y luego agregó en ese idioma—. Tengo mucha facilidad para los idiomas y aprendo todos los que puedo. También sé inglés, portugués y algo de italiano.

—Perdón, no entendí lo que me preguntó en francés, pero sospecho que quería informarse sobre el vuelo retrasado a Río —la chica hizo una inclinación de cabeza como asintiendo, y Kuenzle prosiguió—. Según lo que pude averiguar, dicen que en media hora ya estaríamos embarcando.

La joven, que tenía poco más de veinte años, se sentó junto a él y cruzó sus largas piernas cubiertas en parte por unas botas de caña alta, elevó sus grandes y coloridas gafas de sol hacia la cabeza y comentó indignada:

—¡Siempre se retrasan! La empresa hace muy poco tiempo que comenzó con los vuelos trasatlánticos directos hacia Brasil, y las frecuencias todavía son muy escasas y por ahora no han logrado ajustar los horarios —y luego agregó—. Yo acostumbro a viajar a Río de Janeiro muy seguido. Antes de que existiera esta línea directa a Brasil, se hacía vía New York, pero esta ruta tiene el inconveniente de las largas horas de espera "en tránsito", y luego le preguntó—. ¿Usted viaja por turismo?

—Asuntos de negocios —contestó escuetamente Kuenzle evitando entrar en detalles.

—¡Ah... negocios! ¿Entonces viajará seguido a Sudamérica? —insistió la muchacha.

—Es mi primera vez —contestó Ánton algo preocupado por las insistentes preguntas que le estaba haciendo la chica, pero a la vez satisfecho porque comprobaba en los hechos que su personaje estaba inspirando credibilidad y confianza, que era su mayor desafío en la labor que lo esperaba.

—¿Algún país en especial?

—Brasil, por ahora.

—¡Lástima que va por asuntos de trabajo! ¡Brasil es para disfrutarlo totalmente! ¡Su gente, sus paisajes y sus playas son incomparables! —dijo con entusiasmo la joven—. Vivo en Río de Janeiro con mis padres desde muy pequeña y actualmente estoy en París por motivo de estudio. Cada vez que me lo permiten mis actividades, viajo al Brasil, que considero mi país por adopción —y luego le preguntó—. ¿A qué tipo de negocios se dedica?

—Negocios relacionados con el turismo.

—¡No lo puedo creer! Casualmente mi padre hace poco tiempo abrió una agencia de turismo. Este es el nombre de la empresa y la dirección en Río, por si le interesa establecer algún contacto —le dijo la chica, al tiempo que le extendía una tarjeta que había sacado de su bolso.

—¡Muchas gracias!—dijo Ánton y leyó la tarjeta: "Agência de viagens Transtocean. Sr. Daniel Kowalczyk. Av. Nossa Senhora de Copacabana, 938 - Copacabana, Rio de Janeiro – Brasil".

Esa tarjeta había caído como un regalo del cielo. Podría usarla como punto de partida para comenzar a desarrollar la primera parte de su plan en suelo brasileño, dedicar unos cuantos días a establecer contactos con la mayor cantidad posible de empresarios del rubro turístico en Río de Janeiro y en San Pablo. Era fundamental comenzar su trabajo, dejando huellas claras y antecedentes creíbles, de que el objetivo de su visita al país era exclusivamente su actividad empresarial. Esta parte del plan estaba concebido especialmente para preparar el terreno, por si más adelante surgían sospechas de parte de Cukurs y decidía investigar sus antecedentes.

Cuando menos lo esperaba, apareció el aviso en la cartelera del aeropuerto anunciando:

Vuelo 223/Varig/París-Río de Janeiro-Galeão/ EMBARCANDO.

—¡Al fin! ¡Ya era hora! —dijo la chica, que tomó su bolso y se levantó rápidamente con el pasaje en su mano, para unirse al resto de los pasajeros, que se dispusieron en una larga fila para abordar la flamante aeronave recientemente incorporada a la flota de Varig.

Cuando Kuenzle se decidió a ocupar su lugar en la fila, la simpática joven ya se había perdido entre el torbellino de los doscientos sesenta y nueve pasajeros, y no la vio más.

Las doce horas que duró el viaje transoceánico transcurrieron sin mayores inconvenientes, salvo las habituales turbulencias, que perturbaron a algunos de los pasajeros más temerosos. En la mañana del día12 de setiembre de 1964, el moderno cuatrimotor a reacción Douglas DC-8-33 se posaba en la pista del aeropuerto internacional El Galeão en Río de Janeiro. Dicha terminal continuaba siendo el centro de conexión aérea más importante de Brasil, pese a que desde el año 1960, Río de Janeiro había dejado de ser la capital del país, y Brasilia había tomado ese lugar.

Hacía poco más de cinco meses que el presidente constitucional brasileño João Goulart había sido depuesto por un golpe militar y se había instalado una dictadura, presidida por el mariscal Humberto de Alencar Castelo Branco, dando comienzo a una prolongada etapa que iba a durar más de veinte años y que sumiría al país en un oscuro período antidemocrático. Durante esos años, la dictadura practicó una política fanáticamente anticomunista y se dedicó a la persecución, la tortura, la desaparición e incluso la muerte de los militantes de partidos opositores, sindicalistas, estudiantes o gente común que no comulgaban con sus ideas totalitarias.

Al igual que algunos otros regímenes que gobernaban países sudamericanos, el gobierno dictatorial brasileño simpatizaba con la ideología nazi y protegía a varios de los criminales de guerra que se escondían en el país.

Kuenzle tenía muy claro que se estaba moviendo en un terreno muy fangoso. Un solo paso en falso podría significar el fracaso de la misión. Este gobierno militar antisemita y pronazi sería implacable si llegara a cometer un error y fuera capturado.

Desde el balcón de la habitación del hotel, donde se hospedaba, el espía, transformado ahora en Ánton Kuenzle, podía distinguir la figura imponente del Cristo Redentor sobre el cerro del Corcovado, que con sus brazos abiertos parecía darle la bienvenida a quienes arribaban a Río de Janeiro. Pese a la seducción que ejercía sobre él esa ciudad de inigualable belleza, su deber para con su patria le exigía la máxima concentración, para lograr el objetivo más importante que tenía por delante, el éxito de su misión.

Antes de salir a la calle se paró frente al espejo de su habitación, y dio los toques finales a su personaje, sin descuidar ninguno de los detalles, que fue repasando uno a uno. Rasurado perfecto, recorte cuidadoso del bigote, bien peinados hacia atrás sus escasos cabellos, camisa blanca bien planchada, corbata azul marino, traje oscuro que se había hecho confeccionar especialmente en Europa y por último el ajuste de sus pesados anteojos montados en un grueso armazón de carey. Todavía no se había podido adaptar totalmente al aumento de los anteojos, pero tendría que hacerlo a la brevedad ya que su personaje así se lo exigía.

Utilizando el recurso que por azar le había brindado la simpática chica del aeropuerto de París, sacó la tarjeta de la agencia Transtocean que tenía bien guardada y dio inicio al primero de sus movimientos en la ciudad, representando al respetable empresario austríaco que había llegado al país con el solo propósito de hacer inversiones en el sector del turismo.

Aquella casualidad había sido una buena señal de que la suerte estaba de su lado. Esperaba que continuara acompañándolo por el resto de la misión, la iba a necesitar.

Ya enfundado en el personaje, y mientras se dirigía caminando hacia la agencia de viajes del Sr. Daniel Kowalczyk, le llamaron la atención las numerosas patrullas de soldados fuertemente armados y los vehículos militares pertrechados a guerra que recorrían las calles y las avenidas. Aquel paisaje marcial dejaba al descubierto un rostro diferente de la encantadora ciudad, una férrea dictadura militar gobernaba a su pueblo con mano de hierro.

Luego de deambular por las calles algo perdido, finalmente arribó a la Av. Nossa Senhora de Copacabana en su intersección con Rua Bolívar, donde encontró un edificio de apartamentos de pocos pisos con el número 938. Dicha edificación tenía en su planta inferior una galería que albergaba varios locales comerciales.

Kuenzle se enfrentó al edificio, se ajustó la corbata, se pasó la mano por el escaso cabello para comprobar que el viento no le hubiera arruinado el peinado y se aprontó para continuar su actuación. Recorrió los negocios uno a uno, hasta que encontró en el fondo de la galería, la Agência de Viagens Transtocean. Cuando ingresó al pequeño local, se encontró con una mujer delgada de gafas muy grandes que le cortó el paso.

—¿Senhor, como posso servi-lo?

—Busco al señor Daniel Kowalczyk.

La mujer le contestó que hasta la semana siguiente el señor Kowalczyk se encontraba fuera de la ciudad.

De forma inmediata, Kuenzle extrajo una de sus tarjetas de presentación y se la entregó a la mujer, manifestándole que era un empresario austríaco recién llegado al país, que estaba realizando visitas a diferentes empresas, con el simple propósito de presentarse y obtener información del mercado local.

Con la tarjeta en su mano, la mujer le dijo que aguardara y se dirigió hacia un despacho que había en el fondo del local, regresando a los pocos minutos.

—*Venha aquí, senhor, que o gerente irá atendê-lo.*

—*Muito gentil, obrigado*—contestó Kuenzle.

Mientras el espía ingresaba al modesto despacho del gerente, le sorprendió encontrarse a un hombre joven vestido de manera informal con una colorida guayabera, que lo recibió con una amplia sonrisa.

—Buenos días, señor Kuenzle. Adelante, tome asiento —dijo el joven gerente, que extendió su mano para saludarlo, mientras leía la tarjeta que le había entregado la secretaria.

—Buenos días, señor...

— Liberman, Juris Liberman.

— ¡Encantado de conocerlo señor Liberman!

—Ánton Kuenzle, empresario turístico, Rotterdam, Holanda —dijo el joven leyendo detenidamente la tarjeta—. Parece que trabajamos en el mismo rubro. ¡¿No será un competidor que vino a espiar cómo trabajamos nosotros!? —dijo Liberman y se tiró hacia atrás en su cómodo sillón, divertido con su chanza.

—¡No, por favor! Si esa fuera mi intención, no me hubiera presentado personalmente, ¿no le parece?—contestó Kuenzle siguiéndole la broma a Liberman de forma distendida.

Al escuchar la palabra "espiar", su organismo había respondido automáticamente expulsando un chorro de adrenalina a su torrente sanguíneo, que se tradujo en una aceleración de los latidos de su corazón, pero en pocos segundos, con su oficio y habitual contacto con situaciones extremas, pudo dominar la situación, haciendo parecer dicha alteración como un leve estremecimiento.

—¡Tiene razón! —contestó el joven gerente conservando su sonrisa, y luego agregó—. Usted dirá a qué debo su visita.

Ya recompuesto del levísimo estremecimiento anterior, Kuenzle comenzó a relatar el propósito de su arribo a Brasil y cómo había sido que se había enterado de la existencia de esa agencia de turismo.

—¡Por lo que me cuenta, la chica que le entregó la tarjeta de la agencia no puede ser otra que Sara! Ella también arribó ayer desde París, como usted —dijo el joven enfáticamente y algo sorprendido.

—¿A qué Sara se refiere, señor?

—¡A mi novia!

—¡Qué sorpresa! Solo intercambiamos con la señorita algunas pocas palabras en el aeropuerto de París-Orly, después la perdí de vista entre la cantidad de pasajeros que viajaron en nuestro avión. Y como en la corta charla que tuvimos surgió que yo venía al Brasil por negocios relacionados con el turismo, ella amablemente me proporcionó esta tarjeta. ¡Lo felicito, es una chica muy hermosa y simpática!

—Gracias. ¡Y como habrá comprobado muy conversadora! —dijo el joven y esbozó una sonrisa—. Nunca pierde la oportunidad de hacer conocer a nuestra empresa en todos los ámbitos que pueda. Posee un gran espíritu emprendedor y siempre nos repite, a su padre y a mí, que la agencia tiene que crecer uniéndose con otros capitales, que es la única manera de poder prosperar en el negocio. Seguramente habrá advertido que usted podría ser un posible socio para nuestra empresa y le dio nuestra tarjeta.

—Puede ser, pero no es mi intención…

—Por supuesto, lo entiendo—dijo Liberman interrumpiéndolo, y continuó—. Con su padre le repetimos que recién estamos en las primeras etapas y antes de pensar las cosas en grande, tenemos que consolidarnos en el mercado, y eso necesita tiempo. Pero Sara pretende que la empresa llegue al éxito rápidamente porque su padre nos prometió regalarnos un apartamento en el momento que contrajéramos matrimonio y está interesada en que nos casemos lo antes posible —y luego agregó en tono de broma y riéndose—. ¡Y la verdad que yo no tengo tanta prisa!

—¡No debería esperar demasiado! ¡Una mujer así no es fácil encontrar! —le contestó Ánton también a manera de chanza.

—Sí, ya lo creo, ella es en verdad el amor de mi vida. La conozco desde que era una niña pequeña, cuando hacía muy poco tiempo había llegado a Brasil junto con sus padres y su hermanito procedentes de Polonia. Yo había arribado con mis padres un tiempo antes, luego de sufrir en carne propia los horrores de la guerra —luego de pronunciar estas últimas palabras el rostro de joven cambió radicalmente: la sonrisa que había mantenido hasta ese momento fue sustituida por una mueca de disgusto al rememorar su doloroso pasado.

—Por su acento al hablar no parece ser polaco.

—Mis padres... bueno... padres postizos... son polacos, yo nací en Riga-Letonia.

Cuando el joven gerente hizo mención a ese país, Ánton quedó sorprendido. Nunca se hubiera imaginado que iba a toparse en Brasil, un país grande como un continente y con más de ochenta millones de habitantes, con alguien que había nacido en Letonia y que con seguridad habría conocido y porque no, sufrido las crueldades del personaje que era el centro de su misión. Era casi como encontrar una aguja en un pajar. Su mentalidad de espía acostumbrada a razonar rápidamente, de inmediato comenzó a asociar ideas. El joven gerente que tenía a su frente que se apellidaba Liberman, apellido de innegable origen judío y que debía de tener algo más de treinta años, era un sobreviviente de la guerra. De manera automática surgieron en sus pensamientos las figuras de sus queridos padres, el último día que los había visto partir hacia los campos de exterminio nazis. Él, siendo un joven de poco más de veinte años, había podido salvar su vida de milagro, al ser alentado por su madre a que escapara antes de que arribaran los nazis. Nunca más pudo apartar de su mente aquellas infames imágenes que observó impotente escondido entre las malezas de un bosque cercano, cuando los soldados alemanes se llevaban a empujones a sus padres y a su pequeña hermana. Ese día se juró y prometió que iba a hacer todo lo posible para rescatarlos, pero lamentablemente nunca pudo cumplir con su promesa. Durante todo este tiempo había cargado con aquella pesada deuda que nunca pudo cumplir y que de alguna manera tendría que saldar. Por esa razón cada vez que participaba en una misión contra los asesinos nazis que todavía arrastraban su miserable vida en algún lugar del mundo, no solo sentía que era un deber para con su pueblo y con el Estado de Israel, sino que también estaba pagando de alguna manera aquella deuda pendiente con sus padres y su pequeña hermana.

Tuvo intenciones de preguntarle algo más a Liberman sobre la historia de su vida, pero hizo un esfuerzo para contenerse. Era necesario continuar con la representación de su personaje sin fisuras y temía que si continuaba la conversación por ese camino, podría traer alguna consecuencia que resultara perjudicial para el mismo joven. Tenía instrucciones precisas de no comprometer ni involucrar en el transcurso de su misión, a ningún integrante de la comunidad judía del Brasil.

Los días siguientes de su estancia en la ciudad los dedicó a la paciente labor de esparcir su rastro, de manera intencional, concretando entrevistas con cada una de las personas claves dentro del rubro turismo de Río de Janeiro. El joven gerente de Transocean había sido una pieza fundamental en ese sentido, ya que fue quien le proporcionó en forma detallada, toda la información referente a las principales empresas turísticas de la ciudad. Sabía que esta era una tarea imprescindible a realizar, antes de comenzar con la parte más ingrata de su misión, entrar en contacto directo con el letón asesino.

Capítulo XXII. El pez mordió el anzuelo

Luego de su corta estancia en la ciudad de Río de Janeiro, el *kidon* del Mossad, transformado en rico empresario austríaco, se trasladó en un corto vuelo de cuarenta y cinco minutos a la ciudad de San Pablo. Ahora sí, dispuesto a enfrentarse al reto más importante de su complicada misión: entrar en contacto directo con el criminal de guerra nazi.

En la ciudad de San Pablo, Kuenzle volvió a repetir la misma rutina que había practicado en Río, visitando empresas y empresarios relacionados con el turismo, a los que les planteaba algunos negocios arriesgados y casi quiméricos, que no llegaban tan siquiera a considerarse por lo irrealizables, pero nunca perdía la oportunidad de dejar su tarjeta y de hacer un buen vínculo personal con quien se entrevistaba. Continuaba dejando su rastro.

El ex integrante Arājs Kommando residía en Santo Amaro, un distrito de la región centro-sur del estado de San Pablo, donde también vivían muchos inmigrantes alemanes. El letón tenía su base de operaciones en el gran espejo de agua del embalse de Guarapiranga, desde donde realizaba vuelos turísticos por la ciudad de San Pablo, con un hidroavión que había adquirido recientemente en los Estados Unidos. Ahora, dedicado al turismo aéreo, se sentía como pez en el agua, ya que la aeronáutica siempre había sido su gran pasión. Había sido un piloto e ingeniero aeronaval de gran notoriedad, incluso había obtenido varios reconocimientos internacionales por haber realizado, en aviones diseñados por él mismo, vuelos intercontinentales, que en su tiempo fueron considerados grandes hazañas aéreas.

Aquella jornada en París cuando Yoske Yariv les había presentado la misión, el *kidon* Kuenzle había puesto suma atención en memorizar el contenido del *dossier* que detallaba la historia del letón, así como los rasgos más sobresalientes de su personalidad. Había retenido la dirección exacta del domicilio de Cukurs en San Pablo, así como el lugar donde ejercía su labor diariamente, apoyándose solamente en su memoria. Para ser un buen espía, había que tener muy bien desarrollada esa capacidad, y Ánton afortunadamente estaba bien dotado en ese sentido.

Cuando consideró que ya había finalizado su trabajo previo y sintió que ya dominaba todos los aspectos de su personaje, creyó conveniente que era la hora de entrar en acción y se dispuso a ingresar en la parte crucial y más delicada de su trabajo.

Sentado en un pequeño bar ubicado en la costa del pintoresco lago Guarapiranga, fumando un cigarrillo y deleitándose con el cálido sol de esa tarde, tomó contacto visual por primera vez con "su objetivo". La fotografía que había visto de él y la detallada descripción que había leído sobre sus características físicas le ayudaron a reconocerlo sin dificultad. En ese preciso momento, Cukurs atracaba su embarcación en un muelle de madera, a pocos metros del bar donde él se encontraba. A continuación el letón bajó del barco junto a un hombre y una mujer, que luego de una corta conversación y un breve saludo, se retiraron, solamente él quedó en el barco. En medio del espejo de agua de la laguna, a unos cien metros de distancia de la costa, se encontraba estacionado un hidroavión, que de acuerdo a la información que tenía el *kidon*, dedujo que se trataba del República RC-3 Seabee, el aeroplano que el letón había adquirido en los Estados Unidos.

De inmediato Kuenzle hizo una asociación de ideas y supuso que aquella pareja seguramente eran turistas, que regresaban de un paseo aéreo.

¡Allí estaba su presa! A muy pocos metros de distancia, ahora solo tenía que buscar el momento oportuno para abordarlo.

Mientras observaba sus movimientos, afloraron en sus pensamientos las crueles imágenes de los horrores que le había tocado vivir personalmente en la guerra y recordaba con angustia las penurias pasadas por su pueblo, ocasionadas por sujetos como los que tenía enfrente, y se preguntaba qué derecho tenían a continuar con vida esos infames personajes, luego de haber infringido tanto daño. Cada día que pasaba se convencía más de que la misión que tenía por delante estaba plenamente justificada, y se sentía orgulloso de haber sido uno de los elegidos para liberar al mundo de aquella bazofia, que no merecía pertenecer al género humano.

Ese no había sido el único día que Kuenzle había espiado a Cukurs. Durante dos o tres días seguidos, se había aproximado a la marina donde el letón trabajaba, para observar sus actitudes y analizar cada uno de sus movimientos. Era consciente de que el letón era un hombre desconfiado y muy peligroso, por lo tanto en el momento que entrara en contacto directo con él, debía extremar su atención al máximo. Además, siempre andaba armado y pese a que ya contaba con más de sesenta años, todavía era un hombre fuerte y estaba en buena forma física.

Luego de varios días de paciente vigilancia y estudio de sus movimientos, Kuenzle creyó que era el momento indicado para entrar en acción, y se lanzó. Cukurs regresaba junto a un grupo de turistas con los que había realizado un vuelo sobre la ciudad y atracaba su embarcación en la marina. Luego de aguardar que descendieran los turistas del yate y se despidieran, se acercó al muelle de madera y encaró directamente al letón.

—¡Buenos días, señor! Estoy interesado en hacer un vuelo sobre la ciudad. ¿Cuándo podría ser posible?

Cukurs levantó su vista y sin contestar lo observó de arriba a abajo detenidamente. Era muy cauteloso, y más aún con los desconocidos. En los últimos tiempos su desconfianza se había acrecentado debido a que algunos integrantes de la comunidad judía lo habían estado acosando, y según su versión, también amenazándolo, argumento que había usado para que el gobierno lo autorizara a portar armas. El nazi sabía que había muchas víctimas y testigos de sus tropelías, que aún sobrevivían, y no descartaba que en algún momento alguien tratara de atacarlo.

—Depende del tiempo de vuelo—contestó el letón de manera adusta, mientras continuaba tirando de una gruesa soga con la que su barco estaba amarrado al muelle—. Puede ser un vuelo corto de media hora alrededor de la ciudad o puede ser un vuelo más largo hasta el puerto de Santos, que se encuentra a unas treinta y cinco millas de distancia. En el primer caso, se hace en una media hora, y el vuelo más largo lleva algo más de una hora.

—Me interesaría realizar el vuelo más largo. Es la primera vez que estoy en San Pablo y me gustaría tener una idea de cómo es la ciudad y el puerto.

—Como usted quiera —contestó Cukurs parcamente sin mirarlo y continuó con su tarea.

— ¿Le parece bien mañana? —le preguntó Kuenzle luego de unos segundos de silencio.

—A las diez. Y son ciento cincuenta cruzeiros.

—Me parece bien.

—Sea puntual —dijo el letón y dio media vuelta para continuar con su trabajo.

Finalmente había llegado el día indicado y tan esperado por Ánton. Casi no disfrutó el abundante desayuno del hotel de esa mañana, pese a la gran variedad de exquisiteces que colmaban las mesas. Apenas logró ingerir un café negro y terminar una tostada. Sus pensamientos viajaban por otras partes. Estaba tenso. Si bien era un agente con amplia y reconocida experiencia, nunca había tenido que pasar por una circunstancia tan especial como la presente. Tendría que hacer el máximo esfuerzo para encarar de forma afable y simpática a un sádico asesino como Cukurs, con el objetivo de conquistar su confianza. Se había preparado cuidadosamente para este momento y creía que ya estaba pronto para poder soportar la sensación de asco y de desagrado que iba a sentir con su presencia. También se sentía capaz de frenar el irresistible impulso que sentiría de matarlo cuando lo tuviera frente a frente. Era un profesional y estaba obligado a actuar con prudencia, no podía defraudar al Estado de Israel por un arrebato personal.

Los rayos del sol de esa cálida mañana se reflejaban sobre el reluciente fuselaje del República RC-3 Seabee, posado en la laguna, esperando el inicio de la jornada. El espía, pronto para entrar en acción, observaba a la distancia a Cukurs en su embarcación, realizando diversos trabajos, y esperaba el momento propicio para acercarse hacia la marina. Su frente perlada con finas gotas de sudor demostraba su estado de tensión. En ese momento sintió ganas de deshacerse del saco y la corbata que le molestaban, pero sabía que debía cuidar su imagen como lo requería su personaje, y se contuvo.

Cuando se acercó hacia el muelle, el letón lo miró con su acostumbrada desconfianza unos segundos, hasta que lo reconoció como el cliente que en el día anterior había contratado un vuelo y lo invitó a pasar a su embarcación, sin dejar de observarlo de arriba abajo para no perder detalle del extraño que abordaba su yate. Kuenzle sentía la mirada del letón clavada en su humanidad escudriñándolo y trataba de actuar con normalidad. Sacó un cigarrillo, lo prendió y se sentó cómodamente en uno de los sillones del barco mostrando una actitud despreocupada, mientras Cukurs se dirigía hacia el timón para iniciar la navegación hacia la aeronave, posada en el centro de la laguna. Mientras iban hacia el lugar, Kuenzle dio una última pitada a su cigarrillo, que luego tiró por la borda, se paró junto al letón que timoneaba la embarcación y sin demasiado preámbulo comenzó su delicado trabajo.

—Soy un empresario procedente de Austria, que llegué recientemente al país con intenciones de invertir en turismo —Cukurs apartó la vista del camino y lo miró sorprendido, sin decir una sola palabra, Kuenzle continuó—. Ya pasé por Río de Janeiro, donde me entrevisté con varios empresarios turísticos, y ahora en San Pablo pretendo hacer algo parecido. De acuerdo a mis informes, sé que usted es un emprendedor exitoso en este rubro, además de ser un experto aviador, y tengo interés en conversar con usted cuando pueda atenderme. Al pronunciar esas últimas palabras, Kuenzle esperó la reacción de Cukurs, que soltó una de sus manos del timón y lo miró directamente a los ojos con una mirada helada que metía miedo.

—¿Quién le dio informes sobre mi persona, señor?

—Como se imaginará, yo no conozco nada por estos lados, pero se ve que es usted una persona muy importante, porque apenas pregunté en mi hotel con qué empresario podría entrevistarme, enseguida me dieron su nombre, como un emprendedor exitoso —contestó Kuenzle tratando de mostrarse sereno.

—¿En qué hotel se hospeda, señor?

—Santo Amaro Plaza.

Cukurs pareció hacer un gesto de conformidad con la respuesta del *kidon*. Había recordado que el dueño de ese hotel era Dieter Weber, un alemán amigo suyo, y pensó que había sido él o alguno de sus empleados quien la había dado la referencia.

Por supuesto que el espía no daba puntada sin hilo. Previamente se había asegurado bien de conversar con el dueño del hotel, que sabía que era un alemán con ideología nazi, a quien en su conversación había inducido a que le mencionara el nombre del letón para crear el antecedente. Un buen espía antes de actuar debía preparar cuidadosamente el terreno.

—¡¿Pero usted quiere ver San Pablo desde el aireo conversar de negocios?! —dijo el letón luego de unos segundos de silencio y tratando de medir sus palabras.

—Ambas cosas—dijo Kuenzle, y luego agregó dejando ver una tenue sonrisa en sus labios—. Si usted está dispuesto.

En el trascurso de algo más de una hora que duró el vuelo en el hidroavión República RC-3 Seabee, Kuenzle lo tuvo sentado a su lado y de vez en cuando le dirigía una discreta mirada. Era un hombre robusto de cutis blanco y pelo canoso bien peinado, que mostraba algunas hebras rubias como vestigio de su blondo pasado, que conducía la aeronave con suma solvencia y habilidad. Era notorio que todavía conservaba intactas sus aptitudes de excelente piloto, que lo habían hecho famoso en otros tiempos. Cada vez que Cukurs le devolvía la mirada, sentía que sus ojos celestes penetrantes e inquisidores querían inmiscuirse en él como tratando de averiguar sus pensamientos. Ánton debía recordar permanentemente que no tenía que apartarse de su personaje y mostrarse simpático y cordial frente a ese ser que consideraba despreciable. Con un esfuerzo considerable e imaginando que iba otra persona a su lado y no ese cruel asesino, iba manteniendo una conversación amena que siempre iniciaba con alguna pregunta o comentario intrascendente, ya fuera sobre el paisaje, sobre el clima o sobre las características del avión. En un principio, Cukurs respondía parcamente, pero luego, cuando el entusiasta pasajero comenzó a alabar sus condiciones como piloto, el ego del letón se elevó, y empezó a contestar de manera más detallada y amena. Esos pequeños detalles le fueron indicando a Kuenzle que su delicado trabajo de conquistar la confianza del asesino nazi iba por el camino correcto. Después de culminada la guerra, Cukurs había vivido en un constante estado de desconfianza, mirando con recelo y dudando de cada una de las personas que se le acercaban. Solo después de haber hecho un análisis exhaustivo de ellas y asegurarse de sus intenciones, se disponía a abrir su intimidad, aunque siempre de una manera muy limitada y manteniéndose alerta sin bajar la guardia. Sin embargo, en el momento del vuelo se lo veía seguro, estaba en su territorio, donde tenía el control del avión y de la situación.

Cuando regresaban de su incursión por la bahía de Santos y sobrevolaban el lago Guarapiranga, Kuenzle le dijo:

—¿Cuándo le parece que podríamos hablar de negocios?

—Cuando lleguemos a mi embarcación, vemos—contestó de manera seca, y luego agregó—. Ahora disfrute del vuelo, que todavía falta un rato para llegar—dijo mientras hacía una maniobra brusca y arriesgada, inclinando el aparato en un vuelo rasante sobre uno de los morros que circundaban la laguna.

Kuenzle lo miró y le pareció ver asomarse una sardónica sonrisa en su boca de labios finos, como si disfrutara ese momento. Seguramente era la misma que exhibía años atrás y que sufrían sus víctimas cuando las violaba, torturaba y asesinaba impunemente. En ese momento se sintió vulnerable al extremo, estaba en sus manos.

Cuando finalmente el letón acuatizó su aeronave, demostrando que sus habilidades de piloto se conservaban intactas, Ánton sintió que el alma le regresaba al cuerpo.

Descendieron del avión y regresaron hacia la marina en el yate, navegando lentamente el trecho que distaba hacia la costa. En el momento en que atracaba la embarcación, Cukurs se dirigió a su pasajero indicándole que pasara a la cabina del capitán para que hiciera efectivo el pago del viaje. Dentro de la cabina, el falso empresario se sorprendió al descubrir la culata de una pistola Baretta que asomaba debajo de un paño sobre la mesa. No sabía si la presencia del arma había sido un acto intencional, con el objetivo de intimidarlo y demostrarle que se encontraba atento ante cualquier inconveniente, o acostumbraba a tenerla allí. Se repuso rápidamente de la primera impresión y haciendo gala de toda su experiencia trató de comportase de la manera más natural posible, para no despertar la mínima sospecha.

—¿Qué es lo que quiere hablar conmigo, señor? —preguntó, con tono imperativo y de manera imprevista, el letón.

Dentro de aquella cabina, el espía tenía la impresión de que no solo estaba encerrado en la cueva del león, sino también, enfrentando al león mismo. A partir de ese momento tendría que emplear todos los recursos a su alcance, para tratar de resultar creíble en su alocución y romper la barrera de desconfianza que rodeaba la dura personalidad de Cukurs.

Cuando comenzó a recitar todo su libreto de memoria, sentía cómo los desteñidos ojos celestes de su interlocutor examinaban toda su humanidad, como si tratara de descubrir el más mínimo detalle que delatara otras intenciones escondidas.

—Tengo el firme propósito de realizar importantes inversiones en América y estoy haciendo mi primera incursión en Brasil para explorar el terreno—comenzó diciendo Kuenzle, para luego informarle que estaba buscando un socio que tuviera experiencia y que lo pudiera acompañar en un su futura empresa de transporte aéreo, que abarcaría al Brasil y algunos países de la región como Uruguay, Chile y Argentina.

Si bien Cukurs había sido un empresario exitoso en los primeros años en el Brasil, en ese momento enfrentaba algunas dificultades económicas, y aquella oferta que le estaba ofreciendo el desconocido le pareció en primera instancia una buena oportunidad para acomodar su alicaída economía. Sin embargo, no dejaba de considerar la posibilidad de que podría ser una trampa. Estaba dispuesto a ser extremadamente meticuloso en su seguridad personal y la de su familia, cuidando cada uno de sus pasos. No quería terminar como Adolf

Eischmann y se debatía ante la duda: ¿era ese hombre realmente el empresario que decía ser, o escondía alguna sorpresa?

Luego de escuchar una larga perorata, en que Kuenzle relató detalladamente (de acuerdo a su libreto) sus antecedentes como empresario en Europa, el tipo de compañías que integraba y cuál era de su interés de instalar una compañía aérea en América del Sur, Cukurs deslizó un comentario que parecía fuera de contexto y tener la intención de calibrar la reacción del desconocido que tenía enfrente:

—Después de que terminó la guerra y llegué a este país, pude desarrollar una empresa exitosa que me reportó muchos beneficios, hasta que de la nada surgió una campaña injuriosa contra mi persona de parte de los judíos, acusándome de ser un criminal de guerra.

Luego de pronunciar esas palabras, Cukurs se quedó callado, mirando fijamente los ojos del empresario y esperando su reacción.

Dicho comentario tomó por sorpresa a Kuenzle, que nunca imaginó que hiciera referencia a ese tema de manera tan brusca e inesperada. Era un hierro candente que estaba allí sobre la mesa que tendría que tomar, mientras Cukurs seguramente se dedicaría a medir su reacción y descubrir algo sospechoso que delataran en sus gestos. En décimas de segundo, el espía, haciendo gala de su profesionalidad, pudo recomponerse de la primera impresión y haciendo un gesto inespecífico dijo de manera firme:

—Esa gente quedó muy dolida con lo que le pasó y muchas veces se extralimita en sus comentarios.

Ante esa respuesta, el letón pareció quedar complacido, pero de inmediato le lanzó una pregunta "a boca de jarro":

—¿Qué hizo usted durante la guerra?

—Fui teniente de la Wehrmach y combatí en el frente oriental cuando el Führer lanzó la Operación Barbarroja para derrotar a la Unión Soviética —contestó Kuenzle de manera casi refleja, pero firme y seguro, fruto de su cuidadosa preparación—. Luché bajo las órdenes del mariscal de campo Fedor von Bock en la invasión a Polonia, Ucrania y Bielorrusia, pero luego fui dado de baja por una herida de combate—agregó al tiempo que desprendía los botones de su camisa y le mostraba una cicatriz que portaba en el pecho, que en realidad había sido a consecuencia de una intervención quirúrgica realizada en un hospital de Tel Aviv.

Si bien esa respuesta del espía del Mossad, avalada por la oportuna exposición de la "herida de guerra", había tenido un resultado alentador para los propósitos del espía, dado que el letón había mostrado algunas señas que indicaban credibilidad en su historia bélica, Kuenzle no descuidó ningún detalle y continuó desarrollando el libreto de su personaje para continuar ganado la confianza de su interlocutor. Agregó a sus comentarios anteriores algunas experiencias y anécdotas de la guerra, especialmente preparadas, que el letón escuchó con atención y con gusto. Sin embargo, la tensión nunca desapareció, y el *kidon* siempre sintió la mirada fría de sus ojos, que medían cada una de sus palabras y sus gestos. Luego de intercambiar algunos comentarios algo más coloquiales referentes a sus experiencias guerreras, Kuenzle fue llevando la conversación hacia los asuntos de negocios para escapar de aquel espinoso tema al que lo había introducido Cukurs intencionalmente.

—La verdad es que no tenía pensado nada en ese sentido, pero parece interesante lo que usted plantea. Aunque tendría que conocer más en detalle los alcances de ese negocio—le dijo Cukurs.

—Si está de acuerdo, le hago otra visita, y conversamos más detenidamente sobre el tema.

—Como usted quiera.

La contestación del letón le indujo a concluir que finalmente ese día había dado un paso fundamental en su misión. Aquella disposición de recibirlo nuevamente le reveló que el Verdugo de Riga había rebajado parte de sus defensas y le dejaba el espacio suficiente para continuar trabajando en pos de su objetivo primordial, ganar su confianza.

Cuando regresó a su hotel envió un escueto mensaje en tinta invisible a Yariv, que permanecía esperando noticias en la *maoz* de la *Rue de Bourgogne* en París: "El pez mordió el anzuelo".

Capítulo XXIII. En la jaula del león

Antes de retirase de su primer encuentro en el lago Guarapiranga, el *kidon* le había comunicado a su futura víctima que se ausentaría unos días del país, para contactarse con algunos empresarios uruguayos y argentinos, que estaban dispuestos a invertir en el futuro emprendimiento. Kuenzle creyó conveniente no actuar con premura y dejar pasar un tiempo, para que Cukurs fuera madurando su interés en la propuesta y a la vez dejarle el espacio de tiempo suficiente por si decidía investigar sus antecedentes. El inicio de su misión le había resultado bastante auspicioso, sin embargo, demasiada confianza podría resultar nefasta para sus intereses. Un buen espía siempre debe encontrarse alerta frente a situaciones imprevistas, y conociendo la calaña de persona que tenía a enfrente, no sería nada extraño que el nazi estuviera fingiendo y que en realidad estuviera tendiéndole una trampa.

El trabajo más importante recién estaba por comenzar, tendría que ser cuidadoso al extremo y no debía desviarse un ápice de su libreto.

Recién pasada una semana, el falso empresario volvió a Interlagos, con intenciones de reunirse nuevamente con su futura víctima. Sentado en el mismo bar frente a la laguna, esperó que el letón regresara de un paseo aéreo con un grupo de turistas y fue a su encuentro.

En la reunión, el espía comenzó a desarrollar, frente a la mirada inquisidora del nazi, el alcance del negocio y la razón de la importancia de su participación.

—Se trata de un importante emprendimiento turístico de carácter regional, que une varios países de América de Sur, en el que usted nos podría aportar su invalorable conocimiento y experiencia, adquirida durante todos estos años—dijo Kuenzle, y continuó—. En mi estancia en San Pablo, me hice muy amigo del señor Dieter Weber, el dueño del hotel donde me hospedo, y que usted conoce muy bien. En un par de cenas que compartimos, tuve la oportunidad de conversar con él, y entre otras cosas, le comenté sobre la idea del negocio que pensaba emprender y que había estado en contacto con usted para tratar de convencerlo de que nos acompañara. A *Herr* Weber le pareció estupenda mi idea y me dijo que había elegido a la persona indicada, se ve que tiene mucho aprecio por usted, y además me contó sus grandes hazañas en la aviación y se refirió al enorme conocimiento en materia de aeronáutica que posee, al punto de que llega a fabricar usted mismo sus aviones. No creo que existan demasiadas personas con sus aptitudes, por estos lugares. El conocimiento de su historia hizo aumentar aún más mi interés por contar con su participación en el emprendimiento—dijo Ánton, y agregó—. Seguramente usted querrá saber cómo se va a financiar todo esto, y me parece que es importante que lo tenga claro desde el principio. Le informo que en el inicio la mayor parte del capital sería aportada por mi empresa y por los socios argentinos, uruguayos y chilenos, con algunos de los cuales ya me he contactado y ya me han confirmado su participación. Más adelante, pensamos financiarla por medio de los dividendos obtenidos con el funcionamiento de la misma empresa —y luego dijo, mirándolo a los ojos—. Desde ya le aclaro que la razón principal por la cual le solicitamos que nos acompañe no es el capital que usted pueda aportar, sino su conocimiento y su experiencia en el tema empresarial y aéreo, que va a ser el centro mismo de nuestro emprendimiento. Sus directivas y sus consejos, en cuanto a la adquisición de las aeronaves, en la elección de las mejores rutas aéreas, la elección de los pilotos y el resto de la tripulación, por ejemplo, van a ser fundamentales. Creemos que no hay nadie mejor que usted para asesorarnos en todos esos aspectos y en todos los que pueda imaginarse respecto a un buen servicio aéreo. ¿Quién dice que este no sea el primer paso de una gran empresa aérea internacional? —terminó diciendo Kuenzle.

Cukurs siempre había tenido ambiciones de ser un gran empresario, y esta parecía una oferta muy tentadora que se le presentaba en el preciso momento en que su negocio se encontraba estancado y con dificultades económicas. Podía ser una muy buena oportunidad para invertir el dinero que pensaba sacar de la venta de su plantación de bananas, que estaba por concretarse.

Kuenzle, sentado frente al letón, observaba sus reacciones y notaba por su mirada que el nazi estaba meditando y haciendo cálculos, una señal positiva para sus intenciones de hacerlo entrar en la red que cuidadosamente le había tejido. El fino trabajo de filigrana que había realizado para convencerlo parecía estar dando el resultado planificado, pero era consciente de que nunca tendría que relajarse y confiarse demasiado. Debía continuar prestando atención a mínimos y sutiles detalles, que pudieran delatar intenciones ocultas de su futura víctima, para actuar en caso de que reaccionara de forma inesperada. Cada vez que el letón realizaba algún movimiento que le parecía sospechoso, deslizaba con disimulo la mano hacia su pierna derecha, donde portaba una pequeña pistola.

En cada instante que pasaba, se estaba jugando no solo el éxito de la misión, sino su vida misma.

Después de un nuevo encuentro en el yate del letón, donde le explicó con más detalle el alcance de la futura empresa, surgió un hecho inesperado: Cukurs lo invitó a su casa de Santo Amaro, para seguir dialogando sobre el negocio.

Si consideraba esa invitación como sincera, era evidente que había avanzado varios casilleros en el juego, pero se preguntaba si el nazi no estaría preparándole una trampa.

Esa noche en el hotel, se dedicó a repasar y afinar los detalles de su personaje, para no cometer ningún error, ya los dados estaban echados, y estaba decidido a jugarse el todo por el todo concurriendo a la casa del criminal.

Al día siguiente, Ánton condujo un VW negro de alquiler hacia la residencia de Cukurs, ubicada en un barrio distinguido del distrito de Santo Amaro. Luego de atravesar un estrecho camino de balastro, se encontró con la finca del letón, más apartada del resto de las demás construcciones de la zona. Dejó estacionado el auto a varios metros de la entrada y se aproximó caminando hasta llegar a una cerca de alambre de púas que rodeaba todo el predio de la casa y un portón de hierro, que impedían su paso.

Un hombre de tez oscura y complexión robusta, portando un arma larga, se le interpuso en actitud poco amistosa.

—¿Qué busca, señor? —preguntó con prepotencia.

—Tengo una cita con *Herr* Cukurs.

—¿Cuál es su nombre?

—Ánton Kuenzle.

Inmediatamente el hombre se puso en contacto con el interior de la casa por medio de un intercomunicador, avisando de la presencia de un hombre que quería hablar con el señor Cukurs.

Desde dentro de la finca le contestaron que describiera el aspecto físico del hombre.

—Bien vestido, traje oscuro y corbata azul, estatura media, complexión robusta, escaso cabello, bigote espeso y prolijo, gafas gruesas de aumento, edad entre cuarenta y cinco y cincuenta años…

—¿Está solo?—interrumpió la voz por el intercomunicador.

—Afirmativo.

—Déjelo entrar y acompáñelo hasta la casa.

El guardia sacó un llavero que contenía varias llaves y abrió el pesado portón de hierro para ingresar a la residencia. Luego de calmar a dos enormes perros dóberman, que ladraban furiosos detrás del cerco de alambres, el guardia lo invitó a pasar.

Ánton comenzó a caminar, custodiado por el guardia y los perros, por un largo sendero rodeado de césped y canteros de flores, tratando de no hacer ningún movimiento extraño que alertara a los irascibles animales y se abalanzaran sobre él.

Mientras caminaba, el *kidon* iba estudiando discretamente el amplio predio de la casa rodeado de alambre de púas. Vio que en el lado opuesto de la entrada se alzaba una cabina con otro guardia de seguridad armado, y hacia los lados, un cúmulo de frondosos árboles le impedía poder comprobar si existía más vigilancia. En su camino trataba de descubrir posibles lugares de escape para usar de emergencia, en caso de que el letón hubiera descubierto su verdadera identidad y le hubiera tendido una trampa.

Cuando llegó frente a la puerta de la residencia, otro hombre armado se apartó para dejar paso al dueño de casa, que lo esperaba mostrando una amable sonrisa algo forzada. Luego de los saludos de rigor, el letón lo hizo pasar al interior de la vivienda.

Dentro de la casa el temible agente del Mossad se sentía desprotegido e indefenso, a merced de ese peligroso hombre del cual conocía sus terribles antecedentes criminales. Sabía que si despertaba la mínima sospecha, sus horas estaban contadas, Cukurs podría matarlo y enterrarlo ahí mismo, y nunca nadie se enteraría de su existencia.

A los pocos segundos apareció Milda, su esposa, una robusta y elegante mujer que lo saludó con respeto y cortesía:

—¡*Guten morgen, Herr*!

—¡*Guten morgen*!—contestó y extendió su mano para saludarla, notando en ella la misma mirada fría, calculadora y desconfiada que la de su esposo.

A continuación Cukurs lo invitó a pasar a la sala principal, donde se encontraba Gunnar, su hijo mayor, cómodamente ubicado en un sillón, leyendo el diario, que al verlo entrar se levantó de forma inmediata y lo saludó amablemente. Los otros hijos de la pareja no se encontraban en la casa en ese momento por diferentes razones: su hija Antinea, que contaba treinta y un años, ya estaba casada y vivía con su familia muy cerca de allí; Herbert Junior, de veintitrés años, atendía el negocio familiar en la laguna; y el único hijo brasileño del matrimonio, un niño de nueve años llamado Richar, estaba en el colegio a esas horas.

Milda y Gunnar se retiraron de la sala y quedaron solos los dos hombres.

—Preparé un trago especial que quiero que pruebe —dijo Cukurs acercándole un vaso ya servido.

—¡Qué bueno! —dijo Kuenzle, tomando el vaso algo desconfiado y le preguntó—. ¿Cómo se llama el trago?

—Bálsamo negro de Riga. Es una bebida alcohólica típica de mi país que se elabora a base de jengibre, corteza de roble, cáscara de naranja amarga y coñac. Puede mezclarse con café o vodka, esta que preparé hoy es con vodka.

De forma disimulada, Kuenzle esperó que el letón probara la bebida para después hacer él lo mismo.

Luego de un rato de conversación intrascendente, Cukurs, todavía con el vaso en la mano, se levantó de su sillón e invitó a Kuenzle a pasar a otra de las piezas, ubicada en fondo de la casa, que él llamaba su oficina, donde tenía una vitrina con sus medallas y sus condecoraciones.

La Orden de Santos Dumont, concedida por su vuelo hacia Bathrust, capital de Gambia, junto a la que le habían otorgado por su viaje a Japón, eran las que exhibía con más orgullo. Un poco achispado por la bebida, se volvió más locuaz y comenzó a contarle algunas anécdotas de cuando había construido sus primeros aviones, de cuando era un famoso y reconocido piloto, y los pormenores de aquellos intrépidos vuelos en la década del treinta, que Kuenzle ya conocía al detalle, pero que escuchaba con atención. Le hizo varias preguntas, demostrando interés en el tema, y el letón le respondía poniendo entusiasmo en su relato.

Ánton continuaba desconfiando que todo aquello pudiera ser una puesta en escena del nazi y no dejaba de pensar en cuál sería la mejor manera de escapar de allí, en caso de que todo se complicara.

—¡También tengo estas hermosas piezas!—le dijo Cukurs de improvisto, dirigiéndose hacia el otro lado de su oficina, donde tenía una importante colección de armas expuestas sobre una mesa vidriada. Había una pistola Baretta 6.35mm, un máuser 7.63mm y un rifle 5.56 mm entre otras, que iba sacando y manipulando al tiempo que miraba a Kuenzle, como si esperara su reacción.

—¡Muy interesante colección! ¡Muy interesante! —se limitó a responderle el espía dando una profunda pitada a su cigarro seguida de un sorbo a su vaso.

—¡Y todas funcionan muy bien!—insistió el letón, mientras le mostraba una escopeta y la cargaba con balas que iba extrayendo de una caja.

El espía del Mossad no tenía claro si el letón al manipular sus armas le estaba pasando un mensaje de advertencia de que estaba en guardia y bien armado, por si intentaba atacarlo.

El *kidon* tosió de forma fingida y se agachó disimuladamente para tantear la pistola en su pierna derecha, por cualquier eventualidad.

En el camino de regreso a la sala, trató de descubrir otras salidas de la casa, para emplear en caso de emergencia. Cuando estaba en la oficina del letón, ya había registrado una puerta ventana que daba para el jardín, esa podría ser una buena vía de escape. Un espía siempre tiene que estar atento para reaccionar en pocos segundos ante cualquier eventualidad y siempre tener presente un plan alternativo al que recurrir, de eso dependía su vida. Tenía clara conciencia de que esta vez no iba a ser fácil zafar si la cosa se complicaba, no solo tenía que deshacerse del letón, sino que después, afuera de la casa, tendría que sortear por lo menos tres guardias y dos perros, para llegar al portón de hierro de entrada al predio.

Cuando finalmente se dispusieron a almorzar y pasaron al comedor, la sensación de desasosiego e incertidumbre se fue desvaneciendo poco a poco. Reaparecieron en escena Gunnar y su esposa Milda, que traía una sopera con *skabu kapostu zupa*, una sopa de repollo clásica de la comida letona, según le informó la anfitriona. La mujer se mostró ahora más simpática y conversadora, y le comentó que en la casa, pese a los años transcurridos en Brasil, ella continuaba cocinando lo que había aprendido en su patria, a lo que su esposo acotó que era una excelente cocinera.

El segundo plato fue pescado ahumado acompañado de patatas al horno, y de postre, el que según la mujer era el preferido de su esposo, la Alexander Torte, que eran unas tiras de hojaldre rellenas de frambuesas, una torta muy apreciada en la repostería letona.

En la mesa todo era distención, se comía, se bebía y se charlaba amenamente, y Kuenzle comenzó a recibir preguntas de parte de la mujer, más personales y comprometedoras, pero que fue contestando una a una sin titubeos, porque ya las tenía bien aprendidas e incorporadas a su nueva personalidad.

Los anfitriones habían quedado muy impresionados con los relatos de la guerra de su invitado. Éste había dedicado especial atención a preparar un relato creíble y lleno de anécdotas bélicas, que se desarrollaban principalmente en el frente ruso, donde había contado todos los detalles de su participación como soldado de la Wehrmacht en la invasión a Polonia y Bielorrusia, durante la Operación Barbarroja. Al relatar, se esmeró en dramatizar el disgusto y el profundo pesar que había sentido cuando a causa de una herida, había tenido que abandonar a sus compañeros. El espía fue muy ameno en su narración, narrando punto por punto su libreto sin olvidarse de ningún detalle, condimentándolo con la exposición de la cicatriz de aquella "herida de guerra".

—¡Con su permiso *Frau*! —dijo Kuenzle mientras amagaba a desabrochar los primeros botones de su camisa para mostrar el pecho donde lucía la cicatriz.

—A...adelante *Herr* —contestó Milda algo sorprendida, autorizando a Ánton a que exhibiera parte de su torso, hecho que le dio más credibilidad a sus relatos.

Le extrañó que ni en el almuerzo ni en ningún momento de la visita Cukurs le hubiera comunicado su decisión acerca de si participaría o no en el negocio, incluso no hizo ninguna mención al tema durante todo el día. Kuenzle, de manera intencional, tampoco lo hizo, para no parecer obsesivo ni apurarlo en su decisión, quería que el mismo letón se lo comunicara por propia iniciativa.

Cuando ya estaban casi agotadas las anécdotas de la guerra que tenía preparadas, Kuenzle manifestó su voluntad de retirarse.

—¿Qué le parece si un día de estos me acompaña y le muestro mi taller de reparaciones de barcos en la ciudad?—dijo el letón mientras lo despedía en la puerta de la casa.

—No parece mala idea.

—Y después también lo quiero llevar a que conozca las dos plantaciones de bananos en la selva, de las cuales soy propietario.

—Arreglamos un día, y con todo gusto lo acompaño —contestó Ánton, mientras se disponía a partir, no sin antes dar un vistazo disimulado al panorama general que veía en su alrededor.

Cuando finalmente traspasó los portones de aquella residencia y sintió el sonido de los candados, que el guardia cerraba a sus espaldas, aflojó la tensión que había mantenido durante todo este tiempo, y una sensación de alivio recorrió su cuerpo.

Había salido ileso de la jaula del león.

Al otro día Cukurs pasó a buscar al falso empresario por el hotel donde se hospedaba, y juntos visitaron el taller de reparaciones, donde le enseñó orgulloso el amplio local, que contaba con una variada y valiosa colección de herramientas, que utilizaba para el mantenimiento de sus dos vehículos: el barco y la aeronave. Luego lo llevó a otro sector del taller, que empleaba para el diseño y la fabricación de aviones, aquella pasión, que en la actualidad era solo un pasatiempo, nunca había abandonado totalmente.

—En esto paso muchas veces mis horas libres y me olvido de los problemas—dijo, señalando un montón de hojas de dibujo con planos y proyectos de aeronaves desparramados sobre una mesa.

—Lo bien que hace. Nunca hay que abandonar esos momentos en los que uno se encuentra con su verdadera vocación.

Luego de recorrer las instalaciones de su local, los dos hombres abordaron un Jeep Land Rover que conducía el mismo Cukurs y se dirigieron hacia los dominios bananeros de aquél en la selva, como habían acordado previamente.

En conversaciones anteriores, el nazi le había manifestado que había invertido buena parte de su capital en dichas plantaciones, pero que lamentablemente no le habían dado los beneficios económicos que esperaba y tenía decidido deshacerse de ellas, tenía el propósito de colocar su capital en otro emprendimiento, incluso ya tenía varios interesados en la compra de los campos.

Aunque el letón todavía no se había definido claramente por invertir en el negocio que le había propuesto Kuenzle, este comentario podría ser una buena señal de que rondaban por su mente las intenciones de participar en él.

Luego de más de dos horas de viaje, llegaron a Piedade, un municipio del estado de San Pablo, donde se encontraba la propiedad de Cukurs. Hicieron una corta parada en una posada local para hacer un descanso y tomar un refrigerio. Antes de reiniciar el viaje, el letón quitó la funda del mismo rifle semiautomático de 5.56 mm que le había mostrado el día anterior en su casa y lo dejó descubierto a su lado. Kuenzle se puso en guardia sin apartar la vista de su particular chofer, que conducía en silencio con su mirada fija en el camino. Ya habían dejado atrás la carretera asfaltada y pasaron a transitar un camino irregular y pedregoso, que en algunos trechos se angostaba por la invasión de la abundante vegetación selvática. Luego del agitado trayecto en que el Land Rover se batió como una licuadora, arribaron a la propiedad de Cukurs. Al pasar debajo de la arcada de madera, que indicaba la entrada a sus tierras, el nazi detuvo el Jeep, al tiempo que salía a su encuentro un hombre mal encarado, alto y robusto, que portaba una pistola en una sobaquera de cuero colgada sobre la camisa. Ambos hombres intercambiaron algunas palabras en portugués que el *kidon* no alcanzó a comprender.

—Ese señor que usted vio es Arduino Sousa, el capataz de mi hacienda. Es un hombre de mucha confianza, y tiene el antecedente de haber sido uno de los guardaespaldas del entonces presidente del Brasil, Juscelino Kubitschek—dijo Cukurs cuando reanudaron el viaje, y luego agregó en tono jocoso—. También se comenta que fue su asesino a sueldo. ¡Pero se dicen tantas cosas, que uno no sabe si creerlas o no!

Kuenzle encendió un cigarrillo, imperturbable, y sin apartar la vista del exuberante camino vegetal, pensó: "¡Un asesino a sueldo, y ahora es capataz de su hacienda! ¡Y me lo comunica así, tan naturalmente! O es un cínico, o me sigue enviando mensajes".

El nazi no dejaba de impresionarlo con sus actitudes, calibrando intencionalmente sus reacciones en todo momento.

Pero su trabajo era mantenerse inalterable sin manifestar ningún gesto fuera de lugar, que lo hiciera parecer sospechoso.

—Ahora vamos rumbo a Rancho Enclavado, donde tengo unas ciento veinte mil plantas de bananos. —dijo Cukurs

Continuaron adentrándose por los caminos del plantío, y en determinado momento Kuenzle sintió unas ganas imperiosas de orinar, que le comunicó a su chofer, y éste detuvo el vehículo para bajar. Al percatarse de que el letón se ponía a su lado, dispuesto también a orinar, Ánton temió que descubriera su falta de prepucio y adelantándose a los acontecimientos, se le ocurrió contarle, mientras orinaba, que en el frente ruso las enfermedades venéreas estaban a la orden del día y la mayoría de los soldados habían sido obligados a la circuncisión. Cukurs pareció aceptar el relato y no hizo ninguna pregunta al respecto. Había pasado por un momento difícil, pero su habilidad y sus reflejos lo habían ayudado a salir airoso de ese nuevo aprieto.

El letón iba conduciendo el Jeep con destreza por senderos muy tortuosos y accidentados en medio de una vegetación exuberante que crecía en todas las direcciones, cuando de improviso detuvo el vehículo, apagó el motor y tomó la escopeta que tenía a su lado. En ese momento al espía se le prendieron todas las alarmas, miró el rostro de su acompañante y pareció adivinarle una sonrisa sardónica. En un acto reflejo llevó su mano hacia la pierna derecha donde tenía su pistola y quedó petrificado esperando el próximo movimiento.

Por un instante pensó que la aventura de su personaje había llegado a su fin y que todo había terminado. ¿Sería que aquel cruel asesino de más de treinta mil judíos lo había estado engañando? ¿El nazi tenía todo planeado para llevarlo a este lugar apartado y eliminarlo sin ningún testigo a la vista en varios kilómetros a la redonda?

Sin hacer un solo movimiento empezó a imaginar una serie de escenarios posibles para intentar un escape desesperado, hasta que vio que la cara del letón cambiaba de expresión y mostraba una ligera sonrisa más amable.

—¿Bajamos a probar la escopeta? —dijo el nazi, en tono afable.

Cuando lo invitó a bajar para practicar unos tiros al blanco, a Kuenzle le volvió el alma al cuerpo. El criminal de guerra nunca se enteraría de que en ese momento su corazón había latido al ritmo de un caballo salvaje.

—¡A ver qué le parece esto! —dijo Cukurs mientras apuntaba con su escopeta y disparaba a un blanco improvisado en un tronco de un árbol.

Luego de tirar diez tiros seguidos, lo invitó para acercarse al blanco a comprobar su efectividad. Cuando el letón vio que sus diez disparos habían quedado agrupados en un radio de solo cinco centímetros, lo miró con un gesto altanero y una risa sobradora y le dio el rifle como diciendo "A ver si me puedes superar".

— ¡Excelente puntería! —dijo Ánton, mientras pensaba "¡Maldito nazi, practicaste matando judíos en Riga!".

En el momento que tuvo el arma en sus manos, sintió deseos de liquidarlo allí mismo y terminar de una vez por todas con su misión. Matarlo y luego desaparecer, parecía tarea fácil, además era un lugar muy apartado, donde seguramente el asesinato no iba a salir a luz por largo tiempo. Pero de inmediato recobró su equilibrio mental, retomó su personaje y apuntando al blanco efectuó cinco certeros disparos que quedaron comprendidos en un radio de tan solo tres centímetros. En realidad el *kidon* era un experto tirador. En los tiempos que había hecho su entrenamiento en la academia del Mossad, se había destacado por su acertada puntería.

Cukurs quedó sorprendido por la precisión que había logrado el ex teniente de la Wehrmacht y a partir de ese momento lo empezó a llamar *Herr* Ánton.

Luego de visitar las plantaciones y ya en el viaje de regreso a la ciudad, Cukurs le preguntó si estaba dispuesto a conocer la vida nocturna de la ciudad de San Pablo. Invitación que Kuenzle aceptó de inmediato. Pese a que no podía dejar de sentir una sensación de repugnancia y de malestar por tener a su lado a uno de los brazos ejecutores del terrible Holocausto a que había sido sometido su pueblo, no podía perder la oportunidad de continuar con el objetivo de su misión y continuar estrechando los lazos de amistad con el Verdugo de Riga.

Capítulo XXIV. Café Aurora

El calor húmedo que había soportado San Pablo durante las horas del día súbitamente derivó en una lluvia torrencial, que se precipitó con violencia sobre las bulliciosas calles del centro de la populosa ciudad. Sin embargo, el movimiento de vehículos y de personas continuó su marcha, despreocupado de las variaciones climáticas que con frecuencia acostumbran a tolerar sus habitantes. De pronto, el repentino chaparrón que había anegado las calles dejó de caer, como si la mano de un gigante hubiera cerrado un grifo escondido entre las nubes, y los coloridos paraguas, que habían surgido como hongos poco rato antes, comenzaron a cerrarse. Mezclados entre el gentío que se desplazaba por la amplia avenida paulista, el espía del Mossad Ánton Kuenzle y el criminal de guerra nazi Herberts Cukurs caminaban charlando amablemente rumbo a un conocido café de la *rua* Augusta, una calle que nace entre los burdeles de la zona baja de la ciudad y más adelante transcurre por una zona más distinguida, donde cambia su nombre por el de Avenida Europa.

El letón había invitado a Kuenzle, a conocer y a disfrutar de la noche paulista en el conocido Café Aurora, uno de los clásicos bares de esa zona de la ciudad, donde se agrupaba una gran cantidad de cafeterías, restaurantes y lugares para escuchar música en vivo y donde pasaban el rato y se divertían tanto los habitantes de la ciudad como los numerosos turistas y ejecutivos en viajes de negocios que visitaban la megalópolis latinoamericana.

Al llegar al mencionado bar, se toparon con una verdadera multitud que ocupaba sus instalaciones. Las escasas mesas del local y la barra estaban abarrotadas de clientes que reían, bebían y se divertían, al tiempo que los compases de la tradicional música brasileña, con su ritmo pegadizo, flotaban en el aire, ejecutados por tres entusiastas jóvenes de color.

Los dos hombres se introdujeron en el ambiente festivo del café, y Cukurs, apartando algunas personas que se interponían en su camino, se dirigió hacia uno de los mozos, habló con él, y este los guio hacia al fondo del salón, donde había unas pocas mesas más alejadas del bullicio de la gente y de la música.

Se instalaron, pidieron una cerveza y comenzaron a conversar animadamente sobre temas triviales. El aspecto entre ambos hombres contrastaba nítidamente, mientras el agente del Mossad, de algo más de cuarenta años, con su calva, su prominente abdomen, y sus gruesos lentes de aumento, aparentaba ser una persona de mayor edad, el letón, que le llevaba por lo menos veinte años de diferencia, se veía mucho mejor físicamente, era más alto y robusto, con un físico atlético, y no aparentaba la edad que realmente tenía. A Kuenzle no le disgustaba demasiado representar más de los cuarenta y cinco años que tenía, al contrario estaba complacido con ello y había trabajado mucho para lograr esa apariencia.

Relajado y fumando un habano, que le había dado el letón, Kuenzle decidió que era el momento oportuno para reiniciar las conversaciones sobre el tema del negocio, ya que Cukurs no se había pronunciado hasta el momento. No quería demostrar ansiedad y apurar demasiado su decisión, pero el tiempo apremiaba, sabía que sus compañeros tenían todo pronto en Montevideo para dar el toque final al trabajo. Necesitaba que el letón se definiera de una vez por todas.

El improvisado empresario comenzó con un cuidadoso y estudiado discurso con la finalidad de demostrarle al letón que el negocio que le ofrecía era una gran oportunidad que no podía perderse. Insistía en el argumento de que formar parte de ese importante emprendimiento turístico podría significar ser socio fundador de una gran empresa de alcance internacional que le permitiría acceder a un estatus económico muy superior al que tenía en el momento.

Cukurs prestaba atención a lo que le decía su "nuevo amigo" y demostraba interés, pero sin descuidarse y confiarse demasiado. Estudiaba cada una de sus palabras tratando descifrar si se escondía algo más detrás de su discurso seductor.

Al tiempo que de fondo sonaba una melodiosa Bossa Nova, que se mezclaba al bullicio de los felices parroquianos que colmaban la barra, Kuenzle continuó hablando, y Cukurs bebiendo y escuchando atentamente sin interrumpir, pero sin perder el control del ambiente que lo rodeaba, como si tuviera otro ojo vigilando continuamente cada movimiento en su alrededor.

En determinado momento, el *kidon* notó que su compañero cambiaba de actitud al ver un grupo de alegres jóvenes algo ebrios que hacían su ingreso al local y se agolpaban en la barra. Se lo notaba alterado, moviéndose inquieto en su asiento y mirando una y otra vez hacia la barra.

—¿Se siente bien, Herberts? —le preguntó Kuenzle, usando por primera vez su nombre de pila en forma intencional, como demostrándole más intimidad y familiaridad.

—Sí..., sí, bien—contestó Cukurs, se pasó una mano por la cabeza como alisándose el pelo, se rascó una oreja y acto seguido, mientras se empinaba hasta el fondo un vaso de cerveza Antártica, dijo—. Voy hasta el baño y enseguida regreso.

Cuando el letón se levantó, Kuenzle observó desde la mesa cómo se dirigía rápidamente al baño, como si tratara de ocultarse de alguien. Pensó que esa actitud desconfiada cuando veía algo que le resultaba sospechoso seguramente estaba vinculada al recuerdo de lo acontecido hacía un tiempo con el rapto del famoso criminal de guerra Adolf Eichmanm en Buenos Aires. A partir de aquella temeraria misión efectuada por los agentes del Mossad, en la que él mismo había participado, se habían comenzado a correr versiones de que había varias operaciones en curso distribuidas por el mundo y en especial en Sudamérica, tratando de dar caza a los criminales de guerra que seguían con vida, algo que Kuenzle sabía que era cierto. Conocía muy bien el trabajo que estaba haciendo Simón Wiesenthal, un arquitecto judío que había sido prisionero en el campo de concentración de Mauthausen-Gusen durante la Segunda Guerra Mundial, que ahora se dedicaba a ubicar a los nazis responsables del Holocausto y luego contactar con el Servicio Secreto Israelí, para que ellos se encargaran de completar el trabajo.

En el preciso momento en que el nazi salía del baño, Ánton pudo apreciar cómo un joven se enfrentaba a él, lo miraba fijamente. A continuación, el muchacho comenzó a gesticular frente a Cukurs como si lo insultara, pero debido al ruido del ambiente, no logró escuchar que era lo que decía. El letón bajó su mirada, lo apartó con un gesto brusco con su brazo y regresó a la mesa, tomó su caja de cigarrillos, dejó algunos cruzeiros para pagar la consumición y le dijo a Kuenzle:

—¡Lo siento, amigo, pero me tengo que ir de acá lo más rápido posible, estos judíos me están haciendo la vida imposible! Usted quédese, que no tiene nada que ver en esto. Mañana nos vemos en la marina del lago y seguimos charlando sobre el negocio.

—Bien... bien, mañana nos vemos—contestó Ánton, que había quedado impresionado ante aquella escena que lo había tomado por sorpresa.

Cukurs salió prácticamente corriendo del local y desapareció entre el gentío que colmaba el lugar, mientras el joven continuaba increpándolo a gritos, que pasaban desapercibidos en aquel ambiente saturado de música, griteríos y risas.

El espía se levantó de la mesa como para ir al baño y escuchó:

—¿Por qué no me habré decidido a matarlo? ¿Por qué? —se decía el joven en voz alta en tono de reproche, mientras miraba a Cukurs alejarse rápidamente del lugar, apartando a los manotones las numerosas personas que se encontraban abarrotando el local y le impedían el paso.

—¡¿Qué te pasa?! ¡¿Te volviste loco?! —le dijo uno de los amigos del joven que había presenciado la escena.

Mientras el muchacho mostraba un rostro desconsolado y no podía evitar que se le escapara alguna lágrima, su amigo, sin entender lo que le había pasado, le pasó un brazo por los hombros tratando de consolarlo y lo condujo a la barra donde estaban sus amigos bebiendo.

En ese momento Kuenzle reconoció al joven y bajó de inmediato su mirada. Cuando regresó a su mesa, llamó al mozo, pagó la consumición y se dirigió con mucha cautela a la barra, donde estaba el grupo de muchachos recriminándole al joven.

El espía pidió otra bebida y se sentó de espaldas al grupo.

—¿Qué te pasa? ¡Vinimos acá a divertirnos y no a llorar!— escuchó decir a unos de los jóvenes con los ojos brillosos, mientras bebía la enésima cerveza e improvisaba algunos pasos al ritmo de la música que sonaba.

Algunos de ellos portaban los clásicos kipá denunciando que eran de la colectividad judía.

Cuando comprobaron que el joven continuaba angustiado, cada uno de sus amigos le dirigió una palabra de aliento para consolarlo, y lo abrazaron moviéndose con sus vasos en la mano al compás del pegadizo tema que los músicos tocaban.

—¡Ese hombre que acaba de salir es un monstruo! —dijo el joven con rostro de furia.

—¡Juris está tan borracho, que empezó a ver monstruos! —dijo uno de ellos, y todos estallaron en una sonora carcajada.

—¡Ustedes no entienden nada! ¡Ese es un verdadero monstruo! ¡Es un criminal! Yo vi con mis propios ojos cuando ese sujeto asesinó con un tiro en la cabeza a mi pobre abuela, argumentando que no servía para nada porque estaba enferma en la cama, y también vi cómo después junto a sus secuaces mató a toda mi familia. ¡Ese rostro y esa mirada no los voy a poder olvidar mientras viva! —decía casi gritando el joven, mientras sus amigos ahora lo miraban más serios, pese al elevado estado de embriaguez que tenían.

El joven pensaba con rabia a manera de reproche hacia él mismo: "¿Por qué no me habré animado a matarlo? ¿Por qué?".

Kuenzle, que continuaba en la barra bebiendo su cerveza de espaldas al grupo, sintió ganas de darse vuelta y sumarse al consuelo que le daban sus amigos y abrazar al joven que había reconocido inmediatamente como el simpático gerente de la agencia de turismo Transtocean de Río de Janeiro, y decirle "Quédate tranquilo, Juris Liberman, que ese bastardo nazi muy pronto va a pagar por todo el sufrimiento que te provocó a ti y a nuestro pueblo", pero la misión que tenía por delante le impedía hacerlo.

Luego de haber presenciado aquella escena en el bar Aurora, regresó a su hotel y se recostó sobre la cama a fumar un cigarrillo. Mientras lanzaba unas volutas de humo que se iban disipando a medida que ascendían hacia el cielorraso de la pieza, reafirmó aún más el valor de su misión, ahora se agregaba un argumento más a su ya justificada misión: resarcir de algún modo el ultraje que había sufrido aquel joven.

Capítulo XXV. Definición

Después del desagradable incidente en el bar Aurora, Antón invitó a cenar en varias ocasiones a Cukurs en el exclusivo y elegante restaurante del hotel Santo Amaro Plaza en que se hospedaba. Lo rodeó de atenciones invitándolo con ostentosas cenas y exclusivas bebidas, al tiempo que le relataba los logros alcanzados en sus distintas empresas en el viejo continente. Su objetivo era impresionarlo, demostrándole su poderío económico y que no era un recién llegado ni un improvisado en el mundo empresarial.

El espía tenía que aprovechar el ambiente confortable que le brindaba ese hotel, para continuar desplegando todo su poder de seducción aprendido y ensayado mil veces durante ese tiempo, porque sabía que allí "su presa" se encontraba cómoda y relajada.

El dueño del hotel y restaurante era Dieter Weber, un alemán con ideales nazis que había emigrado después de la guerra al Brasil, con un capital considerable, que le había permitido instalar ese elegante hotel en San Pablo.

Luego de las espléndidas y generosas cenas, regadas abundantemente con buenos vinos del Rin, ambos hombres se dirigían a un apartado que les facilitaba Weber, y allí Kuenzle le mostró al letón algunos documentos que detallaban los estudios de mercado y la proyección económica del futuro proyecto empresarial, que Cukurs analizó detenidamente. Estos documentos había sido el resultado del cuidadoso trabajo elaborado por el equipo especializado en economía y comercio, que Kuenzle había traído de su último viaje a París.

Ya había hecho todo el despliegue posible, y se le habían agotado todos los argumentos para enganchar al letón, ya no tenía más tiempo. Había llegado el momento de las definiciones, y decidió tomar el toro por las astas.

—*Herr* Heberts, perdone que sea tan directo, pero creo que a esta altura ya le brindé todos los pormenores del negocio y le demostré con algunos estudios y números las grandes posibilidades de éxito que puede tener este emprendimiento, ahora necesito saber si usted está o no dispuesto a entrar en el negocio. Tengo que viajar a Europa para arreglar algunos asuntos empresariales, y me gustaría tener definido este tema a mi regreso.

Cukurs quedó pensativo sin decir nada, y Kuenzle se sirvió una copa de vino y luego le manifestó:

—Si finalmente acepta mi propuesta, quisiera proponerle que me acompañe en mi próximo viaje al Uruguay, para que me ayude a resolver algunos asuntos referentes al personal por contratar y también a encontrar un buen lugar para establecer nuestra agencia en ese país.

El letón lo miró con sus decolorados ojos celestes sin contestarle, pero esbozó una leve sonrisa en su boca de labios finos, que el agente del Mossad interpretó como una señal de aprobación de que su víctima estaba cayendo en las redes que tan trabajosamente había estado tejiendo durante todos esos largos días.

—Si sus dudas son por el tema del aporte del capital que tiene que hacer, no se haga problemas, podemos arreglarlo sin dificultad, eso no es lo más importante, como ya le expliqué. Bueno, voy a tener que dejarlo, mañana bien temprano sale mi avión hacia el viejo continente, y quiero preparar un informe escrito para presentar en el directorio de mi empresa en

Europa. Se lo dejo pensar y después de que regrese de mi viaje, necesito una respuesta suya.

Confiado de que Cukurs accedería finalmente a entrar en el negocio, Kuenzle viajó a París a contactarse con Yariv y los demás *kidones* del equipo, para arreglar los detalles finales de la última etapa de la misión, que se iba a desarrollar en Montevideo.

Durante esos días Cukurs luchó contra dos fuerzas que competían en su interior: por un lado, los deseos de ganar dinero en ese negocio, que veía con buenas perspectivas; y por el otro, la sospecha y la duda de que todo lo que le ofrecía ese empresario austríaco fuese una farsa y estuviera siendo engañado. No dejaba de pensar en lo que le había pasado a Eichmann en la Argentina y en los rumores de que el Mossad también andaba tras los pasos de Mengele en Sudamérica.

Pese a que siempre andaba armado y contaba con la protección del gobierno brasileño, jamás bajaba la guardia, porque sabía que los judíos nunca lo dejarían en paz.

Decidió confiarle a su mujer el dilema que lo acuciaba, y Milda, cuando se enteró de los detalles del negocio y de que su esposo tendría que viajar al exterior, le recordó la advertencia que le había hecho el DOPS. Dicha agencia gubernamental le había avisado que no se alejara demasiado de su lugar de residencia y mucho menos realizar un viaje al extranjero, porque iba a correr demasiado riesgo al quedar totalmente desprotegido de su custodia.

Pasaron más de diez días, y el letón recibió en su casa un telegrama de Kuenzle que le anunciaba su próximo arribo al país en las siguientes veinticuatro horas y que si había decidido aceptar la propuesta, le gustaría viajar con él a Montevideo al día siguiente de su llegada.

Al otro día Cukurs estaba en la terraza del aeropuerto Viracopos, provisto de una cámara super-8, apuntando a Kuenzle en el momento que bajaba por la escalerilla del avión.

En el momento que el *kidon* descubrió que Cukurs lo estaba filmando, pensó que todo su trabajo se había desmoronado y el letón lo había descubierto. Aplicando la premisa de que el rostro de un espía no debe ser fotografiado nunca, ni filmado jamás, dio vuelta su cara de inmediato y levantó los brazos imitando un saludo, tratando de ocultar su rostro y que no fuera captado por la cámara, que le apuntaba de forma directa.

Cuando transitaba por la pista hacia el edificio del aeropuerto para realizar los trámites de migración, observaba inquieto el conjunto de las personas que en la zona de arribos esperaban a los viajeros, buscando alguna señal que le hiciera sospechar que la Policía estaba presente en el lugar. Los minutos que transcurrieron mientras caminaba por la pista hacia la aduana a realizar los trámites de migración habían sido demasiado tensos, y pasaron por su cabeza múltiples suposiciones de lo que podría pasarle. No tenía idea de lo que iba a suceder cuando saliera del aeropuerto, si el letón lo esperaba solo o si todo un batallón de la temida DOPS lo estaba aguardando. Detuvo un instante su marcha dejando pasar adelante a otros viajeros que llegaban con él con pesadas valijas, apoyó su cartapacio sobre el largo mostrador de migraciones, donde traía los supuestos documentos para el negocio, y se quitó los lentes de gruesa armadura simulando limpiarlos. Pero en realidad lo había hecho para tener una visión más clara del panorama que rodeaba el aeropuerto.

En el rápido vistazo que pudo dar sin las malditas gafas que le distorsionaban la visión todo el tiempo, no logró distinguir ninguna irregularidad que lo alarmara. Secó el sudor de su frente, se calzó los lentes y continuó su marcha tratando de guardar la natural compostura que caracterizaba a su personaje, aunque en su interior su sangre bullía a borbotones. Mientras hacía la fila con su falso pasaporte en la mano frente a una de las ventanillas de migraciones, buscó instintivamente el lugar más apropiado que le permitiera escapar si la situación se complicaba, y concluyó que era prácticamente imposible huir de aquel lugar sin ser atrapado. En ese momento estaba jugado y no tenía más opciones que seguir adelante y enfrentarse a la realidad que lo aguardaba.

Cuando finalmente salió hacia el gran *hall* del aeropuerto, divisó la figura del letón con su clásica sonrisa indescifrable, mezclado en una multitud de personas que se agolpaba contra las barandas aguardando a los viajeros que había arribado en el vuelo.

—¡Bienvenido, *Herr* Ánton! ¡Quería tener un recuerdo de mi nuevo socio!—le dijo Cukurs en el momento que apagaba su cámara y le extendía la mano a modo de saludo.

—Está bien, está bien —contestó el espía, mirando con desconfianza la cámara y el entorno que lo rodeaba. Su pálido y sudoroso rostro se fue coloreando sólo cuando logró asegurarse de que su nuevo socio lo recibía sin ninguna compañía.

Montevideo - Uruguay - año 1965

Capítulo XXVI. Un nuevo desafío

El veterano detective Lorenzo Cannizzaro vivía la etapa serena y reposada de la jubilación, llenando sus horas de ocio con literatura y jardinería y haciendo vida hogareña con su querida esposa Isabel, cuando de pronto todo cambió. La joven Edith Roth se había presentado en su casa con una propuesta que haría tambalear su sólido matrimonio de más de treinta años.

El nuevo giro que había tomado su vida había comenzado un tranquilo y caluroso día de febrero, mientras Isabel preparaba algunas confituras para la merienda y él se encontraba en la biblioteca, inmiscuido en la compleja lectura del *Ulises* de Joyce.

—¡Lorenzo, una joven llamada Edith Roth quiere hablar contigo!—le gritó dese la puerta, Isabel a su esposo.

En el momento que escuchó aquel nombre, de inmediato se disparó en su mente el recuerdo de la hermosa y simpática adolescente de quince años hija de Jabib Roth, uno de los dueños de la afamada peletería Polar, ubicada en el casco antiguo de la ciudad de Montevideo. En el año posterior a la finalización de la Segunda Guerra Mundial, aquel próspero comercio había sido arrasado por un incendio, donde había perecido una de las empleadas, víctima de las graves quemaduras. En ese entonces, la Policía y los bomberos habían llegado a la conclusión de que el siniestro había sido motivado por un accidente eléctrico, y así había quedado tipificado en los registros. Sin embargo, el señor Roth y su socio, que no estaban conformes con la teoría del accidente y tenían firmes sospechas de que el incendio había sido consecuencia de un atentado provocado por su condición de judíos, habían contratado los servicios de Lorenzo como detective privado, para investigar el caso. El detective Cannizzaro, luego de una ardua investigación, había podido dar con el responsable de aquel hecho criminal. Se trataba de un militante radical nazi con algunas alteraciones mentales, quien había atacado el comercio invocando la proclama de "eliminar a todos los judíos de la faz de la Tierra para salvar el planeta", como él mismo decía en su delirio. De esa manera, el atentado quedó resuelto, y su responsable, internado en el hospital psiquiátrico Vilardebó. Debido a la acertada actuación del detective, que pudo demostrar que el incendio había sido causado por un atentado, los dueños de la peletería habían podido hacerse de una suma considerable de dinero que les abonó la agencia aseguradora, y de esa manera pudieron rehacer su próspero negocio.

Cuando Edith le había ofrecido ocuparse de la investigación de la funcionaria de la embajada desaparecida, se encendió en Lorenzo la esperanza de regresar a su profesión, que siempre había quedado latente en él. En cambio, Isabel había visto tal opción como un desatino y trató por todos los medios de desalentarlo, para que no aceptara. Lorenzo comprendía la lógica del razonamiento de su mujer y era consciente de que transitaba por el ocaso de su vida, como ella se lo hacía notar. Cada mañana, cuando se miraba al espejo, veía más arrugas acumuladas en su rostro y menos cabellos, y comprobaba que sus ojos habían perdido la vivacidad de la juventud, pero en su fuero íntimo mantenía la firme esperanza de que su extraordinaria facultad para razonar y deducir, que siempre lo había destacado, todavía permaneciera guardada en las redes neuronales de su cerebro. Por eso decidió que todavía era capaz de superar un reto de ese tipo y aceptó el ofrecimiento, en contra de la opinión de su mujer.

Esa mañana Lorenzo se había levantado más temprano que de costumbre, había dormido muy poco. Dudaba acerca de si la audaz decisión que había tomado de aceptar el caso iba a repercutir demasiado en la estabilidad de su matrimonio, pero finalmente se convenció de que ella lo iba a comprender y todo iba a seguir como antes.

Tratando de no despertarla, bajó sigilosamente por la escalera, pisando suavemente con sus pies descalzos los quince escalones de madera, que crujían a cada uno de sus pasos. Sin pasar por el baño, como era su costumbre, se dirigió directo hacia la biblioteca y comenzó a retirar de la primera fila de la estantería los clásicos de la literatura universal, a los cuales había dedicado sus últimas lecturas, y los fue apilando sobre una mesita ratona de madera laqueada, que le había tocado en el reparto, luego del divorcio de su primer matrimonio. Al quitar esos libros, apareció en el fondo del anaquel la gran colección de novelas policiales que había ido recopilando a lo largo de los años y que a menudo releía cuando estaba en actividad. Las obras completas de Arthur Conan Doyle, con su célebre detective Sherlock Holmes, las novelas de Agatha Christie, Edgar Allan Poe y Raymond Chandler, entre otras muchas novelas policiales que acostumbraba a tener a mano en los primeros estantes de su biblioteca. Sacudió el polvo del tiempo acumulado en sus lomos, que fue a parar sobre el vidrio de la mesita, y comenzó a hojearlos. Le pareció retornar a tiempos pretéritos, en los que no pocas veces algunos ejemplos tomados de la ficción le habían sido útiles para encaminar casos que parecían imposibles de solucionar.

Luego de un almuerzo en el que Isabel se mostró muy poco comunicativa, Lorenzo se aprontó para salir. Se vistió de forma adecuada como para afrontar de la mejor manera la bochornosa jornada, con un pantalón liviano de lino beige, una camisa clara por afuera del pantalón, que disimulaba su prominente abdomen, y se calzó un sombrero panamá para protegerse del sol, al tiempo que le hacía un gesto a Isabel para indicarle que iba a salir.

—¿¡No me digas que vas a salir a estas horas!? ¡Vos estás loco! —le recriminó enérgica su mujer.

—Voy a la embajada de Israel, me están esperando. ¡No te hagas problemas, cariño, estoy bien protegido! —le contestó Lorenzo a la vez que se sacaba el sombrero con un gesto risueño y se lo mostraba a su mujer.

—¡No lo puedo creer! —manifestó la mujer indignada—. En lugar de salir a "investigar", deberías ir a la casa de tu padre y decidir de una vez por todas qué van a hacer con él. Ayer llamó Cata, dice que "el viejo" está cada vez más insoportable. Ahora le dio la manía de querer cocinar, y lo que termina haciendo son desastres, que ella después tiene que solucionar.

—¡Cata siempre exagera, a él siempre le gustó cocinar! —contestó de manera despreocupada.

—¡Sí, pero cocinaba en las comilonas con sus amigos hace años, y en la casa siempre cocinó tu madre! ¡Además, no te olvides que tiene noventa y cinco años!

—¡Y qué tiene que ver! El abuelo se murió con casi cien años y estaba impecable.

—A algunos les da el Alzhéimer, otros se ponen maniáticos, y otros tienen la suerte de transitar la vejez con bastante dignidad. No todos somos iguales, vos por ejemplo, con veinticinco años menos que él, estás con el delirio de volver a trabajar de detective.

—Querida, ya discutimos bastante este asunto, y no quiero volver a hacerlo. Ya tomé una decisión y quiero cumplir con la palabra que le prometí a mi cliente, y también te prometí a ti que esta es la última vez—dijo Lorenzo con una voz más grave y poniéndose serio.

Al escuchar esta última frase de su marido, Isabel muy seria esbozó un gesto de incredulidad y movió su cabeza de un lado a otro mientras se daba media vuelta para continuar con sus tareas.

El veterano detective dejó a su mujer, que quedó mascullando algunas frases cuyo contenido prefirió no enterarse, y se lanzó a la calle desafiando las altas temperaturas, con las mismas expectativas de otros tiempos cuando iniciaba un nuevo trabajo. Iba caminando colmado de incertidumbre y de desafíos, con sus glándulas suprarrenales dispuestas a inundar su torrente sanguíneo con la suficiente adrenalina que siempre había necesitado en los momentos cruciales de las investigaciones, algo que había extrañado durante todo ese largo tiempo de inactividad.

Capítulo XXVII. El detective en la embajada

Muy poca gente iba en el viejo ómnibus Leyland de recorrido urbano, cuando Lorenzo descendió en el Boulevard Artigas, a escasas cuadras de la embajada de Israel. Montevideo era un horno, los pocos transeúntes que circulaban por las calles a esas horas disparaban de los poderosos rayos del sol que caían implacables sobre el pavimento ciudadano. El veterano detective se desplazaba hacia la delegación diplomática refugiándose de tanto en tanto en las sombras que proyectaban los árboles del boulevard, al tiempo que ordenaba sus pensamientos buscando la mejor forma de iniciar su tarea en la embajada, un lugar que nunca le había tocado visitar en todos sus largos años como investigador. Mientras caminaba, sentía de vez en cuando la recriminación de Isabel retumbando con fuerza en su cabeza, "¡Tenés que ir a la casa de tu padre"! ¡Cada día está más complicado!". Hacía más de veinte días que no iba por su casa y sabía que muy pronto él y su hermana iban a tener que tomar una decisión. En diciembre del año pasado, cuando su hermana Cata y su sobrino habían ido a pasar unos días a la casa de unos amigos en Buenos Aires, había tenido una experiencia desagradable con su padre. En pocos días de convivencia con él, había podido comprobar que era imposible que su hermana continuara ocupándose de su cuidado. Don Ramiro tenía períodos de amnesia, no reconocía a la gente, incluso al mismo Lorenzo lo reconocía sólo de a ratos. En un descuido, había dejado la llave de puerta puesta, y su padre se había escapado a la calle casi desnudo. ¡De milagro no lo había matado un auto! Se pasaba el día protestando y peleando con quien estuviera cerca. La casa era un infierno.

—¡Ustedes..., vos y tu hermana son unos inservibles! ¡Ni siquiera nietos me dieron!—vociferaba el viejo.

—¡Pero papá, Esteban es tu nieto...!

—¡Ese bastardo de tu hermana al que no se le conoce padre..., ese no es mi nieto! El viernes lo encontré en mi cuarto revisando todas mis cosas. ¡El muy sinvergüenza me estaba robando! ¡Lo vi salir con plata!

—Con la plata que vos mismo le dejás sobre la mesita de luz para ir al kiosco y hacerte las jugada a la quiniela de todos los viernes. ¿No te acordás? La que hiciste toda la vida, "el ochocientos doce a la cabeza cien pesos".

—¿Y vos, que te casaste dos veces, porqué no tuviste hijos? ¿Sos impotente, o tus mujeres son estériles? —seguía gritando don Ramiro.

—¡Por favor, papá, no empieces con esas cosas!

—¡Pensar que fui yo quien que te conseguí ese trabajo que muchos envidiaban y que vos nunca valoraste! ¡Yo me maté militando con el doctor Tróccoli durante años para que vos después renunciaras!

Los años de actividad laboral de Lorenzo habían sido una mezcla entre la grisura y la mediocridad de su empleo público en el Correo Nacional, y las aventuras y la adrenalina que implicaba ser investigador privado. Dos etilos de vida contradictorios que había tenido que sobrellevar durante algún tiempo. Una le proporcionaba el seguro sustento diario, mientras la otra le daba el bienestar espiritual de una vocación concretada. Para su felicidad, llegó un momento en que su gran talento y su sagacidad le permitieron vivir de su vocación, pudo desprenderse del lastre que significaba su burocrático empleo y renunció, cosa que su padre nunca le perdonó.

Así como el viejo tenía momentos de lucidez y descargaba toda su furia y reproches contra su hijo, había momentos en que no lo conocía.

—¿Quién sos vos? ¡Andate de esta casa! —gritaba a toda voz—. ¡Policía, me quieren robar!

Lorenzo se había independizado de sus padres desde muy joven, en cambio, su hermana se había quedado en su casa soportado todos los años en que su madre había estado enferma postrada en la cama, y luego de que murió, le había tocado vivir la peor parte del decadente envejecimiento de su padre. Cata creía que ella podía dominar la situación y tenía esperanzas de que el estado de su padre se revirtiera en algún momento, no aceptaba que era una afección crónica y progresiva. Lorenzo la veía cada vez más exhausta y desbordada, con la vida que llevaba. Estaba convencido de que la única solución era internar a su padre en una residencia para ancianos, pero eso tendría un costo que solo él tendría que afrontar, porque la pobre Cata apenas cobraba una miserable pensión. Ese tema rondaba permanentemente en su cabeza, pero nunca se decidía a encararlo definitivamente. Si bien sus recursos económicos eran suficientes para el estilo de vida que llevaba junto a Isabel, una erogación extra significaría un desequilibrio en sus finanzas, que tendría que estar dispuesto a enfrentar. Pero no era solamente el dinero lo que lo inquietaba: cuando veía a su padre en ese estado, pensaba que él mismo ya estaba pisando los setenta años, y su futuro podría ser parecido. En las mañanas, cuando se afeitaba y se miraba al espejo, cada día se veía más parecido a su progenitor, y eso lo aterraba, pero confiaba en que su intelecto todavía se conservaba intacto y quería demostrárselo a sí mismo, poniendo todo su empeño en resolver el caso que tenía por delante.

En la embajada, la joven secretaria Edith ya tenía todo dispuesto para su visita, y si bien todos estaban avisados y dispuestos para la llegada de Cannizzaro, en el ambiente reinaba cierto clima de nerviosismo por la presencia del detective. La visita de un investigador privado constituía un hecho inédito en la sede diplomática.

Lorenzo había estado informándose acerca de los datos básicos del joven Estado de Israel: su población era de algo más de un millón de habitantes, la histórica Jerusalén era su capital, se trataba de un país con pocos años de existencia (tan solo diecisiete años). Un país que prácticamente desde su origen se encontraba en una situación de inestabilidad política permanente, debido al conflicto bélico que mantenía con los países árabes vecinos, que habían rechazado desde el principio la instalación del nuevo Estado de Israel en territorios que consideraban propios.

Al llegar a la puerta de la embajada, de inmediato un guardia armado se le aproximó y desde el lado interno, sin abrir el portón, procedió a interrogarlo y a solicitarle la documentación. El guardia de seguridad ya estaba advertido de la presencia de Lorenzo y cuando comprobó que se trataba del detective que esperaban ese día, abrió el pesado portón de hierro y le permitió el paso.

Lorenzo se desplazó junto al guardia por un camino interno bordeado de césped cuidadosamente podado hacia puerta de la residencia, donde la atractiva y blonda secretaria Edith lo esperaba con una sonrisa en sus labios. Mientras caminaba hacia ella y apreciaba su esbelta figura empinada en unos finísimos tacos altos que estilizaban su figura, iba comprobando cómo aquella simpática adolescente que había conocido tiempo atrás, se había transformado en una bella y seductora mujer. El tiempo no había pasado solamente para él.

—¡Bienvenido, detective Cannizzaro! Pase y sígame por favor.

—Gracias —dijo Lorenzo, al tiempo que se quitaba el sombrero y el guardia que lo acompañaba daba media vuelta y regresaba a su puesto.

La lujosa mansión, que había sido residencia particular de un destacado ministro de otros tiempos, contaba con un amplio *hall* y una gran escalinata central que llevaba a la planta superior, donde se encontraba, entre las múltiples habitaciones de ese piso, el despacho del embajador. En las paredes de la estupenda casona se exhibían reproducciones pictóricas de distintas obras de arte. La planta inferior parecía estar dedicada a los pintores impresionistas: Monet, Renoir, Cézanne y Manet entre otros. Allí Lorenzo pudo distinguir varias obras que había visto personalmente en su visita al Museo de Orsay de París junto con Isabel, en el viaje que habían hecho a Europa en su luna de miel. De pronto Lorenzo se detuvo bruscamente frente al *Baile en el Moulin de la Galette*, de Pierre-Auguste Renoir, y la secretaria también detuvo sus pasos, para esperar que Lorenzo culminara su atenta visión y admiración de la estupenda obra maestra. Isabel, que era una experta en el arte pictórico, le había enseñado a comprender y a admirar en detalle aquella obra, den la que se destacaban las claras señales de la técnica impresionista, con el predominio del color a base de pinceladas sueltas, se destacaba el interés del pintor por captar la luz filtrada a través de los árboles, que se proyectaba sobre los hombres y las mujeres, que se encontraban charlando unos y bailando otros, en una fiesta del barrio de Montmartre, uno de los más famosos y bohemios de París.

—¡Me quedaría largo rato admirándola!—dijo Lorenzo extasiado.

—No es para menos, es una de las más afamadas pinturas del arte impresionista, y como ve, tiene un lugar destacado en la sala de nuestra embajada.

—Perdone que le hice esperar, Edith, nosotros estamos aquí por otra cosa—dijo mientras continuaba con la marcha en dirección del despacho del embajador, hacia donde se dirigían.

—No hay inconveniente —contestó Edith amablemente y luego agregó—. Está invitado junto a su esposa a visitarnos cuando desee, para deleitarse con nuestra colección de pinturas.

En la mencionada planta inferior se desarrollaba la mayor parte de la residencia, donde varias habitaciones se habían transformado en confortables oficinas que comunicaban con un ancho y luminoso corredor, que se proyectaba sobre el ala derecha de la finca. En ese lugar, donde también había magníficas reproducciones pictóricas adornando sus paredes, ejercían sus funciones los empleados de la delegación diplomática.

—Ese escritorio vacío que ve ahí es el lugar de trabajo de la funcionaria Socoloff—dijo Edith al pasar frente a las oficinas, y luego agregó—. Debe ser vecina suya, porque vive en el Barrio Sur, como usted.

—Yo vivo en el barrio Palermo, a una cuadra de la calle Ejido, que es el límite entre los dos barrios.

—Bueno, más o menos.

—¿Se acuerda de su dirección?

—Es en la calle Gonzalo Ramírez, pero no recuerdo el número. Luego le confirmo, porque está en su ficha.

Lorenzo sacó una libretita negra y anotó.

Siguieron transitando por la gran casona y subieron la gran escalinata para dirigirse hasta el despacho del embajador.

—Esta debe ser su oficina, Edith —dijo Lorenzo muy seguro, al pasar frente a una amplia habitación que se encontraba con la puerta abierta.

—¡Así es! ¿Cómo pudo darse cuenta de que era la mía?

—Recuerde que esas "virtudes" son parte de mi profesión. Aunque hace unos años que no la practico, todavía conservo algunas cosas firmes en mi cabeza —y continuó—. Muy fácil, el saco de *cashmere* que veo colgado en la silla del escritorio es de la misma fibra y tiene el mismo diseño que el buzo que usted lleva puesto.

—Es evidente que ustedes, los detectives, tienen más poder de observación. Ponen más atención en los pequeños detalles, que para nosotros resultan insignificantes.

—Y está claro que la oficina que da al frente es la del embajador —dijo con seguridad Lorenzo.

—Bueno, ya veo que sabe dónde están las cosas, creo que no me va a necesitar más como guía.

—¡No es para tanto! Por ejemplo, no sé de quién es esta habitación cerrada que hay frente a su oficina—dijo Lorenzo, mientras se paraba frente a una puerta cerrada.

—¡Ah…!, ese es el despacho de coronel Jabub Raznovich.

—¿Quién es ese coronel?

—Es el agregado militar de la embajada, está un tiempo acá y otro en las embajadas de Brasil y Argentina, donde tiene un cargo similar. Casualmente en este momento se encuentra en Brasil, por eso me olvidé de anotarlo en la lista que le proporcioné el otro día.

Lorenzo quedó pensativo y con la mirada perdida, acariciándose su grueso bigote.

—¿Puedo dar un vistazo adentro?

—Por supuesto —contestó Edith mientras buscaba en un manojo de llaves la que correspondía a la oficina del coronel—. Pase, tómese el tiempo que quiera—dijo la atractiva secretaria al tiempo que abría la puerta.

Se asomó y solo dio un paso dentro de la oficina del coronel. Observó el escritorio y no vio nada en particular al igual que en el resto del despacho.

—¿Ese hombre alto que está en la foto es el coronel? —preguntó el detective cuando distinguió en varios retratos colgados en la pared la figura repetida de un sujeto delgado, de uniforme y de elevada estatura, que sobresalía de los demás.

—Sí, allí está con Moshé Dayán y otros oficiales en la guerra de independencia y en esa otra foto está con varios compañeros del Ministerio. El coronel Raznovich es considerado un héroe de guerra y tiene muchos amigos en el gobierno —comentó Edith y luego continuó—. En aquella está más joven, cuando ingresó a la academia militar...

—¡Es muy alto el coronel! Siempre se destaca en todos los retratos por su estatura.

—¡Uff... debe de medir cerca de dos metros! —dijo Edith al tiempo que elevaba uno de sus brazos intentando demostrar con un gesto la altura del coronel.

El detective hizo una larga pausa de unos segundos y luego le preguntó a la secretaria como al descuido:

—¿El coronel está enterado de la desaparición de la funcionaria Aleska Socoloff?

—Bueno... no sabría decirle si el embajador le informó al respecto, porque fue justamente él quien la recomendó para trabajar en la embajada.

—¿Así que fue el coronel quien la recomendó?

—Sí... él es una persona muy reconocida dentro del Ministerio, conoce a la mayoría de los jerarcas, y por lo poco que sé, parece que la conoció en uno de sus viajes al Brasil.

Lorenzo hizo una pausa recostado en uno de los marcos de la puerta, mientras Edith lo observaba atentamente.

—Perdone, Edith, continuemos, que el embajador debe de estar esperando nuestra visita.

Avanzaron unos metros hacia el despacho del embajador, que efectivamente los estaba esperando parado frente al gran ventanal de su oficina tomando un café.

—¡Adelante, adelante!

Al ingresar al despacho del jerarca, de inmediato Lorenzo dirigió su mirada hacia dos reproducciones pictóricas que se encontraban sobre una de las paredes de la oficina: *La Primavera* y el *Nacimiento de Venus*.

—Buenos días, señor Cannizzaro, pase y tome asiento, por favor. ¡Parece que lo impresiona Sandro Botticelli! —dijo el embajador apenas el detective ingresó a su despacho y notó que su vista se dirigía hacia los cuadros.

—Buenos días, señor. La verdad no dejo de sorprenderme por la gran cantidad de obras de arte que tienen ustedes. Me encanta la pintura renacentista, principalmente de artistas italianos, y mi preferido es sin duda Botticelli. Por otra parte, me trae lindos recuerdos de cuando estuve admirándolos en la Galería Uffizi de Florencia.

—¡Un lugar incomparable! ¿Gusta un café?

—No, muchas gracias.

—Quédese con nosotros, si lo desea, Edith, aunque seguramente no vamos a hablar precisamente de arte con el señor Cannizzaro—dijo el diplomático en tono jocoso en el momento que la secretaria se retiraba del despacho—. No creo que el señor detective tenga inconvenientes si se queda.

—Por supuesto. No hay problemas—manifestó Lorenzo parcamente.

—Perdón, señor, pero tengo algunas tareas impostergables que hacer en mi oficina, así que si me lo permite, prefiero retirarme. Estoy a disposición cuando ustedes lo dispongan.

Luego de que Edith se retiró, los dos hombres quedaron solos sentados frente a frente, Yeshayahu Anug, con sus característicos cabellos revueltos, como si esa mañana se hubiera peleado con el peine, se sirvió una nueva taza de café, y Lorenzo se sentó frente a él con rostro inexpresivo y su sombrero apoyado sobre sus rodillas.

—Qué suerte que aceptó trabajar con nosotros, pese a estar retirado. ¿Le costó mucho decidirse?

—Por ahora me está costando algunas dificultades en mi matrimonio. A mi esposa no le gustó nada que retomara mis actividades.

—¡Lo siento mucho! Espero pueda solucionar pronto ese tema.

—Gracias, embajador, pero no quiero hacerle perder su valioso tiempo para hablar de mis problemas personales, y me gustaría ir directamente al asunto que me trae por acá. ¿Qué conocimiento personal tiene usted de la señorita Aleska Socoloff?

—¡Pensé que íbamos a seguir conversando de arte un rato más! —dijo en tono divertido el embajador, pero luego agregó—. Pero veo que usted va directamente al asunto, y eso está muy bien. La verdad es que con dicha funcionaria tuve muy poco contacto, diría que el mínimo indispensable.

—Es extraño que siendo su jefe y tratándose de un plantel de trabajadores tan escaso, no tengan entre ustedes una vinculación más estrecha. Si mi información es correcta, son unos ocho o nueve empleados, nada más.

—Los funcionarios administrativos son exactamente nueve. Desde que ocupo mi puesto, me limito al contacto imprescindible que puede existir entre un funcionario y un jerarca. La relación más estrecha que tengo en mi actividad diaria es con la secretaria, que es la que se encarga del manejo cotidiano y es la que se entiende con los empleados.

—Tenía un concepto equivocado, pensaba que conocía a cada uno de los funcionarios.

—¡No está tan equivocado, detective, los conozco! Pero como le comenté anteriormente, es Edith la que tiene contacto más estrecho con ellos ya que es su jefa directa y la encargada de vigilar que cumplan correctamente sus tareas.

—¿Cuándo se dieron cuenta de que la funcionaria había desaparecido? —insistió Lorenzo sin hacer referencia a los comentarios del embajador.

—Hace unos pocos días, revisando los legajos de los funcionarios, descubrí que el de Aleska Socoloff prácticamente estaba vacío, lo cual me llamó la atención y consulté con la secretaria.

—¿Usted cuánto tiempo hace que está al frente de esta embajada, señor?

—Unos diecisiete meses.

—¡Más de un año! —dijo Lorenzo acariciándose el bigote.

— ¡Bueno, creo que diecisiete meses son más de un año! ¿No? —dijo en tono sarcástico el embajador.

—¡Ya lo creo! ¡Bastante tiempo!—contestó Lorenzo con un rostro no menos sarcástico.

"¡Y recién se dio cuenta a los diecisiete meses que había irregularidades!", pensó. La mirada iracunda de Anug sobre el detective detectaba que le estaba leyendo el pensamiento.

—Usted dice que cuando se dio cuenta de la situación anormal, consultó con la secretaria. ¿Qué le dijo ella? ¿Conocía esa situación anormal?

—Claro que la conocía, pero pensó que la mujer era una funcionaria "especial".

—¿Una "funcionaria especial"? ¿Pero existen ese tipo de funcionarios?

—¡Por supuesto que no! —contestó Anug mientras se empinaba la última parte del contenido de su taza de café, bastante molesto con las preguntas del detective.

—¿Y cuál fue su argumento?

—Creo que lo mejor sería que se lo pregunte a ella. Está en la oficina contigua —contestó de mala gana el jerarca y se volvió a rascar la cabeza enredando aún más su cabellera.

El diálogo comenzó a hacerse tenso, y de acuerdo con su experiencia, cuando una conversación comenzaba a tornarse áspera, era seguro que no se iba por buen camino, y lo mejor era virar el rumbo ciento ochenta grados.

Por otro lado, se dio cuenta de que había sido demasiado punzante con sus preguntas y en principio no era lo que había pretendido hacer. Y pensó: "Estaré perdiendo mi capacidad para los interrogatorios. ¿Esta será una señal de que ya no soy el mismo? Debo ser más cauteloso con mis interrogatorios si quiero sacar mejores resultados".

—Si me permite, iré con Edith para que me contacte con los funcionarios y comenzar la investigación—dijo Lorenzo, concluyendo la conversación con Anug.

—Por supuesto. Lo contratamos para eso —contestó el diplomático de forma seca y se dirigió a la ventana dándole la espalda.

Luego de la tensa charla con el embajador, que no le aclaró demasiado el panorama, Lorenzo se dirigió al despacho de Edith.

—Adelante, inspector, tome asiento.

—Gracias, Edith, pero ya me retiro—dijo con su sombrero en la mano y sin sentarse—. Solo quería preguntarle si no hay inconvenientes en que regrese mañana para continuar con la investigación.

—Creí que hoy iba a interrogar a los funcionarios.

—Creo que va a ser mejor empezar mañana. Si no hay inconvenientes.

—No, por supuesto. Venga cuando quiera, pero si lo hace en horas del mediodía, su trabajo se va a ver facilitado ya que los va a encontrar a todos juntos en el comedor.

—Mi intención es interrogar a todos los funcionarios de la embajada —y luego agregó—. ¡Incluida usted!—frente a aquella afirmación, Edith lo miró con ojos de sorpresa—. ¿Acaso usted no es también funcionaria?

Capítulo XXVIII. Interrogatorios

Al día siguiente, en horas del mediodía, Lorenzo regresó a la embajada.

Ingresó a la finca acompañado por uno de los guardias, que esta vez lo reconoció de inmediato y lo acompañó hasta la puerta de entrada de la casona.

—¿Y, detective?, ¿se sabe algo de la señorita Aleska? —preguntó el guardia.

—Recién estamos comenzando con la investigación—contestó Lorenzo, y le preguntó—. ¿Cuándo fue la última vez que la vio?

—Bueno. . .creo que ya hace algo más de veinte días, pero no estoy muy seguro.

—Y ese día, que supuestamente la vio por última vez, ¿iba sola o acompañada?

—Ella siempre andaba sola —contestó el guardia, y luego, como recordando, dijo—. Solo unas dos o tres veces la vi irse con el coronel Raznovich, el resto de los días iba y venía siempre sola. ¿Lo acompaño hasta la puerta, detective?

—Muchas gracias, ya conozco el camino —contestó y se dirigió directo a la oficina de Edith.

—¿Llegué a buena hora? —preguntó el detective a la secretaria, que lo estaba esperando en su escritorio con la puerta abierta y rodeada de carpetas y de papeles.

—Perfecto. Tome asiento, que arreglo unos documentos y lo acompaño hasta el comedor. A esta hora con seguridad los funcionarios ya están finalizando su almuerzo.

Descendieron por la amplia escalinata y se dirigieron hacia el comedor en el ala derecha de la coqueta casona del siglo XIX. Al pasar frente a la cocina, Lorenzo pudo distinguir por medio de una puerta abierta que daba al patio exterior un amplio y enjardinado parque, que se extendía a los lados de la finca. Lindando con el terreno vecino en el fondo, había un galpón, que más tarde supo servía para depósito de herramientas de jardinería, además de oficiar de taller para arreglos de mantenimiento de la casa.

Los funcionarios de la embajada ya habían culminado su almuerzo y se encontraban de sobremesa, tomando un té o un café, esperando la anunciada visita del detective que los iba a interrogar respecto a la desaparición de Aleska Socoloff. Flotaba una sensación extraña, muy lejos del ambiente bullicioso que en general reinaba a esas horas en el comedor. Acompañado por Edith, apareció Lorenzo con paso cansino y rostro distendido, charlando amenamente con la secretaria sobre lo hermosa y amplia que era aquella mansión y lo bien conservada que estaba, pese a los años de construcción. La idea de ir conversando de manera casi despreocupada sobre cosas banales, contrastando con el delicado tema que iba a abordar en unos instantes, no era algo casual. Sus dilatados años de experiencia le habían enseñado que en los momentos previos a la realización de los interrogatorios sobre hechos policiales existía un ambiente de tensión y nerviosismo que había que procurar distender previamente, para ir ganando confianza y sacar el máximo provecho del procedimiento.

Cuando ingresaron al comedor, Lorenzo saludó amablemente con la mano a cada uno de los funcionarios, al tiempo que la secretaria los iba presentando por su nombre.

—Acá le dejo un café, detective—dijo un mozo que servía en el comedor.

—Bueno, esta vez voy a aceptar, porque ya está servido, pero por favor que no se entere el embajador. Ayer en su despacho me quiso invitar con uno, y yo no acepté—dijo con una sonrisa en tono de broma.

—No sé cómo tiene pensado realizar el interrogatorio—dijo Edith en voz alta—. Puede ser aquí mismo, o si prefiere hacerlo uno a uno, en mi oficina.

—¡Estimados, en primera instancia quiero dejar claro lo siguiente!—dijo en voz alta Lorenzo para todos los presentes, sin contestarle directamente a Edith—, ¡No me gustaría llamarlo "interrogatorio"!Solamente va a ser una charla amena y amistosa con ustedes para que me orienten con respecto a este tema que ustedes ya conocen. Mi intención es conversar acá mismo donde estamos, y entre todos. ¿Les parece bien?—todos asintieron con sus cabezas, y agregó—. ¿Puedo sentarme mientras tomo el café que tan amablemente me sirvieron?

—¡Claro! —dijeron casi al unísono los funcionarios, y algunos que estaban más dispersos se acercaron con sus sillas a una rueda que se formó en torno de la mesa donde se encontraba el detective Cannizzaro.

—Yo estoy arriba ocupada con mi tarea. Cuando termine, me avisa —dijo Edith mientras salía del recinto.

—Vaya tranquila, que yo me quedo por acá conversando con esta gente.

—¡Ustedes sí que son unos empleados privilegiados! —comenzó diciendo frente a la mirada sorprendida de los funcionarios—. ¡Trabajar en este lugar hermoso, lleno de luz y rodeados de obras de arte!—dijo siguiendo con su táctica de distención, y continuó con un tono de lamento—. A mí siempre me tocó trabajar en oficinas pequeñas, oscuras y sin ningún atractivo especial. Allí pasaba las horas tratando de anudar los cabos sueltos de alguna investigación, pero siempre observando a mi frente las grises y húmedas paredes de mi humilde despacho de la Ciudad Vieja. Me sucedía lo mismo también en mi otro trabajo en el Correo, donde trabajé unos cuantos años, en una oficina sin ventanas, clasificando cartas, sobre un viejo y destartalado escritorio—y luego agregó con entusiasmo—. ¡Son espectaculares esas obras de arte que están distribuidas por todas las paredes! ¿No les parece? ¡Me pasaría todo el tiempo admirándolas! —todos hicieron un gesto afirmativo con sus cabezas.

Se hizo una pequeña pausa mientras Lorenzo tomaba un sorbo de café.

—¡Está bastante caliente! Lo voy a dejar enfriar un poquito, total no hay mucho apuro, ¿verdad? Esto es una especie de recreo que tienen. Todos esbozaron una sonrisa.

—¡Pero si nos demoramos mucho, nos va a quedar trabajo atrasado!—se atrevió a decir una de las mujeres que estaba más atrás, siguiendo la broma.

—¡No te hagas problemas! ¡Le decimos a Edith que para terminarlo, nos paguen horas extras!—le contestó uno de los hombres, y todos rieron.

Cuando Lorenzo comprobó que había logrado lo que se había propuesto desde un inicio, aflojar el ambiente y que entraran en confianza, se decidió a abordar directamente el tema en cuestión:

— ¿Alguno de ustedes es amigo de Aleska Socoloff?

Luego de la pregunta, se hizo silencio, y los presentes se miraron unos a otros esperando que alguien tomara la palabra.

—Creo que ninguno de nosotros se puede considerar su amigo —se atrevió a decir la que por su aspecto parecía la mayor de las mujeres presentes.

—¿Podría concluir, entonces, de que se trata de una persona poco amistosa? —repreguntó el detective.

—Es bastante callada y reservada, y a nuestras reuniones de camaradería nunca concurre —contestó la misma mujer.

—¡Ni tampoco concurrió a la fiesta el pasado catorce de mayo! —dijo otra de las mujeres.

—¿Fiesta del catorce de mayo? —preguntó Lorenzo sorprendido.

—La fiesta que se hace todos los años celebrando la creación del Estado de Israel—contestó la misma mujer.

—¡Ella se entiende muy bien con el coronel Raznovich...!— intervino uno de los hombres, y agregó—. Cuando el coronel se encuentra en la embajada, ella pasa mucho tiempo en su despacho de la planta alta.

—¿Usted diría que hay algo más que una relación laboral entre ellos?—preguntó Lorenzo.

—Bueno...Yo no me atrevería a afirmarlo, pero...—dijo el hombre al tiempo que miraba a sus compañeros como buscando apoyo.

Cuando Lorenzo vio que nadie del grupo apoyaba los dichos del hombre, no quiso insistir más sobre el asunto, para no aumentar tensiones y entorpecer el clima que se había creado en la reunión. Si era necesario, más adelante tendría tiempo de indagar ese tema mano a mano con cada uno de los funcionarios. Y tomó otro camino en su interrogatorio.

—¿Y en estos últimos días, a ninguno de ustedes le llamó la atención que Aleska no concurriera al trabajo por tanto tiempo?

—Cuando había pasado más o menos una semana, yo se lo comenté a Edith, pero ella no le dio demasiada importancia al asunto y me dijo que se lo iba a trasmitir al embajador —contestó la que se había presentado como Ana Schwartzman.

—¿Y sabe si Edith finalmente se lo comentó al embajador?

—No tengo idea.

—A mí no me llamó la atención, porque ella acostumbra a faltar seguido al trabajo—dijo un joven morocho y bien parecido sentado en la segunda fila.

—¡Parece que la señorita se enferma muy seguido! —dijo Lorenzo de forma irónica.

—No lo creo. En alguna de esas oportunidades que faltó, me la encontré paseando en el Parque Rodó. —respondió el mismo joven, y luego por la expresión de su rostro pareció arrepentirse de su contestación.

—¿Usted va seguido a pasear por allí? —lo encaró directamente Lorenzo.

—Paso... paso casi todos los días por allí porque queda de camino a mi casa—contestó el joven frotando nerviosamente sus finos y recortados bigotes.

—¡Aunque ese es el camino más largo! —comentó otra de las mujeres burlonamente en voz baja, pero que todos escucharon. A continuación se hizo un profundo silencio de unos segundos en el que todos miraron al joven aludido esperando alguna respuesta, que nunca llegó.

Más adelante el detective llegó a comprender aquella salida inesperada de la muchacha. Ambos jóvenes, Leticia Corbalán y Mauro Ísola, habían sido pareja, pero hacía un tiempo que habían roto relaciones.

—Y en esas ocasiones en que vio a la señorita Aleska en el Parque Rodó, ¿alguna vez intercambiaron alguna palabra?—insistió el detective dirigiéndose a Mauro Ísola.

—Bueno...en dos... o tres ocasiones, hablamos de cosas banales: del tiempo, del trabajo, etcétera, pero nada trascendente—y cuando terminó la frase, observó discretamente a Leticia, que le lanzaba furibundas miradas, mientras él seguía tocándose los bigotes.

—¿Y nada más? —insistió Cannizzaro

—Nada más... nada más.

—¿Siempre andaba sola por el parque?

—Bueno... últimamente la veía con un hombre.

—¿Usted conoce a ese hombre?

—¡No sé...! ¡No estoy seguro... y no me importa! —contestó Mauro bastante molesto.

—¡Mauro y todos nosotros sabemos muy bien quién es ese hombre, detective! —dijo en voz alta y muy decidida la funcionaria Ana Schwartzman, cosa que sorprendió a todos los presentes por la contundencia de la afirmación—. ¡Es el licenciado Montero!—agregó enfáticamente antes de que el detective le preguntara de quién se trataba—. ¡En los últimos tiempos todos nosotros lo hemos visto a pocas cuadras de la embajada esperándola! ¿O miento? —terminó diciendo la funcionaria, al tiempo que miraba a todos sus compañeros, que hicieron un leve movimiento de cabeza afirmativo, corroborando lo que Ana manifestaba.

—¿Se puede saber quién es ese licenciado Montero? —preguntó Lorenzo intrigado.

—El ex prometido de la secretaria Edith —dijeron casi al unísono varios de los reunidos.

Luego de esa respuesta, Cannizzaro quedó pensativo, mientras en la sala todos quedaron en un tenso silencio de unos segundos que pareció no terminaba más, hasta que Leticia manifestó:

—¡¿Mauro, porqué no le cuentas al detective cuando la acompañabas a su casa?! —dijo la joven lanzando otra mirada punzante a su ex novio mientras éste abría sus ojos como dos platos y quedaba pálido.

Aquel comentario de la joven se pareció más a un saldo de cuentas que le estaba pasando a su ex, que un interés por aportar información sobre el caso. Lorenzo lo entendió así y aprovechó el momento para seguir indagando por ese camino.

—¿Es verdad eso? —le preguntó Lorenzo al joven Mauro.

—Bueno. . .fue solo un día...

—¡Un solo día! —comentó Leticia con sorna.

—¿Cuándo fue eso?

—Hará un par de meses, no recuerdo muy bien.

—¿Esa vez se acercó a ella porque iba sola?

—Sí, esa vez iba sola. Y como me quedaba de paso, la acompañé hasta la puerta de su casa—manifestó Mauro, mientras sentía la mirada de Leticia clavada en su humanidad como un dardo venenoso.

—¿Y no notó algo extraño en ella?

—Bueno... solamente parecía algo intranquila... pero nada más.

—¿Y ella no le manifestó nada?

—Nada.

—¿Y cuándo la volvió a ver?

—Hace varios días que no la veo. ¡Pero yo no tengo nada que ver...con su desaparición! —dijo Mauro levantándose de su asiento exaltado y mostrando un rostro de inocencia, mientras sus otros compañeros lo miraban y Leticia hacía un gesto de incredulidad.

Lorenzo acarició su espeso bigote, dirigió su mirada hacia el suelo e hizo una larga pausa pensando si era prudente insistir más a fondo con el interrogatorio de Ísola, pero por el momento desistió de hacerlo por temor a que el muchacho se sintiera acorralado y comenzara a ocultar valiosa información.

Acto seguido dirigió su mirada hacia otra mujer de mediana edad de pelo bien corto, llamada Marcia Morosoli, que hasta el momento no había abierto la boca para intervenir.

—¿Y a usted, señorita, Aleska no le comentó algo fuera de lo común los días previos a su desaparición?

—¡¿A mí?! ¿Porqué me tendría que comentar algo a mí? —preguntó sorprendida Marcia.

—Bueno... usted tenía más relación con ella, ¿no es cierto?

—¡No sé porqué usted dice eso!

—¿Acaso usted no trabaja en el escritorio de al lado de Aleska? ¿No me diga que siendo la compañera más cercana, nunca tuvieron conversaciones de asuntos extra laborales entre ustedes?

Pese al tiempo transcurrido, Lorenzo todavía conservaba intacto su poder de observación, poniendo especial interés en pequeños detalles que podían pasar desapercibidos para la gente común. Le había bastado un rápido vistazo al pasar frente a las oficinas en momentos que se encontraban los funcionarios trabajando, para darse cuenta de que el escritorio vacío de Aleska se encontraba al lado de la única funcionaria de pelo corto, que era justamente Marcia Morosoli.

—Bueno… sí. Aunque ella no es de hablar mucho —contestó la mujer, pero luego de unos segundos de silencio continuó—. Últimamente no la veía muy bien y a cada rato se tocaba una extraña medalla colgada en su cuello.

—¿Una extraña medalla?

—Es una medalla que tiene grabada una estrella de cinco puntas con letras, números y signos raros. Ella comentaba que es un talismán con poderes mágicos que la protegían de las influencias negativas. Yo últimamente la veía muy nerviosa y un día me manifestó que estaba siendo acosada laboralmente.

—¡¡Acosada laboralmente!! ¿Por quién?

—Bueno…No sé si hago bien en decirlo... pero ella decía que la secretaria la perseguía.

— ¡¿Edith?! —preguntó Lorenzo incrédulo.

—Decía que era más exigente con ella que con el resto de los compañeros y que la controlaba de cerca, esperando que cometiera un error.

—¿Cuál sería la razón por la que Edith actuaba de esa manera?

—Según la versión de Aleska, era por celos, porque decía que ella le había quitado el novio.

Luego de culminada la reunión con el personal de la embajada, Lorenzo les agradeció el tiempo dispensado y les manifestó que si les había quedado algún dato importante, que quisieran contarle personalmente, no dudaran en contactarse con él. Y acto seguido repartió a cada uno de los funcionarios su tarjeta personal.

El veterano detective se despidió amablemente y se retiró de la embajada sin pasar por el despacho de Edith.

Capítulo XXIX. El número del diablo

En la penumbra de su dormitorio, Lorenzo miraba una y otra vez el reloj luminoso sobre la cómoda, le parecía que la hora no pasaba más. Las sábanas arrugadas y desprendidas del colchón denunciaban las innumerables vueltas que había dado en la cama. De manera inconsciente estiró la mano hacia el otro lado, tratando de tocar a Isabel, pero no estaba. Después de las fuertes controversias que había mantenido con Lorenzo, Isabel había aceptado finalmente la invitación que muchas veces le habían hecho sus viejos tíos del interior, para pasar una temporada junto a ellos en su casa de campo. Lorenzo tenía claro que su mujer había quedado muy disgustada con su decisión, y la forma que ella había encontrado para demostrárselo había sido ausentándose de su casa. Algo que lamentaba y sentía profundamente, no había podido dominar el fuerte amor propio que lo había impulsado a aceptar el reto de revivir su pasado, pero que ponía en riesgo, su larga y estable relación matrimonial.

Ya exhausto de tantas vueltas, se acomodó en la cama boca arriba, esperando que los primeros rayos del sol se colaran por la ventana anunciando un nuevo día, al tiempo que meditaba sobre los próximos pasos a dar en su investigación.

En el interrogatorio con los funcionarios de la embajada, habían surgido algunos caminos posibles por donde continuar. Uno de ellos era averiguar quién era realmente el tal licenciado Montero, que había aparecido como un nuevo personaje en la historia y al que llamativamente Edith nunca había mencionado. En cuanto al funcionario de la embajada Mauro Ísola, era imperioso que le realizara un nuevo y más exhaustivo interrogatorio, debido a la relación extra laboral que había mantenido con Aleska. Lorenzo sospechaba, al igual que su ex novia Leticia, que esa relación había sido más estrecha, que lo que había manifestado el joven. También había surgido un elemento nuevo e inesperado, la mala relación de Edith con Aleska, ¿era cierto que la secretaria le hacía una persecución laboral debido a la supuesta confrontación a causa del licenciado Montero?

Otro hecho que rondó por su cabeza, y aunque en primera instancia no parecería estar vinculado con el anterior, pero un buen investigador nunca debe descartar, era la supuesta desaparición de esa otra mujer que en su barrio llamaban la Polaca, que le había llegado por casualidad mediante los comentarios de sus vecinos. Se decía que esa mujer había desaparecido más o menos por la misma fecha que Aleska, y además, de acuerdo con sus averiguaciones, podrían tener muy similares características físicas, eran rubias, atractivas y además vivían solas.

No era frecuente que en una ciudad en general tranquila como Montevideo, ocurrieran dos supuestas desapariciones e incluso muertes de mujeres con similares características y en los mismos días.

En su trabajo, Lorenzo siempre había acostumbrado a poner sobre la mesa todas las hipótesis posibles, aunque en principio parecieran descabelladas, por esa razón en sus próximos pasos estaba incluido mantener una nueva conversación con el viejo del almacén, que llamaban el Cutre, para indagar más sobre ese caso de la Polaca.

Finalmente aparecieron los primeros rayos del tempranero sol, y se levantó como un resorte, como escapando de su cama. Bajó la escalera de madera, esta vez sin preocuparse por el crujido de los escalones que podía despertar a Isabel. Realizó la rutina acostumbrada, desayunó café negro con unas tostadas y quedó largo rato sentado pensativo. Recordaba con tristeza el momento en que había visto partir a Isabel la mañana anterior. En esos momentos Lorenzo había sentido ganas de abrazarla fuerte contra su pecho y rogarle que se quedara, que confiara en él. ¡Tenía temor de perderla! Pero sabía que era una misión imposible, ambos eran conscientes de que el diálogo entre ellos estaba agotado, y se separaron sin decirse nada. Al instante que Isabel se fue, la casa había quedado en un silencio absoluto, y un sentimiento contradictorio se estableció en su interior. Si bien el vacío creado por la falta de su mujer caló profundamente en él, provocándole una enorme angustia, al mismo tiempo se sintió más libre. Ahora ya no tendría que soportar el asedio implacable con que su mujer lo había agobiado todo ese tiempo, con su discurso en contra de su decisión de aceptar el caso, ahora pondría todo su empeño en hacer bien el trabajo que tenía por delante, para demostrar y demostrarse a sí mismo que todavía seguía vigente.

Intentó retomar su rutina diaria, se vistió y salió a la puerta a realizar las acostumbradas inhalaciones de aire fresco de la mañana. Vio a lo lejos al vecino del pijama a rayas paseando a su perro. Por fortuna, esta vez no se acercó, ya que el pichicho se dedicó a hacer sus necesidades en los árboles de los otros vecinos.

Acostumbrado durante todos estos años a que era su mujer la que se encargaba de las tareas de la casa, se encontró frente a un primer dilema: cocinar.

En los años en que había permanecido sin pareja, entre el divorcio de su primer matrimonio y el casamiento en segundas nupcias con Isabel, había vivido solo, y en ese tiempo se consideraba un "experto" en la cocina. Claro, solo cocinaba comidas poco elaboradas, y su especialidad eran las minutas, que preparaba en la cocinita que tenía en su pequeña oficina de la Ciudad Vieja. Por fortuna, en ese entonces iba tres veces por semana Luz del Alba a limpiar la oficina, que era la que se encargaba de lavar los platos, los cubiertos y las sartenes que quedaban amontonados por varios días en la pequeña cocina.

Si había tomado como un desafío personal aceptar este caso luego de tantos años de retiro, por qué no aceptar el desafío de cocinar, como en sus épocas de "soltero". Revisó la heladera y luego la alacena, donde Isabel guardaba los comestibles, y comprobó que había un evidente desabastecimiento. Se quedó tomado de la puerta de la alacena como bloqueado sin saber qué hacer. De pronto se le iluminó la mente y recordó que era el primer miércoles de mes, día en que su mujer se dedicaba a hacer las compras, esa era la explicación del desabastecimiento.

Decidió tomar el carrito de compras y dirigirse al almacén de don Lucio. Allí mataría dos pájaros de un tiro, no solo se abastecería de comestibles, sino que además aprovecharía para tener una charla con el Cutre.

Mientras se acercaba al negocio arrastrando el carro de compras, distinguió desde lejos la figura inconfundible del viejo en la puerta del almacén, sentado sobre un cajón de verduras vacío, a la sombra de uno de los abundantes y frondosos plátanos que poblaban la calle.

El Cutre, cuyo motivo principal de vida era estar sentado en aquel lugar, viendo pasar a la gente, era portador de una gran memoria visual para retener los rostros de las personas y pese a haber visto la semana pasada solo un breve momento a Lorenzo, pudo ubicarlo dentro de su archivo mental, de forma casi inmediata.

—¡Buen día, vecino! —le dijo sacándose la mugrosa gorra a modo de reverencia y dejando al descubierto su abundante y blanca cabellera.

—¡Buen día! ¿Cómo le va? —le contestó Lorenzo de manera más amable que en su primer encuentro. Ahora su interés era otro. Llegaba al comercio no solo a comprar sino también con intenciones de hablar con él.

—¡Se decidió a venir usted de compras! —comentó el viejo, mientras liaba un cigarro de tabaco armado con sus manos nervudas y grotescas.

—Después de lo que pasó, es peligroso dejar solas a las mujeres —contestó Lorenzo como dándole pie a que el Cutre comenzara con el tema que le interesaba.

—¡El cuerpo de la pobre Polaca todavía no apareció! —dijo el viejo de manera compungida, mientras se rascaba la cabeza, y luego agregó mirando su rostro más detenidamente—. ¡Sabe que a usted le veo cara conocida...! ¿Cómo se llama?

—Cannizzaro.

—¡¿No me diga que usted es Lorenzo Cannizzaro el famoso detective?!

—Bueno..., no tan famoso.

—¡Yo creo que sí! ¡Ahora me explico su interés en el tema! —le dijo el viejo con entusiasmo, levantándose del cajón donde estaba sentado y estirando la mano para saludarlo—. ¡Estimado detective, un gusto conocerlo personalmente! ¡Cómo no lo reconocí antes! ¡Bueno... está un poco cambiado, los años pasan para todos!

—Mucho gusto—dijo Lorenzo algo sorprendido retribuyéndole el saludo.

—Cuando más joven, fui un aficionado a los casos policiales, que seguía con mucho interés por medio de la prensa, y me acuerdo muy bien de usted, porque en ese tiempo salía mucho en los diarios por los casos que resolvía —dijo el viejo y luego de dar una sonora sorbida por la opaca bombilla de su mate, continuó—. En una estación de tren de la campaña, donde trabajé durante muchos años, no había mucho que hacer, más que esperar los contados ferrocarriles que pasaban por allí y mientras tanto dedicaba mi tiempo a leer. Leía de punta a punta todos los diarios que me llegaban, pero siempre lo que más me interesó fue la página de policiales, y creo no haberme perdido ninguno de los casos importantes de esos años. Y ahora, de acuerdo a mi olfato, pienso que detrás de la desaparición de la Polaca hay un hecho criminal.

—Puede ser, no hay que descartar nada—dijo Lorenzo, para seguirle la corriente al viejo y agregó—.¿Por qué le dicen "la Polaca"?

—¡Yo le puse ese sobrenombre!—contestó el viejo esbozando una sonrisa.

—¡¿Usted?! ¿Y por qué?

—Ah… se me ocurrió por su aspecto físico, su tez bien blanca y cabellos rubios, y además porque cuando una vez la vi comprar un diario en el kiosco de la esquina, le escuché un acento extranjero.

—¿Por qué polaca? Podría ser de cualquier otro lado.

—En mis tiempos de guardabarreras, conocí a un maquinista de tez muy blanca como la leche y rubio, que tenía el mismo acento que esta mujer, y ese hombre era de origen polaco.

—Bueno, si usted dice—dijo Lorenzo para no entrar en discusiones con el viejo, y agregó—. ¿Y qué otra cosa sabe de ella?

—No mucho, se la veía poco por el barrio. Algunas veces la vi sola y otras acompañada.

—¡¿Acompañada?!

—Sí. Siempre que la vi acompañada, era con la misma persona—cuando el Cutre mencionó ese dato, Lorenzo puso la máxima atención y dejó que el viejo siguiera explayándose—. Un hombre joven, morocho y bien parecido, de bigotes bien recortados. Por la pinta de galán me recordaba a un actor de cine.

—¿Recuerda cuándo la vio por última vez?

—En la puerta de su casa, allí enfrente —dijo el viejo señalando una casa de dos plantas de puertas y ventanas altísimas.

—¿Esa casa…?—preguntó sorprendido Lorenzo cuando la vio, y de inmediato sacó de su bolsillo su libreta de anotaciones donde tenía registrado "Gonzalo Ramírez 1271"—. ¡Entonces esa casa…!—comentó en voz baja para sí mismo, pero el viejo escuchó.

Había confirmado su hipótesis descabellada: Aleska y la Polaca eran la misma mujer.

—¿Entonces qué? —preguntó el Cutre sorprendido.

—¡No importa... no importa...!—contestó Lorenzo como sacándole importancia a su comentario, y a continuación preguntó—. ¿Y cuánto tiempo hace, más o menos?

—Y... hará unos quince o veinte días—respondió el Cutre entrecerrando sus pequeños ojos, tratando de precisar su contestación; luego dio otro sonora chupada a su mate y continuó—. Usted sabe que las personas a medida que se van haciendo viejas duermen menos, y como usted verá, yo ya no me cocino en el primer hervor, por lo tanto me acuesto a la hora en que la mayoría de la gente ya está en el segundo sueño y me levanto antes de que ellos comiencen la jornada. Esa noche, ya entrando en la madrugada, pude ver un taxímetro Mercedes Benz parado en la puerta de la Polaca, con un solo pasajero. Era un hombre rubio bien vestido, de aspecto extranjero, que se bajó y llamó a la puerta.

—¿Así que no era el galán que se parecía a un actor de cine?

—No. Este era otro hombre, que nunca había visto.

—¿Y quién atendió la puerta?

—Nadie. El hombre llamó una sola vez y se fue de inmediato hacia el auto a esperar.

—¿Y...?

—A los pocos minutos salió la Polaca, con su abundante cabellera rubia desplegada, muy bien vestida, y se metió en el auto.

—¿Y qué más?

—Nada más. Se fueron.

—¿Y con esos pocos datos usted afirma que la mataron?

—Mire, Cannizzaro, yo aprendí de ustedes, los detectives, que muchas veces eligen seguir determinadas pistas y no otras, o aceptan como válido el testimonio del menos creíble de los testigos, o sospechan de alguien en que nadie había pensado como culpable y al final resulta serlo y otras conductas por el estilo. Y no es porque ningún razonamiento lógico los haya impulsado, solo lo hacen por intuición, percepción, "corazonada", o como quieran llamarlo. ¿No me diga que usted nunca tuvo una de esas "corazonadas"? —le preguntó el viejo dando una profunda pitada a su grueso cigarro de tabaco armado.

—Sí, por supuesto. Aunque en casos muy puntuales.

—Bueno, este es un caso puntual, y mi intuición me dice que este fue el último día de vida de la Polaca.

—Está bien. ¿Pero alcanzó a ver algo más?

—El auto era un Mercedes-Benz negro como casi todos los taxímetros de Montevideo, con un chofer y un pasajero.

—Esa es una descripción muy general que no aclara mayor cosa —dijo Lorenzo mientras corría su carrito de compras, dejando pasar un cliente que entraba en el almacén de don Lucio.

—Si quiere más detalles, se los puedo dar.

—Con gusto.

—Como el coche se estacionó frente a la puerta de la casa de la Polaca, donde hay un farol prendido toda la noche, pude ver que el coche tenía una abolladura en el guardabarros delantero del lado izquierdo.

—¡Ese es un dato para tener en cuenta! ¿Usted llegó a percibir alguna actitud sospechosa del pasajero?

—Nada extraño. Solo vi al hombre que le describí esperando a la mujer en el asiento de atrás del taxi, mientras el chofer, que parecía nervioso, se sacaba y se ponía, una y otra vez su gorra, mascaba un chicle y miraba hacia todos lados. Creo que llegó a verme cuando un auto que pasaba me iluminó con sus focos.

—¿Ningún otro dato de interés? —preguntó Lorenzo, que a esa altura era visto por cada cliente que arribaba al comercio con extrañeza por el interés y la atención que ponía en su charla con el Cutre, algo que los demás vecinos eludían de manera intencional, cuando el viejo intentaba iniciar una conversación.

—Ahora que ya no puedo comprar los diarios, porque mi magra jubilación apenas me da para pagar la pensión donde vivo, mi único pasatiempo es jugar a la quiniela algunas monedas que me dan, cuando ayudo a alguna clienta del almacén a cargar las bolsas de compras —y continuó luego de una pausa dándole una profunda pitada a su cigarro—. Durante toda la vida y más aún cuando se llega a esta edad, uno siempre debe abrigar cierta esperanza acerca de alguien o algo, y yo, que no tengo familia ni amigos, mi único interés en la vida, es aguardar pacientemente todos los viernes a que don Lucio saque la pizarra con los números ganadores del sorteo de quiniela. En ese preciso momento puedo pasar por dos situaciones muy diferentes: o exploto de alegría, porque la suerte me acompañó y mis números fueron favorecidos, o por el contrario me entristezco, porque no aparecen en la pizarra, pero siempre conservo la esperanza de que el próximo viernes cambie mi suerte. Esa ilusión que tengo cada viernes, momentos antes de conocer el resultado, es el principal incentivo de mi aburrida vida.

—Me parece fantástico su razonamiento filosófico y la importancia que usted le adjudica a la esperanza en la vida de una persona, pero no entiendo dónde quiere llegar con ese razonamiento.

—Como paso el mayor tiempo del día sentado, acá donde usted me ve, y me entretengo en mirar la matrícula de los autos que pasan, para decidir a cual número voy a jugarle, le presté atención al número del taxímetro que se estacionó aquella noche frente a la casa de la Polaca.

—¿Es decir que se acuerda del número de la matrícula?

—De toda no, solo del número del diablo.

—¡¿Del número del diablo?!

—Seis seis seis eran las tres últimas cifras. ¡Pero esas ni loco las juego a la quiniela!

Capítulo XXX. Con Mauro Ísola

Lorenzo tenía claro que era impostergable un encuentro con Mauro Ísola para aclarar algunos asuntos pendientes. Estaba seguro de que podría aportar elementos significativos para continuar avanzando en la investigación del caso.

Fuera del trabajo y lejos de sus compañeros, principalmente de su ex novia, que no dejaba de acosarlo, el joven estaría más tranquilo y menos presionado para responder preguntas más comprometidas.

Al otro día de su visita a la embajada, Lorenzo aguardó en la vereda del frente de la legación diplomática israelí, bajo una lluvia torrencial, la hora de salida de los funcionarios. Apenas eran pasadas las cinco de la tarde, cuando lo distinguió parado en la puerta. Mauro era un joven alto, apuesto, de unos treinta, treinta y cinco años, que esa tarde lluviosa lucía una impecable gabardina beige con botonadura cruzada y un borsalino estilo Humphrey Bogart. Antes de lanzarse a desafiar las inclemencias climáticas, el joven se levantó la solapa de su abrigo, tomó el ala del sombrero y ensayó una corta carrera hasta el alero de una casa cercana para guarecerse del viento y la lluvia, que se precipitaban con fuerza. Acto seguido, sujetando el borsalino con una mano y cerrando la solapa de su gabardina sobre su cuello con la otra, hizo una carrera más larga hasta alcanzar el techo de una parada de ómnibus, donde de inmediato se quitó el sombrero y lo sacudió para quitar el agua acumulada en él.

Mientras tanto Lorenzo, caminando discretamente por la vereda de enfrente y protegiéndose con su paraguas, seguía los pasos del joven. El detective cruzó hasta la parada donde se encontraba Mauro, y en el momento que cerró su paraguas, el joven lo reconoció de inmediato.

—¡Hola, detective! ¿Usted por acá?

—¡Mojándome un poco con esta lluvia!

—¡No se haga problemas, es una lluvia de verano!

—¡Pero igual moja!—contestó Lorenzo, y ambos sonrieron.

—¿Todavía no se sabe nada de la desaparición de Aleska?—preguntó el joven.

—No, todavía estamos en la etapa de la investigación. Ahora que casualmente lo veo, ¿usted tendrá tiempo para conversar conmigo?

—Otra vez... ya... ya le respondí todo lo que sabía de ella.

—Hay algunos detalles que me gustaría preguntarle.

—Cuando...

—Lo invito a tomar un café, y charlamos ahora. ¿Qué le parece?

No muy convencido, el joven aceptó el ofrecimiento de Lorenzo, y ambos, sin protegerse demasiado de la lluvia, que seguía cayendo sin tregua, se dirigieron en una corrida al bar ubicado en la vereda del frente.

Mauro, más atlético, cruzó saltando y evitando el agua que corría por la calzada, mientras que el viejo detective, con su senil y pesado cuerpo, fue más lento, mojando sus zapatos en varios de los charcos que anegaban la calle.

—¡Lo que es llegar a viejo!—dijo el detective señalando su calzado empapado hasta las medias.

Ambos entraron al bar, y Lorenzo trató de ubicarse en una mesa lejana a la ventana del frente del negocio. No quería que nadie los viera, principalmente ninguno de los funcionarios de la embajada, que recién habían salido de su trabajo y podrían estar deambulando por las cercanías.

—Perdóneme que le esté quitando parte de su tiempo libre, pero tenía sumo interés en hablar con usted a solas.

—Bueno... ¿qué quiere preguntarme?—contestó Mauro sacudiendo de nuevo su sombrero y colocándolo sobre una silla vacía a su lado.

—El otro día me contó, frente a sus compañeros, que para usted Aleska era solo una compañera de trabajo y que la encontraba ocasionalmente en el parque Rodó de camino a su casa. También dijo que solo en una oportunidad la acompañó a su casa.

—¡Si... así es!

—Lamento contradecirlo, pero de acuerdo a mi información, sé que usted acompañó a Aleska a su casa más de una vez—manifestó Lorenzo muy seguro de acuerdo a su intuición y sospechando que el joven no había dicho toda la verdad.

—Bueno... tal vez fueron dos o tres veces, no me acuerdo—contestó tocándose el bigotito nervioso.

—¡Tengo entendido que su relación con ella no solo se limitaba a acompañarla hasta la casa!

El detective se lanzó decidido a la ofensiva en su interrogatorio ya que de acuerdo con su intuición y los datos que le había proporcionado el Cutre, respecto del sujeto que había visto con la Polaca en varias oportunidades, tenía fundadas sospechas de que podría tratarse del joven Ísola.

Como Lorenzo vio que el hombre quedaba callado frente a su tajante afirmación, dijo con intenciones de distender el tenso momento:

—¡Qué tiempito! ¡No para de llover!

Luego, lentamente, tomó un sorbo a su café dándole el tiempo suficiente a su interlocutor para que respondiera, y cuando le pareció prudente, le repreguntó:

—¿Y?, ¿qué me dice?

—Yo... yo no quise decir nada aquel día, delante de mis compañeros, ni delante de Leticia, porque ella es la única mujer que me interesa en este mundo...

—¿Ella rompió con usted cuando se enteró de que cortejaba a Aleska?

—Fuimos novios con Leticia durante mucho tiempo, pero luego...—Mauro entrecortó su discurso dirigiendo sus enrojecidos ojos hacia abajo, y continuó—. Luego perdí la cabeza por Aleska. Pero después de lo que pasó, me arrepentí una y mil veces de mi gran error al entrometerme con esa mujer, y mi único anhelo es recuperar a Leticia porque...—y cubrió su rostro con ambas manos como escondiéndose—. Porque yo...porque yo... la quiero a Leticia, y ella ahora me desprecia.

—¡Está bien, está bien! ¡Tranquilícese!—le dijo Lorenzo apoyándole una mano sobre su hombro y tratando de calmarlo.

Cuando pasaron algunos minutos y notó que el joven estaba más calmado, le preguntó:

—¿Qué fue lo que sucedió, que le hace decir que cometió un gran error y que se arrepiente de su relación con Aleska?

—¡Me engañó!—dijo Mauro quitándose las manos de la cara en voz alta y con tanta rabia que los dos hombres que estaba en la mesa de al lado miraron sorprendidos—.¡Ella es una mala persona!...me decía que yo era lo que más le importaba en la vida, que me quería como a nadie en este mundo... y yo le creí...¡Qué ingenuo que fui!—el joven se percató de que los dos hombres de la mesa de al lado lo observaban atentamente, y continuó ahora en voz baja, casi susurrando—. ¡Ese mejicano maldito fue el que se entrometió entre nosotros! Los descubrí haciendo el amor un día cuando fui a su casa sin avisar.

—¿Usted tenía llave de su casa?

—¡Sí! ¡Pero ese día se la arrojé a la cara y nunca más quise saber nada de ella!

Lorenzo le hizo algunas preguntas más al joven, que fue contando todos los detalles referentes a su relación con Aleska y le confesó que después de aquel suceso había sentido una indignación y un odio tan intenso, que en un momento pensó en matarlos a los dos.

Luego de esta confesión, el joven pasó a formar parte de la lista de sospechosos, como posible implicado en la desaparición de Aleska, que Lorenzo tenía anotado en su libreta.

Capítulo XXXI. Interrogando a la secretaria

Lorenzo se levantó esa mañana con varios asuntos inquietantes rondando en su cabeza. Su padre continuaba haciéndole la vida imposible a su hermana Cata, tenía que solucionar urgente ese problema, pero no terminaba por decidirse. No era capaz de aplicar en su vida cotidiana la eficacia y la ejecutividad que siempre había mostrado en su vida profesional. Los disgustos que le habían provocado la ausencia de Isabel o el trabajo excesivo que le exigía su renacida actividad de investigador eran los pretextos que esgrimía para eludir el tema. Siempre encontraba una excusa perfecta para posponer el encuentro con su hermana, en el que tenía decidido plantearle la internación de su padre en una residencia para ancianos. En realidad la fuerza que lo paralizaba era el temor que le producía encarar el asunto directamente. El asunto de la obsolescencia y la decadencia natural de la vida lo había afectado demasiado, y cada vez que pensaba en su padre y en sus problemas, la depresión lo invadía y bloqueaba sus decisiones.

Extrañó no tener sobre la cama la ropa limpia y recién planchada, como acostumbraba a dejarle Isabel. El pantalón de lino beige y la camisa celeste, que había usado el día anterior, estaban arrugados sobre una silla, los estiró un poco, sobre la cama todavía destendida, y se vistió con desgano. La imagen de ella se le presentaba constantemente en cada cosa que pensaba o hacía y temía perderla definitivamente. Tenía que terminar pronto con todo ese asunto e intentar recuperarla, porque una vida sin ella no tenía sentido.

Pasado el mediodía, cuando recién había salido en dirección de la embajada, se percató de que no llevaba los lentes oscuros, ni el sombrero de panamá, elementos imprescindibles para esa tarde de verano con el sol a pleno. Algo que no hubiera sucedido nunca con Isabel en la casa, ella inmediatamente lo hubiera notado porque no se le escapaba detalle alguno.

Regresó a su casa, se calzó el sombrero y los lentes y salió protegido para afrontar la soleada jornada, y pensó, "ahora sí, Isabel estaría conforme".

Cuando arribó a la legación diplomática, estaba exhausto. Había caminado varias cuadras y había viajado parado en un bus repleto de pasajeros. Su desgastado y regordete físico le estaba pasando factura.

Se paró frente al negro portón de hierro, que oficiaba de frontera entre el Estado de Israel y el uruguayo y vio cómo el guardia de seguridad lo miraba con rostro de desconfianza desde dentro de la caseta de vigilancia. Al ver que Lorenzo permaneció parado esperando, el guardia se acercó al portón y con una de sus manos apoyada sobre la canana, le dijo con rostro adusto:

—¿Qué busca, señor? ¡No puede estar parado allí! ¡Esta es un área restringida!

—¡Soy Lorenzo Cannizzaro…!

Y el guardia imperturbable se mantuvo firme en su posición esperando que aquel desconocido le aclarara qué era lo que quería. Estaba acostumbrado a recibir por el portón principal vehículos cuyas matriculas ya tenía registradas, y era extraño que llegaran personas desconocidas a pie. Los funcionarios de la embajada, los encargados del abastecimiento y los distintos servicios ingresaban por la entrada auxiliar, del otro lado de la manzana.

—Comuníquele a la secretaria Edith Roth que el detective Cannizzaro quiere hablar con ella. Yo ya estuve por acá hace unos días, pero se ve que no era usted el guardia en ese momento.

Con cara de desconfiado, el vigilante se dio media vuelta e ingresó en la cabina para ponerse en comunicación con el interior de la embajada.

Mientras Lorenzo esperaba a que el guardia pidiera instrucciones, distinguió el rostro sonriente de Edith desde una de las ventanas del primer piso, que le hacía señas para que esperara.

El guardia colgó el teléfono y con un manojo de llaves en su mano se acercó al portón para franquearle el paso.

—Lo siento, señor detective, pero no tenía el gusto de conocerlo. Además no me habían informado que usted iba a venir.

—No se haga problemas, amigo, comprendo que está cumpliendo con su trabajo.

Acompañado por el guardia, se dirigió hasta la puerta de entrada de la residencia, donde Edith lo esperaba luciendo su melena rubia suelta y encaramada en sus zapatos de tacos Luis XV, que estilizaban aún más su atractiva figura.

—¡Hola, señor Lorenzo, adelante, pase!

—Perdóneme, Edith, por no avisarle previamente mi visita, no estoy habituado a frecuentar estos lugares donde las normas de seguridad son tan estrictas. ¡Mire que no me estoy quejando...que comprendo que son muy importantes...solo digo que me descuidé por mi falta de costumbre!

—Las embajadas en general son lugares muy estrictos en ese aspecto y en nuestro caso debemos guardar un cuidado muy especial, debido a los delicados y peligrosos momentos por los que estamos pasando con nuestros vecinos en Medio Oriente. El conflicto que mantenemos con los árabes desde el inicio mismo de la creación de Estado no nos da tregua. Ellos no nos quieren y nunca nos aceptaron, continúan acosándonos con continuos actos bélicos, y no descartamos la posibilidad de que puedan intentar un ataque terrorista en algunas de las distintas representaciones diplomáticas que tenemos repartidas a lo largo del mundo—dijo Edith.

—Según tengo entendido, todo este conflicto surgió por la doble promesa que hicieron los británicos —dijo Lorenzo, y Edith reaccionó con un rostro de sorpresa ante aquella afirmación del detective, y este continuó—. Según lo que leí, los ingleses les prometieron a los judíos apoyarlos para la creación del Estado de Israel, y cumplieron con su palabra, pero al mismo tiempo, también le prometieron a los árabes que si los ayudaban a combatir al imperio Turco-Otomano en la Primera Guerra Mundial, los iban a apoyar en la creación de un Estado árabe unificado e independiente. Los árabes cumplieron, pero los ingleses faltaron a su palabra. Deduzco que esa, puede ser la razón de su enojo.

—Se ve que usted tampoco está muy de acuerdo con la existencia de nuestro Estado y justifica a los árabes en sus procedimientos—contestó Edith bastante seria.

—¡De ninguna manera! ¡Estoy muy lejos de justificar ninguna forma de beligerancia! Yo solo hacía referencia a lo que leí sobre el posible origen del conflicto. No estoy manifestando ninguna opinión personal, además no me encuentro capacitado para tal cosa. Si la ofendí, Edith, le pido disculpas.

—No hay problemas, detective. Si quiere, después podemos charlar de ese tema más a fondo, para que tenga conocimiento de cuál es nuestra versión de los hechos, que no tenga dudas es la correcta.

—De acuerdo, Edith, de acuerdo —dijo Lorenzo tratando de ser amable y escapando de ese espinoso tema que no tenía intenciones de continuar discutiendo.

—¿Le quedó algún funcionario para interrogar? —preguntó la secretaria.

—Bueno… Como le dije, usted también es funcionaria de la embajada.

—¿A mí...en serio me... me va a interrogar? —preguntó la secretaria lanzando una mirada de desconcierto.

—Hay algunas cosas que creo solo usted me puede aclarar.

—Bien, como usted diga. Subamos a mi despacho—dijo y tomó la delantera subiendo prestamente la gran escalinata contorneando su sensual cuerpo, mientras el detective la seguía con paso cansino, deteniéndose en varios tramos de la escalera para disfrutar de la visión de aquellos cuadros de los impresionistas que tanto le atraían.

—¿No va a ser mucho tiempo? Porque me tomó justamente en un día sumamente ocupada.

—¡Son solamente algunas preguntas! ¡Pero si quiere, puedo regresar otro día!

—No. Es mejor terminar cuanto antes.

La secretaria hizo pasar al detective a su oficina del primer piso, y se sentaron frente a frente, en torno a su escritorio.

—Me gustaría tener alguna información detallada sobre ese agregado militar que tiene su oficina frente a la suya, del que no recuerdo su nombre...

— ¡Ah...! ¿Se refiere el coronel Jabub Raznovich?

—Sí, ese mismo.

—Es un veterano militar que combatió en la Segunda Guerra Mundial y en la guerra de independencia israelí. Compañero de armas y amigo personal de Moshé Dayán y del primer ministro Levi Eshkol. Pese a su edad, se encuentra en un estado físico e intelectual muy bueno, y muestra un gran dinamismo en su función, ya que tiene que repartirse entre las embajadas de Uruguay, Brasil y Argentina.

—¿Es el agregado militar en los tres países?

—Así es. Viaja cada diez o quince días. Justamente había ido hacia Brasil dos días antes de que usted viniera la vez pasada.

—¿Recuerda cuantos días permaneció en Uruguay este mes de febrero?

—No recuerdo bien el día que llegó, pero estoy casi segura que llegó en la primera semana del mes —dijo Edith, y agregó—. Y esta vez tuvo que quedarse por más tiempo, porque tenía que hacer unos trámites en el Ministerio de Defensa de Uruguay.

—¡Así que estuvo casi todo el mes de febrero!

—Sí, más o menos.

Lorenzo sacó su libreta donde hizo algunas anotaciones, mientras Edith lo seguía atenta con la mirada.

—¿Recuerda cuándo fue la última vez que Aleska concurrió al trabajo? —preguntó el detective, cambiando de tema.

—No... no recuerdo bien, pero... debe de hacer unos... quince o... veinte días, más o menos.

—¿Y en los últimos días no le llamó la atención nada diferente en ella?

—¿Con respecto a qué?

—A su actitud, a lo que sea, algún cambio que le haya resultado llamativo.

—La verdad es que si tuvo algún cambio, no me di cuenta. En general soy poco observadora.

—¿Y cómo era su relación con ella?

—¿Mi... mi relación? —preguntó la secretaria, con rostro extrañado.

—Sí, ¿qué relación tenían?

—Una relación de trabajo, como con los demás funcionarios.

—¿Igual que con todos?

—¡Ya le contesté! ¡No sé porqué insiste con el tema! —dijo algo molesta.

—Perdóneme, Edith, pero de acuerdo con las informaciones que manejo, sus relaciones con Aleska eran algo especiales.

—¡Especiales! ¡No sé de dónde saca eso!

—Estoy informado de que usted y ella no mantenían relaciones demasiado cordiales, por decirlo de alguna manera.

—Ella no era una funcionaria modelo, que digamos...

—Pero usted era más exigente con ella en el trabajo.

—Pese a que ella comete muchas irregularidades en su trabajo y falta de manera recurrente, nunca sufrió una sanción disciplinaria de mi parte. ¡Que seguramente se la merecía!

—Se ve que no le tiene demasiada simpatía a esa funcionaria.

—La verdad es que no.

—¿Es por algunos temas personales? Porque se dice, y perdóneme que sea tan directo, que el problema entre ustedes es por un asunto que involucra a su novio.

Edith quedó en silencio unos segundos y contestó algo nerviosa:

—Esa… esa es una versión que no, no es correcta…

—¿Está segura, Edith? —le preguntó Lorenzo mirándola directamente a los ojos, mientras ella escapaba a su mirada.

—Mire, detective, no quiero entrar en cosas personales ni en habladurías, yo tuve la iniciativa de contratarlo a usted para que se hiciera cargo de este caso porque sé, por experiencia propia, que es un excelente investigador y una persona seria y pienso que estos temas no tienen nada que ver con el caso. —contestó Edith, mirando continuamente hacia la puerta de su despacho que había quedado abierta.

—Tengo claro que estoy haciendo este trabajo por su recomendación y le doy las gracias por ello, pero es importante que usted sepa que para hacer bien mi trabajo, debo acceder a la máxima información posible de todas las personas que se relacionan con Aleska, y usted es una de ellas.

—Ya que usted tiene que saber todo de nosotros, le aclaro que mi novio, bueno, mi ex novio, se llama Jesús Montero, es mexicano y tuvo que regresar a su país por asuntos de trabajo y después… y después ya no tuve más relación con él —contestó algo nerviosa Edith, mientras arreglaba unos papeles y unos expedientes que tenía sobre su escritorio, con tanta vehemencia, que volcó una taza de café vacía, que cayó al suelo y se hizo añicos.

—¡Uy, qué pena...! ¿La ayudo, Edith?

—No...no... deje que después llamo a Sara para que limpie —dijo y se levantó a cerrar la puerta de su despacho.

—¿Así que esa fue la razón por la que dejaron de ser novios? —preguntó el detective retomando la conversación, luego del pequeño incidente.

—Sí... él no pudo venir más, y a mí, por mi trabajo, me fue imposible viajar a ese país, y la relación se fue enfriando hasta desaparecer, así de simple —contestó la joven y se levantó de su asiento con intenciones de dejar la conversación en ese punto.

Lorenzo comprendió que la secretaria se sentía molesta con las preguntas que le había hecho y creyó conveniente terminar cuanto antes esta instancia. Se dio cuenta de que si insistía con su cuestionario en ese ámbito, con seguridad no iba a avanzar más en su investigación. Necesitaba hablar con ella en un lugar más tranquilo, para que le confesara lo que realmente había pasado con su noviazgo, porque sabía que no le había dicho toda la verdad.

—Bien, Edith, muchas gracias. No la molesto más y la dejo trabajar, que está muy atareada. Si necesito venir nuevamente, me comunico con usted previamente.

—Ahora mismo aviso en la caseta de la guardia para que anoten su nombre, así no tiene inconvenientes para entrar y salir cuando quiera —dijo Edith parcamente, al tiempo que abría la puerta de su despacho para que saliera el detective.

Capítulo XXXII. Gran Sportman

Las fuertes lluvias caídas en los últimos días habían afectado principalmente a la población que vivía en el interior del pequeño país sudamericano. El desborde de ríos y de arroyos había provocado grandes inundaciones, obligando a parte de los habitantes de las zonas bajas a abandonar sus hogares y guarecerse en refugios preparados especialmente por las autoridades departamentales. Si bien sobre Montevideo habían caído también fuertes aguaceros, su población todavía no había sufrido demasiado el exceso de precipitaciones.

Luego de la charla que había tenido con Edith en su despacho de la embajada, el detective Cannizzaro estaba convencido de que la joven no había sido veraz en su relato y que debía entrevistarse nuevamente con ella, para que le revelara lo que realmente había sucedido con su ex novio y cómo era su relación con Aleska. Había notado que en el transcurso de la conversación, Edith miraba nerviosa una y otra vez hacia la puerta de su despacho, que había quedado abierta, como temiendo que alguien estuviera escuchando, hasta que en determinado momento se decidió a levantarse y cerrarla, señal evidente de que no se encontraba cómoda ni segura contestando preguntas en ese lugar. Por ese motivo le pareció oportuno pactar un encuentro fuera del recinto de la embajada.

Le pareció una buena idea invitarla a tomar un café después del horario de trabajo en algún bar céntrico de Montevideo y así se lo hizo saber mediante una llamada telefónica.

—Buenos días, embajada de Israel. En qué puedo servirle— dijo la telefonista.

—Hola, quisiera hablar con la secretaria Edith Roth.

—¿De parte de quién?

—Lorenzo Cannizzaro.

—Un momento, en seguida lo comunico.

—¡Hola, detective! Ya le arreglé todo en la caseta de la guardia, así que de ahora en adelante ya no va a tener más problemas —contestó Edith del otro lado de la línea.

—Buenos días, Edith, y muchas gracias por su molestia.

—Justamente hoy el embajador me preguntó por usted, quería saber si tenía alguna novedad del caso.

—Bueno… todavía es muy pronto, pero el interrogatorio con los funcionarios fue muy provechoso —contestó el detective, y luego agregó—. Quise llamarla porque me gustaría charlar sobre algunos temas con usted.

—¡Otra vez! Creí que ya habíamos terminado, pero cuando quiera puede venir por acá, me encuentro todos los días en horario de trabajo.

—Mi intención es invitarla a tomar un café después que se retire de su trabajo. Podría ser en algún bar céntrico, así podríamos conversar más tranquilos.

—Está bien, como quiera…

—¿Le parece bien hoy, cuando salga del trabajo, a las cinco y media en el Gran Sportman?

—Sí…está bien. ¿Es el que está en 18 de Julio, frente a la Universidad?

—Sí, exactamente. Bien, nos vemos a esa hora. ¡Ah y no se olvide de llevar paraguas, el tiempo está amenazante!

A la hora estipulada, apareció Edith en el viejo bar frente a la Universidad de la República, vistiendo un elegante vestido estampado de flores, escotado y corto, por encima de la rodilla, que llamó la atención al numeroso grupo de estudiantes de Derecho, que ocupaba varias mesas del bar charlando animadamente. En el momento en que Edith pasaba hacia una de las mesas del fondo donde se encontraba Lorenzo, se hizo silencio, al tiempo que los ojos de todos siguieron los movimientos de la hermosa muchacha cuando se sentó junto Lorenzo, que la esperaba tomando un café. Algunas expresiones de los estudiantes denunciaban sorpresa y algo de envidia al comprobar que la atractiva joven iba al encuentro de aquel veterano entrado en años.

—¡Hola, Edith! Siéntese por favor. ¿Qué quiere tomar?

—Un cortado, cargado por favor—dijo la joven y se sentó frente al detective.

Se encontraban ubicados en una mesa en el fondo del salón, alejados del hermoso mostrador de mármol en cuatro colores y del billar y la mesa de ajedrez, también de mármol, que caracterizaba a aquel popular "bar de estudiantes", como se lo llamaba.

—Perdone que la haya citado acá, pero me pareció mejor tener otra conversación con usted fuera de la embajada. Pese a lo bullicioso del lugar, acá vamos a estar más tranquilos, además no interfiero en su trabajo —dijo Cannizzaro y luego de saborear los primeros sorbos de su café—. Estimada Edith, usted sabe que a esta altura de mi vida y luego de haber pasado mucho tiempo tratando con las personas en el transcurso de mis investigaciones, y aunque hace unos cuantos años que me retiré, tengo ciertas capacidades fruto de mi larga experiencia, que podríamos llamar intuitivas, de captar cuando alguien no está siendo sincero conmigo.

—No sé a qué se refiere, detective —dijo Edith, en el momento que el mozo apoyaba sobre la mesa un humeante cortado cargado, como ella había pedido.

Se hizo un silencio hasta que el mozo se retiró, y a continuación Lorenzo dijo:

—¡A que usted no me contó toda la verdad!

—Yo… ¡yo no sé qué decirle!

—Lo que pasó realmente con su novio, y si es verdad que usted está muy dolida con Aleska porque ella interfirió en sus relaciones con él.

—Bueno...esos son problemas personales, que no sé si pueden aportar algo en todo este asunto.

—Edith, por favor, necesito que usted me lo cuente todo.

La joven hizo una pausa de unos segundos y después dijo, algo indignada:

—Si una persona se entromete en su vida particular y se la destroza, ¿no le parece lógico que esté dolida con esa persona?

—¿Entonces es verdad que quien era su novio la dejó por ella?

A continuación Edith no pudo soportar más, se cubrió la cara con ambas manos y comenzó a llorar. Luego de unos segundos, secó sus ojos con un pañuelo y alcanzó a decir con palabras entrecortadas:

—So...solamente... unas malas personas... como esa mujer y mi... ex pueden hacer el daño que me hicieron...

—Perdóneme, Edith, por hablar de estos temas tan sensibles para usted, pero era necesario que me lo contara personalmente, para confirmar lo que había averiguado por otro lado, por esa razón quise hablar con usted fuera de su oficina.

—¿Y qué? ¿Ahora soy responsable de la desaparición de esa mujer? —preguntó con tono desafiante y todavía con sus ojos enrojecidos.

—No digo eso, solo que para hacer un buen trabajo, es necesario que yo tenga conocimiento de todo lo que pasaba en el entorno de Aleska antes de su desaparición.

—¿Quiere que le diga una cosa, detective? Ella, además de mala persona..., es una mala funcionaria. No ingresó a la embajada por méritos propios, sino que fue colocada, pasando por encima de muchos...

—Usted me dijo que quien la trajo a la embajada fue el coronel Jabub Raznovich —dijo Lorenzo, interrumpiendo a la secretaria—. Y además me enteré que el coronel y Aleska mantenían una relación, que no era solamente de trabajo.

—Pese al error que cometió el coronel al traerla y a involucrarse con ella, no es una mala persona y es tan víctima como yo.

—¿Cómo es eso?

—Yo nunca había tenido demasiada relación personal con él, solo algunos temas puntuales del trabajo, y un día apareció en mi oficina a decirme que quería hablar conmigo por algunos asuntos muy importantes, pero no allí.

—¿Y usted qué le contestó?

—En principio quedé sorprendida y le pregunté por qué no podíamos hablar en mi despacho o en el de él, pero después de tanta insistencia de que se trataba de un tema personal muy delicado, quedamos en encontrarnos en una confitería céntrica —dijo Edith y tomó un sorbo de su cortado.

—¿Y qué le contó? —preguntó ansioso Lorenzo.

—Comenzó contándome toda la historia de su vida familiar, que yo no conocía, que él era un hombre viudo desde hacía varios años, que tenía dos hijos ya mayores que vivían actualmente en Brasil y que nunca más había formalizado ninguna relación sentimental en sus años de viudez. Solamente había tenido algunos contactos esporádicos y fugaces con mujeres que nunca habían representaron nada importante para él. En uno de sus tantos viajes a Río de Janeiro había conocido a una mujer mucho más joven que él, de la cual se había enamorado perdidamente. Me confesó que nunca se había imaginado que volvería a sentir algo así por una mujer, a esa altura de su vida...

—¡Y esa mujer era Aleska! —dijo Lorenzo interrumpiendo.

—Exacto. Él la visitaba cada vez que iba a Brasil y en una oportunidad ella le mencionó que no quería seguir viviendo en ese país y que la llevara con él.

—¿Y no le dijo la razón por la que ella quería irse del país?

—Nunca le mencionó cuál era la razón, pero él no lo pensó demasiado, porque vio la oportunidad de sacar a su amante del Brasil, donde vivían sus hijos, ya que no quería que ellos se enterasen de su relación. Se hubiera sentido ridículo, a su edad, al explicarles sus amoríos con una mujer mucho más joven.

—¡Y se la trajo al Uruguay y la colocó en la embajada!

—En momentos en que nuestra delegación diplomática había quedado acéfala, el coronel se hizo cargo de la dirección de manera transitoria y aprovechó esa oportunidad para hacerla ingresar a la embajada. En ese entonces yo no me encontraba en el país, estaba en Filadelfia haciendo un curso de tres meses sobre Relaciones Internacionales y recién conocí a Aleska cuando regresé a Uruguay. Por supuesto que siempre me pareció que era su amante, como creo que todos también en la embajada, lo sospechaban.

—¿Qué era lo tan importante que quería hablar con usted?

—¡El hombre estaba desesperado! Había comprobado que Aleska lo engañaba, y me contó que el hombre con quien lo engañaba era nada menos que mi… mi novio Jesús—cuando Edith pronunció esas últimas palabras, nuevamente se quebró y las lágrimas surgieron de sus bellos ojos verdes.

Lorenzo hizo silencio dejando que la joven desahogara sus penas. Y Edith continuó:

—Al… al principio quedé shockeada y me negué a aceptarlo, pero el coronel insistió tanto en que era cierto, que me dispuse a comprobarlo yo misma. Lamentablemente todo lo que me había contado Raznovich, era verdad. Ahí se me vino el mundo abajo. Toda la vida futura que habíamos estado soñando juntos se derrumbó repentinamente. Después Jesús regresó a su país, y como le dije antes, no supe más nada de él… y ahí se terminó todo.

Ahora Lorenzo tenía lo que quería, había confirmado, por boca de Edith, que Jesús Montero había tenido una relación con la desaparecida Aleska. Otro más que quedaba anotado en su libreta como sospechoso.

En el momento que Lorenzo y la joven secretaria se estaban despidiendo en la puerta del Gran Sportman, la lluvia que había comenzado levemente cuando estaban dentro del café se transformó en torrencial.

—Edith, ¿quiere que la arrime en un taxi hasta su casa?

—No, gracias detective. Tengo un pequeño paraguas dentro de mi bolso y en una corrida estoy en el refugio de la parada. Y me bajo prácticamente en la puerta de mi casa.

Mientras tanto, no muy lejos de allí, en la parada de ómnibus de Andes y Mercedes, un hombre joven de sombrero negro fumaba, mientras el agua se deslizaba por el borde del paraguas que lo cubría salpicando sus zapatos recién lustrados. La lluvia corría con tanta fuerza en dirección de las bocas de tormenta, que estas no daban abasto para engullir el agua que se arremolinaba en su entorno, y cuando lograba hacerlo, se escuchaba un sonido gutural y profundo semejante al eructo de un gigante. Muchos de los incautos y desprevenidos transeúntes, recién salidos de sus trabajos y desprovistos de los implementos necesarios para cubrirse de la lluvia, corrían descontrolados tratando de guarecerse, empapando sus pies hasta los tobillos cuando pretendían cruzar las anegadas calzadas.

Cuando los colectivos habían recogido a todos los pasajeros y la parada quedó despejada, un auto WV negro que circulaba por la calle Mercedes rumbo al Este enlenteció su marcha y se arrimó al lugar levantando una ola que desbordó el cordón hacia la vereda. El hombre del paraguas, sin apresurarse, apagó su cigarrillo, cerró el paraguas y caminó hasta el auto, apoyado solamente en los tacos de sus zapatos con el propósito de proteger su calzado del agua.

Dentro del vehículo, además del chofer, iban dos hombres en el asiento posterior envueltos en idénticas gabardinas color claro, empapados.

—Hola. ¡Qué lluvia maldita! ¡Y estos zapatos recién lustrados, miren cómo quedaron! —dijo el hombre del paraguas, mientras se sacaba el sombrero y lo dejaba chorrear sobre la alfombra de goma del coche; luego de acomodarse un mechón de pelo rubio que había caído sobre su frente preguntó —. ¿Estamos todos?

—Estamos todos los que tenemos que estar en el día de hoy—dijo el chofer—. Mañana llega el que falta, junto con "el punto" —y luego preguntó—. ¿Ya hiciste tus deberes?

—¡Ya hice la compra! ¡Espero que sea el tamaño adecuado!

—Vamos a pasar por tu hotel a buscarlo y lo llevamos a la casa —dijo el chofer.

—¡¿Ahora?!

—Sí, tenemos que llevarlo hoy y de paso vamos a repasar punto por punto nuestros movimientos, que tienen que ser muy precisos y sin ninguna falla, si queremos tener éxito. Ya nos advirtieron que la cosa no va a ser demasiado fácil —y luego agregó—. Además le prometimos al dueño que hoy mismo le pagábamos el alquiler de la casa, y no queremos que sospeche nada extraño'

—¿Queda muy lejos? —preguntó el hombre del paraguas.

—Unos veinte kilómetros.

—¡Tan lejos y con esta lluvia!

—Esto no se suspende por lluvia—dijo el chofer, y todos rieron.

Previo pasaje por un hotel de la ciudad vieja, el VW negro continuó bajo lluvia torrencial por la calle Mercedes rumbo al Este.

—¿Y, Yoav..., ahora estás más convencido de nuestra misión? —preguntó al chofer el hombre que recientemente había abordado el auto.

—No sé por qué dices eso, Taussing.

—¡Según me habías comentado, no te convencía demasiado el método que vamos a usar!

—La verdad es que yo procedería de forma diferente, no tan violenta—contestó Yoav, mientras accionaba el freno para detenerse en un semáforo en rojo.

—¿Y por qué tanta consideración con este asesino sanguinario? —le preguntó Taussing.

—No es por consideración, no me gustaría parecerme a él aplicando sus mismos métodos.

—¡Oye, hermano, hagamos lo que hagamos, nunca nos vamos a parecer a él! ¡Eso tienes que tenerlo claro!—manifestó Taussing enfáticamente.

—No sé, a mí no me gusta. Pese a la explicación que nos dio Yariv en París, de que estos son otros tiempos y que el "Instituto" no dispone del dinero, ni de los agentes necesarios para hacer una operación similar a la que hicimos hace cinco años con Eichmann en Buenos Aires. Todavía no me queda claro por qué actuamos diferente con este criminal. Yo pienso que todos los seres humanos tienen derecho a la justicia —dijo Yoav,

—¡Los seres humanos sí, pero no esta bestia! —contestó desde atrás el otro de los hombres llamado Dova´le.

—Creo que esta discusión no va a llegar a ningún puerto porque es un tema ya laudado. Hay una orden que tenemos que cumplir, y eso es lo que vamos a hacer—interrumpió Arieh, que iba en el asiento trasero.

Todos quedaron callados, y nadie dijo más nada del tema, aceptando tácitamente lo que había dicho su compañero.

Capítulo XXXIII. San Pablo-Montevideo

Cukurs posó su hidroavión en la bahía de Santos, lejos de los barcos de gran calado, con su pericia habitual. El perfecto acuatizaje demostraba que aún mantenía intactas las cualidades de excelente piloto que lo habían distinguido en su juventud. Transportaba unos empresarios japoneses que viajaban por temas de negocios y que regresarían con él al finalizar la jornada, por lo tanto disponía de unas cuantas horas libres para estar en la ciudad. Cada vez que llegaba a ese puerto, el más importante del Brasil y América Latina, le gustaba recorrer sus instalaciones y muelles, admirando los grandes barcos mercantes que cargaban sus bodegas con los diferentes productos procedentes de los principales distritos industriales del Gran São Paulo y del complejo industrial de Cubatão, rumbo hacia diferentes puntos del planeta. Desde que era muy joven, en la época que se dedicaba a fabricar aviones en su Letonia natal, Herberts siempre había soñado ser un hombre importante en el mundo de los negocios y envidiaba la privilegiada legión de empresarios que se movía detrás de todo este mundo empresarial.

En su solitaria caminata por la calles de Santos, añoraba con melancolía los buenos momentos que había pasado con su joven amante cada vez que visitaban esta ciudad, donde los kilómetros que lo separaban de Santo Amaro y de su familia le permitían moverse con más libertad. Paseaban libremente por sus calles y frecuentaban los restaurantes más populares de la ciudad, sin el temor de ser reconocido. En cada oportunidad que hacía un vuelo hacia Santos, transportando empresarios o turistas que pasaban el día en la ciudad, la invitaba para que lo acompañara y juntos la pasaban muy bien recorriendo aquella ciudad que le traía gratos recuerdos. Pero cuando su relación pasaba por su mejor etapa, de pronto ella había desaparecido de su vida de forma imprevista, sin saber lo que realmente había sucedido. Meses más tarde, lo único que pudo averiguar fue que había abandonado el país, pero no sabía a dónde había ido, ni por qué se había ido. ¡Solo sabía que lo había abandonado de la manera más infame! ¿Acaso él no la había ayudado en aquellos difíciles momentos, protegiéndola cuando nadie la quería, y después la había traído junto con él y su familia al Brasil, cuando todo se complicaba en Alemania? ¿Acaso no había hecho el máximo esfuerzo, para brindarle el departamento donde vivía cómodamente? Sabía que a esa altura todo esto ya era pasado y no quería pensar más en ella.

Luego de haber almorzado un generoso plato de pulpo a la gallega en el afamado restaurante Porta do sol de la ciudad de Santos, se encontró con los nipones, y emprendieron el vuelo de regreso hacia San Pablo.

Mientras pilotaba su avión, sus pensamientos volaban por otros lados. Si bien estaba plenamente convencido de que había sido la mejor opción haber aceptado la propuesta de Kuenzle de integrarse a su emprendimiento, el sentimiento de desconfianza no le daba tregua, y dudaba si esa vez acompañaría o no a su socio al Uruguay. En octubre pasado, cuando habían visitado juntos el país vecino, había vivido una desagradable experiencia. En esa oportunidad el austríaco lo había invitado a conocer Punta del Este, una de las ciudades balnearias más hermosas de América de Sur y destino turístico de muchos personajes conocidos y empresarios poderosos. Luego de recorrer y pasear por las calles de la coqueta península, que se introduce en las cristalinas aguas como un mojón que separa el Río de la Plata del océano Atlántico, habían almorzado en el prestigioso restaurante Bungalow Suizo, ubicado en la elegante avenida Roosevelt, donde dos parejas sentadas en una mesa cercana a ellos, que el letón suponía que eran judíos, habían estado observándolo atentamente, como si vigilaran sus movimientos. Cukurs, que conocía muy bien el trabajo de investigación que hacía el judío Simón Wiesenthal en colaboración con el Mossad brindando información sobre el paradero de jerarcas nazis que habían escapado de Europa luego de finalizada la guerra, sabía que sus colaboradores andaban por esos lares cazando nazis. Era *vox populi* que después de la publicitada captura en Buenos Aires y ejecución en Israel de Adolf Eichmann, Wiesenthal conjuntamente con los servicios de inteligencia y espionaje de Israel, recorrían esta zona del sur de América, buscando entre otros al "Ángel de la Muerte" Josef Mengele. Por esa razón el estado de preocupación que mostraba el letón, ante algo que se saliera de los carriles normales y le hiciera sospechar la presencia de judíos se encontraba exacerbado al máximo. Desconfiaba de las cosas más insignificantes y banales, presintiendo que cada paso que daba era vigilado por los judíos, que ya en otras oportunidades lo habían amenazado de muerte. Si bien Kuenzle le caía bastante bien, ya que se había apersonado a él de manera muy natural, presentándose como un hombre poderoso, interesado solamente en hacer negocios, y además tenía como antecedente el haber peleado en la guerra como oficial de la Wehrmacht, cosa que valoraba, por otro lado, hacía muy poco tiempo que lo conocía y dudaba si los antecedentes que exhibía eran realmente certeros.

Mientras pilotaba su aeronave de regreso a Santo Amaro con el estómago pesado, como si se hubiera comido un pulpo gigante, escuchaba como un murmullo ininteligible, la jerigonza entre los dos japoneses que no paraban de hablar en su idioma. Estaba deseando llegar al lago Guarapiranga, cobrar sus servicios y marcharse rápidamente a su casa, para tomar el digestivo té que Milda acostumbraba a prepararle, luego de sus frecuentes ingestas copiosas.

Cuando llegó a su casa, soportó estoico el rezongo de su mujer, que le reprochó haber almorzado mariscos, cuando sabía muy bien que siempre le caían mal.

Al rato de haber arribado a su casa y de haber bebido el anhelado té que le había preparado Milda, descubrió un telegrama sobre la mesa.

—¿Y esto… cuando llegó?

—Temprano en la tarde.

—¿Y por qué no me dijiste cuando llegué que tenía un telegrama?

—Cuando llegaste, no estabas en condiciones de leer nada, querido. Ahora después del té, se te ve mucho mejor.

Cukurs procedió a abrirlo y a leerlo de inmediato.

“Sr. Cukurs, envío mañana vía correo pasaje para 23 febrero. Necesaria su presencia Montevideo para ajustar detalles negocio. Atte. Kuenzle”.

—¿Vas a viajar de nuevo al Uruguay? ¡Recuerda la experiencia que tuviste por allá en octubre pasado con aquellos judíos que te vigilaban en el restaurante de Punta del Este! —le dijo Milda, con tono de reproche.

—Nunca supe si eran judíos, si me vigilaban, o si solo fueron imaginaciones mías —contestó el letón y luego agregó—. Estuve meditándolo mucho y voy a ir. No puedo perderme un negocio en el que, por ahora, lo único que tengo que aportar son mis conocimientos y mi experiencia, más en este momento, que nuestra empresa tiene un futuro muy incierto.

—¡Si esto resulta ser una farsa, tu vida corre peligro!

—¡¿Te crees que no lo he pensado?!—contestó Cukurs con enfado.

—¡La Policía ya te advirtió que cada vez que abandones el territorio brasileño, quedas desamparado de su protección!

—¡Eso lo tengo claro! ¡Pero tengo que arriesgarme por el bienestar y el futuro de la familia! —manifestó Cukurs de forma arrogante mientras su mujer lo miraba con rostro de incredulidad.

Al otro día bien temprano, Cukurs recibió por correo una carta de Kuenzle, junto a un cheque para el pasaje y otros gastos, que le había prometido. De inmediato el letón comenzó con los preparativos para el viaje que emprendería a la mañana siguiente.

El día 23 de febrero, el letón arribó a la capital del pequeño estado uruguayo a las 13:45 procedente de San Pablo, en un avión de Air France. Lo esperaba su socio Kuenzle, que ya le tenía reservado alojamiento en el Victoria Plaza, un hotel ubicado en el centro de la capital, donde él también se hospedaba.

Ese mismo día, luego de instalarse en su habitación y descansar un rato, los dos hombres se dirigieron a una oficina de la empresa de aviación Lufthansa, con el propósito de reservar pasajes para un vuelo que partía en dos días hacia Santiago de Chile, donde tenían proyectado la instalación de otra filial de la futura empresa de transporte turístico.

A media tarde, visitaron una inmobiliaria en el distinguido barrio montevideano de Carrasco, buscando un lugar donde instalar la oficina de la futura empresa en Montevideo.

En un auto VW alquilado recogieron al dueño de la inmobiliaria que les mostró unos cuantos chalés en la zona este de Montevideo y en el departamento de Canelones.

Después de recorrer unas cuantas casas y dejar al dueño de la inmobiliaria en su local de la avenida Arocena, Kuenzle, guiando el WV, se dirigió en dirección de la rambla y mientras se desplazaban hacia el Este, le comentó a Cukurs:

—En el día de ayer estuve recorriendo otras residencias y entre todas ellas la que más me convenció fue una casa muy confortable que creo es la más adecuada para instalar nuestra filial. Pero no quise adelantarme y tomar una decisión antes que usted la viera. ¿Qué le parece si vamos hasta allí y la vemos? Como está deshabitada, me facilitaron la llave para que la viera cuando quisiera.

—¿Está muy lejos de aquí?

—Bastante cerca, en el balneario Parque de Carrasco.

Mientras se desplazaban por la ruta en el auto de alquiler, el *kidon* no dejaba de pensar. Sabía que muy pronto todo aquello, por fin, iba a terminar. Ya no soportaba continuar actuando amablemente con ese asesino sanguinario que viajaba a su lado. Envidiaba a sus compañeros que se limitarían a esperar el momento oportuno en el chalé Cubertini, para pasar directamente a la acción, mientras que él había tenido que relacionarse a la par de un amigo con ese miserable nazi y convencerlo para llevarlo a Montevideo.

Pensaba en sus padres asesinados, en los millones de judíos exterminados en la guerra, y no dejaba de cuestionarse si Yahvé no se habría equivocado. ¿Era realmente el pueblo judío el elegido de Dios, como se proclamaba en la Biblia? ¿Qué otro pueblo había sido perseguido, expulsado y exterminado, desde los tiempos más remotos en la historia de la humanidad, como el judío? ¿Por qué razón Dios permitía que ese tipo de seres humanos como los nazis continuaran existiendo? Cuando estos pensamientos lo asaltaban, se indignaba profundamente, y su fe comenzaba a tambalearse, justificando cada vez más el acto de "justicia", que en poco rato iba a ejecutar junto a sus compañeros.

—¡Parece que nos quedamos sin gasolina! —dijo Kuenzle mirando la aguja del indicador de gasolina en el tablero del auto que estaba casi pegada en el 0—. Vamos a tener que parar en alguna estación de servicio a reponer combustible.

El *kidon* recorrió unas pocas cuadras hasta que encontró una estación de servicio. Detuvo el vehículo frente al surtidor de nafta y mientras el empleado se ocupaba en cargarle el combustible, observó a una mujer de lentes oscuros que compraba el diario en el kiosco de al lado, que lo miró. Kuenzle reconoció a Carmela, uno de sus contactos locales, que se quitó sus gafas y comenzó a limpiarlas con un pañuelo, dándole la señal que todo estaba pronto. Luego de abonar el diario, la mujer se dirigió a un auto Volkswagen negro modelo "escarabajo", estacionado en la vereda de enfrente, donde la esperaba un sujeto. Cuando la mujer abordó el vehículo, de inmediato el hombre aceleró el automóvil y se alejaron perdiéndose de vista rápidamente.

Todo estaba dispuesto para la etapa culminante de la misión.

Capítulo XXXIV. Consulado de México

La casa estaba vacía sin Isabel. La situación que estaba pasando Lorenzo era inédita en su vida matrimonial. Nunca en sus años junto a Isabel había tenido un altercado semejante y menos había ocurrido que ella hubiera decidido irse de la casa. Las pequeñas diferencias que tenían siempre culminaban en buenos términos, sin vencidos ni vencedores. Se daban un cariñoso beso, y todo retornaba a la normalidad. Además de amarla profundamente, Lorenzo la admiraba, porque era una mujer especial. Desde que eran pareja, ella siempre había estado interesada en su trabajo como investigador, y era habitual que opinara y lo aconsejara, algo que él aceptaba gustoso, porque siempre se trataban de aportes valiosos, que él tomaba en consideración. Ahora Lorenzo se encontraba solo y bastante desorientado, la echaba mucho de menos.

¿Qué camino tomaría ahora en su investigación? Miró su libreta, en la que hacía breves anotaciones:

-Mario Ísola (dos entrevistas). Funcionario de la embajada de Israel que mantuvo un *affaire* amoroso con Aleska Socoloff, a la que luego encontró engañándole con Jesús Montero (ex novio de Edith Roth).

-Edith Roth (dos entrevistas). Secretaria de la embajada de Israel, que descubrió a su novio Jesús Montero engañándola con Aleska Socoloff.

-Coronel Jabub Raznovich. Agregado militar de la embajada de Israel que reparte su actividad entre las embajadas de

Uruguay, Argentina y Brasil. En uno de sus viajes, trajo desde Brasil a Aleska Socoloff y la empleó en la embajada. Mantenía una relación sentimental con ella hasta que descubrió que lo engañaba. De acuerdo con averiguaciones, en el momento se encuentra en Israel, se ignora cuándo regresará. Fue imposible comunicarse telefónicamente con él.

-Hombre de mediana edad, rubio, que fue visto una noche por el Cutre recogiendo a Aleska Socoloff desde su domicilio y partir con rumbo desconocido en un taxi Mercedes Benz con matrícula terminada en 666.

-Licenciado Jesús Montero. Empresario mexicano que conoció a Edith Roth en una fiesta en la embajada, y entablaron una relación amorosa por varios meses. Al mismo tiempo mantenía otra relación en secreto con Aleska Socoloff, y cuando su novia Edith lo descubrió, rompieron relaciones, y él se marchó a su país.

Era hora de que averiguara algo más de ese joven empresario y pensó que la mejor manera sería ir directamente al consulado de México y hablar con el encargado de la sección consular, el señor Alfredo Gaytán. Según le había contado Edith, ese diplomático era muy amigo de su ex novio y fue él mismo quien llevó a Montero aquella noche a la fiesta a la embajada de Israel.

En sus largos años de actividad profesional al detective Cannizzaro nunca le había tocado pisar una embajada, ni tener contacto con cónsules, embajadores, funcionarios diplomáticos ni ningún otro representante de país extranjero. Pero en esos últimos días, ya había visitado más de una vez la embajada de Israel y ahora estaba por conocer la segunda delegación diplomática, la de México.

El calor, combinado con la elevada humedad, causaba una sensación térmica bochornosa y desagradable que agobiaba a los montevideanos, que anhelaban darse un buen chapuzón refrescante en algunas de las numerosas playas que se extendían a lo largo de la costa del Río de la Plata.

Ataviado de acuerdo con el tórrido día, Lorenzo se dirigió hacia el barrio Pocitos en transporte colectivo, mezclado con numerosos pasajeros cuyo destino era la playa. Descendió del bus en Benito Blanco esquina Masini y caminó varias cuadras en dirección este, tratando de protegerse del fuerte sol que arreciaba a esa hora de la tarde, buscando alguna referencia que le indicara dónde se encontraba el consulado de México. Le habían informado que dicha delegación diplomática tenía su sede sobre la calle Benito Blanco, próximo a Manuel Pagola, pero no tenía su dirección exacta. Al dirigir la vista hacia el brillante cielo celeste, en busca de alguna nube reparadora que le diera respiro a su ardiente caminata, descubrió, en el balcón de uno de los flamantes y modernos edificios de apartamentos que poblaban la zona, la reconocida bandera tricolor mexicana, que apenas se desplegaba en su mástil, debido al ausente viento de la tarde.

El edificio se encontraba frente a la popular playa Pocitos, que a esa hora, pese a ser un día laboral, estaba muy concurrida.

Se acercó a la puerta del edificio, donde pudo distinguir sin dificultad entre el conjunto de timbres y lustrosas chapitas de bronce que indicaban los nombres de los propietarios de los lujosos departamentos, "Consulado de México". Apretó el botón correspondiente y acercó su oído al intercomunicador esperando que lo atendieran.

—¿Qué desea?—dijo una voz ronca y metálica casi de inmediato.

—Yo... quisiera hablar con el señor Gaytán—contestó sorprendido por la voz que salía del intercomunicador.

—Si quiere hablar con el señor Gaytán, va a tener que agendar una visita, es un hombre muy ocupado.

—¡Tendría que ser hoy! ¡Es muy importante! Dígale que quiero hablarle sobre Jesús Montero.

Se hizo una pausa prolongada.

—¿Cuál es su nombre?

—Yo...yo me llamo Lorenzo Cannizzaro, pero no creo que él me conozca.

—Espere un momento, voy a consultar—contestó la voz metálica, y el detective se dispuso a esperar observando el variado y multicolor desfile de personas que se dirigían entusiastas en dirección de las doradas arenas de la playa.

Pasaron varios minutos al tiempo que Lorenzo elucubraba cuál era la mejor manera de presentarse a Gaytán, cuando de pronto sonó la misma voz por el contestador.

—Está bien, le abro la puerta—dijo la voz, y se sintió un ruido agudo, Lorenzo se quedó parado en la puerta esperando.

—¡Empuje la puerta para entrar!—dijo la voz.

Lorenzo esperaba que alguien fuera a abrirle la puerta y cuando escuchó la orden, empujó la gran puerta de vidrio, que cedió y dio lugar a un lujoso *hall* espejado, dos ascensores y un portero ataviado con un elegante traje gris, sentado detrás de un mostrador.

—¿A dónde se dirige, señor?

—Al consulado de México, es la primera vez que vengo.

—Muy bien, pase por acá —contestó el portero al tiempo que le abría la puerta del ascensor y marcaba el número de piso del consulado—. Cuando usted cierre la puerta, el ascensor va a elevarse de inmediato hasta detenerse en el lugar correcto. No tiene cómo perderse, porque el consulado ocupa todo el piso—dijo el amable y servicial portero, luego de digitar el piso de la embajada en la botonera del elevador.

—Muchas gracias—contestó Lorenzo y en el momento que cerró la puerta el ascensor, comenzó un vertiginoso ascenso que lo llevó al lugar indicado en pocos segundos.

“Qué moderno es todo esto. En mis tiempos los ascensores eran como una jaula y andaban más lento”.

Entre las décadas del cincuenta y del sesenta del siglo XX, en el distinguido barrio Pocitos se habían construido la mayor concentración de edificios residenciales en altura más modernos de la ciudad. Era muy frecuente en esos tiempos ver cómo de un día para el otro desaparecían las viejas casonas que habían formado parte del viejo balneario de Los Pocitos, para dar lugar a las nuevas construcciones que se erguían orgullosas sobre la costa y que le darían a Montevideo su frente marítimo distintivo.

En menos de un minuto llegó al piso donde se encontraba la delegación diplomática. Bajó del ascensor y se enfrentó a una puerta de madera que tenía en su frente un escudo de México.

Lo atendió una mujer flaca, de lentes.

—¿Señor Cannizzaro?

—Así es.

—Permítame su documento de identidad y pase por aquí.

Lorenzo sacó de su bolsillo su carné de identidad y se lo entregó.

Luego de pasar por un pequeño *hall*, llegó a una sala luminosa que tenía un gran ventanal desde donde se podría apreciar una maravillosa vista del mar y la playa de Pocitos. Sobre una de las paredes se veía una reproducción de la Piedra del Sol o calendario Azteca y a su lado un tapiz con la figura colorida del dios Quetzalcóatl. No cabían dudas de que se encontraba en territorio mexicano.

—Tome asiento y espere—le dijo secamente la mujer.

Lorenzo se acomodó en uno de los mullidos sillones de cuero y se dispuso a esperar. No pasó demasiado tiempo cuando apareció nuevamente la mujer flaca de lentes.

—Pase por este corredor y llame en la puerta del fondo, que el señor Gaytán lo espera.

Lorenzo golpeó la puerta con delicadeza.

—¡Adelante!—dijo una voz desde dentro, y Lorenzo accionó el picaporte introduciéndose en la oficina del encargado consular, donde encontró un hombre casi calvo, de mediana edad, sentado en un sillón detrás de un amplio escritorio de espaldas a un ventanal con vista al mar.

—Pase, señor Cannizzaro, y tome asiento.

Se sentó mientras observaba en una de las paredes un gran retrato de un hombre con una faja tricolor cruzando el pecho.

—Ese es nuestro presidente actual, el señor Adolfo López Mateos—dijo Gaytán orgulloso, cuando se percató de que Lorenzo miraba atentamente el cuadro—. ¡Un gran presidente! Líder de nuestro glorioso Partido Revolucionario Institucional. Somos tan populares, que la gente nos vota sin interrupción desde hace treinta y siete años—y luego continuó—. ¿Ve allá?, del otro lado están todos los retratos de los distintos ministros plenipotenciarios y embajadores mexicanos en Uruguay a partir de mil novecientos uno, momento en que nuestros países iniciaron formalmente las relaciones diplomáticas.

—¡Muy interesante!—dijo Lorenzo, y notando que el hombre era bastante charlatán, aprovechó la ocasión para distender el ambiente antes de entrar en el tema central y le siguió la corriente—. ¿Cuál de ellos es el retrato del embajador actual?

—Ese último que ve allí es Manuel De Negri Ibarri, que el treinta y uno de enero dejó la embajada, porque nuestro presidente lo envió a otro destino, y el primero de febrero fue designado el señor Federico Antonio Mariscal Abascal, pero recién va a presentar sus cartas credenciales a fin de marzo. Así que por este mes, aquí me tiene a mí, al frente de todo, y bastante ocupado, por cierto. Accedí a hacer un lugar en mi apretada agenda porque me dijo la secretaria que usted me trae información de mi gran amigo Jesús Montero. Somos muy camaradas y desde que regresó a nuestro país de manera inesperada y sin mucha explicación, me tiene muy preocupado. ¿Usted qué es lo que sabe de él?

—Vine aquí justamente a preguntarle lo mismo—dijo el detective, y Gaitán quedó mirándolo sorprendido—. Yo soy Lorenzo Cannizzaro, detective privado, y estoy investigando la desaparición de una mujer llamada Aleska Socoloff.

—¿De quién?

—De Aleska Socoloff, una funcionaria de la embajada de Israel.

—¡Qué tiene que ver la desaparición de esa mujer con mi amigo!—dijo Gaytán parándose detrás de su escritorio—. ¿Así que usted no sabe nada y no me trae ninguna información de Jesús?—agregó en tono de reproche, y su regordete rostro se encendió.

—¡Tranquilícese, señor Gaytán!—dijo Lorenzo tratando de aplacarlo—. Lo que usted no sabe es que su amigo mantenía una relación con esa mujer.

—Es muy extraño lo que usted me dice. Mi amigo está muy enamorado de Edith, la secretaria de la embajada de Israel, y fui justamente yo quien se la presentó en la fiesta del catorce de mayo pasado. Incluso Jesús me comentó que estaban pensando en casarse.

—Es muy cierto lo que usted dice, pero esa relación ya no existe, porque la señorita Aleska se interpuso en su camino. ¿Usted la conoce a Aleska?

—La verdad es que todo esto me toma por sorpresa. Yo no conozco a nadie más de esa embajada que al señor Yeshayahu Anug y a la secretaria Edith, y no tengo idea de quién es esa tal Aleska, que usted menciona — dijo Gaytán y luego agregó algo ofuscado—. Y si no tiene noticias de Jesús, le ruego se retire, estoy muy ocupado.

—¿Nunca intentó ponerse en comunicación con su amigo en México?

—Ya hace siete años que soy el encargado de la sección consular, pero ahora, desde que estoy a cargo de la embajada, se me duplicó el trabajo y no tengo demasiado tiempo para atender problemas personales.

—Como me dijo que estaba muy preocupado con el regreso inesperado de su amigo a México, pensé que…

—Usted puede pensar lo que quiera, detective—dijo molesto Gaitán interrumpiéndolo.

—¿Tiene un número de teléfono para ubicar a Montero en México, que me puede dar?

—No tengo.

—Perdón, señor, yo solo vine a hablar con usted porque creí que podría aclararme algunas cosas sobre su amigo —dijo Lorenzo a modo de disculpas, y antes de retirarse le hizo una última pregunta —. ¿No recuerda ninguna actitud extraña o fuera de lo común del licenciado Montero en los últimos días que estuvo con él?

—No, no, nada—dijo Gaytán ásperamente y abrió la puerta invitando a Lorenzo a que se retirara.

—Acá le dejo mi tarjeta por si recuerda algo que me quiera transmitir.

Cuando salió del consulado, cruzó hacia la rambla y caminó un largo trecho por ella disfrutando de la brisa marina y pensando en cómo continuaría ahora con su investigación. Llegó hasta la plaza Trouville, se sentó en uno de sus bancos, sacó su libreta y revisó sus anotaciones. Tanto por el lado del coronel Jabub Raznovich, que estaba en Israel, como por Jesús Montero, que se encontraba en México, no podía avanzar más, se le habían cortado los caminos. La única pista que le restaba indagar era la del hombre rubio que había sido visto por el Cutre recogiendo a Aleska Socoloff desde su domicilio en un taxi Mercedes Benz con matrícula terminada en el "número del diablo".

Capítulo XXXV. La prueba que faltaba

Con los pocos datos que le había dado el Cutre, el detective Cannizzaro había podido encontrar al taxi que había transportado aquella noche a Aleska y al hombre rubio.

Aníbal Suarez se llamaba el chofer que conducía el taxi matrícula de Montevideo 41-666, con el abollón en el guardabarros delantero izquierdo, y cuya parada se encontraba en la Ciudad Vieja, cerca del Mercado del Puerto. Suárez recordaba muy bien al hombre rubio que había trasladado al hotel Nogaró, luego de haberlo recogido en el puerto. Según su versión, se trataba de un sujeto de mediana edad y con acento extranjero, que había arribado en la mañana del 12 o 13 de febrero en el vapor de la Carrera, procedente de Buenos Aires. El pasajero le había manifestado que llegaba a Montevideo por asuntos de negocios y en la noche de ese mismo día, casualmente él mismo, había sido el encargado de llevarlo hacia la calle Gonzalo Ramírez, donde levantó a una joven rubia muy atractiva desde su casa, y juntos se dirigieron hacia el Parque Rodó.

Ante la pregunta de si había notado algo extraño en ese hombre, Suárez le respondió que pese a ser una persona acostumbrada a ese oficio de chofer, con varios años de trabajo trasportando todo tipo de individuos, este le pareció un sujeto muy especial, casi no hablaba, y le pareció muy raro que mencionara que hacía negocios a esas horas de la noche. También le resultó raro cuando el hombre le preguntó dónde podría comprar un baúl grande. Él le había sugerido hacerlo en la Casa Schiavo y le ofreció llevarlo a la mañana siguiente, pero el hombre no aceptó.

Con todos los datos que le aportó el chofer, Lorenzo se dirigió hacia el hotel Nogaró, ubicado en el casco antiguo de la ciudad, para tratar de averiguar quién era ese hombre.

Cuando llegó a la puerta del hotel, el portero lo observó con extrañeza, ya que Lorenzo iba a pie y sin equipaje, algo nada común en los habituales pasajeros que arribaban al lujoso hotel.

—¿Lo puedo ayudar en algo, señor? —le preguntó amablemente el portero.

—Simplemente vengo en busca de una información.

—Está bien, pase. A la derecha está el mostrador de recepción, allí lo van a atender.

Lorenzo se encontró con un amplio *hall* de entrada y un largo mostrador de mármol lustroso con un cartel que decía "Recepción", donde había dos funcionarios trabajando.

—¡Buenos días, señor!—dijo uno de los empleados.

—Buenos días. Soy el detective Lorenzo Cannizzaro y estoy buscando información sobre una persona que se hospedó en este hotel el doce o trece de febrero. La única referencia que tengo es que habla con acento extranjero, es rubio y procedía desde Buenos Aires. Otro dato que puedo aportar es que esa noche salió tarde del hotel, en un taxi guiado por el señor Aníbal Suárez.

—Usted comprenderá, señor, que somos un hotel internacional, que recibimos muchos pasajeros extranjeros, y que el señor Suárez, a quien conocemos muy bien, ha transportado innumerables clientes de este hotel. Es muy difícil poder saber de quién se trata con tan pocos datos.

—Sí, comprendo. Pero se podría averiguar buscando en el libro de ingresos de esos días…

—¿Pero qué buscamos, hombre rubio, con acento extranjero, que salió tarde de noche? —contestó el funcionario con tono sarcástico.

—Bueno... yo no digo eso. Se podrían ver qué pasajeros arribaron desde Buenos Aires en esas mañanas del doce y trece, por ejemplo.

— ¡Ah... bueno! Pero eso implicaría una tarea más ardua e implicaría más tiempo. Nosotros estamos aquí para cumplir nuestro trabajo, además no nos es permitido brindar información sobre nuestros clientes.

—¡Está bien, está bien! —dijo Lorenzo interrumpiendo y apoyando dos billetes de cien pesos doblados sobre el mostrador.

Los dos empleados se miraron de una manera cómplice, y uno de ellos apoyó el libro de ingresos sobre los billetes, tapando el dinero.

—No es necesario que busquemos en los libros—dijo el otro funcionario que no había intervenido en la conversación

—¿Qué dices, Heriberto? —dijo el primer empleado, y a continuación levantó el libro y tomó los doscientos pesos rápidamente y se los metió en el bolsillo.

—Creo saber a quién se refiere. Lo recuerdo muy bien porque esa noche del doce de febrero yo estaba trabajando, y era mi cumpleaños. Y ese señor, que era rubio, tenía acento extranjero y había arribado esa misma mañana de Buenos Aires, en el momento que salía, se enteró por casualidad que yo cumplía años y me obsequió unos dólares—dijo Heriberto.

—¿Recuerda su nombre?

—Oswald Taussing. Soy bueno para recordar nombres, además no es común que nos den una propina tan importante y en dólares.

—¿Algún otro dato que me pueda aportar?

—Su visita fue muy corta. Recuerdo que se retiró al día siguiente en un coche VW de alquiler.

Lorenzo se fue del lujoso hotel con doscientos pesos menos, pero con otro nombre que apuntó en su libreta. Ese hombre pasaba a ser el sospechoso número uno.

Llegó a su casa, y esa noche, mientras preparaba la cena, se propuso distanciarse un poco del caso para descansar su ya desacostumbrada mente, y para quebrar el silencio reinante en la casa, se dirigió al comedor y encendió el receptor de radio Grunding, que habían adquirido junto con Isabel en la conocida casa Sapelli de la avenida 18 de Julio, un regalo que se habían hecho para festejar sus treinta años de casados. En épocas pasadas, acostumbraba a escuchar las noticias junto a su mujer, interesándose principalmente en las novedades policiales, pero luego de su retiro ya hacía tiempo que había perdido todo interés en esos asuntos mundanos, y era solo Isabel quien continuaba con la práctica de encender el receptor a las horas de las noticias, mientras él leía los clásicos de la literatura, encerrado en la biblioteca y desconectado totalmente de la realidad.

Debido a una molesta sordera, que le iba aumentando desde hacía un tiempo y le impedía entender las voces con claridad, decidió desenchufar la radio y llevarla a la cocina para poder escuchar el informativo de las 21 horas de El Espectador, mientras se preparaba la cena. Recién en este momento se lamentó no haber comprado la radio Spica a transistores, que le habían ofrecido en Casa Sapelli en lugar de radio Grunding modelo 80 U a válvulas. Esas modernas radios que no necesitaban cable las escuchaba hasta la gente de campo, mientras realizaba sus tareas rurales.

En determinado momento, escuchó que el informativista modulaba e intensificaba su voz:

"Tenemos una noticia policial de último momento".

Lorenzo puso atención.

"Se encontró el cuerpo sin vida de una mujer en las canteras del Parque Rodó".

Lorenzo dio un paso hacia la izquierda para acercarse al receptor.

"El cadáver de una mujer de entre treinta y cinco y cuarenta años fue encontrado esta tarde por unos niños que jugaban en la zona de las canteras del Parque Rodó, prácticamente degollada".

Más adelante, el informativista agregó que el presunto homicidio no había tenido como móvil el robo, ya que a la mujer se le había encontrado dinero entre sus pertenencias. Por otra parte, de acuerdo con el informe primario del médico forense, la mujer tampoco parecía haber sido violentada sexualmente.

La noticia fue escueta, pero fue suficiente para que Lorenzo cambiara la tortilla de papas, que dejó a medio hacer, por un rápido sándwich de jamón y se dispusiera a salir de inmediato.

Ataviado con una vestimenta inapropiada para esa hora, de camisa de manga corta y un pantalón liviano de lino, Lorenzo se dispuso a esperar el bus que lo llevara hasta el Parque Rodó para corroborar de primera mano que la mujer a la que se refería el informativista fuera la misma que él estaba buscando. La noche había refrescado bastante, y con el apurón de la salida se había olvidado de llevar un abrigo. Otra vez lamentó la ausencia de Isabel, que siempre estaba en esos detalles.

Cuando arribó al mencionado parque, se dirigió directamente hacia un grupo de personas que se encontraba cerca del Pabellón de la Música, una especie de glorieta monumental que rendía homenaje a las grandes cumbres musicales germanas: Beethoven, Mozart, Brahms y Wagner.

—¿Qué pasa, no se puede pasar más allá? —preguntó Lorenzo a una de las personas del grupo.

—Está trabajando la Policía hace varias horas porque encontraron una mujer muerta cerca de las canteras.

Había una cinta amarilla con letras negras desplegada de lado a lado en el camino, que decía: "Policía- No pasar", junto a la cual se encontraba un guardia vigilando que nadie transgrediera la prohibición.

Lorenzo se acercó al agente uniformado que cuidaba el paso e inmediatamente lo reconoció.

—¡Rogelio, ¿Cómo te va?!

—¡Lorenzo! ¿Vos por acá? ¿Qué estás haciendo? ¿Estás extrañando el trabajo?

Rogelio Bordón era un policía que Lorenzo conocía desde hacía muchos años y que nunca había podido hacer carrera dentro de la institución por problemas de indisciplina.

—Y… un poco…

—¡Vos sí que la hiciste bien! ¡Ahora estás disfrutando de la jubilación! ¡Mírame a mí! Yo sigo igual, esperando ansioso que se cumplan los años para pasar a retiro.

—¡Pero tú eres mucho más joven! Me acuerdo cuando coincidíamos en algún trabajo, eras apenas un chico y bastante rebelde.

—Esa rebeldía, que todavía conservo, me costó varios arrestos y quedarme estancado sin poder progresar.

—El carácter ya se trae de fábrica, y es difícil de cambiar —dijo Lorenzo y luego agregó llevando la conversación al punto que le interesaba—. Dicen que mataron a una mujer por acá cerca.

—Sí, encontraron el cadáver de una femenina hoy de tarde. ¡La degollaron de oreja a oreja!

—Pero ¿no fue por las canteras?

—Sí, por allá.

—¿Y porqué cortan el paso desde aquí, tan lejos?

—Son las directivas del jefe. Él dice que están buscando en toda la zona algún elemento que aclare el homicidio y no quiere que el lugar se contamine.

—¿Quién está a cargo?

—El comisario Otero.

Cuando hacía apenas un año que se había retirado de su actividad, Lorenzo había conocido al joven comisario Otero en la reunión familiar que se había realizado en la casa de su gran amigo suyo, el ya fallecido comisario Pedro Cabezas. Esa noche había podido comprobar la solvencia y la capacidad de aquel joven oficial que se destacaba del resto del grupo, brindando sus reflexivas y maduras opiniones. Sobre la base de esa observación le había comentado a su fallecido amigo que aquel joven estaba destinado a tener un futuro promisorio dentro de la Policía, cosa que más tarde se hizo realidad, ya que Alejandro Otero actualmente estaba al frente del Departamento de Inteligencia y Enlace, cumpliendo una destacada y reconocida labor.

—Parece un hombre muy solvente—comentó Lorenzo.

—Demasiado milico para mi gusto—dijo Rogelio Bordón.

—¿No te animás a dejarme pasar para hablar con él?

—¡Estás loco! A mí me tienen siempre en capilla, y si ven que te dejo pasar, me van a sancionar —y de pronto reaccionó—. ¿Y vos para que querés hablar con él? ¿Ya no viste suficientes muertos en tu vida?

—Perdón que no te conté antes, pero estoy trabajando de nuevo.

—¡No te puedo creer! ¡Pensar que yo quiero desaparecer lo más pronto posible de este ambiente, y vos regresaste!

—Por única y definitiva vez, es un caso especial.

—¿Será la última? ¿No le tomarás el gustito y después seguís?

—No, no. Le prometí a mi esposa que era la última y tengo que cumplir. Estoy investigando la desaparición de una mujer y quisiera saber si es la que encontraron asesinada.

—Está bien, pasá, pero que no te vea esa gente que estoy haciendo una excepción contigo. ¿Ves aquellos árboles a la derecha? Metete por allí y pasá con disimulo.

Lorenzo empezó a caminar con cautela hasta que las luces del camino dejaron de iluminarlo y su silueta se convirtió prácticamente en una sombra invisible. Cuando llegó al grupo de árboles que le había indicado Rogelio, se introdujo en su espesura, y ya estaba del lado vedado por la Policía.

—¡ALTO, ALTO! ¡¿QUÉ HACE ALLÍ?! —gritó una voz autoritaria—. ¡¿DÓNDE VA, SEÑOR?!

—¡Espere oficial…, espere, mi nombre es Lorenzo Cannizzaro, detective privado! —contestó sorprendido y encandilado, mientras mostraba su documento de identidad a dos policías que iluminaban su rostro con una linterna—.¡Solo quiero hablar con el comisario Otero!¡Por favor!

Los dos policías se miraron algo desconfiados y tomaron el documento de Lorenzo para examinarlo.

—¿Y por qué quiere hablar con el comisario? —preguntó el más robusto de los policías sin dejar de iluminar el rostro de Lorenzo con la linterna.

—Estoy investigando la desaparición de una mujer y tengo sospechas de que la mujer que encontraron hoy en las canteras puede ser la misma que yo estoy buscando.

—Dese la vuelta con las manos en alto—dijo el otro policía al tiempo que procedía a su cacheo.

—Oficial, en mi pierna derecho tengo una Browning nueve milímetros —se adelantó Lorenzo a decir antes de que el policía la descubriera.

El oficial retiró el arma cuidadosamente, y le dijo:

—Está bien, baje las manos.

—Es un arma que tengo desde hace mucho tiempo. Me acompañó prácticamente en toda mi carrera —dijo Lorenzo con tono casi melancólico, cuando vio que el agente examinaba su arma.

—Acompáñeme, que lo voy a llevar a donde se encuentra el comisario.

Los dos policías condujeron a Lorenzo en dirección de la rambla Wilson, por medio de las sombras de los frondosos eucaliptus que se erguían en el parque.

Llegaron a la costa a la altura de la playa Ramírez, donde se encontraban varios móviles policiales estacionados.

—Comisario, encontramos a este hombre que dice ser detective privado y quiere hablar con usted. ¿Qué hacemos?

—¿Tiene identificación?

—Sí, señor—dijo el policía y le acercó el documento a su jefe.

—¡Pero usted es Lorenzo Cannizzaro!—dijo eufórico Otero, al ver su documento.

—Efectivamente, comisario.

—Un gusto de conocerlo personalmente. Conozco muy bien sus historias: cuando usted era famoso, yo apenas era un estudiante —comentó Otero, mientras le extendía la mano para saludarlo.

—¡Famoso es mucho decir, bastante conocido puede ser! —contestó Lorenzo.

—¿Qué lo trae por acá?

—Quería interiorizarme de primera mano acerca de la chica que encontraron en las canteras.

—¡Yo creí que ya estaba retirado hace tiempo!

—Creyó bien. Lo que sucede es que por esas cosas del destino y sin proponérmelo, luego de varios años de inactividad, un cliente de otros tiempos se acordó de mí y requirió mis servicios para investigar una persona desaparecida.

—¿Ya se hizo la denuncia policial de la desaparición?

—Se trata de un caso muy especial. Es una funcionaria de la embajada de Israel que desapareció hace más de quince días, y los responsables de la delegación diplomática quisieron hacer una investigación por su cuenta, antes de involucrar a la Policía. ¡Usted sabe cómo es el tema de las embajadas! Necesitan permisos especiales y una serie de trámites burocráticos y protocolares que permitan acceder a la Policía al territorio de otro país, aunque las representaciones diplomáticas sean un par de habitaciones de cuatro por cuatro enclavadas en un territorio soberano.

—Sí, es bastante complicado. Recuerdo hace unos años cuando robaron unos Modigliani de la embajada de Italia, que no sé porqué cuernos esos cuadros tan valiosos estaban en nuestro país, los problemas que tuvimos antes de poder acceder a la sede diplomática. Creo que hasta se llegaron a involucrar en negociaciones los cancilleres de ambas naciones, el nuestro y el italiano.

En ese momento llegó apresurado un patrullero que estacionó detrás de las otras tres unidades policiales de donde se bajó un oficial muy apurado.

—Comisario... comisario, hay un tiroteo en la Ciudad Vieja. Parece que está fea la cosa. Cayó uno de los nuestros en la balacera. Los maleantes están pertrechados en la sucursal del banco Mercantil. Quisimos comunicarnos con ustedes por radio, pero se ve que están muy ocupados porque nadie atendió.

—¿Y por qué no me avisaron por *handy*? Que siempre lo llevo conmigo —contestó Otero furioso.

—También lo intentamos, señor, pero parece que no tienen el alcance suficiente.

—Está bien, voy para allá de inmediato—y luego dirigiéndose a Lorenzo dijo—. El cadáver de la mujer que encontramos esta mañana ya fue levantado por el forense y está en la morgue.

—¿Y usted no me puede dar algún dato especial, de su aspecto, de su vestimenta u otro elemento que le haya resultado llamativo?

—Bueno... era una mujer rubia, muy bonita, de cabello largo, bien vestida, que estaba inmersa en un gran charco de sangre producto de un terrible corte en su garganta que le provocó su muerte. Además, no fue víctima de robo, ya que tenía su billetera con dinero, pendientes de oro y una cadena en su cuello con una curiosa medalla de plata.

—¿Cómo era esa medalla?

—La medalla tiene grabada una estrella de cinco puntas con letras, números y signos extraños. En principio creí que era una integrante del grupo guerrillero autodenominado Tupamaros, que el año pasado salió a luz con el robo de armas al Club de Tiro Suizo en la ciudad de Nueva Helvecia, pero de inmediato lo descarté.

—Ese es el Tetragramatón esotérico...

—¿¡El qué…!?

—Es un amuleto que usan algunas personas para protegerse de las energías negativas y malas vibraciones y lo protege de las fuerzas del mal.

—¡Se ve que a esta desgraciada no le funcionó! —dijo con un tono sarcástico el comisario, y agregó mientras se dirigía hacia uno de los patrulleros—. Si quiere saber algo más, va a tener que hablar con el doctor Franzolini, que es el forense que actuó en este caso. Un gusto haber estado con usted, me hubiera gustado conversar más tiempo, pero como ve, el deber me llama.

Aquella extraña medalla de la occisa, que describió Alejandro Otero, hizo que el veterano, pero aún perspicaz detective, la asociara de inmediato a la que, según la versión de la funcionaria de la embajada Marcia Morosoli, portaba Aleska Socoloff en el cuello.

Esta coincidencia le hizo concluir de inmediato que la mujer que buscaba estaba en la morgue.

Capítulo XXXVI. Los que nunca olvidarán

El "escarabajo" negro circulaba a los tumbos por la calle Colombia del balneario Parque de Carrasco, hasta que un supuesto desperfecto mecánico le hizo detener la marcha. Un hombre menudo con actitud contrariada salió del vehículo, se dirigió hacia la parte posterior del coche y abrió la tapa del motor con intenciones de reparar una aparente avería. Luego de realizar algunas manipulaciones imprecisas en la maquinaria, cerró el compartimiento, encendió el auto y continuó su marcha con normalidad. Los ocupantes del móvil se hacían llamar Gustavo y Carmela, ambos jóvenes formaban parte de un movimiento guerrillero urbano local que se autodenominaba Tupamaros, inspirado en la teoría foquista del Che Guevara, puesta en práctica en la revolución cubana, y habían formado parte de un comando armado que un año y medio atrás había asaltado el Tiro Suizo en la ciudad de Nueva Helvecia, apoderándose de algunas armas.

Desde el chalé "Cubertini", ubicado en la misma calle Colombia, cuatro hombres agazapados detrás de una ventana, con sus rostros cubiertos por finísimas gotas de sudor, captaron la señal de "la avería" y comenzaron a quitarse sus ropas, quedaron solamente con prendas interiores, para protegerlas otras de las posibles salpicaduras de sangre. Los hombres se habían preparado especialmente en lucha y artes marciales para ese momento, tenían claro que el letón, pese a tener sesenta y cinco años, era todavía un hombre atlético y muy fuerte y seguramente iba a oponer una fuerte resistencia.

La complicada misión, ideada en las altas esferas de Israel, planeada meticulosamente en París e iniciada en el Brasil con la excelente labor profesional del agente Yaacov Meidad interpretando el personaje de Ánton Kuenzle, estaba a punto de finalizar. Solo restaba concretar la última y crucial etapa.

A partir de este momento, cada paso debía de ser muy preciso y sin errores: una mínima falla daría por tierra con todo el trabajo de esos meses, lo que implicaría un rotundo fracaso de la misión.

Pasaron muy pocos minutos, y el VW negro que transportaba a los socios Kuenzle y Cukurs se estacionó frente a la casa Cubertini.

— ¡Llegamos, *Herr* Cukurs! Esta es la casa que le comenté. Estoy seguro de que le va a gustar, pero quiero que antes usted le dé el visto bueno. ¿Bajamos? —dijo Kuenzle mostrando entusiasmo.

El espía sacó la llave del chalé que le había proporcionado el dueño y salió del auto dirigiéndose a la casa con un maletín negro en la mano. Quería ser el primero en entrar y así asegurarse que no hubiera ningún contratiempo de último momento que frustrara la operación. Antes de abrir la puerta, dio un último vistazo hacia atrás y vio a Cukurs observando atentamente hacia uno y otro lado con su clásica mirada de desconfianza, que nunca lo abandonaba. El *kidon* era un hombre habituado y con la experiencia suficiente en este tipo de situaciones límites, sin embargo, en esos pocos segundos que duró su caminata desde el auto hacia la casa, pasó por su cabeza un torrente de pensamientos inquietantes: "¿Entrará a la casa o sospechará de que se trata de una trampa?¿No nos estará engañando y lo sabe todo desde el principio?¿Me atacará con su pistola, de la que sé que nunca se aparta?¿Podremos apresarlo?¿Y si fallamos, qué pasará?".

Cuando Kuenzle ingresó a la casa, pudo observar fugazmente a uno de sus compañeros en paños menores detrás de una puerta, que levantó su dedo pulgar indicándole que todo estaba en orden.

Ya no había marcha atrás, en segundos se desataría la acción.

— ¡Pase *Herr* Cukurs, que yo voy abriendo las ventanas!

En el momento en que el letón traspasó el umbral de la casa, el más corpulento de los *kidones* que lo esperaban, cerró violentamente la puerta y de forma inmediata se lanzó como una tromba sobre el nazi, sujetándolo por detrás, al tiempo que el resto de los hombres se le tiraba encima tratando de inmovilizarlo. La mirada gélida de ojos claros del genocida se transformó en una mirada mezcla de asombro y terror al comprobar que se había hecho realidad lo que tanto había temido durante todos estos años. Aún en inferioridad numérica y sacando una fuerza descomunal que sorprendió a los agentes del Mossad, se quitó de encima a los hombres y logró manotear el pestillo de la puerta tratando de escapar, al tiempo que dirigió su mano al lugar donde portaba su pistola Baretta. En ese mismo momento otro de los hombres llegó por detrás con un martillo y le aplicó un fuerte golpe en la cabeza que hizo tambalear su cuerpo y caer al suelo. Con su cabeza cubierta de sangre y desde el piso, gritaba desesperado en alemán, *¡Lass mich reden…!* ¡Lass mich reden…! (¡Déjenme hablar…! ¡Déjenme hablar…!)

Pero todo culminó cuando el genocida recibió dos tiros de gracia en la cabeza que acabaron en forma instantánea con su vida.

Cuando el último grito del letón se apagó y la lucha culminó, los cinco hombres que habían cometido el homicidio se miraron sorprendidos, no había sido el final que habían buscado. Habían planeado que antes lo reducirían y le leerían sus cargos en nombre de los treinta mil judíos que habían sido asesinados por él hacía veinte años atrás, pero su fuerte resistencia y el intento de usar el arma habían acortado los procedimientos.

Los atacantes quitaron de entre las ropas del cadáver un pasaporte brasileño, tomaron la pistola Baretta de procedencia italiana que había caído, lo ataron de pies y manos con alambre, lo envolvieron en una frazada y colocaron el cuerpo en el gran baúl de madera que tenían preparado. Antes de cerrarlo con candados, el agente Yaacov Meidad extrajo una hoja mecanografiada de su maletín y la colocó en el pecho del cuerpo del letón, mientras les decía a sus compañeros:

—Este es el veredicto que lamentablemente no pudimos leerle al asesino. Acá lo dejamos para que el mundo conozca la razón de su ajusticiamiento:

"Considerando la gravedad de los crímenes de los que se acusa a Herbert Cukurs, en especial su responsabilidad personal en el asesinato de treinta mil hombres, mujeres y niños, y teniendo en cuenta la terrible crueldad con la que Herberts Cukurs llevó a cabo estos crímenes, condenamos al mencionado Cukurs a muerte".

Fue ejecutado el 23 de febrero de 1965.

Firmado: Los que nunca olvidarán.

Capítulo XXXVII.
Trascendencia mundial

La tranquila ciudad de Montevideo no salía de su asombro por lo inédito del acontecimiento criminal. La República Oriental del Uruguay, un pequeño país alejado geográficamente del pasado acontecimiento bélico más cruento de la historia de la humanidad —la Segunda Guerra Mundial— había sido escenario de un crimen derivado de ella.

La información corrió como reguero de pólvora por todas las agencias de noticias internacionales, y por un día la ciudad platense fue noticia en la tapa de los periódicos más importantes del mundo.

El comisario Alejandro Otero y su compañero, el subcomisario Washington Santana Cabris, alertados por dos reporteros del vespertino El Diario, habían sido los primeros en toparse con la horrenda escena del crimen.

Entre las ropas del cadáver se encontraron algunos dólares, cruzeiros y tarjetas de una empresa de construcciones aeronáuticas: "Herberts e Filhos Ltd. Santo Amaro".

Ambos comisarios se hicieron cargo de la investigación del caso partiendo de la base de que aquel cadáver correspondía a un criminal de guerra nazi, como aseguraba el veredicto de "Los que nunca olvidarán" y para corroborarlo se enviaron las fichas dactiloscópicas a Europa, a efectos de cotejarlos con los archivos allí existentes. Un tiempo después, llegó el resultado confirmando que el cadáver pertenecía a Herberts Cukurs, un ciudadano de Letonia que residía en el Brasil, donde había sido acusado de participar en las matanzas de miles de judíos en la Segunda Guerra Mundial.

Era conocido el hecho de que muchos nazis, acusados de asesinatos en masa de civiles (judíos, gitanos, discapacitados, homosexuales y otros), habían buscado refugio en Sudamérica al finalizar la guerra, cobijados por gobiernos cómplices del nazismo, como lo eran el de Domingo Perón en la Argentina, la dictadura militar en Brasil o la de general Alfredo Stroessner en el Paraguay. En esos días también era muy comentado que Josef Mengele, el médico recordado por su sadismo en el campo de concentración de Auschwitz, andaba por Sudamérica. Se tenían firmes sospechas de que había vivido un tiempo en la Argentina y luego en el Paraguay, donde luego se le había perdido la pista.

De acuerdo con las indagaciones realizadas por el comisario Otero a empleados de las compañías de aviación y de las empresas de alquiler de vehículos, como también a conserjes, mucamas y pasajeros de los hoteles, donde se habían alojado los sospechosos del atentado, se concluyó que los vengadores anónimos habían sido por lo menos cinco hombres. Conclusión que después fue corroborada por las declaraciones de un obrero, que el día 23 de febrero, fecha presunta del homicidio, hacía trabajos de albañilería en una casa cercana al chalé Cubertini. El trabajador de la construcción manifestó haber visto llegar al chalé esa misma mañana a cuatro hombres de aspecto extranjero en un auto VW verde claro y que en horas del mediodía, en momentos que se disponía para almorzar, había visto arribar otro coche de color negro de la misma marca con dos hombres más, que también ingresaron a la misma casa.

De acuerdo a las firmes pistas que recabó la Policía, se dedujo que el primero de los autos habría transportado a cuatro hombres, que esperaron en la finca agazapados la llegada del quinto hombre que traía a la víctima, Cukurs.

A nivel nacional e internacional comenzó a circular la fuerte versión de que el servicio secreto israelí (Mossad) estaba detrás de todo este asunto. Incluso se mencionó a nivel público que un tal Menahen Babash, un diplomático israelí que tenía una casa en Punta del Este, podría ser una pieza clave en el hecho de sangre acontecido en Paso Carrasco.

Mientras tanto en la embajada de Israel se vivían momentos de nerviosismo e incertidumbre.

Una bomba de alquitrán había sido arrojada contra uno de los muros de la embajada, al tiempo que aparecían cruces gamadas pintadas en algunos muros de la ciudad con la leyenda de "judíos asesinos", escritas por grupos de derecha. Se enviaron mensajes anónimos intimidatorios a personalidades judías y se atacaron varias sinagogas, e incluso un comerciante judío había recibido una encomienda con una bomba.

Sentado frente a su desordenado escritorio, donde por lo menos había tres tazas de café vacías, el embajador Yeshayahu Anug no dejaba de revolver su despeinada cabellera, mientras trataba de encontrar la mejor forma de solucionar la delicada y difícil situación que tenía por delante. El día anterior se había puesto en contacto telefónico con el ministerio en Tel Aviv, informándole en detalle lo que sabía del caso de notoriedad, que ya recorría el mundo mediante todas las agencias de noticias que se habían hecho eco del suceso. Era *vox populi* que los servicios secretos de Israel (Mossad) estaba implicado en el atentado y Anug que también tenía firmes sospechas de que realmente era así, había recibido la orden explícita de su gobierno de solicitar lo más rápido posible una audiencia en el Ministerio de Relaciones Exteriores de Uruguay para negar toda participación de su país en los hechos. Anug sentía que estaba traicionando sus más íntimas convicciones de honestidad, trasmitiendo una verdad que no concebía como tal. Pero no solo ese era el problema que atormentaba al embajador, en el día anterior, se había confirmado que el cadáver de la mujer encontrada en las canteras del Parque Rodó había sido identificado como el de Aleska Socoloff. Y para complicar más los hechos, la secretaria Edith había solicitado la renuncia a su cargo de forma inesperada, justamente cuando en la embajada todo era un caos.

—Señor, ya pedí la audiencia con el canciller Luis Vidal Zaglio. Quedó agendada para mañana a las nueve de la mañana—dijo Ana Schwartzman, que estaba haciendo la suplencia de secretaria de forma transitoria, por ser la funcionaria más veterana de la embajada.

— ¡¿Para mañana!? —dijo Anug sorprendido.

— ¡Es lo más rápido que pude conseguir! Comprenda usted que yo soy nueva en este cargo, Edith seguramente hubiera conseguido más rapidez en el trámite.

—Por eso justamente, es demasiado pronto, y no tengo nada preparado —contestó Anug y agregó—. Y usted no se haga problemas, Ana, yo no le voy a exigir demasiado, haga lo mejor que pueda. ¡La que no tiene perdón es Edith, que nos dejó con las manos vacías de manera inexplicable y en este momento tan complicado!

—Gracias por la comprensión, señor.

— ¡No sé qué le voy a decir al canciller! —dijo el embajador rascándose la cabeza como acostumbraba a hacer.

—Señor, dígale lo que le ordenaron decir, que nosotros no tenemos nada que ver en esto—manifestó Ana como una obviedad.

— ¿Con qué cara? —dijo Anug, y se levantó de su escritorio, cerró la puerta de su despacho y mirando en el rostro a Ana le manifestó casi en secreto—. ¡Usted sabe que es un secreto a gritos que el Mossad participó en el atentado! —y luego agregó con indignación—. ¡Y lo peor es que les dimos argumentos a estos malditos fascistas para que nos ataquen con pintadas, bombas y atentados!

—Por fortuna la Policía ya apresó a los responsables que enviaron la bomba al comerciante. Eran integrantes de un grupo nazi-fascista local, aunque también se comenta que la organización terrorista neonazi Tacuara de la Argentina estaría detrás de los atentados. Por suerte no sucedió ninguna desgracia que lamentar, el comerciante cuando recibió el paquete sospechó algo raro y llamó a la Policía, y los funcionarios de Materiales y Armamentos pudieron desactivar la bomba.

— ¡Y ahora también se suma el asesinato de Aleska! —dijo Anug con rostro de preocupación.

—Bueno… parece que por ese tema se están haciendo los trámites de gobierno a gobierno. El propio canciller Luis Vidal Zaglio se puso en contacto con el primer ministro Levi Eshkol para hacer las solicitudes pertinentes, para iniciar la investigación.

— ¿Y para eso no habíamos contratado a Cannizzaro?

—Sí, pero para investigar la desaparición. Ahora estamos frente a un homicidio y allí tiene que tomar parte la Policía. En cualquier momento los tenemos por acá.

— ¡Pero tienen que autorizarme desde Tel Aviv!

—Por supuesto, usted tiene que esperar que terminen los contactos políticos en las altas esferas y si se ponen de acuerdo, que creo no va a haber problemas, esperar la orden para dejar entrar a la Policía —le contestó Ana enfáticamente.

— ¡Yo me voy a volver loco! ¡Maldito el momento que vine a esta embajada! —manifestó Anug con los ojos desorbitados y el cabello despeinado.

— ¡Señor, desde que yo trabajo acá, esta siempre fue una embajada tranquila y sin problemas! —dijo Ana tratando de convencerlo.

— ¡Se ve que me tocaron todas a mí!

En su silenciosa casa del barrio Sur y sentado en su sillón favorito, Lorenzo leía las noticias del vespertino El Diario, que destacaba en varias columnas el hallazgo del cuerpo del que llamaban el "hombre del baúl", asesinado por varios golpes y dos balazos en la cabeza. Se decía que era un criminal de guerra nazi responsable de la matanza de treinta mil judíos, y se deslizaba la sospecha de que los responsables podrían haber sido agentes del Mossad.

En la tarde, Lorenzo había pasado por la morgue a ver el cadáver de la mujer asesinada en las canteras del Parque Rodó y aunque por su avanzado estado de putrefacción era prácticamente irreconocible, se había podido identificar que el cuerpo efectivamente correspondía a Aleska Socoloff. El amuleto colgado en su cuello había sido el elemento principal para su corroborar su identidad.

Mientras tanto, en la Jefatura de Policía de Montevideo, el rostro aniñado del comisario Alejandro Otero mostraba signos de preocupación. Al caso del asesinato de la joven Aleska Socoloff, el cual tenía a su cargo, se le había agregado el de Herberts Cukurs, el presunto asesino nazi que había conmocionado al país y al mundo entero. Se encontraban trabajando en su despacho junto al subcomisario Santana Cabris, planificando su próximo viaje hacia San Pablo para entrevistarse con los familiares de Cukurs y continuar con la indagatoria. Si bien el caso de Cukurs le ocupaba casi todo su tiempo, por las características particulares de este homicidio, que lo hacían un tema de repercusión internacional, antes de viajar al Brasil quiso dejar encaminada su otra investigación, el caso de Aleska Socoloff.

Otero recordó que el veterano detective Cannizzaro, que había encontrado días pasados en el Parque Rodó, trabajaba sobre el caso de la desaparición de una funcionaria de la embajada de Israel, que justamente había resultado ser la misma mujer que fue encontrada degollada en las canteras del parque. Él quizás podría darle alguna información relevante, y decidió citarlo a su despacho.

— ¡Adelante, Cannizzaro, adelante! —dijo Otero haciendo el clásico gesto de retirarse el mechón de pelo que le caía sobre su frente, en el momento que el veterano detective entró a su modesto despacho en la Jefatura de Policía de Montevideo.

—Buenos días, comisario—dijo Lorenzo y le extendió la mano para saludarlo.

— ¡Siéntese, por favor! Perdóneme que lo hiciera venir hasta aquí…

—Al contrario, es un gusto colaborar con la Policía y con usted.

—Muchas gracias. Como se podrá imaginar, los acontecimientos sucedidos en los últimos días me tienen desbordado. Este caso de Cukurs es algo inédito para el Uruguay, y tenemos presiones de todo tipo. Soy consciente de que dejé un poco de lado el asunto de esa mujer de la embajada, y como sabía que usted había estado trabajando en el caso, traté de ubicarlo para que nos brindara algunos elementos que nos orientaran, para continuar con la investigación de crimen. ¿Que podría aportarnos en este caso, Cannizzaro?

—Esto que le voy a decir no está confirmado, pero tengo firmes sospechas de que ambos homicidios se encuentran relacionados de alguna manera.

— ¿Cómo puede ser posible?

—Sí. Como le dije, todavía es una presunción. De acuerdo a lo que pude averiguar, Aleska era una mujer judía que había llegado desde el Brasil a trabajar a Montevideo, y Cukurs era un presunto criminal de guerra al que se lo acusa de asesinar a treinta mil judíos. Ambos vivían en Brasil y estaban en Montevideo más o menos en la misma fecha en que fueron asesinados.

— ¿Usted quiere decir que porque ella era judía y él estaba acusado de asesinar judíos y los dos llegaron desde Brasil a Montevideo, los crímenes están conectados?

—Bueno… no es tan así como usted dice. La relación entre los dos crímenes todavía no está probada, es solo una hipótesis.

—Está bien, la tenderemos en cuenta. ¿Algo más que nos pueda aportar sobre este caso?

—El agregado militar de la embajada de Israel, coronel Jabub Raznovich, fue quien trajo a Aleska desde Brasil y la empleó en la embajada. Además, está confirmado que era su amante. Toda la información que tengo sobre este tema me la brindó la señorita Edith Roth, la secretaria de la embajada de Israel, que sorpresivamente hoy me acabo de enterar que renunció a la embajada.

— ¡Qué extraño! Vamos a tener que hablar con ella.

—Parecería ser que la renuncia fue de forma inesperada y no se sabe muy bien la razón. Todavía no le puedo agregar más detalles porque me tendría que informar mejor.

A continuación Lorenzo le relató al comisario Otero el resultado de sus averiguaciones y cómo Edith se enteró, por boca del coronel, que su novio la engañaba con Aleska.

—Muy interesante todo lo que me contó, detective. Apenas regrese de San Pablo me pongo a trabajar de lleno en este caso. Mientras tantos, estos datos que me proporcionó se los voy a facilitar al subcomisario Piffaretti, que es el que va a seguir el caso hasta que yo regrese de Brasil. Con seguridad vamos a molestarlo nuevamente…

—Ninguna molestia, comisario, al contrario—dijo Lorenzo interrumpiéndolo.

—No es común que alguien retirado por tanto tiempo regrese a este trabajo—comentó Otero.

—Es cierto lo que usted dice, comisario, pero se dio una situación especial que me dio la oportunidad de hacer un último trabajo, y acepté. Lamentablemente esta decisión me costó algunos problemas en mi matrimonio, que nunca había tenido y espero sean transitorios.

—Lo lamento, espero que ese problema se solucione pronto—dijo Otero.

—Gracias, comisario. Así lo espero yo también

Cuando Lorenzo llegó a su casa, se sentía exhausto, no por la entrevista que había mantenido con el comisario Otero, sino por el trajín de todo el día junto a su hermana, buscando una residencia donde internar a su padre.

Hacía varios meses que venían manteniendo algunas discusiones con Cata respecto a cuál era la mejor opción para su padre, que transitaba por una etapa avanzada de una enfermedad de Alzheimer. Ella insistía en que era capaz de hacerse cargo de su padre en su casa, como lo había hecho con su madre hasta que murió, mientras que Lorenzo opinaba que debía de estar en un lugar especializado y con gente preparada para tratar ese tipo de casos complicados, ya que su deterioro cognitivo, a esa altura de su enfermedad, lo hacía prácticamente ingobernable.

Finalmente Cata había entrado en razones, y juntos habían comenzado la visita de diversas residencias para ancianos de la ciudad de Montevideo. Y ese día, después de tanto recorrer, se habían decidido por la residencial Serenidad, ubicada en el barrio Prado, que tenía razonables comodidades y se ajustaba bastante a su presupuesto

Lorenzo tenía claro que en ese lugar su padre iba a pasar sus últimos días en lo que le restaba de vida.

Capítulo XXXVIII. Otero en Brasil

Si bien en la mayoría de las versiones del caso Cukurs se manejaba la sospecha de que agentes del servicio de inteligencia israelí eran los responsables del homicidio, también se habían construido otras versiones bastante más disparatadas. Se decía que el cadáver encontrado no correspondía realmente a Herberts Cukurs, sino que este habría fraguado su propia muerte para escapar de la implacable persecución judía que lo tenía acorralado. Otros decían que había sido Josef Mengele el que lo había mandado asesinar, porque temía que delatara su paradero, y otros afirmaban que su muerte había sido ordenada por Víctor Arājs, jefe de Cukurs y fundador del Comando Arājs en Letonia. Una verdadera novela rodeaba al caso que tenía en vilo al país y al mundo entero.

Sin embargo, el comisario Otero estaba convencido de que el letón había sido llevado al Uruguay engañado y con intenciones de secuestrarlo para llevárselo a Israel y juzgarlo, como habían hecho años antes con Eichmann en Buenos Aires, pero el plan había fracasado debido a que el hombre se había resistido bravamente, y sus captores, viendo que resultaba imposible reducirlo, como habían planificado, tuvieron que asesinarlo allí mismo. El comisario argumentaba en su hipótesis que si hubieran tenido intenciones de matarlo desde el comienzo, lo hubieran hecho en Brasil y se ahorraban todo el operativo para llevarlo al Uruguay. Otro argumento a favor del secuestro era que en esos mismos días un buque de bandera israelí había permanecido anclado durante cuarenta y ocho horas frente al balneario de Shangrilá por supuestos problemas técnicos, pero que en realidad, estaba esperando a Cukurs, que sería transportado hasta el barco en el gran baúl donde encontraron su cadáver, para llevarlo hacia Israel, donde sería juzgado.

Luego del interminable y agitado vuelo de más de cuatro horas entre el aeropuerto de Carrasco y Viracopos en la ciudad Campinas, Otero y Santana Cabris arribaron exhaustos y derecho al hotel a descansar. Al día siguiente se dirigirían hacia la residencia de los Cukurs en Santo Amaro, con la misión de interrogar a la viuda del letón y a su hijo mayor.

Cuando llegaron a la mencionada residencia, se encontraron con una verdadera fortaleza. La casa estaba rodeada por un muro con alambres de púa, y varios hombres uniformados la custodiaban.

Presentaron sus credenciales, y ambos policías pudieron ingresar a ella, mientras un guardia interno sujetaba dos enormes perros dóberman que ladraban por la presencia de los extraños.

Si bien desde que Cukurs se había establecido en Santo Amaro contaba con una custodia especial en su residencia, esta ahora se había redoblado.

— ¡Adelantes, señores, pasen!—dijo un hombre joven que los recibió en la sala de la casa.

Era Gunnar el hijo mayor de Cukurs que los estaba esperando.

— ¡Lamentamos mucho su pérdida! —dijo Otero extendiendo su mano al joven.

—*Obrigado. Minha mãe* ya le había advertido a *meu pai do perigo* que se exponía si se alejaba del país—dijo Gunnar en portuñol, con tono doloroso.

—Sí, una situación muy desgraciada. A propósito, ¿su madre se encuentra? —preguntó el comisario Otero—. Quisiéramos hacerle entrega de algunos objetos personales de su padre y además hacerle algunas preguntas.

En ese preciso instante hizo su aparición en la sala vestida toda de negro y con rostro muy compungido la señora Milda.

—La acompañamos en el sentimiento, señora—dijeron casi al unísono ambos policías.

—*Obrigado senhores. Sente-se por* favor—contestó Milda.

—Comprendemos que ustedes se encuentran en un momento sumamente doloroso, pero nosotros tenemos que cumplir con nuestro deber y tratar de encontrar a los responsables de este horrendo homicidio, y para eso es necesario hacerle algunas preguntas —dijo el comisario Otero, y luego agregó—. Pero antes quisiéramos entregarle algunos objetos personales del finado.

Dicho eso, el comisario extrajo desde un portafolio varios objetos, envuelto cada uno de ellos en bolsas de plástico, que apoyó sobre una mesa ratona que se encontraba en el centro de la sala: la alianza matrimonial, una filmadora marca Kodak, una licencia de piloto comercial del Aero Club de Brasil y una pulsera de cobre que le había sido obsequiada a Cukurs por el presidente de Letonia en 1921. Luego de hacerle algunas preguntas a madre e hijo, los policías se retiraron. Otero y Santana visitaron en varios días sucesivos la finca e los Cukurs, para ir recabando datos y detalles de aquel supuesto empresario que se hacía llamar Ánton Kuenzle, que había frecuentado la casa en varias ocasiones y había invitado a Herberts a participar en un atractivo negocio y que según parecía había sido uno de los responsables de su muerte. Al tiempo que ambos policías se encontraban en Brasil, se enteraron por medio de la prensa brasileña de la existencia de una filmación en la que aparecía Kuenzle.

— ¿Es verdad la existencia de ese filme de que da cuenta el Diario da Noite? —preguntó Alejandro Otero a Gunnar en una de sus visitas a la casa.

—En ese film aparecen varias tomas hechas por *meu pai* del tal Kuenzle, cuando arribó al aeropuerto de Viracopos. Pero como las filmaciones se hicieron en una cinta con fecha de vencimiento de casi tres años, no era seguro si se podría revelar, y *eu* personalmente la entregué a un amigo *jornalista* llamado Orlando Criscuolo para ver si podría solucionar el problema—dijo Gunnar.

Más tarde los investigadores tomaron contacto con la citada filmación, que había sido revelada luego de una compleja tarea de laboratorio. En ella pudieron ver al enigmático empresario austríaco con la mano en alto saludando en momentos que descendía por la escalerilla del avión. Luego de analizar las imágenes detenidamente se llegó a la conclusión de que el tal Kuenzle levantaba su mano en un vano intento de cubrirse el rostro, cuando se percató de que lo estaban filmando. Esa figura regordeta del rostro de Kuenzle fue difundida ampliamente por la prensa internacional como la imagen de uno de los responsables del crimen.

Los familiares del letón autorizaron a los investigadores uruguayos a revisar el escritorio de Cukurs, en donde pudieron encontrar una profusa y variada documentación. Había desde recortes de diario relativos a los ataques que le habían hecho las organizaciones judías en la prensa brasileña, hasta numerosas cartas guardadas en prolijos biblioratos. Los policías hicieron un meticuloso trabajo, copiando cada uno de los nombres de su agenda personal, que luego fueron investigando uno a uno.

No solo Otero y Santana Cabris viajaron tras las pistas, el propio director de Investigaciones Guillermo Copello, en compañía del comisario Otero, fue a San Pablo para tratar de atar ciertos cabos sueltos y entrevistarse con el jefe de Interpol.

En su casa del barrio Sur de la ciudad de Montevideo, Lorenzo Cannizzaro había recibido una llamada telefónica del embajador Yeshayahu Anug, para que pasara por su oficina a cobrar sus honorarios. Su trabajo había concluido en el momento en que se confirmó que la señorita Aleska Socoloff había sido asesinada, ahora la Policía era la encargada de continuar con el caso y tratar de encontrar al asesino de la mujer.

Ahora sí, Lorenzo había regresado al sitio que su mujer quería, la de un ex detective y tranquilo jubilado, dedicado a tareas no estresantes. Estaba decidido a demostrarle que iba a cumplir con su promesa, pero temía que fuera demasiado tarde para recuperarla. ¡Habían pasado muchos días, y no había tenido noticias suyas!

Lorenzo deambulaba de un lado a otro sin encontrar acomodo, continuaba extrañándola igual o más que el primer día que se había ido. No se podía concentrar en la lectura, ni en la jardinería, que eran sus actividades diarias antes de que apareciera todo este tema que había derivado en su problema conyugal.

Al otro día, luego de pasar por la embajada a cobrar sus honorarios, había decidido ponerse en contacto telefónico con Isabel y decirle que su aventura había concluido definitivamente. Iba a jurarle que en adelante todo iba a ser igual que antes y le iba a rogar para que regresara junto a él.

—Señorita, ¿qué demora tengo a la ciudad de Treinta y Tres? —preguntó Lorenzo a la telefonista.

—De tres a cuatro horas.

— ¡Es mucho tiempo!

—Comprendo, señor, pero la central está muy saturada. Si la llamada se puede hacer antes, le aviso.

Sentado en su sillón favorito, esperó ansioso la llamada para poder hablar con ella por primera vez desde que se había ido, quería sentir nuevamente su voz aunque fuera mediante el teléfono. Ensayó en voz alta varios discursos para intentar convencerla, pero cuando la telefonista le avisó que ese día las comunicaciones estaban suspendidas por fallas técnicas, la moral del viejo detective se derrumbó, y sintió una angustia muy profunda, imaginando que había perdido a su mujer para siempre.

Capítulo XXXIX. Epílogo

Las innumerables partículas de los plátanos flotando por el aire anunciaban que la primavera había hecho su ingreso a esta parte del hemisferio sur. La presencia de esas especies arbóreas en las veredas de la ciudad era tema muy discutido entre los vecinos montevideanos, que se dividían en dos bandos. Estaban los que se quejaban de sus irritantes espículas, responsabilizándolas de las irritaciones oculares, los molestos estornudos y algunas afecciones más complejas entre los alérgicos, y estaban los otros, que justificaban la presencia de los majestuosos árboles, debido a que la generosa sombra que proyectaban sobre las ardientes veredas en verano hacía más soportable el tránsito por ellas. Lorenzo era uno de los quejosos que, cuando llegaba la primavera, huía del enorme ejemplar que se erguía en el frente de su residencia hacia el fondo de su casa, para realizar sus habituales ejercicios respiratorios matinales. Allí, al mismo tiempo que se complacía con la visión de los coloridos canteros repletos de begonias, alegrías, y petunias, cultivadas por él mismo, practicaba sus inhalaciones en un ambiente inundado por la fragancia de las flores y libre de impurezas.

Hacía varios meses que aquella loca aventura que lo había lanzado a regresar a los viejos tiempos había quedado atrás. Ahora todo había vuelto a la normalidad en su hogar. Isabel finalmente había regresado, pero antes Lorenzo había tenido que prometer y jurar que nunca más se embarcaría en una empresa semejante y reconocer que había cometido un gran error al aceptar aquel ofrecimiento. Aunque esto último no era lo que sentía realmente, era consciente de que había que concederle la derecha a Isabel en ese tema, para conformarla y así poder recuperarla, que era lo que más quería.

Con respecto al dinero recibido por sus honorarios, que no era una suma despreciable, ambos habían acordado que complementando con parte de sus ahorros, lo usarían para realizar un viaje a Europa. Estaban muy entusiasmados planificando los detalles de ese viaje que les traía muchos recuerdos de uno similar realizado hacía más de treinta años, en su luna de miel.

Todas las tardes, pasaban el tiempo leyendo las viejas guías de viaje, que Isabel había guardado como recuerdo de aquel inolvidable recorrido por el Viejo Continente.

—Isabel, ¿no te parece que estas guías están desactualizadas? —le preguntó Lorenzo.

—Querido, las cosas importantes que vamos a visitar permanecen iguales y en los mismos lugares, desde hace muchísimos años. ¿Acaso pensás que el Foro Romano o el Coliseo están muy diferentes? ¿O que cambiaron de lugar la puerta de Brandeburgo en Berlín, o la Giralda en Sevilla?

—No, claro. Pero sí puede haber cosas diferentes para ver en el Museo de Louvre, en París, o en la Galería de los Uffici, en Florencia, por ejemplo.

—Bueno... eso puede ser, ellos hacen rotaciones de los miles de obras que tienen guardadas y por falta de espacio no pueden exhibir al mismo tiempo —contestó Isabel, y luego agregó con gesto irónico—. Justamente, el otro día leí que en el Louvre están exponiendo un nuevo cuadro de una mujer con una enigmática sonrisa, que la pintó un tal Leonardo. ¡Esa no me la quiero perder!

— ¡No seas mala, querida!

Y ambos estallaron en una carcajada.

Luego del primer encuentro, algo tenso, que había tenido Lorenzo con el embajador Yeshayahu Anug, las relaciones entre ellos habían mejorado mucho, incluso en varias oportunidades habían tenido largas charlas, intercambiando opiniones sobre alguna de las pasiones que compartían, como la literatura y la pintura, terrenos en que sus gustos coincidían considerablemente. Al mismo tiempo, en los meses pasados, habían compartido, por diferentes circunstancias, la pesadumbre por la ausencia de sus respectivas esposas, y esa congoja los había acercado aún más.

Habían pasado muchos meses luego de los acontecimientos trágicos de febrero, cuando Lorenzo y su esposa recibieron en su domicilio una tarjeta muy formal desde la embajada de Israel. Se trataba de una invitación personal del embajador para asistir a una cena en la misma sede diplomática, con motivo del próximo alejamiento del embajador hacia un nuevo destino. Anug se estaba despidiendo de algunos amigos que dejaba en Uruguay, junto a su esposa recientemente llegada desde Tel Aviv.

Y ese sábado, les había tocado a los Cannizzaro una cena exclusiva con la pareja israelí.

— ¿Isabel, estás pronta?

— ¡Me estoy terminando de maquillar! —gritó Isabel desde el baño.

— ¡Si invitan para las veinte, es exactamente a esa hora! ¡Los diplomáticos son muy puntuales!

— ¿Avisaste a la residencial donde está tu padre que esta noche no vamos a estar en casa?

— ¡Uy...! me olvidé. Llamo enseguida y les doy el número de la embajada.

— ¡Te dijeron que siempre tenés que estar ubicable, por cualquier emergencia! Más esta semana, que tu hermana está en Buenos Aires.

—Tenés razón, querida. Con este tema de la cena, se me pasó por completo.

— ¿Me queda bien? ¿Vos qué pensás? —dijo Isabel al tiempo que daba una vuelta completa en el mismo lugar mostrando su vestido.

— ¡Te queda muy bien, me gusta mucho!

— ¡Esperame un minutito más!—dijo Isabel y corrió apurada taconeando ruidosamente sobre la escalera de madera, en dirección de su dormitorio.

— ¡Ya veo que vamos a llegar tarde! ¡Mujeres, mujeres! —comentó en voz alta Lorenzo.

— ¡Me olvidé de ponerme el fijador de cabello, sin él este "batido" no se aguanta! —dijo Isabel cuando regresó, y luego agregó algo enojada—. ¡Para ustedes, los hombres, es muy fácil: un traje, una camisa, una corbata y ya está!

— ¡El taxi está en la puerta esperando, apurate!

—Arreglate ese nudo de la corbata, que te quedó torcido— le dijo Isabel casi en secreto antes de subir al taxi, y agregó—. Mirá que tenés que lucir esa corbata de seda italiana que te compré especialmente para esta ocasión.

La noche ya había caído sobre la ciudad, y el auto de alquiler que transportaba a los Cannizzaro se desplaza ágilmente en dirección de la embajada de Israel.

Al llegar a la puerta de la delegación diplomática, la pareja bajó del auto y se dirigió hacia el portón de hierro donde se encontraba la entrada principal. El guardia de seguridad reconoció de inmediato a Lorenzo y procedió a franquearle la puerta a la pareja.

— ¡Buenas noches, detective Cannizzaro! ¡Buenas noches, señora! —saludó amablemente el guardia.

— ¡Hola, Ignacio! ¿Hoy te tocó hacer la noche? —dijo Lorenzo.

—Sí. ¡Durante toda la semana!—dijo el guardia, y agregó—. ¡Pasen, que el embajador los está esperando!

—Se ve que te conocen muy bien—dijo Isabel casi en secreto a su esposo.

Lorenzo caminaba muy erguido del brazo de su mujer, ataviado con un traje azul marino que tenía desde hacía algunos años. Casi llegando a la puerta de la residencia, hizo una inspiración forzada, prendió el botón del medio de su saco para disimular su prominente abdomen y se dispuso a enfrentarse al anfitrión, que lo esperaba en el umbral de la puerta con una sonrisa a flor de labios, dándoles la bienvenida.

— ¡Adelante, adelante, amigos! ¡Usted debe ser la famosa Isabel! —dijo el embajador al tiempo que tomaba su mano y le hacía una reverencia como para besársela.

— ¡¿Famosa?! —dijo Isabel sorprendida.

— ¡No se imagina cómo la nombraba y la extrañaba su marido! —dijo Anug, y ella esbozó una expresión de desconcierto.

— ¡Pasen, por favor!

En la sala se encontraba la sonriente Javiva, con un espléndido vestido largo color celeste, esperando a los invitados de su marido, al pie de la gran escalinata de la mansión.

— ¡Mi esposa Javiva!—dijo Anug presentándola a los recién llegados.

La hermosa araña de bronce pendiente en el centro de la sal, impresionó a Isabel, que se detuvo para admirarla unos segundos, pero de inmediato reaccionó para saludar cortésmente a Javiva.

— ¡Ah... la famosa Javiva! —dijo Lorenzo y agregó—. ¡No se imagina cómo la nombraba y la extrañaba su marido en estos días! —y los dos hombres esbozaron una sonrisa al unísono.

— ¡Como habrán notado, chicas, no hay dudas de que vuestros maridos las quieren y las extrañaron mucho! —comentó Anug.

Javiva, después de arreglar todos sus asuntos en Israel, había decidido ir con sus hijos al Uruguay, para acompañar a su esposo, en los últimos días en que iba a permanecer en ese país. Había dejado encargado a un matrimonio amigo de la familia el cuidado de sus ancianos padres, y ella estaba dispuesta a viajar inmediatamente si les sucedía algún asunto imprevisto. Por otra parte, había solicitado una licencia extraordinaria por tres meses en su cargo en el Ministerio de Bienestar Social, donde era la secretaria de confianza del ministro y principal dirigente del Partido Nacional Religioso, Yosef Burg.

El embajador estaba radiante esa noche, era la primera vez que cenaba junto a su esposa en esa embajada, después de tanto tiempo de separación.

Para Lorenzo y su esposa, una cena en una embajada era una experiencia inédita. Isabel nunca había pisado una delegación diplomática, y para ella todo era novedad. Le encantó la hermosa casona, lo bien que estaba puesta y sobre todo quedó maravillada, al igual que su esposo cuando había llegado por primera vez, con las hermosas reproducciones de las pinturas de los impresionistas, distribuidas en todas las paredes de la construcción, que tantos recuerdos le traían de su visita al Museo de Orsay de París hacía muchos años y que soñaba volver a repetir en su proyectado viaje a Europa.

Pasaron a una elegante sala equipada con un sofá *corbeille* y cuatro sitiales Luis XV, tapizado en un *gros* de seda color crema y bordados en *chenille*, donde los cuatro tomaron asiento. Isabel era la más sorprendida con el entorno que la rodeaba, observó disimuladamente el resto de la sala finamente alhajada con muebles de estilo francés, donde se destacaba una enorme araña de bronce que pendía en el centro mismo del salón, compuesta por dos hileras de brazos de seis luces, que terminan hacia abajo en cabeza de león con una argolla en sus fauces.

Inmediatamente apareció un mozo portando una bandeja con cuatro copas de burbujeante champaña, que sirvió con una leve reverencia a los invitados y a los anfitriones.

—No sabe cuánto me alegro de que hayan aceptado mi invitación—dijo Anug al matrimonio Cannizzaro, y agregó mirando a su esposa—. Además, hoy mi felicidad es completa, porque finalmente tengo a Javiva conmigo.

—Es para nosotros un honor su invitación, embajador, y un agrado compartir con usted estos momentos de felicidad— contestó Lorenzo.

—Bueno, brindemos para que esta reunión se vuelva a repetir algún día—dijo Yeshayahu al tiempo que levantaba su copa.

— ¡Pero, embajador..., usted ya está por abandonar nuestro país hacia un nuevo destino! —comentó Lorenzo.

—Es cierto pero... pero ¿quién dice que no nos volvamos a encontrar en otro país? ¡La vida da tantas vueltas!

—A propósito, embajador, ¿se puede saber cuándo deja la embajada?

—No manejo una fecha exacta, porque antes debo solucionar algunos asuntos previos a mi partida, pero seguramente va a ser en última quincena de noviembre. Ya el primero de diciembre toma posesión del cargo mi amigo Hagay Dikan. Nosotros vamos por unos meses al Paraguay y luego a la embajada en Londres.

— ¡La embajada en Londres! ¡Se ve que lo tienen muy bien considerado en el gobierno de su país, ya que lo envían a un destino tan importante!

—Trato de cumplir lo mejor que puedo, en servir a mi patria—dijo Anug y agregó—. ¿Qué les parece si pasamos al comedor para cenar?

Las dos parejas pasaron a una enorme sala y se ubicaron en una lujosa mesa rectangular de madera tallada, que quedaba demasiado amplia para tan pocos comensales. Allí era donde el embajador recibía y agasajaba a las diversas delegaciones que lo visitaban. Esta vez el embajador abandonó su sitio habitual en la cabecera y se sentó junto a su esposa, en uno de los lados de la mesa frente a la pareja de invitados, dejando de lado el protocolo habitual, para hacer más informal la cena.

Lorenzo e Isabel agradecieron íntimamente ese gesto del embajador, que los hizo sentir más cómodos y relajados, frente a tanto lujo desacostumbrado para ellos. Isabel aflojó sus tensiones y se sintió como en uno de los tantos restaurantes de la ciudad cenando con una pareja de amigos.

—Espero que disfrutemos esta cena después de las preocupaciones y de las tensiones por las que tuvimos que pasar estos meses—dijo Anug.

—Sí, fueron momentos bastante agitados. Tanto para ustedes como para nosotros —comentó Lorenzo.

— ¡Por suerte todo volvió a la normalidad! ¡Al menos por nuestro lado!—dijo Isabel, lanzando una mirada cargada de intencionalidad a su esposo.

—Desde el puno de vista personal, felizmente todo volvió a su cauce en el momento que logramos unir nuevamente a nuestra familia, pero mi país sigue en problemas, tanto por el conflicto con los países árabes, que no dejan de hacernos la guerra, como por los ataques que está recibiendo por el tema Cukurs.

—Estimado embajador, perdone que sea tan sincero en lo que voy a manifestarle, mi intención no es molestarlo de ninguna manera, al contrario, no tengo más que agradecimiento hacia usted... —dijo Lorenzo, y fue interrumpido por Yeshayahu.

—Vamos, hombre, diga de una vez y no se disculpe tanto, que estamos abiertos para recibir críticas.

—No, señor, no es una crítica personal. Sobre la base de informaciones que he recibido y de algunas averiguaciones personales que hice, me atrevo a decirle que es muy probable que su país esté involucrado en los dos crímenes que se produjeron en febrero.

— ¡¿En los dos crímenes!? —dijo sorprendido Anug mirando a Lorenzo y a Javiva, que atónita dejó en suspenso una copa que estaba por beber.

— ¿Te parece, Lorenzo, que es momento de hablar estas cosas, en momentos tan amenos como los que estamos pasando?

—dijo Isabel en tono de reproche a su marido, al tiempo que le daba un golpecito discreto con su pie, por debajo de la mesa.

—No hay problema, Isabel, nada va a velar la hermosa jornada que estamos pasando y que recién empieza. Pero ahora quedamos con la intriga—y mirando directamente a Lorenzo le preguntó—. ¿Usted se refiere a los homicidios de Cukurs y de Aleska Socoloff?

—Efectivamente, embajador...

—Aunque mi gobierno lo niegue enfáticamente y yo también lo tuve que hacer, no muy convencido, soy consciente de que su participación en el caso de Herberts Cukurs es bastante sospechosa. Pero con respecto al homicidio de Aleska Socoloff, parece que es claro que nosotros no tenemos nada que ver en el asunto. Además, tengo entendido que hasta ahora, la Policía no pudo llegar a ninguna conclusión sobre el caso.

— ¡Bueno... más bien la Policía no se ha pronunciado públicamente, que no es lo mismo! —balbuceó Lorenzo al tiempo que miraba al embajador con una expresión pícara.

— ¿Quiere decir que saben algo, pero no lo dicen?

—Hay algo de eso—contestó Lorenzo parcamente.

— ¿Y usted qué es lo que sabe?

—Después de que pasaron unos días de los acontecimientos criminales de febrero, pude averiguar algunos datos fundamentales que me permitieron ir armando el rompecabezas que me llevó a la conclusión de que existe una relación entre los dos hechos.

— ¿Pero qué tiene que ver el asesinato de Herberts Cukurs con el de Aleska?

—Uno de los asesinos que intervino en el homicidio del letón fue también el responsable directo del asesinato de la funcionaria de la embajada.

— ¡Me deja perplejo! Por favor ¿me puede explicar cómo llegó a esa conclusión?

—Es una historia bastante larga, y temo que las damas no estén interesadas en estos temas, principalmente mi esposa, que no quiere saber nada más de estos asuntos de detectives y de investigaciones, ¿no es así, querida? —y miró a su mujer con rostro de culpa.

—La verdad es que me gustaría que en esta velada tan agradable habláramos sobre otros temas—dijo Isabel con rostro serio y agregó—. Habría que preguntarle a la señora Javiva si está dispuesta a escuchar sobre estos asuntos, yo a esta altura, estoy acostumbrada y resignada a los cuentos de tus aventuras.

—Por mi parte, señor Cannizzaro, no se haga problema— dijo la esposa del embajador—, siempre me gustaron las novelas policiales, y esta parece ser una historia bastante intrigante.

—Parece que ya tenemos el visto bueno de las damas —dijo Anug.

—Creo que lo mejor sería empezar contándoles quién era realmente Aleska Socoloff—dijo el veterano detective, al tiempo que levantaba su copa y se deleitaba con un sorbo del Château Margaux cosecha 1960, que había comprado Javiva en el aeropuerto de París, mientras aguardaba en tránsito embarcar hacia Sudamérica, y agregó—. ¡Se ve que usted, señora, es una entendida en vinos, porque es uno de los mejores que saboreé en mi vida!

—Me alegro de que le guste, pero le aseguro que es pura casualidad, lo compré solo porque me gustaba la botella—dijo Javiva algo avergonzada, porque en realidad no tenía ni idea de lo que había comprado.

En ese momento se hizo silencio porque hacía su ingreso al comedor el mozo trayendo el primer plato de la cena.

—Estimados amigos, la idea de Javiva y mía era agasajarlos de una manera especial, y a mi esposa se le ocurrió invitarlos con comida tradicional judía, aunque si lo prefieren, tenemos un excelente cocinero que puede prepararles un plato internacional a su gusto.

—De ninguna manera, embajador, yo estoy de acuerdo en probar los platos típicos de su país y me atrevo a decir que Isabel no tiene problemas en ese sentido —dijo Lorenzo, y luego dirigiéndose a su esposa, manifestó—. Me acuerdo de que cuando visitamos Europa, ya hace unos cuantos años, en cada país al que llegábamos, a ti te gustaba probar la comida tradicional del lugar.

—Es cierto, siempre me gustó explorar nuevos gustos, y esta es una gran oportunidad que no quisiera perder—dijo Isabel.

—Me alegro de que así sea. Les digo de paso que si les gusta nuestra cocina tradicional y algún día nos visitan en nuestra casa de Tel Aviv, estoy seguro de que van a disfrutar de los exquisitos platos típicos que prepara Javiva. ¡Es una excelente cocinera!

Este primer plato es un *falafel*, que son croquetas fritas elaboradas con garbanzos triturados, que se sirven con yogur—dijo Anug y antes de probar el primer bocado agregó—. Les propongo primero disfrutar de la cena y después, en el café, seguir escuchando a Lorenzo, que nos dejó a todos muy intrigados con la revelación de sus investigaciones.

— ¡De acuerdo!—dijeron casi al unísono los demás, y comenzaron a charlar sobre asuntos familiares y cotidianos, al tiempo que degustaban el *falafel*.

Luego de finalizar el primer plato, del cual Isabel, muy interesada, le pidió la receta a Javiva, la cena continuó con el segundo plato.

—Como justamente hoy es Shabbat, un día de la semana muy especial para nuestra colectividad, quisimos invitarlos con uno de los platos que habitualmente consumimos en esos días, un *cholent*—dijo Yeshayahu, y agregó dirigiéndose a su mujer—. Explícales tú, Javiva, que eres la entendida, en qué consiste el plato.

—El *cholent* vegetal es un cocido tradicional de nuestra cocina, que incluye: patatas, granos de cebada, judías, zanahoria picada, ajo, setas y cebollas fritas. Se cocina muy lentamente durante muchas horas, sobre una llama, o dentro de un horno, o en una olla de cocción lenta. Y es importante que se elabore el mismo día que se va a consumir, sino pierde mucho de su esencia—explicó Javiva.

Por último la cena culminó con el tradicional postre *kugel*, que en este caso tenía pasas de uva y canela molida, un toque que a los invitados les agradó mucho, principalmente a Isabel, que también le pidió la receta a Javiva.

—Ahora que ya disfrutamos la cena, los invito a pasar al salón contiguo para degustar un sabroso *botz*—dijo Anug.

—Estimado embajador, nos obliga a preguntarle de qué se trata ese *botz*—dijo Isabel risueña.

—Es simplemente un café turco muy popular en nuestro país. Éste que vamos a tomar hoy, está molido con cardamomo y canela, que le dan un aroma y sabor muy especial—contestó el embajador, y agregó—. Y ahora llegó el momento de darle la palabra a Lorenzo para que nos revele el misterio de quién era en realidad Aleska.

—Como primera cosa, les comento que Aleska no era su verdadero nombre—comenzó diciendo Lorenzo, y la expresión de todos fue de asombro.

— ¿Y cuál es el verdadero? —preguntó ansioso Anug.

—A partir de este momento le tengo que hacer todo el relato de cómo me enteré, no solo del nombre real, sino de quién era en realidad esa mujer—todos quedaron atentos al relato de Lorenzo—. Miriam Kaicner, como en realidad se llamaba Aleska, era una judía letona que había llegado al Brasil luego de la guerra en el año mil novecientos cuarenta y seis y que hace unos dos años fue traída al Uruguay y empleada en esta embajada por quien era su amante, el coronel Jabub Raznovich.

—Esa historia "romántica" entre Raznovich y Aleska, más o menos la sospechaba—dijo Anug, y dio un sorbo a su café—. Pero no me imaginaba que ella tenía el nombre cambiado.

—Resulta que esa tal Miriam Kaicner no era una judía cualquiera, era una colaboradora nazi.

— ¡Esto que me cuenta es terrible, Lorenzo! ¡Una colaboradora nazi trabajando en nuestra embajada! ¿Está seguro de lo que dice?

—Usted mismo va a sacar sus propias conclusiones cuando culmine mi relato—dijo muy seguro Lorenzo, y continuó—. Un golpe de suerte me hizo conocer a una joven llamada Martha, que es amiga íntima de Edith Roth, y ella poco a poco me fue contando los detalles de toda esta historia que yo desconocía.

— ¿Edith Roth, la ex secretaria de nuestra embajada, la que mi esposo me contó que renunció después de varios años de trabajo, sin muchas explicaciones? —preguntó Javiva.

—La misma.

— ¿Y qué tiene que ver ella en toda esta historia?—repreguntó la esposa del embajador.

—Ella es una parte de todo esto, porque la mujer que se hacía llamar Aleska engañó al coronel con el novio de Edith.

— ¡Un momento!—dijo Anug dejando la tasa de café sobre la mesa—. ¿Usted se refiere a Jesús Montero, el empresario mexicano que está comprometido para casarse con Edith?

—Estaba... pero ya no lo están. Ellos rompieron las relaciones en el momento que Edith descubrió que Montero la engañaba con Aleska.

—De eso no estaba enterado. Ahora me explico por qué en los últimos tiempos había visto a Edith más callada y con un semblante más triste—dijo Anug pensativo.

—Ahora yo también estoy muy intrigada—dijo Isabel—. ¿Qué fue lo que te aclaró esa tal Martha?

—En este momento tengo que confesarte algo, querida—dijo Lorenzo mirando a su mujer con expresión sumisa—. Pero solo lo voy a hacer si me prometes que esto que voy a contar no va a empañar nuestras relaciones. ¡Ustedes están de testigos, queridos amigos!—agregó con una sonrisa, mirando al embajador y a su esposa, que lo observaban con rostros extrañados.

—Está bien. Con tal de que no me hayas engañado con otra mujer, te prometo que todo va a seguir bien entre nosotros— contestó Isabel como obligada por la situación, y luego agregó con un tono de voz más fuerte—. ¡Pero solo te perdono para saber cómo sigue la historia!

Todos rieron, el ambiente se distendió, y Lorenzo aprovechó para continuar con su relato.

—Aproximadamente al mes de sucedido todos los hechos y luego de mi reconciliación con mi querida Isabel —dijo Lorenzo, mirando nuevamente a su esposa—, fuimos al cumpleaños de Elisa, que es la esposa de mi cuñado. El hermano de Elisa, un joven muy simpático y buen mozo que estaba en el cumpleaños, anunció ese mismo día su próximo casamiento con una joven y atractiva chica que lucía un ajustado vestido rosa, muy a la moda. Promediando la fiesta, y cuando todos los invitados se iban acercando en torno a la mesa, donde estaba la torta con las velitas para cantar el clásico "cumpleaños feliz", la chica del vestido rosa se apartó de su novio, se acercó a mí y discretamente, casi en secreto, me dijo que quería hablar conmigo. Yo quedé perplejo frente a la actitud imprevista de aquella chica que no conocía, y de inmediato agregó: "Usted no me conoce, pero yo a usted sí lo conozco. Mi nombre es Martha Reyes, y soy amiga de Edith Roth, quiero hablar con usted porque tengo algo importante que contarle. Mañana once y media en el bar Sirocco, en 8 de Octubre y Garibaldi, ¿le parece bien?". "¡Sí, está bien!", le contesté casi automáticamente como un acto reflejo, y de inmediato ella se dio media vuelta y se dirigió donde estaba su novio. Esa noche, cuando regresamos a casa, me acuerdo que Isabel me dijo "Estás raro hoy, ¿no te gustó el cumpleaños?".

— ¡Ah era eso, ahora me acuerdo! —lo interrumpió Isabel, y agregó—. ¿Y por qué no me contaste que te pasaba?

—Tenía miedo de que no comprendieras la situación y se volviera a complicar nuevamente nuestra relación. Pero no me podía quedar con esa intriga de saber lo que me quería decir aquella joven amiga de Edith, a la que luego de todos los acontecimientos pasados no había vuelto a ver—contestó Lorenzo a su mujer con rostro culpable.

—Menos mal que no me enteré en ese momento de todo lo que estaba pasando —dijo Isabel bastante seria, pero luego agregó—. Bueno, ya pasó todo, ahora seguí contando, que a mí también me interesa lo que sucedió.

Lorenzo continuó con su relato, ahora más confiado, de acuerdo a la señal de comprensión que le había dado su mujer.

—Nos encontramos al otro día en el bar Sirocco con la joven, que estaba acompañada de su novio.

— ¿Y qué querían contarle?—preguntó intrigado Anug.

Lorenzo trató de reproducirles la conversación casi literalmente, mientras el embajador, su esposa Javiva e Isabel, seguían saboreando el café turco y escuchaban atentamente.

—"Señor Cannizzaro, sabemos que usted fue quien se ocupó de la desaparición de la funcionaria de la embajada de Israel—comenzó diciéndome el novio de Martha—. Y que hasta el momento la Policía no ha podido encontrar al culpable. Nosotros queríamos hablar con usted porque Martha está en conocimiento de una valiosa información que serviría para dilucidar ese caso, y nos pareció que usted era la persona indicada para brindarle dicha información. Mi novia y Edith son muy amigas desde niñas y siempre compartieron todos su secretos y se ayudaban y aconsejaban mutuamente, pero después de lo que Edith le contó la última vez que se vieron, Martha quedó muy preocupada y afectada".

—Es extraño que no haya acudido a la Policía, antes que a usted—comentó el embajador.

—Según me dijo el joven, su novia se encontraba en un gran aprieto, por un lado su conciencia le dictaba que debía denunciar todo lo que le había dicho Edith, pero por otro lado, temía perjudicar a su amiga si se lo contaba a las autoridades. Y por esa razón pensaron que yo era el más indicado para conocer esa información.

—Bueno… ¿y qué fue lo que pudo averiguar? —preguntó Anug ansioso, rascándose su enrulada cabellera.

— ¡Aquí comienza la historia! —dijo el viejo detective acariciando sus tupidos bigotes y acomodándose en el sillón—. Así como Aleska no se llamaba Aleska, tampoco Edith Roth se llamaba así.

— ¡Otra más con nombre cambiado! —dijo Anug impaciente.

—En este caso es diferente. Edith era una niña huérfana judía, víctima de la persecución nazi, que fue adoptada por una familia de origen danés que cambió su apellido luego de su adopción.

— ¿Edith huérfana? Yo creía que su padre era Jabib Roth, el destacado comerciante y dirigente de la *Kehilá*.

—Él era su padre adoptivo—contestó Lorenzo y tomó un sorbo del café turco—. Edith Bokoski se llamaba la niña antes de ser adoptada. Había sobrevivido de manera poco creíble luego de que una patrulla de alemanes asesinara a sus padres y a sus hermanos en su propia casa, en las afueras Lublin. Ésta es una ciudad polaca que a partir del mil novecientos treinta y nueve fue controlada por la Alemania nazi y cuya población fue blanco de severas persecuciones hacia los judíos. La niña, muy mal herida, fue rescatada por Tuvia Bielski, el jefe de un grupo partisano, que la llevó a un campamento judío ubicado en la espesura del bosque Naliboki en Bielorrusia, donde pudo recuperarse de sus heridas. En ese lugar, un grupo de judíos permaneció protegido de los nazis, hasta la finalización de la guerra.

—Conozco toda esa historia de ese lugar que llamaron la "Jerusalén de los bosques". Tuvia y sus hermanos son considerados verdaderos héroes en nuestra comunidad. Se propusieron salvar el máximo de judíos posible y cumplieron su propósito, alejando de las garras del nazismo a muchos de los nuestros, algo que se lo agradeceremos de por vida —comentó Anug.

— ¿Y cómo llegó Edith a Sudamérica? —preguntó Javiva, que estaba muy atenta al relato.

—Cuando los alemanes invadieron Dinamarca, el señor Jabib Roth, que vivía en Copenhague, pudo escapar con su esposa y su hija pequeña a una ciudad llamada Malmo, en Suecia. Más tarde, cuando finalizó la guerra, conocieron a la niña judía Sonia, que había viajado a ese país en busca de unos familiares, que nunca encontró, pero sí encontró a la familia Roth, que se encariñó con ella y la adoptó como una integrante más de la familia. En ese momento pasó de ser Edith Bokoski, a Edith Roth.

—Dinamarca tuvo el privilegio de ser el único país de Europa Occidental ocupado por los nazis que pudo salvar a su población judía. Pudieron enterarse a tiempo de que los iban a deportar y lograron escapar hacia Suecia. Hay que reconocer que el hecho de que casi ocho mil personas fueran salvadas de la barbarie nazi e debió a la ayuda fundamental de la población no judía de Dinamarca, que colaboró para el escape —comentó Javiva.

—El caso de Dinamarca es un hecho que debe destacarse, porque la mayor parte de las poblaciones locales en Europa eran en general antisemitas: incluso después de terminada la guerra, continuaron los pogromos en varios países —agregó el embajador—. ¿Pedimos más café?

—Yo encantada—dijo Isabel—. No imaginé que fuera tan sabroso este café turco.

Lorenzo continuó con su relato:

— ¿En sus vacaciones, o cuando tenía algunos días libres, Edith viajaba a Israel...?

—Sí, iba a visitar a su hermana —interrumpió Anug.

—Además de visitar a su hermanastra, aprovechaba para encontrarse con un gran amigo suyo llamado Eitán Graf, que vivía en Jerusalén y había conocido cuando era una niña en los bosques de Naliboki. Ambos niños compartían muchas cosas en común, los dos eran huérfanos, sus familias habían sido asesinadas por los nazis y ambos habían estado a un paso de la muerte. Eitán, junto a un amigo, que también había llegado con él al campamento, había escapado de milagro con vida, de la llamada Masacre de Rambula, den la que fueron asesinados unos veinticinco mil judíos por los nazis, la mayoría de ellos eran judíos letones del gueto de Riga. Luego de escapar increíblemente de la matanza, ambos niños deambularon varias horas heridos por el bosque, hasta que por fortuna fueron encontrados por un grupo de partisanos judíos que los ayudaron a curar sus heridas. Dicho grupo se dirigía hacia los bosques de Naliboki a encontrarse con los hermanos Bielski, y los niños fueron con ellos.

—Está muy buena la historia, pero todavía no llego a darme cuenta qué tiene que ver todo esto con los dos asesinatos—dijo Anug.

— ¡No se adelante, embajador! Es un asunto bastante complejo, y era necesario hacer esta introducción para que ustedes pudieran comprender mejor los hechos. Sigo con la historia.

»Eitán Graf es de nacionalidad letona y padeció junto a su familia la reclusión en el gueto de Riga, ubicado en uno de los barrios de la ciudad, llamado Maskachka. Allí permaneció recluida toda la población judía de la ciudad y del resto del país, junto a miles de judíos provenientes de Alemania y de Austria, en condiciones más que precarias.

»En el gueto, el niño había pasado por una experiencia pavorosa: había visto morir a toda su familia asesinada en las calles del gueto por los hombres del Comando Arājs, una unidad de la Policía Auxiliar letona subordinada a la Sicherheitsdienst (SD) alemana. ¿Y quién se imaginan que estaba al mando de ese escuadrón asesino y participó directamente en esos asesinatos? —dijo Lorenzo mirando a cada uno de sus escuchas, que quedaron esperando la respuesta con sus tasas de café en sus manos—. ¡Herberts Cukurs! —dijo, recalcando su nombre.

— ¡El criminal de guerra nazi que asesinaron en Uruguay en febrero! —dijo Javiva sorprendida.

—El mismo. A partir del asesinato de su familia, al niño Eitán le quedó el rostro de ese hombre grabado a fuego en su mente y nunca más se lo olvidó. Pero tampoco jamás olvidó a la mujer judía que de manera cobarde había avisado a Cukurs que su familia portaba un alimento prohibido en el gueto, que fue el absurdo motivo por el cual Cukurs detuvo a su familia en la calle y los ejecutó. ¿Y quién se imagina que era esa mujer? —preguntó Lorenzo y nuevamente los tres lo miraron con ojos interrogantes—. ¡Miriam Kaicner!

— ¡Aleska Socoloff! —dijo Yeshayahu sorprendido.

—Exactamente. Esa joven mujer judía que se hacía llamar Aleska Socoloff tenía el triste antecedente de haber traicionado a su propia familia, que fue ejecutada por los nazis y a otras familias judías más. También participó en varios actos de barbarie contra el pueblo judío y fue amante de Eduard Roshmann, el SS comandante del gueto de Riga.

—Lo que voy entendiendo hasta ahora es que casualmente los dos seres que ese joven Eitán odiaba más coincidieron en el Uruguay en la misma fecha, pero sigo sin entender cómo supo de esa coincidencia. ¿Cómo sabía que Aleska era en realidad Miriam Kaicner, y cómo se enteró de que Cukurs estaba vivo y viajaría a Montevideo en esa fecha?

—Edith, en sus viajes a Israel y en los encuentros con su amigo, le relató sus desventuras amorosas con detalle, y cómo su novio la había engañado con una funcionaria de la embajada, una tal Aleska que en realidad se llamaba Miriam Kaicner...

—¡Hasta allí entiendo! —dijo Anug interrumpiendo a Lorenzo—.Pero ¿cómo sabía Edith que Aleska era Miriam Kaicner?

—Lo sabía porque se lo había contado Raznovich. Cuando el coronel se dio cuenta de que Aleska lo engañaba con el licenciado Jesús Montero, se lo contó todo a Edith, y además le confesó porqué había traído a Aleska desde Brasil y cuál era su verdadero nombre.

—¿Pero el coronel sabía los antecedentes esa mujer, que luego empleó en la embajada?

—Por supuesto que no sabía nada. Lo engañó haciéndole creer que era una de las tantas víctimas que había podido escapar del Holocausto y que se había cambiado el nombre por seguridad. El coronel estaba profundamente enamorado de ella y complacía todos sus deseos. Y cuando Aleska le pidió que la llevara con él, porque un viejo amante la perseguía y la tenía acosada, él vio la oportunidad de sacarla del país para que sus dos hijos, que vivían en Brasil, no se enteraran de sus amoríos con una mujer tan joven.

—¡Por favor no siga con su relato, y espérenme, voy hasta la cocina para encargar que nos traigan algo dulce para acompañar el café y ya regreso! —dijo Javiva.

—La esperamos, señora, quede tranquila.

A los pocos minutos apareció Javiva con un *babka* de chocolate cortado en rodajas y comenzó a servir uno a uno de los presentes.

—Tuvimos suerte, porque Mijael lo había hecho para el almuerzo que tenemos mañana con el embajador de México y su señora, pero le dije que hiciera otro, este lo quiero compartir con ustedes.

—¡Uy, qué bueno…! ¡Este postre debe estar exquisito!—dijo Isabel, al tiempo que se servía una porción del postre.

—Bueno… seguimos ahora que estamos todos —dijo Anug, bastante ansioso.

— ¿En qué estaba?... —dijo Lorenzo—. ¡Ah sí! En el momento en que Edith le confesó cuál era el verdadero nombre de la mujer con quien su novio la había engañado. Al conocer ese dato, Eitán Graf fue atando cabos y confirmó que se trataba de la misma Miriam Kaicner del gueto de Riga.

— ¡Me respondió solo una de las interrogantes, pero no las otras! ¿Cómo se enteró ese tal Eitán de que Cukurs estaba vivo y viajaría a Montevideo en esa fecha? —manifestó Anug algo alterado.

— ¡Todo a su tiempo, embajador!—dijo Lorenzo con tranquilidad y se sirvió otra porción del *babka* de chocolate—. ¡Esto está exquisito! Isabel, vas a tener que pedirle también la receta de este postre a la señora Javiva.

—No se haga problema, Lorenzo, mañana mismo la llamo por teléfono y le paso todas las recetas que quiera, a Isabel.

—No demasiadas, Javiva, porque después de esta cena voy a tener que poner a mi marido a dieta.

— ¡No es para tanto, querida! —dijo Lorenzo, al tiempo que daba pequeños golpecitos en su prominente abdomen, en tono de broma, y todos rieron.

— ¡Lorenzo, por favor, termine su historia, estoy ansioso por conocer el final! —dijo Anug.

—Eitán Graf, de adolescente, había integrado junto a su amigo, el grupo de partisanos del bosque de Naliboski que se encargaban de hacer algunas acciones guerrilleras que consistían en pequeños atentados a destacamentos y a pequeños escuadrones alemanes, para apoderarse de armas y alimentos. Y cuando finalizó la guerra se dirigió a Palestina y se alistó en la organización paramilitar de autodefensa judía (Haganá).

— ¡Acumuló experiencia militar desde muy joven!

—Y después ingresó al Mossad.

— ¿Entonces usted afirma que Eitán Graf es agente del Mossad?

—Lo tengo confirmado. Por una investigación que hice posteriormente a los asesinatos, pude saber que Eitán ingresó el día doce de febrero a Montevideo desde Buenos Aires, con el nombre falso de Oswald Heinz Taussing, que se alojó en el Hotel Nogaró, que compró un baúl en casa Schiavo, que fue a la casa de Aleska, y juntos fueron en taxi hasta el Parque Rodó, el lugar donde la mujer fue hallada sin vida, y que luego del asesinato de Herberts Cukurs, desapareció del país sin dejar rastros, al igual que los otros cuatro participantes del atentado.

»En resumidas cuentas, Eitán Graf, alias Oswald Heinz Taussing, fue el asesino de Miriam Kaicner, alias Aleska Socoloff, y además participó en el homicidio de Herberts Cukurs, como integrante de un grupo de los Servicios Secretos de Israel (Mossad). Al joven agente se le alinearon los planetas para que coincidieran en la misma ciudad y al mismo tiempo los dos seres que más aborrecía, y así logró ejecutar su venganza personal y a la vez cumplir las órdenes como agente del Mossad, eliminando al criminal de guerra nazi Herbert Cukurs.

—Y todo eso que usted me contó, ¿lo sabe la Policía?

—Por supuesto. Cuando me enteré de todos los detalles del caso, el comisario Otero, que era el encargado de la investigación de los dos homicidios, se encontraba en Brasil junto con el subcomisario Santana Cabris, y cuando regresó, le informé sobre el resultado de mis investigaciones.

—Yo tenía entendido que la Policía aún continuaba con sus indagaciones y todavía no contaba con pistas concretas para dar con los asesinos.

—Es cierto, la Policía uruguaya todavía sigue investigando. Otero y Santana Cabris han viajado varias veces a Brasil, donde se pusieron en contacto con Interpol y con los familiares de Cukurs, tratando de averiguar quién era ese empresario de origen austríaco que se hacía llamar Ánton Kuenzle. La Policía llegó a la conclusión de que era un espía del Mossad, que había realizado un minucioso trabajo durante varias semanas, engañando a Cukurs para que formara parte de un negocio de transporte aéreo y que lo había convencido para que lo acompañara a Uruguay.

»Lo que todavía no tienen claro es si los asesinos tenían intenciones de matarlo en Montevideo o si intentaban secuestrarlo y trasladarlo hacia Israel para juzgarlo, como habían hecho unos años atrás con Eichmann, pero la situación los desbordó por la brava resistencia que opuso Cukurs.

—Y del asesinato de Aleska,... quiero decir Miriam, ¿también se sabe quién fue el responsable?

—Bueno... en este caso, modestamente, tengo que decir que fui yo quien dio los detalles del caso a la Policía.

— ¿Y están de acuerdo con su teoría de que fue un agente del Mossad, que aprovechando que estaba en Montevideo, cumplió su venganza personal asesinando a Aleska...quiero decir a Miriam?

—Tienen todas las pruebas que yo les proporcioné—contestó muy seguro Lorenzo, y agregó—. Son asuntos muy delicados que ya no se manejan a nivel policial solamente sino en las altas esferas gubernamentales. El homicidio de Cukurs se considera un tema político, en el que está involucrado un Estado Nacional, el suyo, que mantiene unas excelentes relaciones con el nuestro. Recuerde que Uruguay fue uno de los primeros países en reconocer la existencia de Israel, y solo un año después votamos la integración de su país a la ONU. Siempre los respetamos mucho y los consideramos un país amigo, y hasta que el gobierno de Israel no reconozca su participación, el gobierno uruguayo no va a decir nada.

—Nuestro gobierno tiene presente todas esas actitudes del pueblo uruguayo, y siempre se lo vamos a reconocer.

— Pero lo que todavía no reconoce su gobierno, y no sé si lo va a admitir algún día, es que los Servicios de Inteligencia de Israel participaron en los hechos criminales, por lo menos en el de Cukurs, que es el que tiene más repercusión internacional; el homicidio de Miriam Kaicner fue obra de un agente del Mossad, pero por iniciativa personal.

Anug se sirvió otra taza de café, que había dejado pronta el mozo sobre la mesa, arrastró su sillón más hacia el centro para estar más cerca de los demás integrantes de la reunión, y comenzó diciendo casi en secreto:

—Lo que les voy a confesar ahora lo hago porque sé que ustedes son personas de absoluta confianza, pero les pido encarecidamente que no salga de este recinto…

—No se preocupe, embajador, nosotros en este momento solamente somos un jubilado y un ama de casa que pretenden llevar una tranquila vida hogareña —dijo Lorenzo señalándose él mismo y a su esposa—. Y es seguro que no vamos a tener contacto alguno con personas relevantes de la sociedad, para comentar nada.

—Por supuesto que yo no estoy informado oficialmente de la participación del Mossad en los atentados, solamente me dieron la orden desde la Cancillería de que negara enfáticamente la intervención de Israel en los hechos. Pero yo no vivo en Marte, estoy al tanto de todo lo que se dice y se comenta, de las sospechas fundadas que se manejan en los medios, con respecto a la participación de mi país en estos hechos. Y estoy más seguro ahora de que Israel está detrás de todo esto, después del excelente trabajo que hizo Lorenzo en su investigación.

»Personalmente, cuestiono enfáticamente los métodos usados por el Mossad. Ellos utilizan los principios de la ley del Talión de "Ojo por ojo y diente por diente", pero se los presenta como actos de justicia legítima. En realidad yo lo veo más cercanos a la venganza. El problema es que los mandos del Mossad y muchos agentes olvidaron los valores morales y la frase que les enseñan a los futuros agentes en la academia "No realices un acto inmoral por una razón moral" y ahora repiten los mismos crímenes que practicaron contra nosotros en la Segunda Guerra Mundial, en nombre de la justicia. Y esto no quiere decir que yo defienda a esos criminales de guerra que todavía siguen con vida, lo que quiero decir es que no debemos actuar bárbaramente como lo hicieron ellos, sino darles la oportunidad de que tengan una instancia de justicia, antes de tomar decisiones. Tenemos que demostrarle al mundo que somos diferentes, que hemos evolucionado luego de las atrocidades que tuvimos que padecer en la guerra y actuar civilizadamente.

»Ustedes se imaginarán que si se conoce este pensamiento que acabo de transmitirles, me puede costar, como mínimo, el puesto y mi carrera, porque la mayoría de nuestros líderes no piensan de ese modo, pero por suerte, el nuestro no es un país de unanimidades, y hay muchos que piensan diferente.

—Estimado Yesha...yahu, permítame llamarlo así...

—Por supuesto, Lorenzo, a esta altura de la noche, hay más confianza. Lo de "señor embajador" ya no corre. Y le sugiero que me llame Isaías que es la traducción de mi nombre, porque veo que le cuesta pronunciar "Yeshayahu".

—Gracias, Isaías, así es más fácil. Solo para manifestarle que su pensamiento concuerda totalmente con el mío, en este tema. En nuestro país rige el estado de derecho pleno, y todas las personas, incluso a las que se les acusa de los crímenes más atroces, tienen derecho a defenderse. Y con respecto a la pena de muerte, en Uruguay fue abolida hace casi sesenta años por una ley aprobada durante el gobierno del entonces presidente Claudio Williman, y nunca más se aplicó. Afortunadamente la gran mayoría de nuestro pueblo está de acuerdo.

—En Israel hay pena de muerte, pero sólo se ha aplicado una vez en los diez y ocho años de corta historia de nuestro país. La única persona ejecutada ha sido el criminal de guerra nazi Adolf Eichmann, luego de un intenso juicio público que atrajo la atención de todo el mundo —dijo Anug, y agregó—. Pero todavía hay algo en toda esta historia, que no me queda claro: ¿Edith también es cómplice del crimen?

—Edith quedó desbastada cuando supo que su amigo era agente del Mossad y que había sido ella la principal responsable de facilitarle toda la información referente a Miriam Kaicner, que luego se usó para asesinarla. Fue tan grande su angustia, que quiso desaparecer de todos lados, renunció a la embajada y se aprestó para irse del país, pero antes se encontró con su gran amiga Martha, a quien le contó todos los detalles de su desventura.

En ese momento se escuchó en la sala el estridente sonido del teléfono, que interrumpió la conversación. El embajador se levantó de inmediato de su sillón para atender, ya que había alertado que no le pasaran llamadas telefónicas, a no ser que fuera algo de importancia.

—Sí, dígame, Saray—contestó Anug a la telefonista—. Sí... sí... entiendo. ¿Es segura la información?... Muy bien. Gracias, Saray—terminó diciendo el embajador y colgó el teléfono.

—Estimados amigos, temo que soy portador de malas noticias—dijo Anug y se sentó mirando directamente a Lorenzo—. Acaban de llamar desde el sanatorio de la Sociedad Española, avisando que su padre está internado en cuidados intensivos con una apoplejía.

— ¡¿Le dijeron si era grave?! —preguntó Lorenzo levantándose como un resorte de su asiento.

—No...no sabría decirle...solo dijeron que fue internado de urgencia...

— ¡Lorenzo, si está internado en cuidados intensivos, no hay lugar a dudas: es algo serio! —dijo Isabel, y agregó—. ¡Tenemos que ir al sanatorio! Acordate de que tu hermana no se encuentra en el país.

—Sí, claro... debemos ir—dijo Lorenzo algo aturdido.

—Si podemos ayudar en algo, estamos a las órdenes —dijo Anug.

—No, muchas gracias, Isaías. Lamento suspender tan linda velada...

—No se preocupe, Lorenzo, es un caso de fuerza mayor, y esto lo podemos repetir en cualquier momento—contestó Anug, y luego agregó—. ¡Pero sí que podemos ayudarlos!—dijo y se dirigió hacia el teléfono y levantó el tubo—. Saray comuníqueme con Calev—quedó aguardando unos segundos—. Hola, Calev, ¿podrá aprontar la limusina ahora para llevar urgente a unos amigos hasta el Sanatorio de la Española?... en quince minutos... muy bien, lo esperamos.

—Pero, Isaías, no se hubiera molestado, nosotros íbamos a tomar un taxi —dijo Lorenzo.

—Ninguna molestia, es lo mínimo que puedo hacer por ustedes en esta situación.

A los pocos minutos, los Cannizzaro abordaban la limusina de la embajada de Israel, una experiencia inédita para ellos, pero que no alcanzaron a disfrutar dado el momento especial por el cual estaban pasando.

Cuando llegaron al sanatorio, no pudieron ver al padre de Lorenzo. Don Ramiro se encontraba en la Unidad de Cuidados Intensivos (UCI), y debieron aguardar mucho tiempo, hasta que finalmente, ya pasada la medianoche, pudieron hablar con uno de los médicos responsables.

—No podemos decirles con certeza cuál va a ser su evolución, solo trasmitirles que es un cuadro muy grave, en un paciente con un deterioro muy importante debido a su patología de fondo, y que la medicina no puede aportar demasiados elementos para mejorarlo. Solo tenemos que esperar su evolución e ir actuando en consecuencia —les dijo el médico en la puerta de la UCI, de una manera fría y mecánica.

Luego de aquella fuerte noticia que habían recibido, el matrimonio se preparó para lo peor, y sucedió lo peor.

Ramiro Cannizzaro, a la edad de noventa y cinco años, murió en el sanatorio de la Sociedad Española de Socorros Mutuos, luego de diez horas de internación, escapando finalmente de la pesada cruz que lo había agobiado en los últimos días de su vida.

Lorenzo retomó su tranquila vida de jubilado, consciente de su inútil lucha contra el paso del tiempo y esperando.

Anexo

Las consecuencias del atentado en Montevideo fueron inmediatas. Tanto el embajador israelí Yeshayahu Anug, en nombre del gobierno de su país, como las organizaciones judías reaccionaron negando las acusaciones hacia el Servicio Secreto de Israel (Mossad) como responsable de la muerte del criminal de guerra. Al mismo tiempo, el "cazador de nazis" Simón Weisenthal, uno de los responsables de apresamiento y traslado a Israel de Adolf Eichmann, lamentó que el asesinato de Cukurs hubiera impedido su juzgamiento y por ende la imposibilidad de descubrir nuevos hechos relacionados con el Holocausto.

Interpol consideró el homicidio del supuesto criminal letón como un caso político y suspendió la búsqueda internacional de los asesinos.

Las investigaciones realizadas por el comisario Alejandro Otero en el Uruguay y en el Brasil se suspendieron, y el expediente fue clausurado. En el mes de abril de 1967 el juez penal de la ciudad de Pando (República Oriental del Uruguay) reabrió el caso y decretó el procesamiento y la prisión de dos miembros del comando: Ánton Kuenzle y Oswald Taussing, que en realidad eran nombres falsos.

El cuerpo de Herberts Cukurs fue incinerado, y sus cenizas fueron llevadas a Santo Amaro (San Pablo).

Treinta y nueve años después de ser asesinado Cukurs, se publicó un libro titulado *La ejecución del Verdugo de Riga*, en el que se menciona la participación directa de la agencia de inteligencia de Israel en el crimen.

El libro está escrito con el seudónimo de Ánton Kuenzle, que fue el nombre que usó el agente encubierto en dicha operación, cuyo nombre real era Yaakov Meidad.

Yaakov Meidad fue agente del Mossad durante cinco décadas, y pocas personas fuera de la agencia supieron su nombre real hasta el final de su vida. Había estado a cargo de la logística en la Operación Garibaldi, realizada en Buenos Aires en el año 1960, en la que fue secuestrado y trasladado a Israel el criminal de guerra nazi Adolf Eichmann. También fue el cerebro detrás del asesinato de Herberts Cukurs, plan en que se hizo pasar por un empresario austríaco, engañando al letón para llevarlo hacia Uruguay, donde fue ejecutado.

Las acusaciones sobre la presunta participación de Cukurs dentro de Letonia durante la Segunda Guerra Mundial le hicieron ganarse el apodo de "El Verdugo de Riga" entre los supervivientes del Holocausto. Sin embargo, ninguna de estas acusaciones ha sido probada en ningún Tribunal de Justicia. Por tal motivo, hay quienes argumentan que Cukurs ha sido erróneamente difamado, como es el caso del profesor Andrew Ezergailis. Este prestigioso historiador, conocido por su investigación sobre la historia del siglo XX de Letonia, particularmente de la Revolución de 1917 y el Holocausto en Letonia, dice: "El Mossad mató a un hombre inocente"[23]. La versión del Mossad de que Cukurs es el mayor asesino en masa de hebreos en Letonia, a quien se le asignó la muerte de treinta mil personas, contiene una profunda falta de conocimiento y mentiras. Agrega que no hay duda de que Cukurs fue parte del Arājs Kommando como jefe de mantenimiento de vehículos, pero esto no quiere decir que fuera un criminal. Todas las acusaciones que se hacen sobre él existen sobre la base de testimonios llenos de contradicciones y de exageraciones de

23 http://herberts-cukurs.blogspot.com/

algunos de los sobrevivientes, dice Ezergailis. Si fuera responsable, como se lo acusa, no tendría sentido el hecho conocido de que ayudó al menos a tres hebreos letones a sobrevivir al holocausto: Cukurs escondió en su granja en Bukaisi a la judía Miriam Kaizner y luego la llevó con su familia a Brasil; al joven llamado Abram Shapiro, que hasta el día de hoy toca el violín en Las Vegas, recibió documentos de trabajo en el verano de 1941con ayuda de Cukurs y Lutrins, a quien los trabajadores del garaje de Cukurs lo escondieron y lo salvaron de la matanza en Rambula.

También Marģers Vestermanis, un judío letón que luego de la ocupación nazi de su país estuvo junto a su familia en el gueto de Riga y sobrevivió a la Masacre de Rambula, declaró que no está claro que Cukurs tuviera responsabilidad penal en los hechos por los cuales se lo acusaba. Es muy extraño, dice Vestermanis, que ni en los archivos soviéticos, ni en los archivos letones, existan registros incriminatorios contra Cukurs. Después de la guerra, la Unión Soviética hizo un gran juicio por los crímenes de guerra debido a las masacres nazis en los países bálticos y realizó miles de interrogatorios, sin embargo en los 365 miembros de comandos fascistas que fueron condenados, nunca hubo acusaciones penales contra Cukurs.

Marģers Vestermanis estudió Historia en la Universidad Estatal de Letonia y más tarde trabajó en el Archivo Histórico Estatal de Letonia, investigando la historia de los judíos letones. Organizó la primera reunión de sobrevivientes del Holocausto de Riga en noviembre de 1988, y un año más tarde, en 1989, fundó el museo Judíos en Letonia, la primera institución dedicada a la historia judía en Letonia desde la Segunda Guerra Mundial, de la que fue su primer director.

En la actual Letonia hay una tendencia de la opinión pública a exaltar la figura de Herberts Cukurs como héroe nacional y a exonerarlo de las acusaciones. Por ejemplo, se realizó una exposición en su honor en Riga, donde se relativizó su participación en el Arājs Kommando. Por otra parte, en Riga se ha estrenado en el año 2004 el musical *Cukurs Herberts Cukurs*, que cuenta la historia de sus hazañas como brillante aviador y su trágico destino. Los autores del musical son Jānis Ķirsis, Pēteris Draguns, Juris Millers y los cantantes Juris Jope (en el papel de Herbert Cukurs) y Jolanta Strikaite.

Algunos políticos de Letonia abogan por su inocencia, frente a los cargos de los que se lo acusa, y defienden su imagen por la difamación que piensan está sufriendo injustamente su figura y el país.

En octubre de 2004, la National Power Union, un partido nacionalista extremista, publicó y distribuyó sobres con la imagen de Cukurs, como un héroe de Letonia por sus hazañas como aviador.

Por otro lado, se han hecho públicos varios testimonios de sobrevivientes de la Segunda Guerra Mundial que reconocen a Cukurs como responsable directo del asesinato de judíos en el gueto de Riga y en la Masacre de Rambula acontecida entre el 30 de noviembre y el 8 de diciembre de 1941 en Letonia.

El Centro Simón Wiesenthal, que es una institución dedicada a documentar las víctimas del holocausto y lleva registros de los criminales de guerra nazis, ha presentado evidencia de la participación de Herberts Cukurs en los asesinatos en masa de judíos durante el Holocausto y pide poner fin a las campañas que intentan minimizar su culpa y rehabilitar su nombre.

En un artículo publicado el 7 de junio de 2005 en su página web, titulado "Herberts Cukurs: ciertamente culpable", con la firma del historiador israelí y cazador de nazis Dr. Efraim Zuroff, hace mención a la campaña realizada recientemente para restaurar la figura de Cukurs en un lugar de honor en el panteón de héroes letones. El hecho de que Cukurs fue ejecutado por el Mossad sin el debido proceso les dio oportunidad a algunos letones, incluso personajes prominentes, a blanquear su pasado.

Una muestra de ello fue la gran exposición en Liepaja titulada "Herberts Cukurs: La presunción de inocencia" y una película que originalmente tenía el mismo nombre, en la que se destacan documentos y hechos que aparentemente absuelven a Cukurs de participar en crímenes de guerra.

Se comentan en el artículo los argumentos exculpatorios de nacionalistas de derecha y sus familiares, incluso de los historiadores letones Ezergailis y Aivars Stranga, reconociendo la participación de Cukurs en el Arājs Kommando, pero argumentando que casi no hay evidencia sólida sobre su propia participación personal en los asesinatos en masa y que no merecía su cruel destino a manos del Mossad. Sin embargo, según opinión del Dr. Efraim Zuroff, la verdad es bastante diferente, ya que el testimonio en los archivos israelíes sobre la participación personal de Cukurs en el asesinato de judíos es extenso, detallado e inequívoco.

Y menciona el testimonio de algunos judíos sobrevivientes del Holocausto:

Rafael Shub, un sobreviviente de gueto de Riga que relató, en un testimonio que aparece en los archivos de Yad Vashem, que el 2 de julio de 1941, Cukurs quemó hasta la muerte a ocho judíos en el nuevo cementerio judío, entre ellos, su esposa y cuatro hijos y el cantor Mintz y su esposa.

Abraham Shapiro, otro sobreviviente, que testificó en 1949 en Munich, que fue encarcelado en la sede de Arājs Kommando en la calle Valdamaras 19, testificó que Cukurs asesinó personalmente a dos judíos que no cumplieron con sus órdenes y también fue testigo de cómo Cukurs y otros oficiales letones molestaron sexualmente y torturaron a una joven niña judía, mientras Shapiro tocaba el piano por orden de Cukurs, en el departamento que previamente le había confiscado a su familia.

Max Tukacier, quien testificó el 23 de septiembre de 1948 en Munich ante el Departamento Legal del Comité Central para los Judíos Liberados en Alemania, que fue arrestado por el Arājs Kommando y llevado a su cuartel general en la calle Valdamaras 19, donde fue golpeado personalmente por Cukurs, quien le rompió casi todos sus dientes. Además fue testigo de la tortura de numerosos judíos por órdenes de Cukurs. Relata que el 15 de julio de 1941, lo vio personalmente ordenar a un judío barbudo anciano que violara a una judía de veinte años frente a una multitud de policías y prisioneros letones y cuando fue incapaz de hacerlo, obligó al hombre a besar el cuerpo desnudo de la chica, una y otra vez. A aquellos prisioneros que no soportaban dicha escena Cukurs los agredió a golpes, matando a unas diez o quince personas, incluidas varias mujeres. Tukacier también testificó sobre el papel activo de Cukurs en la Masacre de Rambula, acaecida entre 30 de noviembre y el 8 de diciembre de 1941 y señaló que golpeó y disparó a hombres, mujeres y niños que no podían mantener el ritmo de la marcha hacia el bosque de Rambula.

Isaac Kram relató cómo vio personalmente a Cukurs dispararle a una anciana, en un tren que transportaba a los judíos a Rambula el 8 de diciembre, así como también a un niño pequeño que lloraba porque no encontraba a su madre.

El Dr. Efraim Zuroff afirma en su artículo que "Estos testimonios demuestran claramente que no hay absolutamente ninguna duda de que Herberts Cukurs fue un participante destacado en la aniquilación masiva de los judíos de Riga, asesinando personalmente a hombres, mujeres y niños"[24]. Si se hubiera sometido a juicio después de finalizada la guerra, la campaña actual para minimizar su culpa nunca hubiera existido, ya que se habría conocido su participación activa en los asesinatos en masa de los judíos, y ninguna persona respetable hubiera intentado exonerarlo de su culpa.

---

24 Zuroff. E. "¿Herberts Cukurs: Certainly Guilty?". En http://www.wiesenthal.com/about/news/herberts-cukurs-certainly.html

En definitiva, al librarse de la vergüenza de un juicio legítimo, que hubiera demostrado sin dudas su culpabilidad, y al ser castigado de manera extrajudicial sus defensores pudieron blanquear su enorme culpa y restaurarlo al estatus de héroe nacional.

A más de ochenta años del inicio de la Segunda Guerra Mundial, todavía se siguen oyendo voces, argumentando a favor y en contra de la culpabilidad de Herberts Cukurs en el Holocausto.

Personajes reales

HERBERT CUKURS: Aviador, capitán de la Fuerza Aérea Letona, ingeniero aeronáutico y periodista acusado de nazismo, que huyó a Brasil tras la Segunda Guerra Mundial.

GUNNAR CUKURS: Hijo de Herbert Cukurs.

MILDA CUKURS: Esposa de Herbert Cukurs.

ANTINEA CUKURS: Hija de Herbert Cukurs.

Meir Amit: General, jefe del Mossad.

YAAKOV MEIDAD: Alias ANTON KUENZLE, agente del Mossad.

YESHAYAHU ANUG: Embajador de Israel en el Uruguay.

MIRIAM KAICNER:- Mujer letona de origen judío, que llegó al Brasil junto con Cukurs.

ALEJANDRO OTERO: Comisario, Jefatura de Policía de Montevideo

SANTANA CABRIS: Subcomisario, Jefatura de Policía de Montevideo

EDUARD ROSHMANN: Capitán de las SS y comandante del gueto de Riga.

TUVIA BIELSKI: Jefe judío de los partisanos del bosque de Naliboki.

TOAV: Alias de agente del Mossad.

ARIEH: Alias de agente del Mossad.

DOVA'LE: Alias de agente del Mossad.

OSWALD HEINZ TAUSSING: Alias de agente del Mossad.

Índice

Editorial LibrosEnRed

LibrosEnRed es la Editorial Digital más completa en idioma español. Desde junio de 2000 trabajamos en la edición y venta de libros digitales e impresos bajo demanda.

Nuestra misión es facilitar a todos los autores la edición de sus obras y ofrecer a los lectores acceso rápido y económico a libros de todo tipo.

Editamos novelas, cuentos, poesías, tesis, investigaciones, manuales, monografías y toda variedad de contenidos. Brindamos la posibilidad de comercializar las obras desde Internet para millones de potenciales lectores. De este modo, intentamos fortalecer la difusión de los autores que escriben en español.

Ingrese a www.librosenred.com y conozca nuestro catálogo, compuesto por cientos de títulos clásicos y de autores contemporáneos.

www.ingramcontent.com/pod-product-compliance
Lightning Source LLC
LaVergne TN
LVHW050920080826
845145LV00001B/140

* 9 7 8 1 6 2 9 1 5 4 5 7 2 *